내 안에
흐르는
너

내 안에 흐르는 너 2

초판 1쇄 찍은 날 | 2013년 8월 12일
초판 1쇄 펴낸 날 | 2013년 8월 20일

지은이 | 서향
펴낸이 | 예경원

편집 | 유경화

펴낸곳 | 예원북스
등록번호 | 제396-2012-000132호
등록일자 | 2012. 7. 25
YRN | 제1-0036호

주소 | 경기도 고양시 일산동구 무궁화로 8-28 삼성메르헨하우스 712호 (우) 410-837
전화 | 031-819-9431 팩스 | 031-817-9432
http://cafe.naver.com/yewonromance
E-mail | yewonbooks@naver.com

ⓒ 서향, 2013

ISBN 978-89-98102-43-2 04810
ISBN 978-89-98102-41-8 (세트)

서 향 장편 소설

YEWONBOOKS ROMANCE STORY

내 안에
흐르는
너

Vol. 2

···CONTENTS

도사리는 검은 손

안동에서 집으로 돌아온 잎새는 며칠 내리 콧노래만 부르고 있었다. 상희는 심히 염려스러웠다. 잎새가 저러다 큰 상처를 받는 건 아닌가 마음이 먼저 걱정하고 있었다. 그렇다고 저렇게 즐거워 보이는 사람에게 소금 끼얹는 발언을 하기도 난처했다. 밤이 깊어 가고 있는데, 오늘따라 파형이 늦는다. 그녀가 초조한 얼굴로 둥근 탁자 앞에 앉아 벽에 걸린 시계를 올려다봤다. 11시가 훌쩍 넘어갔다.

요새는 잎새가 작품 활동에 매진하다 보니 바깥 활동이 뜸해져 파형이 모는 차를 타는 횟수가 많이 줄었다. 그 외에 장을 보러 가는 등의 간단한 일들은 대부분 상희가 직접 운전을 하고 나가 일을 보는 편이었다. 그동안 파형은 집 안에서 낮잠을 잔다던가, 야동을 본다던가 혼자만의 시간을 보내다가 영 갑갑해지면 친구들 안부 좀 묻고 오겠다며 슬그머니 밖으로 나가기 일쑤였다. 최근 몇 달간은 사고를 안 치고 잠잠해서 고마운데, 며칠 전부터 꿈자리가 영 사나웠다.

"……소야아아아앙강 처녀어어어어어! 잡아라라라, 니미, 씨발!"

멀리서부터 파형의 목소리가 들려오기 시작했다. 상희는 사시나무 떨듯 떨며 천천히 몸을 세웠다. 멀리 마당을 갈지자로 휘청휘청 걸어오는 남자가 눈에 들어왔다. 상희가 하얗게 질린 얼굴로 현관을 향해 걸어갔다. 문 앞에 선 파형이 문고리를 쥐고 덜컹거렸다. 상희가 잎새가 깰까 봐 얼른 손을 뻗어 문을 잡아당겨 열자, 파형이 짐덩이처럼 와락 무너졌다.

"대체 얼마나 마신 거예요?"

"……상희야!"

갑자기 파형이 엉엉 울기 시작했다. 놀란 상희가 이게 대체 무슨 일인가 싶어 눈을 휘둥그렇게 뜨고 파형을 바라봤다. 신발장 입구에서 그대로 엎어진 파형이 엉엉 울더니 무언가를 주섬거리며 끄집어내 그녀 앞에 내밀었다.

구겨진 종이봉투가 그녀의 발끝에 턱하니 던져졌다. 하얀 종이봉투를 집어 올려 떨리는 손끝으로 내용물을 꺼냈다. 얇은 종이 한 장이 들어 있었고, 그것을 열자마자 파형의 필적이 드러났다. 그리고 맨 끝에는 파형의 지장까지 찍혀 있었다. 순간 심장이 철렁 내려앉았다. 이런 건 그가 노름을 할 때마다 깡패들에게 쓰던

각서일 가능성이 높았다. 놀란 그녀가 비틀거리며 주저앉아 내용을 읽었다.

"1억을…… 빌리고 갚지 않을 시에는…… 장기 일부를 내어서라도……."

숨이 막혀왔다. 상희가 부르르 떨며 핏대 선 눈동자로 파형을 노려봤다.

"무슨 짓을 한 거예요?"

고저 없이 씹어 뱉는 음성에는 살의가 넘쳤다.

"나도…… 안 하려고…… 크흐흐흑…… 그런데 상희야…… 이번 한 번만 제발 도와줘어어……. 너, 그동안 저 눈도 안 뵈는 장님 뒷바라지하느라 피똥 쌌잖아. 그 돈…… 그 돈 중 일부는 네 거나 다름없잖아. 응? 상희야……."

"누가 그래? 누가 내 돈이래? 여기 있는 돈은 전부 잎새 돈이야. 당신 미쳤어? 왜 매번 되도 않는 짓거리를 벌이는 거야? 내 밑바닥을 왜 자꾸 들춰내? 그걸 그렇게 보고 싶어? 차라리 우리 죽자. 그게 낫겠다."

상희가 막무가내로 파형의 뒷덜미를 잡아 바깥쪽으로 잡아끌었다. 파형의 몸이 바닥을 긁으며 질질 끌리다가 그가 우악스럽게 바동거리는 통에 그의 주먹에 상희의 팔이 정통으로 얻어맞았다. 욱신거리는 통증에 상희가 이를 악물고 그를 노려봤다.

"정말 왜 이래! 언제까지 이렇게 살라고! 제발, 부탁할게!"

상희가 엎드려 빌고 또 빌었다.

"나와 제발 이혼해 줘. 죽는다고도 하지 말고, 내 곁에 영영 붙어 있겠다고도 하지 말고, 그냥 헤어져 줘. 부탁해."

바닥에 널브러져 있던 파형이 킬킬대며 고개를 번쩍 들더니 매섭게 쏘아보았다.

"미쳤어? 넌 내가 잡은 마지막 보루야. 네년 혼자 저 많은 재산을 독식하게 둘 수는 없지. 안 그래? 사실 마음 같아서는 잎새 년을 족쳐서 전 재산을 내 앞으로 돌려놓고 싶은 마음이 굴뚝이야. 그런데 애먼 놈이 하나 나타나서 경호원을 배치해 두고 나를 감시하는 통에 어림도 없게 되었지. 이렇게 된 이상 내가 뭘 붙들어야 겠어? 너야. 네년 없인 절대 안 가. 네년이 필요한 것도 아니야. 난 네년이 가진 돈이……."

촤아아아악—

"앗! 차가워!"

갑작스럽게 뿌려진 물 때문에 놀란 파형과 상희가 동시에 고개를 돌려 뒤를 돌아보자 잎새가 양손에 대야를 들고 서 있었다. 잎새의 손에 들린 대야에서는 물이 뚝뚝 떨어지고 있었다. 파형이 젖은 얼굴을 손으로 닦아내며 욕지거리를 내뱉었다.

"저, 눈깔도 없는 년이!"

욕지거리를 내뱉자, 잎새가 대야를 목소리가 들리는 쪽으로 홱 집어 던졌고, 그 바람에 파형의 머리통에 대야가 정확히 맞아 떨어지고 말았다.

"으악! 이런 개 같은!"

파형이 대야를 들고 일어나더니 잎새를 향해 달려가 곧장 내려치고 말았다.

퍽!

요란한 소리가 들리자 놀란 상희가 비명을 질렀다.

"잎새야! 잎새야!"

상희가 너무 놀라 기듯이 잎새를 향해 가는 동안 경호원들이 튀어나와 파형을 저지했다. 파형은 버둥거리며 험악한 욕설을 쉼 없이 뱉었다.

"씨발, 좆까! 다 죽여 버릴 거야! 어디 한번 계속 건드려 봐! 두 년들이 나를 개코로도 안 본다는 거 나도 알아. 백날 그래 봐라. 내가 눈 하나 깜빡하나. 어디 한번 해보라고 해! 다 가질 거야. 이 집도, 재산도 다 내 거라고!"

박박 질러대는 비명이 온 사방에 쩌렁쩌렁하게 울려댔다. 상희는 이마에 피를 흘리는 잎새를 품 안에 끌어안고 오열했다.

"미안해, 미안하다……."

잎새는 침착한 얼굴로 상희를 애잔하게 바라볼 뿐이었다.

"내가 어떻게든 이혼할게."

"이모, 이모에게 줄 재산 일부를 저 사람에게 주고 이혼을 하는 게 어때요?"

"미쳤어? 싫어. 돈 주고 떼어내면 저놈이 안 올 것 같아? 돈 떨어지면 또 찾아와서 이런 식으로 우릴 말려 죽일 거야. 싫어. 다른 방법을 찾아볼게. 미안해, 잎새야."

상희는 잎새를 천천히 일으켜 세우고 방으로 옮겼다. 이마는 피가 약간 흐르지만 응급실에 가야 할 정도로 상처가 큰 건 아니었다. 상희는 곧장 응급상자를 들고 와서 이마의 피를 닦아내고 밴

드를 붙여주었다. 시퍼렇게 부어오를 게 뻔해서 얼음팩도 이마에 얹어주었다.

"어떻게 하니? 예쁜 얼굴을 내가 다 망쳐 버렸네."

"괜찮아요, 이모. 어서 내려가서 쉬어요. 이모도 많이 놀랐을 텐데……."

상희는 두 팔을 벌려 잎새를 품 안에 끌어안았다. 견딜 수 없는 자괴감과 지독한 우울이 짐승의 아가리처럼 그녀를 물어뜯었다. 이젠 잎새는 언니의 아이가 아닌 그녀의 가슴으로 키운 아이였다. 그런 아이를 향해 이토록 난폭한 짓을 할 수 있는 남자가 파형이었다. 저주받을 인간. 어떻게든 그 인간을 이 집안에서 완벽하게 쫓아내야만 했다.

상희는 잎새를 침대에 눕혀두고 잠시 복도로 나와 휴대폰을 들었다. 이런 상황에서 도움을 요청할 만한 사람은 많지 않았다. 누구보다 잎새의 안위를 우선순위로 두고, 이 집안에 경호원을 배치하도록 조언했던 그 사람밖에는 의지할 사람이 떠오르지 않았다.

[상희예요. 잎새 이모.]

갑작스럽게 예상 밖의 시각에 상희에게서 전화가 걸려왔다. 이찬이 놀라서 눈을 휘둥그렇게 뜨고 하던 행동을 완전히 멈췄다.

"네, 말씀하세요."

그는 소파 끝에 엉덩이를 걸치고 앉아 상희의 작은 음성에 최선을 다해 귀를 기울였다. 상희가 이 시각에 전화를 한다는 건 뭔가 급박한 일이 벌어졌다는 뜻이고, 그 뒤엔 분명 사고뭉치인 요주의 인물 박파형이 존재할 게 뻔했다.

[……파형 씨가 잎새를 다치게 했어요.]

심장이 그대로 발끝으로 툭 떨어져 버렸다. 그는 소파 손잡이 부분을 뜯어버릴 듯 힘껏 움켜쥐며 마음을 다잡았다.

"무슨 일입니까?"

[술에 취해 들어와 행패를 부리다가 잎새에게 대야를 집어 던졌어요. 물론 그 사람이 패악질을 부려대는 꼴을 보고 잎새가 먼저 시비를 걸기는 했지만, 잎새가 이마를 조금 다쳤구요. 일단 안정을 취하고 쉬는 중이에요. 많이 다친 게 아니어서…….]

그가 굳게 닫힌 입매를 더욱 굳히며 눈매를 가늘게 좁혔다.

"그걸 알린다기보다는 다른 목적이 있어서 전화하신 것 같은데요."

[……이혼을 해야겠는데, 어떻게 해야 할지 모르겠어요. 일반 부부같이 평범한 수순을 밟아 이혼할 경우엔 파형 씨가 저와 잎새에게 얼마나 위협적인 존재로 변할지 너무도 잘 아니까, 누군가 그를 억압할 수 있는 인물이 필요해요. 절대적인 힘, 그런 거 말이에요.]

"이해했습니다. 제 자문변호사가 있으니 그 부분은 상의를 하시면 될 것 같고…… 박파형 씨는 제가 따로 불러 만나보도록 하겠습니다. 힘 앞에 적당히 무릎을 꿇고 비굴해질 수 있는 사람이니, 제가 한번 나서보도록 하죠."

[고마워요. 이렇게 도움이 되어주겠다고 해줘서……. 어디에 도움을 요청해야 좋을지 암담했어요. 잎새를 데리고 도망을 치자니

잎새 상황이 저렇고, 이미 여기서 애가 자리를 잡았어서 움직이기도 어렵고…….]

"알아들었습니다. 저도 잎새가 제 눈에서 사라지는 건 원치 않아요. 일단 잘 알고 있으니 조금만 시간을 주세요. 바로 조치를 해보겠습니다."

상희가 인사를 건네고 끊자마자 그는 바로 잎새에게 전화를 걸었다.

[여보세요?]

"어, 뭐 해?"

이찬은 일부러 모르는 척하고 전화를 걸었다. 잎새가 슬쩍 웃으며 대답했다.

[누워 있어요. 머리를 조금 다쳤어요.]

상희와 통화를 한 부분에 대해 말하지 않는 편이 좋을 것 같아 큰 염려를 드러내지 않았다. 잎새 입장에선 집안의 치부가 드러나는 대목일 테고 자존심이 상할 수 있는 대목이기에.

"많이 다친 건가? 내가 지금 갈까? 직접 보는 게 나을 것 같은데……."

[아니에요. 지금 좀 심란하니까, 나중에요.]

"정말 괜찮아?"

[네, 괜찮아요.]

잎새가 힘주어 말하더니 피곤하다며 전화를 끊었다. 혹시라도 혼자 울고 있는 건 아닌지 걱정되었다. 그는 휴대폰을 내려놓고 자리에서 일어서 몇 번이나 왔다 갔다 반복했다. 심장 안에 방이 하나 생겼다. 정잎새가 자고 먹고 노니는 작은 방. 그 방은 아직 한 평 남짓한 크기였지만, 그는 온통 그 작은 새 같은 정잎새를 보살피느라 다른 데는 어떤 신경도 쓸 수가 없었다.

그녀의 이름을 수없이 되뇌는 사이 그녀가 그의 심장에 들어와 살게 되었고, 이제 그는 그녀에게 완벽하게 속박되었다. 그는 잔뜩 얼굴을 일그러트리고 손바닥으로 눈을 지그시 눌렀다. 일단 가장 큰 방해물인 박파형을 먼저 그녀의 주변에서 삭제 처리해야 한다. 그게 맞다. 하지만 지금 당장 정잎새의 얼굴을 보지 않으면 미칠 것 같아서 그는 곧장 차 키를 들고 주차장으로 달렸다.

"어디 가?"

이찬의 벤츠가 주차장 입구에서 나오자마자 앞을 가로막는 붉은 스포츠 타입의 세단에 의해 저지당하고 말았다. 이찬이 무섭게 붉은 세단을 노려보자, 차에서 내려선 여자는 그에게 다가와 차창을 두드리고 도도하게 물었다.

표희연.

이찬의 미간이 확 구겨졌다. 그의 얼굴 근육이 순식간에 경직되었음은 말할 필요도 없었다.

"바빠, 비켜!"

"미안한데, 할 얘기가 있어. 이런 식으로 붙들어서 미안한데, 회장님의 정식 통보야."

"무슨 회장님?"

"누구겠어? 성이찬 당신의 아버지 성 회장님의 통보지."

희연은 가만히 이찬을 내려다봤다. 보나마나 잎새에게 가려던 길이었겠지. 그녀는 음산한 미소를 입가에 머금고 그를 내려다봤다. 그가 날카로운 턱선에 섬세한 힘줄을 일으켜 세우더니 어금니를 억세게 사리물었다. 불만이 가득 밴 표정이었다.

그가 시선을 돌려 그녀를 올려다봤다. 그의 눈동자 속에 억눌린 분노와 증오가 격렬하게 소용돌이치고 있는 것이 읽혔다. 하지만 그런 눈빛조차도 짜릿짜릿했다. 이런 때 아니면 눈도 마주치지 않았던 그였다. 그가 어떤 이유로 그녀와 절대 결혼은 하지 않겠다고 하는지 모른다. 현재는 비서가 그 일을 쫓고 있으니, 알게 되면 뭔가 다른 방도를 찾겠지만 모르니까 지금은 하던 대로 몰아치는 것 외에는 할 게 없었다.

"근처에 차를 제대로 주차해, 입주민들에게 원성 사지 않으려면."

경고를 한 이찬이 외부 주차장에 주차를 하더니 담배 하나를 꺼내 물고 그녀가 주차하기를 기다렸다. 보통 사람이라면 이런 경우 시각이 늦었으니 올라가서 얘기를 하자고 할 만도 하건만, 이찬은 오물이라도 묻은 소 보듯 그녀를 대했다. 그녀는 그의 곁에 두 다리를 어깨 너비만큼 벌리고 꼿꼿이 섰다. 이 와중에 자신감이라도 없으면 그를 제압하지 못할 것 같았다.

"무슨 소릴 하려는 거야?"

"해외 출장 명령이 떨어졌어."

"뭐?"

"나는 백화점 경영 관련 프로젝트가 걸려 있지만, 당신은 용건

건설 대표로 해외에 방문하는 거야. 중요한 사업 회의가 있어. 우선 일본으로 출국해서 사흘 일정으로 베트남을 방문해 현지 건설 현장 등을 둘러본 뒤 중국으로 향할 예정이야. 베트남에서 협업하기로 얘기가 된 베트남 측 사장단과 경영전략 회의를 열어 아시아 시장 상황을 점검할 계획이야. 현지 건설 현장 추가 투자 여부를 타진하고 향후 전략 등도 구상할 예정이지. 베트남 현지에서 고위 공직자와의 면담도 진행할 예정이고, 투자 계획 설명도 듣게 될 거야. 우리 쪽에서 18억 달러를 베트남 쪽에 투자할 예정인 대형 프로젝트가 있는데, 이 부분에 투자를 우리 회사에서 지원하기로 되어 있어. 아버지는 이찬 씨를 따라가 보라고 하셔."

"나 혼자 나서도 될 일이야."

"말했잖아, 투자 지원하는 건 우리 쪽이 될 거라고. 공동투자의 프로젝트안이야. 대충 넘어갈 수 있는 문제가 아니라고. 게다가 차기 경영진인 이찬 씨와 내가 쫓아가. 물론 우리 언니도 같이 나설 예정이고."

이찬은 극도로 피로감을 느꼈다. 이런 중대한 사안을 왜 자신에게 전달하기도 전에 희연의 입을 통해 전해 들어야 하는지 이해할 수 없었다. 서늘한 이찬의 눈매가 가늘어졌다. 그는 가만히 희연을 바라보며 물었다.

"넌 정말 아무 의도 없이 나를 쫓아가겠다는 건가?"

"물론이야."

이찬이 등 뒤로 어둠을 온통 휘감고 지배자처럼 오만한 눈빛으로 그녀를 바라봤다. 등불 아래 그녀를 지그시 바라보는 그의 눈빛이 더욱 짙어져만 갔다. 진실을 꿰뚫어 보고 금방이라도 호되게 야단이라도 칠 것 같아 금세 심장이 오그라들었다. 그의 눈은 늘 그녀 앞에서 불을 끈 까만 방 같았다. 그녀만 보면 위협적으로 위험한 야만의 매력을 한껏 내뿜는 남자였다. 그 애한테는 한없이 다정했으면서, 자신에게만은 늘 어둠의 지배자처럼 더없이 냉혹한 남자.

"좋아, 뻔한 짓을 할 시에는 당장 파혼이야. 물론 결격 사유는 네 쪽에서 제공해. 우리 쪽이 다치는 일 없게. 너와 나는 표희연과 성이찬으로 끝날 문제가 아니라는 거 잘 알 테니까."

사업적인 감각 하나는 빼어난 남자인데다 촉도 예리했다. 무언가 대기 중이라는 걸 어렴풋이 느끼는 듯했지만, 글쎄. 성이찬은 절대로 표희연의 음험한 음모까지 도출해 낼 만큼 비열한 인간은 아니니까.

"잘 알아. 영특하게 굴 테니까 염려하지 마. 내가 조급해하면 당신도 그만큼의 속도로 날 지켜워한다는 것도 매우 잘 알아."

"이만 가봐."

더는 눈을 마주치고 있어야 할 이유가 없다는 듯 그는 태우던 담배를 바닥에 던져 비벼 끄더니 바지 주머니에 손을 찔러 넣고 그대로 가버렸다. 뒤 한 번 돌아보지 않았다. 희연이 냉소를 머금은 눈빛으로 그를 노려봤다.

'두고 봐, 나를 아내로 인정할 수밖에 없게 될 거야.'

그녀는 바로 붉은 세단에 시동을 걸었다.

지금 파형은 눈이 가려진 채로 끌려가는 중이었다. 덩치가 큰 사내 둘이 무작정 그를 끌어다 차에 태우더니 무작스러운 힘으로 눈에 끈을 묶었고, 두 팔과 다리에도 칭칭 끈을 감았다. 그리고 어떤 말도 하질 않았다. 파형은 초조함으로 겨드랑이는 물론 등줄기까지 땀으로 옷이 젖어 들어가는 걸 느끼면서 마른침을 연거푸 삼켰다. 그가 1억을 빌린 업자들이 돈을 갚으라고 협박이라도 할 생각으로 이런 짓을 하는 거면 어쩌나 오줌이 다 마려울 지경이었다.

　　"저기, 선생님들…… 제가 곧 돈은 갚겠습니다."

　　"입 다물어."

　　우직한 목소리였다. 심장이 철렁 내려앉은 파형은 오들오들 떨면서 입을 다물었다. 옆에 앉은 사내의 팔뚝 근육이 울퉁불퉁하게 움직이면서 그를 압박했기 때문이다. 사내가 가만히 파형의 허벅지를 잡더니 지그시 누르는데, 그 힘이 상당했다. 이대로 피부를 뚫고 들어와 뼈 하나를 꺼내간다고 해도 소리 한 번 내지 않고 버틸 용기까지 생겼다.

　　그렇게 얼마를 갔는지 모르겠다. 그에겐 지금 1분이 1년처럼 길게 느껴졌으니까. 차가 멈춰 서더니 자갈밭인 듯 어스럭거리는 소리가 요란하게 들렸다. 그는 코를 최대한 씰룩거려 눈을 가린 안대를 어떻게든 올려 코와 눈 사이에 틈을 만들기 시작했다.

　　무언가 아래쪽으로 어렴풋이 보였다. 차의 바닥이다. 곁에 앉았던 사내가 내리면서 그를 잡아당겼다. 파형이 어구구 소리를 내며 옆으로 무너지려 하니까 사내가 뒷덜미를 잡아 꼿꼿이 세웠다.

"오셨습니까, 형님!"

"형님, 안녕하십니까!"

깡패들의 문안인사가 줄을 잇기 시작했다. 수십 명의 구둣발이 눈에 들어왔다. 이쯤 되고 보니 파형은 자신이 이제 곧 깡패 놈들에게 죽도록 얻어맞고 산 채로 장기를 뜯긴 뒤에 드럼통에 시멘트와 함께 파묻혀 바다에 던져질지 모른다는 생각에 몸서리가 쳐졌다. 그렇게 질질 끌려 어딘가로 들어갔다. 검은 방엔 주홍빛 불빛만 바닥에 둥글게 퍼지고 있었다.

"앉아!"

파형이 무릎을 꿇고 주저앉자, 근처에 있던 기척이 순식간에 지워졌다.

"네놈이 박파형이냐?"

"네? 네…… 그, 그런데 누구신지?"

"네놈한테 받을 빚이 있는 분이시지. 쳐라!"

말이 끝나자마자 수십 개의 구둣발이 파형을 짓이기기 시작했다. 방어해 보려 손을 움직였지만 두 팔은 등 뒤로 묶인 채였고 발 또한 꽉 묶인 채였다. 옴짝달싹 못하고 그대로 얻어터지다가 옆으로 발랑 드러누워 버렸다. 이대로 죽는구나 싶었다. 어느 놈의 구둣발이 폐부를 찍었다. 숨이 쉬어지질 않아 생사의 기로에 놓였다. 눈앞이 검게 너울거렸다. 무언가를 감고 있는데도 검은 물이 차올랐다.

'사, 살려줘…….'

"해결했답니다."

차창 문을 조금 연 이찬은 밖에 선 김 기사에게 손을 까딱했다. 김 기사가 곧장 차에 오르더니 휴대폰을 건넸다. 이찬이 휴대폰에 귀를 대고 낮지만 단호하고 위압적인 음성으로 물었다.

"어떻게 마무리하신 겁니까?"

[말씀하신 대로 노름방 근처엔 오지 못하게 잘 말해두었습니다. 아마 당분간은 일어나지 못할 겁니다. 돈은 따박따박 월세 주듯 주겠다고 했습니다. 근처에 우리 애들이 쫙 깔렸다고도 협박을 해 뒀으니, 허튼수작은 안 하겠지요. 미리 선납해 주신 육천은 감사합니다. 나머지 사천에 대해서만 놈에게 받도록 하겠습니다. 당분간 우리 사장님이 소유하고 계신 건물 중 하나의 청소를 맡기기로 했습니다. 위치는 원하신 대로 부산 쪽이고, 월급은 따박따박 저희가 챙깁니다.]

"수고하셨습니다."

이찬은 바로 김 기사에게 휴대폰을 건네고 출발하라는 신호를 보냈다. 김 기사가 차를 몰자 곁에 앉은 신 비서가 물었다.

"괜찮겠습니까, 사장님?"

"이렇게 단속해 두지 않으면 정신 안 차릴 사람이야. 최선책이지. 어쨌든 상황을 좀 더 지켜보도록 하지. 이혼 수속에 대해서는 어떻게 됐나?"

"주 변호사께서는 어려울 게 없다고 하십니다. 이런 경우에는 몇 가지 이혼 사유를 추가한다면 재판을 한다고 해도 무조건 승소한다고…….”

“바로 준비해 달라고 해. 지금 적당히 돈을 쥐어주고 이혼하자고 하면 협의가 가능할 거야.”

“알겠습니다. 한 시간 뒤에 오상희 씨와의 미팅 잡혀 있습니다.”

“바로 이동하지.”

이찬은 입가에 흡족한 미소를 지었다. 파형에게 돈을 받아야 하는 조폭 보스와 김 기사가 만났고, 파형이 갚아야 할 빚 육천을 먼저 주고, 그에 해당하는 1년 치 이자를 더 얹혀주는 대가로 파형을 그쪽 어디든 취직을 시켜 감시 보호하라는 조건을 제시했다.

조폭 보스는 그를 키우려는 스폰 회장과의 유대를 단단히 하기 위해 조바심을 내던 터였고, 이찬은 그 정보를 듣자마자 스폰서가 되어줄 조폭 보스의 회장에게 연락해서 아주 좋은 조건으로 부지 하나를 제공해 주기로 했다. 그쪽 역시 작은 건설사를 운영 중이었기에 말을 꺼내고 합의를 보는 건 어려움이 없었다.

파형을 잡기 위해 그가 내놓은 패는 그리 중대하진 않더라도 어쨌든 꽤나 값비싼 투자가 따랐다. 어쨌든 스폰서 회장은 곧장 조폭 보스에게 압력을 행사해 주었고, 보스는 파형을 압박했고 2년간 곁에서 부려 먹겠다고도 약조했다. 일단 저들에게 이찬의 정체는 전혀 드러내지 않았다. 드러내서 좋을 것이 없으니까. 이런 식으로 복잡하지만 파형을 한동안 다른 지역에 묶어두는 것만으로도 잎새와 상희는 잠시나마 마음의 여유를 느낄 수 있을 것이다.

그리고 계약한 2년이 끝나면 이후엔 이미 이혼이 끝난 상황이고, 파형은 부산을 벗어날 수 없을 것이다. 감시를 멈추지 않을 것이기에.

상희가 상기된 표정으로 이찬을 바라봤다.

"그게…… 정말이에요?"

"일단은 부산병원으로 보냈습니다. 그쪽에서 알아서 처리해 줄 겁니다. 부산에 위치한 빌딩 청소 용역을 맡아 2년간 일을 할 거예요. 그동안 정신교육이 가능하다면 그쪽에서도 해줄 거구요. 당장은 겁을 먹어서 꼼짝 않고 일을 하겠지만, 시간이 지나면 인간이란 해이해지게 되어 있으니 또 무슨 사고를 칠지 모릅니다."

"저도 그 부분을 염려하고 있어요."

상희의 눈동자에 스몄던 안도가 꺼지고 다시 근심이 그늘처럼 번졌다.

"이왕 손을 댔으니, 저도 박파형 씨에 대해 계속 주시하겠습니다."

"고마워요, 이찬 씨. 귀찮은 일에 휘말리게 해서……. 이찬 씨가 잎새에게 호감을 갖고 있다는 걸 알고 이렇게 무거운 부탁이나 하고……."

"아니에요. 8년 전에도 계속 마음에 걸리던 차였어요. 그 버릇이 지금껏 유지되고 있었다는 사실이 경악할 만한 일입니다. 때마침 불미스러운 일도 있고 했으니, 차라리 기회라고 봤습니다. 이때가 아니면 이모님도 모진 마음을 먹기 힘들 테고요."

"서류는 작성하는 대로 그 사람 쪽에 보낼게요."

"아마 도장은 바로 안 찍을지 모릅니다. 하지만 소송을 하려 해도 비용이 부담스러워서 포기할 가능성이 높아요."

"그래 주면 저야 너무 감사하죠. 포기만 해준다면⋯⋯."

"걱정 마시라고 안심시켜 드리고 싶은데, 워낙 변수가 많은 분이니까⋯⋯. 경호원들은 계속 곁에 두세요. 박파형 씨가 또 언제 무슨 짓을 할지는 예측할 수가 없으니까요."

"네, 그럴게요. 고마워요. 집안에 의지할 만한 사람이 없는데, 이찬 씨가 많은 힘이 되네요."

"잎새가 사귀는 사람에겐⋯⋯."

상희가 어색한 미소를 짓더니 말했다.

"그 사람은 아직 좀⋯⋯ 어렵고 그러네요. 잎새도 쉽게 마음을 주려 하지 않는 것 같고요."

"그럼 남자 쪽에서 일방적으로⋯⋯."

"네, 잎새에게 큰 호감을 품고 있던데 잎새가 어려워해요. 잎새 스스로도 사람을 어려워하는 성향을 갖고 있으니까 어쩌면 일시적인 낯가림일 수도 있지요. 시간이 약이라니까, 시간이 지나면 더 친해지고 마음도 생길지 모를 일이구요."

상희는 혹시 이찬이 부담을 가질까 싶어 그렇게 말했다. 이찬에게는 약혼녀가 있으니, 잎새까지 마음 있다는 걸 알면 굉장히 부담스러워할 게 뻔했다.

"잎새가 좋은 사람을 만나야 저도 좋죠."

이찬은 마음에도 없는 말을 해놓고 쓴웃음을 지었다. 혀를 물고 싶을 만큼 시뻘건 분노가 가슴 안에서 선명하게 타오르고 있었다.

❖

며칠 뒤 이른 아침부터 이찬에게 문자가 들어왔다. 갑작스럽게 7일간의 해외 출장 스케줄이 잔혹하게 잡혔다면서, 당분간 연락이 힘들 거라는 문자가. 잎새는 아쉬움이 가득 담긴 얼굴로 그의 문자를 몇 번이나 반복해서 듣다가 그에게 답문을 보냈다. 음성으로 인식하는 휴대폰에 대고 또박또박 말했다.

"돌아오면 맛있는 거 사 먹어요. 잘 다녀오세요."

고작 할 수 있는 말은 이 정도였다. 그와 열렬히 사귀는 연인도 아니기 때문에 그 이상의 말은 어쩐지 오버스러워서 그만뒀다. 몸 안에 열병이 차올라 몸은 늘 뜨거웠다. 혈관 안은 모든 세포가 성이찬이라는 네임택을 달고 흐른다. 온몸이 그였다. 그가 좋아졌다. 하루가 더해질수록 점점 더.

"후우, 일하자!"

깊게 한숨을 내쉰 그녀는 둥근 나무 의자에 앉아 다리를 벌리고 찰흙 더미를 손에 쥐었다. 팔과 다리를 완성하고 이젠 발과 손을 만들어야 했다. 손과 발은 섬세함을 요구하기 때문에 시간이 좀 오래 걸렸다. 혈관도 생생하게 집어넣어야 했고, 손가락 마디마디마다 팬 주름도 넣어야 했다. 손톱과 손톱 끝의 무딘 부분까지 세세히 살려 넣고 싶었다. 할 수만 있다면 피부의 감촉까지도 넣고 싶었다.

"잎새야, 전화 왔다."

잎새가 고개를 들자마자 상희가 휴대폰을 그녀의 손에 쥐어주었다. 음악을 크게 틀어놓고 작업하느라 휴대폰을 상희에게 맡겨둔 터였다.

[나야, 잎새 씨.]

잎새를 '씨'로 부르는 사람은 호준뿐이었다. 혹시라도 이찬인가 싶어 기대했던 가슴이 찬찬히 얼어붙었다. 잎새는 침착한 어조로 대답했다.

[저녁에 약속 있어?]

"아뇨. 무슨……."

[잘됐다. 그럼 차를 보낼 테니까, 잎새 씨가 나한테 올래?]

"어디로 가는 건데요?"

[그런 걸 일일이 알려주는 건 재미없잖아. 내 매니저를 보낼 거야. 삼식이라고, 염삼식. 뚱뚱하고 머리는 빡빡 밀어서 얼핏 보면 강호동같이 생긴 녀석이야. 이따 6시쯤에 데리러 갈 테니까 예쁘게 하고 와. 소개해 주고 싶은 사람이 있어서 그래.]

"네? 하, 하지만 갑자기……."

[잎새 씨, 나 잎새 씨 많이 좋아해. 그런데 내가 이렇게 정성들이는 만큼 잎새 씨는 날 위해 너무 아무것도 안 하는 거 아니야? 나 정말 가슴에 상처 입었어. 남자라고 해서 상처받지 않는다고 생각하면 오산이야. 난 예민한 남자라고. 부탁인데, 날 속상하게 하지 말아줘. 내가 누군지 알잖아. 유명한 영화배우 한호준이야. 그런 내가 잎새 씨라면 껌뻑 죽잖아. 난 지금 그것만으로도 자존

심을 다치고 있어. 이런 날 배려한다면 거절의 말은 꺼낼 생각도 하지 마. 알겠지? 그럼 이따 보자.]

잎새가 가느다랗게 한숨처럼 겨우 대답을 하고 휴대폰을 끊었다. 그의 말이 하나도 틀리지 않아서 뭐라 말도 할 수가 없었다. 한국, 아니, 아시아 황제라는 소리를 듣는 남자가 그녀에게 전화를 해서 이렇게 애걸복걸하게 만드는 건 좀 아니지 싶었다. 정말 자존심에 크게 상처를 입을 일이기는 했다. 그렇지만 부탁이 너무 뜬금없었다.

"이모, 태블릿 PC에서 한호준 씨에 대해 검색 좀 해보세요."

"잠깐……."

"한호준 씨, 오늘 일본서 돌아오나요?"

상희가 인터넷을 열어 한호준을 검색창에 찍고 엔터를 치자마자 금의환향하는 한호준의 공항 샷이 기사로 넘쳐나고 있었다.

"그러네, 들어왔어. 공항에 팬들이 진을 치고 있었나 보다."

"이모, 나 저녁 약속 잡혔으니까 입을 옷 좀 준비해 줘요. 최대한 세련되게……."

"스타일리스트 불러야겠다. 연예인 남친이 생기니까 여러모로 힘드네."

잎새는 바로 주인에게 전화를 걸었다. 이게 다 주인 때문이니까, 주인한테 책임지라고 해야겠다.

[콜록, 콜록! 친구야.]

주인이 꽉 잠긴 음성으로 전화를 받았다.

"어? 왜 그래? 기침이 왜 이렇게 심해?"

주인이 쇳소리를 내면서 꽉 쉰 음성으로 말했다.

[개도 안 걸린다는 감기에 걸렸지 뭐냐. 쿨럭쿨럭. 오늘 학원도 아는 언니가 대신 맡아주기로 하고 나는 집에서 뻗었다.]

"내가 갈까?"

[됐어! 감기 옮아서 좋을 거 뭐 있다고. 넌 작업이나 열심히 해. 그런데 오랜만이다? 바쁘셔? 연애하시느라?]

"아니, 너 몸만 괜찮으면 잠깐 나와보라고 하려 했지."

[날 왜?]

"호준 씨가 만나자고 하는데, 혼자 가는 건 영 불편하고…… 너랑 같이 가면 덜 어색하지 않을까 싶어서."

[뭐야? 너희들 아직도 내외하는 사이야? 호준 씨 의외로 박력이 부족한가 보다. 남자가 싸나이로 태어났으면 마음에 드는 여자를 가만두지 말고 힘껏 밀어붙여야지, 이게 뭐야!]

"됐어. 지금도 심란해 미치겠는데 뭘 밀어붙여."

[왜? 왜? 무슨 일 있었어? 너희 어디까지 갔니? 했어?]

"그건 좀 아니지 싶다. 그리고 감기 걸렸다는 애가 아까까지만 해도 죽더니, 지금은 펄펄 나네?"

[흐흐흐, 내가 그런 얘길 좋아라 하잖니. 그런데 어쩌냐? 내 컨디션이 정말 메롱이네. 같이 가고픈 마음은 굴뚝인데…….]

"됐어. 쉬어. 나중에 다시 전화할게. 밥 한 번 살 테니까 보자. 아님 집으로 오던지."

[오키, 오키! 난 또 열탕과 냉탕을 열나 오가야겠다. 잘 다녀와. 사진이라도 찍어서 보내라, 뭔 재밌는 짓을 했는지. 응?]

"그래, 끊자."

휴대폰을 끊은 잎새는 허리를 앞으로 푹 꺾고 머리를 양손으로 싸쥐었다. 키스를 했던 남자다. 이찬과는 우주까지 다녀와 놓고 처음 입을 맞추는 사람처럼 구는 이유는 불편함 때문이었다. 무언가가 가슴 안에서 버석거렸다. 원치 않는 일이 벌어지는 게 싫었다.

구구절절 불편한 이유를 드러내야 하고 날카롭게 날을 세우고 상대에게 찔러 넣어야 하는 것도 싫어서 아예 그런 일이 일어나지 않도록 거리를 뒀음 싶었다. 자신에게 누군가를 상처 줄 자격이 있느냐 묻는다면, 없다. 자신만만하고 당당했던 발레리나 시절의 정잎새는 없다. 지금은 어린애 같은 정잎새를 가슴에 감춰두고 어른인 척 용감하게 버티고 선 정잎새만 있었다.

혼란한 아침

　　호준의 초대를 받은 잎새는 붉은 레이스가 치마 전체를 감싼 스커트에 벨 슬리브 형태의 화이트 셔츠를 입었다. 목 부분이 차이니스 옷깃으로 우아하고 품위 있어 보였다. 구두는 붉은 바탕에 펄감이 느껴지는 에나멜 힐을 신었다. 헤르메스 시계를 팔목에 두르고 손에는 루이뷔통 최신상 핸드백을 들었다. 물론 잎새에게는 무용지물인 것들이었지만, 정안인들이 모여 있는 곳에 갈 때면 늘 상희가 이런 식으로 챙겨 입혀주었다. 절대 기 죽지 말라는 의미라는 걸 아는 잎새는 되도록 상희가 챙겨주는 방식에 토를 달지 않았다. 스타일리스트의 도움을 받아 잘 차려입은 잎새가 거울 앞에 섰다.

　　"헤어스타일은 어때요?"

"옆가르마를 타서 팽팽하게 머리카락을 잡아당겨 정수리 아래쪽으로 단단히 묶어두었다. 상당히 세련돼 보인다. 립스틱은 새빨간 체리 빛이야. 뭘 먹을 때 거치적거리겠지만, 아름답고 섹시한 이미지를 위해선 어쩔 수 없는 선택이었어. 어때? 마음에 드니?"

"색감은 마음에 들어요."

"그래? 다행이다."

잎새는 초조한 얼굴로 휴대폰을 들어 시각을 체크했다. 휴대폰에서 목소리가 들려왔다. 현재 시각은 5시 30분이라는.

"이모, 저 마실 것 좀 줄래요?"

"잠깐, 스타일리스트 언니 가신다니까 배웅 좀 하고."

잎새는 한자리에 인형처럼 서 있다가 왔다 갔다 반복했다. 이찬은 아직 비행기에 있을 가능성이 높았다. 그게 아니라면 시차에 적응하느라 바쁠지도 모른다. 그가 보고 싶다. 호준을 만나면서도 과연 이게 잘하는 짓인지 모르겠다. 이찬을 좋아하는 마음을 조금이나마 지우기 위해 하는 행동이긴 하지만, 호준을 만날 때마다 그에게 미안한 감정만 커져 갔다. 그를 속이고 만나는 것만 같아서. 그런 줄도 모르고 호준은 그녀에게 최선을 다했다. 잘생긴 영화배우가 그녀에게 다가왔고, 정성을 다하는데 어쩔 줄 몰라 하며 거부하는 건 어쩐지 호강에 겨운 듯도 보였다.

똑똑.

잎새가 고개를 돌렸다.

"잎새야, 호준 씨가 벌써 차를 보냈어. 지금 나갈래?"

"벌써요?"

"응, 그 매니저라는 사람이 와서 기다리는구나. 이러고 있을 바에는 먼저 가서 만나고 일찌감치 오는 게 어떠니?"

"그게 낫겠어요."

잎새는 핸드백을 손에 쥐고 접이식 지팡이를 펼쳐 계단을 내려가 거실을 가로질렀다. 마당을 지나 대문 앞쪽에 서자 투박하고 걸걸한 음성이 들려왔다.

"안녕하세요! 염삼식입니다. 반갑습니다. 우와, 정말 대단한 미인이신데요?"

하이톤으로 시작된 삼식의 말에 잎새가 피식 웃음을 지었다. 삼식의 안내를 받아 밴에 오른 잎새는 문이 닫히기 전에 상희에게 인사를 건넸다.

"그래, 조심해서 잘 다녀와."

"전화 드릴게요."

"그래. 우리 잎새 좀 잘 부탁드릴게요."

"네, 어머님!"

삼식은 상희와 잎새의 관계를 모르고 어머님이라고 말한 뒤 쫄래쫄래 차 문을 닫았다. 그가 시동을 걸더니 '출발합니다'라는 우렁찬 소리와 함께 밴이 움직이기 시작했다. 잎새는 가만히 앉아 휴대폰에 이어폰을 연결하고 귀에 꽂았다.

늘 듣던 친숙한 음악이 귓속으로 들어오자 마음이 조금은 안정되었다. 자신의 영역이 아닌 다른 사람의 영역으로 들어가는 일이었다. 그녀로서는 대단한 각오가 필요한 일이었다. 경험해 보지 못한 곳으로 가기 때문에 신경을 바싹 곤두세우고 다녀야 했다.

피로감이 몇 배나 드는 일이었다. 어디서 부딪칠지 모르기 때문에 주의를 요하는 일.

이찬이 떠올랐다. 이찬이라면 불편할 새 없이 그녀의 곁에서 일일이 보살펴 주고 충고해 줬을지 모른다. 이찬에게는 그런 누나가 있다니까, 그녀의 불편함을 너무도 당연하다는 듯 이해해 줘서 편했다. 하지만 호준은 달랐다. 호준에게 도움을 바라기보단 혼자 해 나가고 싶었다.

한참을 달린 끝에 드디어 차가 멈춰 섰다.

"도착했습니다, 잎새 씨! 내리실게요."

잎새를 배려한 삼식이 문을 열더니 잎새의 손을 잡아주었다. 잎새는 삼식에게 의지해 땅에 내려섰다. 바닥이 자갈길 같다. 사각거리는 소리가 들려왔다.

"여긴 호준 형의 개인 별장이에요. 아지트 같은 곳이죠."

"위치가 어떻게 돼요?"

"분당 끝자락입니다. 그래도 한적한 편이라 답답할 때는 여기 자주 오는 편이에요. 자, 이쪽으로."

건물로 다가갈수록 쿵쾅거리는 음악 소리가 점점 커졌다. 무슨 일인가 싶어진 잎새가 삼식에게 물었다.

"음악 소리가 왜 이렇게 크죠? 클럽 같아요."

"맞아요. 오늘 호준 형 생일이라 파티가 열렸어요. 생일 축하 파티죠. 지금 저 안에 손님이 엄청나게 와 계세요."

삼식의 안내를 받던 잎새가 우뚝 걸음을 멈췄다. 남들 앞에 잎새를 공개할 예정인 것인가? 아직 둘의 관계는 어떻다고 말할 계제가 아니었다. 어정쩡한 상황에서 왜 지인들을 자신에게 보이려 하는가!

"가시죠. 어려워 마세요. 다들 좋은 분들이세요."

그건 어디까지나 삼식의 생각일 뿐이었다. 낯선 시각장애인 상속녀를 바라보는 다른 이들의 시선은 분명 다를 것이다. 잎새의 얼굴이 급격히 창백해지면서 차디차게 굳기 시작했다. 삼식에게 잠깐 멈춰달라 말한 잎새가 단호한 얼굴로 말했다.

"호준 씨 좀 불러 주실래요? 지금 당장이오."

단호한 어조로 냉정하게 말하는 잎새의 표정에 질린 삼식이 잠시만 기다리라며 안으로 사라졌다. 5분 정도 시간이 흐른 뒤에 익숙한 음성이 들려왔다.

"와아, 정말 정잎새 씨 맞아?"

잎새가 천천히 소리가 들리는 쪽으로 고개를 돌렸다.

"정말 아름다운데?"

"호준 씨, 오늘 이 자리 뭐죠?"

"내 생일 파티지. 하지만 그렇게 말하면 잎새 씨가 부담스러워할까 봐 말은 하지 않고 부른 건데…… 뭐가 잘못됐어?"

"물론이에요. 저와 호준 씨가 대체 뭐라고 생각하는 거죠? 저하고 호준 씨는 아직 무엇도 아닌 관계예요."

"누가 어떤 관계이기 때문에 잎새 씨를 불렀다고 했어? 친구잖아. 엄연히, 내가 작업하고 있는 여자이기도 하지만 친구. 우린 서로 꽤나 친한 편이라고 생각하는데? 아닌가?"

입이 딱 막히게 하는 언변이었다. 그의 말이 틀린 것도 아니었다. 그는 그녀와 친해지기 위해 나름의 노력을 퍼붓고 있으니, 그녀가 '남자'라는 자리를 내어주지 않은 이상 둘은 '친구'일 수밖에 없는 상황이었다. 굳이 좋게 해석하자면 '친구'. 그의 말이 틀린 것도 아니었다.

"섭섭한데? 내 생일이니까, 잎새 씨가 오히려 미안해할 것 같았는데. 그 부분이 조금 걱정되었는데, 되레 나한테 화를 내니까 당황스러운데?"

"전 호준 씨의 지인들과 만나고 싶지 않아요. 전 구경거리가 되는 걸 원치 않아요."

"걱정도 유분수지. 당신은 그저 내가 아는 아티스트 중 하나로 소개될 뿐이야. 그 어떤 설명도 붙지 않을 거고. 당신을 모르던 사람들에게 당신을 소개하고 당신이 얼마나 대단한 사람인지 알리는 것도 괜찮다고 생각하는데? 잎새 씨같이 역경을 딛고 예술가로서 자리매김하는 일이 쉬운 일은 분명 아니기 때문이야."

잎새는 난처한 표정을 하고 서서 들어가려 하지 않았다. 호준은 부러 더 잎새를 곤란하게 공격했다. 자신의 생일에 와서 초치면 큰일 난다는 식의 발언으로. 그렇게 잎새의 팔목을 잡아끌었다. 잎새가 호준에게 억지로 끌려 집 안으로 들어갔다.

"전부 2층짜리 집이야. 전체적으로 그레이 톤을 유지했고. 아마 봤으면 완전히 반했을 거야. 거금을 들여 대대적인 공사를 했거든. 이 건물은 유명한 건축가 진유이 씨가 해줬지."

잘 아는 건축가였다. 몇 번인가 소개를 받아 만난 적도 있으며, 진유이가 그녀에게 몇 가지 오브제 설치를 제안한 적도 있어서 딱

한 번 같이 작업을 했던 일도 있었으니까. 이 집이 얼마나 멋있을 지는 보지 않아도 보였다. 진유이가 어떤 스타일로 건축하는지 대충은 알고 있으니까. 집 안으로 들어가자 귀가 터질 듯한 음악 소리가 들려왔다.

"클럽 분위기를 조성하기 위해 파티플래너를 고용하고 몇 달간 기획해서 만들었지. 내가 일본에 간 새에 이렇게 확 바꿔놓았을 줄은 몰랐어."

호준은 잎새가 혹시라도 소외감을 느끼게 될까 봐 열심히 현재 분위기를 설명했다. 내부는 온통 푸른빛 아니면 보랏빛이었고, 사이키 조명과 미러볼이 현란하게 움직이며 빛을 점멸하고 있었다. 레이저도 사방에서 정신없이 쏘았기 때문에 집 내부는 온통 들썩 거리는 남녀로 바글바글했다. 그는 잎새를 데리고 바 카운터로 향했다. 임시 바엔 바텐더가 대기하고 있었다.

"가벼운 걸로."

바텐더는 바로 칼루아를 내놓았다. 알코올 도수가 위스키보다 낮은데다 커피맛과 단맛이 강해 여성들에게 인기가 좋은 술이기 때문이다. 호준은 잎새에게 칼루아 잔을 밀고, 그녀의 손을 잡아 잔을 쥘 수 있도록 해주었다.

"마셔, 칼루아다."

"……네."

목소리에 여전하게 감도는 갈등이 그를 약간은 짜증스럽게 했다.

"호준 씨!"

여자 목소리가 들렸다. 호준이 잎새에게 '잠시만'이라고 말하더니 앞에서 사라졌다. 생일인 그를 위해 뭘 해야 할까? 선물도 준비하지 못했으니 적어도 그가 기분 상하지 않도록 뭐든 해야 하는 게 아닌가 싶어 마음이 복잡해졌다.

"저기요."

여자 한 명이 다가와 잎새의 곁에 앉았다.

"호준 씨랑 잘 아는 사이세요?"

"네? 아…… 친한 정도예요."

"뭐 하는 분이세요?"

"조각가예요."

"이름이…….."

"정잎새라고 합니다."

잎새는 경계심 없이 자신의 직업을 밝혔다.

"호준 씨랑은 언제 알게 된 사이인가요?"

"몇 달 안 됐어요."

"그런데 친하다고 말할 수 있는 거예요?"

그게 왜 이 여자에게는 질문거리가 되는지 갑자기 의아해진 잎새는 미간을 좁히고 굳은 얼굴로 물었다.

"누구시죠? 저도 이름을 밝혔으니, 그쪽도 신분을 드러냈으면 하는데요."

"아, 안녕하세요. 저는 방송국 PD구요. 호준 씨랑은 친한 친구예요. 호준 씨랑 오래 알고 지내서, 여기 분위기와 전혀 어울리지 않는 정잎새 씨를 보고 호기심이 생겨서요. 정잎새 씨에 대해 지금 바로 검색을 했거든요."

"네?"

"제가 휴먼다큐 쪽에 관심이 많은데요, 잎새 씨 이야기가 상당히 드라마틱해 보이네요. 혹시 관심 없으신가요?"

"미안한데, 그런 제안은 숱하게 받았고 저는 그런 쪽에는 전혀 관심이 없어요. 제가 하는 일에 신념이 확고부동한 사람이라면 저를 노출시키겠지만, 전 불완전한 인간일 뿐이에요. 완성된 하나의 인격체라고 보기 힘든, 매 순간 갈등 속에서 휘청대는 나약한 인간이오."

"흠, 안타깝네요. 호준 씨와 잘 아는 사이라면 충분히 타진해 볼 수 있는 아이템이거든요. 아시잖아요. 이 바닥에선 돈 되는 아이템이라면 다들 환장하는 거. 호호, 말이 이래서 미안해요. 나중에 연락 주세요. 명함 하나 드릴게요."

여자가 잎새의 손바닥 아래 명함을 하나 끼워 넣고 인사를 한 후 사라졌다. 혀끝이 썼다. 자신에게는 깊은 상처를 새긴 과거가 누군가에게는 이득을 주는 장사용 아이템으로밖에 보이지 않는다는 사실이.

"이봐요."

까칠한 목소리가 들려왔다. 잎새가 고개를 돌리자 등 뒤에서 여자가 말을 건넸다. 목소리는 살짝 하이톤에 콧소리가 유난스러웠다.

"누구세요?"

"말하면 알아요? 눈도 안 보이면서?"

대뜸 모욕적인 언사로 상대를 공격하는 걸 보니, 이런 말로 그녀가 모욕감이나 수치심을 느끼기를 상대는 바라는 듯 보였다. 냉혹한 적의가 말투에서 뿜어져 나왔다. 이런 일에 대응하지 못할 만큼 어수룩한 그녀가 아니었다.

　"다 보이는 게 장점이라는 듯 말하지만, 사실 보이는 게 전부는 아닐 때가 더 많죠. 무슨 일로 그러시죠?"

　"허, 참! 잘난 듯이 말하지만 이거 하나만 빼앗으면!"

　고이 접어 팔목에 끼고 있던 지팡이가 갑자기 팔목에서 확 잡아당겨지더니 사라졌다. 놀란 잎새가 스툴에서 일어나 섰다.

　"걸어봐요! 걷지도 못하잖아. 한 치 앞도 안 보이는 이런 데서 어디로 갈 건데? 지팡이 하나 없으면 눈먼 바보면서!"

　잎새는 차분하게 가라앉은 눈빛으로 목소리가 들리는 방향을 노려봤다. 동요할 필요는 없었다. 이 자리에 그대로 선 채 가만히만 있으면 상대에게 휘둘릴 일은 없을 테니까.

　"내놔요."

　잎새는 차분하고 침착하게 명령했다. 여자는 킥킥 조소하더니 어딘가로 휙 지팡이를 집어 던졌다. 바닥에서 무언가가 내동댕이쳐지는 소리가 들렸지만 삽시간에 커다란 음악 소리에 묻히고 말았다.

　"찾아봐요, 찾을 수 있으면."

　"저한테 왜 이러죠?"

　"한호준한테서 떨어져, 장님!"

　"이봐요. 한호준 씨와 전 어떤 관계도 아니에요."

"웃기네. 호준 씨가 관심도 없는 여자 옆에 오래도록 같이 있는 남자인 줄 알아? 절대 그래 주지 않는 남자야. 호준 씨는 당신 같은 장애인이 넘볼 상대가 아니라고! 알아?"

"누구세요?"

"나? 후훗, 한호준 씨 팬이라고만 알아둬. 내가 당신 요주의 인물로 지켜보고 있어. 한호준 씨한테서 당장 떨어져 버려. 알았어?"

여자는 잎새의 어깨를 거칠게 밀치고 어딘가로 사라졌다.

"옆에 누구 계세요? 저기요!"

아무리 외쳐도 대꾸하는 이가 없었다. 그저 시끄럽게 쿵쾅대는 클럽 음악 소리만 유난하게 들릴 따름이었다. 당황스러웠지만, 잎새는 아랫입술을 꽉 물고 최대한 감정을 억눌렀다. 이젠 주저앉아 바닥을 더듬거릴 수밖에 없었다. 지팡이를 찾아야만 했다. 그게 있어야만 되돌아갈 수 있었다. 그녀에게는 눈이었다. 이런 식으로 이유 없이 맹렬한 공격을 받을 때는 세상 밖으로 괜히 나왔구나 싶어졌다. 차라리 우물 속에서 적당히 자기 위안이나 하면서 지낼 걸, 그랬다가도 분개했다. 눈먼 게 내 탓은 아닌데. 자신이 원해서 이렇게 된 게 아닌데. 왜 사람들은 장애조차도 자신이 원해서 그리된 것처럼 상대를 삿대질하고 멸시하는지 이해할 수가 없었다. 눈물이 솟구치려 했지만 참았다. 여기서 울어버리는 것은 더욱 자존심 상하는 추태이니까.

"자, 여기."

다정한 손길이 다가와 잎새의 어깨를 쥐고 다른 한 손은 잎새의 손등 위에 지팡이를 댔다. 잎새가 손을 들어 지팡이를 쥐고 천천히 일어섰다.

"누가 이랬어?"

호준의 음성은 분노 때문인지 낮게 가라앉아 있었다.

"그냥, 제가 떨어트렸어요."

잎새가 거짓말을 하고 있었다. 그가 유명한 감독에게 붙들려 옴짝달싹못하는 사이 잎새의 곁으로 검은 모자를 눌러쓴 여자 한 명이 다가가는 것을 봤다. 그저 스쳐 지나는 것인 줄 알았지만 뒷덜미가 켕겨서 계속 눈을 고정시켜 두고 있었는데, 아니나 다를까 잎새에게 해코지를 하고 사라졌다.

잎새의 표정은 의외로 단호했고 침착했다. 최선을 다해 휘둘리지 않으려 엄격한 눈빛으로 상대를 바라볼 뿐이었다. 감독이 놓아주고 나서야 잎새에게 다가온 그는 바닥을 더듬고 있는, 파티 분위기와는 완벽하게 반대되는 잎새의 행동이 그녀가 앞으로도 쭉 짊어지고 가야 할 삶임을 깨달았다.

어떤 이들에게는 멸시와 공격의 대상일 수밖에 없는, 무언가 하나가 결핍된 인간. 양육강식의 세계에서는 아예 도태되는 약점을 지닌 장애는 인간의 세계에서도 보이지 않는 부당한 대접으로 도태를 강요당할 수밖에 없는 약점인 셈이었다. 잎새를 그저 꼬시기 위한 여자로만 인지하던 그가 처음으로 그녀의 장애를 똑바로 바라봤다. 잎새에게는 큰 문제가 아니었지만, 다른 이들에게는 문제점으로 인식되는 것. 그런데 상당히 불쾌했다. 왜 이토록 나약한 사람을 괴롭혀 스스로가 강자라는 우월감에 사로잡히려 한단 말인가? 스스로가 얼마나 모자라기에? 그는 속으로 혀를 끌끌 차며 잎새의 곁에 한 무릎을 접고 몸을 굽혔다. 호준이 잎새를 부축해서 밖으로 나왔다.

"산책이나 할까? 집은 좀 시끄럽고⋯⋯."

그는 잎새의 기분을 달래주고 싶었다.

"생일인데, 변변한 선물 하나 준비 못해서 미안해요."

"그런 건 신경 쓰지 마."

갑자기 짜증이 치솟았다. 험한 일을 당해놓고 아무렇지도 않은 얼굴로 그깟 선물 운운하는 게 그로서는 화가 치밀었다. 자신의 속을 절대로 드러내지 않는 강인함. 그에게 마음을 털어놓고 싶지 않기에 아무렇지 않은 척한다는 것을 잘 알기에 치미는 화였다. 그가 나쁜 목적을 갖고 그녀에게 접근했음을 그녀는 본능적으로 느끼는 듯했다. 그렇지 않고서는 이렇게 엄격하게 거리를 둘 수는 없었다. 지금까지 어떤 여자도 이렇게 그를 힘들게 한 적이 없었다. 부드럽게 대하면 하나같이 착각하고 그를 자신의 남자로 단정 지으려 하며 넘지 말아야 할 선을 넘어 그를 분노케 했다. 하지만 잎새는 늘 냉정했다. 그는 참담한 심정으로 잎새를 바라보며 그녀의 손을 지그시 잡았다. 잎새가 손을 빼내려 하자 그가 버럭 성질을 부렸다.

"좀 가만히 내가 하자는 대로 좀 해주면 안 돼?"

잎새가 흠칫 놀라 굳은 표정으로 그를 올려다봤다. 왜 화를 내냐는 듯 그녀의 순진한 눈망울이 요동치고 있었다.

"나는 잎새 씨에 대해 더 많은 걸 알고 싶어. 내가 말했잖아, 정잎새 씨 좋아한다고. 많이 알고 싶어서 틈만 나면 곁에 있으려고 없는 시간 쪼개서 곁으로 가는데…… 잎새 씨는 그런 내가 우스워? 시간이 남아돌아서 잎새 씨한테 찾아가고 친절한 웃음 지어 보인다고 생각하는 거야?"

"아니, 저는……."

"왜 그렇게 거리를 두는 건데? 내가 언제 잎새 씨를 통째로 달라고 했어?"

잎새가 이렇게 우왕좌왕 그에게 휘둘려서는 안 될 것 같기에 단호한 표정으로 그를 바라보며 다부지게 말했다.

"호준 씨 호의는 고맙지만, 이젠 그 호의 받지 않을게요."

호준이 당황스러운 얼굴로 하얗게 변색되어 물었다.

"뭐?"

"그만 다가와 주세요. 이렇게 화내는 이유, 이해하지만 이젠 화낼 필요도 없어요. 저한테 오지 마세요."

"정잎새 씨!"

호준이 부글부글 끓어오르는 분노를 압축하고 싸늘하게 그녀의 이름을 내질렀다. 이렇게 빨리 거절당하게 될 줄은 몰랐다. 이런 전례 없던 일을 대체 어떻게 받아들여야 할지 모르겠다. 그를 거절하는 여자라니. 그녀가 어딜 바라보는지 모를 눈동자로 또박또박 말했다.

"안 되겠어요. 마음이 움직이기를 바라면서 호준 씨를 곁에 두었는데, 움직이기는커녕 거부반응만 갈수록 심해져 가요. 이런 만남을 유지하는 것 자체가 무리수 같아요. 그만해야겠어요. 거짓된 얼굴로 호준 씨 보면서 바보처럼 웃는 것도 싫어요. 이건 아닌 것 같아요. 불편해요."

"내가 그렇게 불편했어?"

"그래요. 그러니까 그만할래요. 앞으로는 절 찾지 말아주세요."

잎새가 지팡이를 더듬거려 몸을 돌리는데, 호준이 잎새의 팔을 완강하게 붙들었다. 잎새의 몸이 저절로 휘청거렸다.

"못 가."

"호준 씨?"

"안 보내. 내가 쉽게 잎새 씨를 놓아줄 거라 생각해? 날 안 좋아해 주는 것까진 좋아. 이해해. 하지만 내가 아무것도 못하게 한다는 대목은 마음에 안 들어. 나는 계속 곁으로 갈 거야. 잎새 씨의 의사 따윈 모르겠고."

"그게 대체 무슨!"

"처음이야, 누굴 이렇게 좋아해 본 건. 그래서 나는 최선의 노력을 다해볼 작정이야."

어딘가에서 읽어본 적 있는 듯한 대사를 날렸다. 잎새의 마음이 어지간해서는 움직이지 않는다는 걸 아니까, 그렇다면 멜로 영화의 대사 중 하나를 정확히 읊어 상대의 마음이나 흐트러놓고 말자 싶었다. 잠시나마 잎새가 동요를 하는지 우뚝 멈춰 서서 허공을 초점 없는 눈동자로 더듬거리고 있었다. 적어도 상대를 잠시나마 공황 상태로 만들었음에 쾌재를 부르며 그가 다시 쐐기를 박아 넣었다.

"내가 잎새 씨를 아주 좋아한단 말이야. 제발……."

목소리까지 떨어가며 당장 울 듯이 잎새의 몸을 잡아당기며 애절하게 그녀를 불렀다. 잎새가 목석처럼 굳은 채 끌려와 그의 품 안에 안겼다. 안고 보니 제법 몸매가 훌륭했다. 가슴은 풍만해서 푹신했고, 허리 라인은 완벽하게 에스 라인을 그렸으며, 다리는 예상보다 훨씬 길었다. 그의 폐부 깊게 파고들어 오는 플로랄 향기. 만다린과 작약의 향기가 콧속으로 파고들어 와 심장을 두근거리게 했다. 잎새와 무척이나 잘 어울리는 매혹적이면서도 성숙한 향기였다.

'어?'

갑자기 등 뒤로 토닥거리는 잎새의 손길이 느껴졌다. 그의 미간이 확 구겨졌다. 난데없이 누나가 동생을 안고 달래는 듯한 토닥거림은 또 뭐지? 이건 완벽한 무시였다. 남자 구실 못하는 놈에게 태연하게 자비를 베푸는 여자의 손길이었다.

"너무 속상해 말아요. 그런데 제 마음은 여전히 움직이지 않는걸요. 호준 씨가 무슨 짓을 해도 안 움직일 것 같아서 미리 자르는 거예요. 전…… 누굴 사랑할 수 없는 사람이에요. 미안해요."

다시 한 번 반복하는 거절. 호준은 기가 막혔다. 견디지 못한 호준이 잎새의 양 뺨을 붙들고 난폭하게 그녀의 입술을 찾았다. 그가 할 수 있는 일이라고는 자신이 강인한 남자라는 사실을 잎새의 뇌리에 정확하게 심어주는 것뿐이었다. 그녀의 입술을 게걸스럽게 빨아들이고, 난폭하게 입안으로 혀를 밀어 넣었다. 서로의 이가 마찰을 일으켜 타닥타닥 부딪치는 소리가 들렸지만 그는 견딜 수 없는 모멸감에 치를 떨며 용맹하게 몰아붙이고 있었다.

"으읍! 읍!"

잎새가 버둥거리며 그의 가슴팍의 옷자락을 힘껏 움켜쥐었다.

'넌 내게 극심한 모욕감을 안겼어. 이런 건 벌이라고 생각해!'

호준은 지독하게 배려심 없는 거친 입맞춤을 그녀의 입술에 퍼붓고 있었다. 완강하게 거부하고 그를 밀어내던 잎새는 순간 호준이 그녀로 인해 상처를 받아 이토록 아프게 그녀를 벌함을 깨달았다. 자신을 남자가 아니라고 외치는 여자를 향해 그는 자신이 가진 유일한 무기인 혀와 입술을 이용해 그녀를 찌른 것이었다.

잎새가 맥이 탁 풀린 얼굴로 허공을 올려다보며 몸의 근육을 이완시켰다. 이렇게 해서 그가 복수가 된다면 그리해도 좋다고 말하듯이 힘을 풀었다. 거칠게 혀를 놀리던 그가 우뚝 멈췄다. 그녀의 몸에서 어떤 기세가 사라짐을 느꼈기에 멈췄으리라. 그의 혀가 빠져나가면서 입가에 고였던 타액이 은사처럼 흘러내렸다. 잎새가 입가를 닦아내며 가만히 그가 있을 곳을 정시했다.

"몇 번이고 몇 번이고, 제게 모욕감을 안긴다 해도 전…… 호준 씨를 사내로 인정하지 않을 거예요."

"정잎새……."

"마음은 고맙지만, 더는 안 돼요."

호준이 어금니를 사리물며 턱 주변의 모든 힘줄을 곤두세웠다. 성이찬 때문이리라. 이미 성이찬과 넘지 말아야 할 선까지 넘어선 잎새는 이미 이찬 외에는 누구도 사내로 받아들일 마음이 없는 것이다. 이미 실패였다. 희연이 이 사실을 알면 당장 스폰서를 그만두겠다고 할 게 뻔했다. 그는 잎새의 옷자락을 쥐고 무릎을 꿇었다.

"잎새 씨, 나 한 번만 봐주면 안 돼?"

잎새가 소스라치게 놀라 시선을 아래로 내렸다. 그가 무릎을 꿇었다. 느낄 수 있었다. 그의 기척이 온통 아래쪽으로 내려갔다는 사실로.

"호준 씨! 이게 대체……."

"내가 간절해서 그래. 그래서 나는 처절해. 그런데 잎새 씨는 나한테 왜 이렇게 잔인해? 부탁하건대, 옆에 있게만 해줘. 내가 다가가면 밀어내지만 말고, 옆에 있게만 해줘. 내 생일이잖아. 오늘 정도는 그 부탁 들어줄 수 있는 거잖아."

잎새가 경악해 새하얘진 얼굴로 입을 헤벌리고 허공을 바라봤다. 이런 상황이 되고 보면 누가 되었든 완강히 거절하기에 급급할 수는 없으리라. 잎새는 가만히 손을 뻗어 그의 어깨를 쥐었다.

"제발, 일어나요. 정말이지 당신은 저를 미치도록 난처하게 만드는군요."

그의 눈빛이 맹수의 그것처럼 시퍼런 안광을 뿜어냈다. 적당히 타협이 이루어졌다. 그는 잎새의 손을 잡은 채로 몸을 세우고 잎새의 어깨 위에 기세등등하게 팔을 둘렀다.

"다시는 그런 말 하지 않기! 옆자리를 주지 않아도 좋으니까, 잎새 씨가 먼저 날 자른다는 식의 발언은 하지 말아줘. 알았지?"

속이 잔뜩 상한 얼굴로 그녀를 바라보며 말했다. 그는 연기자다. 이런 연기를 하는 데 어색함은 없었다. 잎새는 어려워 어쩔 줄 모르겠다는 얼굴로 별수 없이 고개를 끄덕거려 주었다. 그는 그런 그녀가 사랑스러워서 볼에 쪽 하고 입을 맞췄다. 착한 여자였다. 울며 매달린다고 다시 손을 잡아 일으켜 주는 것만 봐도 알 수 있었다. 상대가 깊게 상처받는 걸 극도로 싫어하는 타입이었다. 그는 적당히 잎새의 그런 면을 이용하면 되는 거였다.

　오전 11시가 되도록 잎새가 깨어나지 않았다. 그때 경호원 하나가 상희에게 다가오더니 다급하게 물었다.

"여사님, 혹시 인터넷 뉴스 보셨어요?"

"왜요?"

"잠시만요. 이것 좀……."

　경호원이 태블릿 PC를 들고 그녀 쪽으로 다가오더니 뉴스 내용을 상희 앞에 보여줬다. 기사를 읽는 상희의 눈이 처음에는 구슬만 하다가 점차 배구공만 하게 커져 갔다.

"이, 이게 뭐예요? 이 사진은……."

"정잎새 씨와 한호준의 열애 보도예요."

"말도 안 돼!"

　하지만 사진 속 모자이크 된 여자의 옷차림새는 분명 상희가 정성껏 차려 입혀주었던 모습과 크게 다르지 않았다. 어디서 많이 본 듯한 차림인 게 분명했고, 둘은 격정적으로 입을 맞추고 있거나 혹은 열렬하게 끌어안고 있었다. 이런 사진이 대대적으로 보도되다니. 마음이 불안해진 상희는 곧장 잎새를 깨우려다 말고 호준에게 전화를 하는 편이 빠르겠다 싶어서 미리 알아둔 호준의 휴대폰 번호를 찾아내 전화를 걸었다.

[네, 잎새 이모님이시죠?]

호준이 바로 받아주어서 안도감이 들었다. 상희가 근심 어린 얼굴로 말했다.

"스캔들…… 그거 어떻게 된 거죠?"

[상황이 좀 그렇게 됐어요. 어째 사진도 빼도 박도 못할 사진이 보도돼서 인터넷이 발칵 뒤집어졌고, 저희 소속사 쪽도 입장이 난처한 상황입니다. 죄송해요. 제가 파티 때 잎새 씨를 부르는 바람에 벌어진 일이라……. 어떻게든 수습은 해볼 테니까, 너무 심려치 마세요.]

"우리 잎새가 겉으로 드러나지 않았으면 좋겠는데요."

[노력 중입니다. 지금 소속사에서 논의 중이니까, 정해지는 대로 제가 한 번 찾아뵙겠습니다.]

상희는 안절부절못하며 피가 마른 얼굴로 바싹 말라 버린 손을 초조하게 비볐다. 경호원도 걱정스러운 얼굴로 상희를 보다가 다른 기사가 올라오면 다시 알려 드리겠다며 대기실로 돌아갔다. 요즘 파형이 부산으로 끌려가 징역살이를 해주는 바람에 마음 한 자락이 조금 편해졌다 싶었는데, 이게 대체 무슨 일이란 말인가.

이런 스캔들에 휘말리면 당연히 잎새는 커다란 이슈거리가 될 게 뻔했다. 시각장애를 안은 억만장자 상속녀라는 제목만큼 대중의 시선을 끌 만한 제목이 어디 있겠는가! 왜 호준은 조심해서 행동하지 않고 이런 일이 벌어지게 만들고 만 것인지. 팔은 안으로 굽는다고, 모든 원망은 호준에게로 돌아가고 있었다.

"이모!"

잎새가 쿵쾅거리며 2층 난간을 붙들고 서더니 소리를 질렀다. 맙소사, 잎새도 알아버린 모양이었다.

"이게 대체 어떻게 된 일이에요? 방금 주인이한테 전화가 왔는데, 이게 무슨 일이냐고요!"

"잎새야! 거기 가만히 있어. 내가 올라갈게."

"호준 씨는 전화를 받지 않아요. 이게 무슨 일이냐고 묻고 싶은데……."

잎새가 파르르 떨리는 음성으로 난간을 꽉 붙들고 통렬한 얼굴로 더듬거리고 있었다. 한달음에 계단을 뛰어오른 상희가 잎새를 붙들고 방으로 데리고 들어갔다. 잎새를 침대 끝에 앉힌 상희가 조곤조곤 상황을 설명했다. 이야기를 다 들은 잎새가 마른세수를 여러 차례 하더니 말했다.

"이찬 씨가 보면 어쩌죠? 다른 건 다 차치하고서라도 이찬 씨가 보면요……. 사진의 농도가 상당히 짙다고 주인이 걱정하던데요."

"이찬 씨가 보든 말든 너하고는 아무 상관이 없어. 이찬 씨는 이미 네가 다른 누군가를 만난다는 걸 알고 있었고, 넌 이찬 씨가 약혼녀 있는 몸이니까 의식할 필요도 없는 거고. 차라리 잘됐다는 생각도 들어. 네가 이찬 씨한테 마음 가는 거, 이참에 자를 수 있지 않겠니?"

잎새가 멍한 얼굴로 허공을 보다가 주르륵 눈물 한 방울을 떨어트렸다. 상희 말이 전적으로 옳았다. 되레 이 기사는 이찬이 보면 좋을지도 모를 내용을 갖고 있는지도 모르겠다. 이찬과 자신의 감정을 완벽하게 제단할 내용이니까. 서로의 입장이 이렇다는 걸 공고히 하면 피차 주고받을 감정 같은 건 없는 말끔한 관계로 정리가 되고 마니까.

이찬에게 이 일에 대한 어떤 변명도 하지 않는 편이 낫겠다. 이찬은 집안에서 마련해 준 길로 떠나도록 밀고, 자신도 잠시나마 호준의 여자인 척한다면……. 그래서 이찬에게 가는 마음이 잠시나마 묶인다면 해볼 만한 일이었다. 그런데 이렇게까지 해서 정리를 해야만 하나? 이제 더 이상 이찬을 볼 수 없게 되는 건가? 갑자기 이별의 인사도 없이? 마음속으론 그를 한 번만이라도 더 만나고 나서 끝내고 싶다고 외치고 있었지만, 이런 상황에서 얼마나 추해지려고? 잎새는 고개를 푹 숙이고 눈가에 흐른 물기를 닦아냈다.

"알았어요. 이모가 하는 말, 무슨 뜻인지 너무도 잘 알았어요."

"그래, 이해했다니 나도 마음이 조금은 편하구나. 미안하다. 네가 이찬 씨 사랑하는 거 알면서도 이렇게 모질게 말해서……. 하지만 나는 네가 상처받는 그런 연애 같은 건 하지 않았으면 좋겠다. 비록 네가 좋다고 할지라도……."

소문에 들어보니 성 회장이 엄청나게 냉혹한 인물이라는 말이 태반이었다. 그렇게 냉혹한 인물의 며느리가 되는 일이었다. 연애가 마냥 저들 좋은 연애로만 끝날 수는 없었다. 연애가 길어지면 함께하고픈 욕심 때문에 결혼도 꿈꾸게 마련인데다 잎새나 이찬은 이미 결혼 적령기였다. 그러니 마냥 연애만 하고 말라고 할 수도 없는 노릇이었고, 잎새 같은 경우는 연애를 많이 해본 경험이 없으니 보나마나 크게 다칠 가능성이 높았다. 뭐든 처음이 가장 큰 상처를 남기는 법이니까. 실명 전에 이미 한차례 크게 상심했던 그녀였다. 하지만 실명 후 하는 사랑은 달랐다. 더 크고 깊은 흠집을 내고 끝날 것이다.

"그 말 다 맞아요."

잎새는 처연한 얼굴로 몇 번이나 다짐하듯 그녀의 말에 고개를 끄덕거렸다. 마음을 갈무리하는 기색이 역력했다. 그 모습이 왜 이리 가슴 언저리가 뻐개질 듯 아픈지……. 상희가 아린 표정으로 서럽게 잎새를 바라봤다. 이렇게밖에 해줄 수 없는 자신이 무능력하게 느껴져 자괴감이 일었다.

[잘된 것 같다. 일단 스캔들은 터졌고, 상황 수습을 위해 시간은 좀 더 벌어둘 수 있을 것 같아. 적당한 구실로 정잎새를 옭아매 둘 수도 있을 것 같고.]

휴대폰을 들고 선 희연의 입가에 산뜻한 미소가 화사하게 번졌다. 바라던 대로 일이 풀리고 있었다.

"이런 식으로 밀어붙여서 아예 오도 가도 못하게 만들어줬으면 좋겠지만, 어렵겠지? 어쨌든 한 고비 넘긴 셈이네. 잘했어. 넌 거기서 계속 일을 수습해."

[그래, 돌아오는 대로 연락 주고.]

"상황이 급변하면 다시 연락해 줘."

통화를 끝낸 희연은 쾌재를 부르며 부르르 몸을 떨었다. 한호준은 그녀에게 펫이었다. 여섯 살이나 연상이었지만, 굳이 '너'라고 불러가며 모욕감을 안겨주는 돈으로 얽힌 관계. 그래서 명령하기도 수월한데다 목표가 뚜렷한 호준은 그녀의 명령엔 무조건 복종해 줬다. 다루기 쉬운 자였다. 그런 그가 모처럼 한 건 해준 것이다. 그녀는 자신을 끌어안듯 양팔로 팔뚝을 어루만지며 입가에 비열한 미소를 띠었다.

'자, 나는 이제부터 성이찬을 어떻게 양념해서 맛있게 요리해 먹을지만 궁리하면 된다는 건가?'

이미 각본은 다 정해져 있었다. 문제는 자신의 근처에 다가오기를 거부하는 성이찬의 고질적인 결벽증 같은 증상이 문제였다. 그녀는 휴대폰을 들고 이찬에게 전화를 걸었다.

[무슨 일이야?]

"혼자 궁리해 봤는데 도무지 풀리지 않는 부분이 있어서. 내일 회의에서 당신이 도움을 좀 줬으면 하는데."

[그래서.]

"내가 지금 당신한테 가도 될까? 싫다면 당신이 내 방에 와도 상관없고."

[……굳이 만나야 된다는 거야?]

"그럼 어떻게 해? 이 시각에 회장님께 전화를 걸어서 도무지 해결하지 못하겠다고 할 수는 없는 노릇이잖아."

[무슨 내용인지 간결하게 요약해 봐.]

"백화점 내에서 대규모 투어 이벤트를 시작할 예정인데, 이 여행을 어떤 상품과 매치시켜야 매출 상승을 이룰 수 있는지 아무리 머리를 짜내도 나오질 않아. 이런 부분은 당신이 최고잖아."

[백화점 매출 내역, 입점한 브랜드, 그리고 각 브랜드가 기용한 모델들, 투어 계획을 잡은 나라 등에 대한 자료 들고 올라와.]

낚였다. 그녀가 한쪽 입꼬리를 낚싯바늘처럼 깊게 휘어올리며 웃었다.

"알았어. 고마워. 이 도움, 평생 잊지 않을게."

물론, 일평생!

발광하는 덫

　사흘이 지나도록 호준은 언론에 이렇다 할 만한 반박 보도를 내놓지 않았고, 덕분에 잎새는 초주검이 되어갔다. 누구 때문인지는 몰라도 그녀의 정체가 인터넷상으로 유포되었고, 개인 신상이 너무도 가뿐하게 털려 모든 사이트에서 돌아다니기 시작한 것이다.

　일이 커지고 있었다. 호준의 팬들 중 일부는 그녀에 대해 공격적인 말도 서슴지 않았다. 고통스러워진 잎새는 인터넷을 끊고 작품 작업에만 몰두했다. 호준 역시 이 일로 정신없이 바쁘기는 마찬가지인 듯 연락 두절이었다. 잎새는 더 이상 그를 찾지 않는 편이 낫다고 판단했다. 이런 상태에서 호준이 그녀의 집에 찾아오는 것도 모양새가 좋지 않았다.

　"잎새야."

익숙한 음성에 뒤를 돌아봤다. 주인의 음성이었다. 가까이 열기가 다가오더니 잎새를 끌어안았다.

"아후, 어쩌냐! 친구야! 불쌍한 내 친구. 내 탓이다, 내 탓!"

"주인아……."

갑자기 울컥 눈물이 솟아올랐다. 스스로는 별일 아니라고 몇 번이나 다짐했으면서 막상 누군가에게 상처를 위로받으니 괜히 서러워졌다. 품 안에 안겨 얼마간 눈물을 쏟다가 잎새가 주인에게 앉으라 권했다. 잠시 뒤, 상희가 커피를 들고 방 안으로 들어왔고 세 사람이 마주 앉았다. 대책회의를 위해 모였다. 누구보다 바깥쪽 소식을 빨리 접하는 주인이 들고 온 소식을 듣기 위해서였다.

"그게 소속사에 직접 찾아가서 호준 씨를 만나고 싶었지만 여의치 않았어요. 할 수 없이 호준 씨 매니저인 삼식 씨를 만났는데, 호준 씨도 지금 상황을 수습하기 위해 대표하고 논의 중이라고만 하고……. 당장 어떤 수를 내놓아야 잎새와 호준 씨 두 사람에게 유리한지 방향을 찾는 눈치예요. 게다가 잎새가 시각장애인이라는 것까지 공개가 되어서 온갖 루머가 따라붙고 있어요. 항간에는 잎새의 재산을 노리고 붙은 게 아니냐는 말도 돌고, 물론 호준 씨가 그만한 재산이 없는 사람도 아니니 이건 진짜 플라토닉한 러브다, 이러기도 하고. 잎새를 데리고 놀다 버릴 생각이 아니냐고 비난하는 사람들도 있고……. 일단 사진의 수위가 좀 강했어. 키스하는 사진이 노출된 거라……."

잎새는 그저 한숨만 내쉬었다. 이런 사태가 벌어지는 게 싫어서, 세상의 집단적인 관심이 싫어서 언론사에서 그렇게 다큐프로를 제작하고 싶다고 해도 거절했던 그녀였다. 결국 이런 식으로 처참하게 도마 위 생선 신세가 될 줄은 몰랐다.

"그럼 우린 어떻게 하면 되는 거니?"

상희가 기운 빠진 음성으로 물었다. 상희도 며칠간 밥을 제대로 먹을 수가 없었다. 온 세상이 잎새와 호준의 얘기로 너무도 떠들썩했기 때문이다.

"매니저님은 하루만 더 기다려 달라고 해요. 호준 씨가 조만간 잎새를 먼저 찾아와 결론을 짓고 반박 보도를 하겠다고."

잎새는 호준의 심정도 이해는 갔다. 그는 이미지로 먹고사는 사람이었다. 그런 사람이 여자를 상대로 키스하는 사진이 찍혔으니 오죽 어이없고 화가 날까. 키스 사진이기 때문에 더더욱 대충 넘어갈 수가 없었다. 둘의 관계를 정식으로 발표하던지, 그게 아니라면 당시 상황을 제대로 이실직고하던지. 하지만 호준이 당시 상황을 사실대로 고하면 그의 상황은 더욱 악화될 것이 뻔했다.

"잎새야, 너 마음의 준비를 하고 있어야 할지도 모르겠다. 아는 기자를 찾아가 물으니, 이 상황에서는 스캔들을 열애로 완벽하게 포장해서 낼 수밖에 없다더라."

"열애설?"

"그래. 설이 아니라 열애 중! 기사 자체를 인정하고 '우리 예쁘게 사귀는 거 지켜봐 주세요!' 라고 하는 편이 훨씬 보기 좋대. 어쩌니? 넌 정말 호준 씨 아닌 거야?"

잎새는 한일자로 입매를 단단히 붙이고 말을 아꼈다. 결국 그렇게 하는 방법밖에는 없다는 말인가? 키스 사진인 게 문제였다. 그런 사진을 올려놓고 뒤늦게 그저 아는 사이다, 라고 반박하는 건 무리수였다. 안티만 수만 대군을 몰고 다닐 수 있는 기사가 될 일이었다. 잎새도 신중해야 할 필요가 있었다. 사회적인 영향력까지는 아니더라도 잎새 또한 장애인들을 위해 많은 일을 했기 때문에 장애인들에겐 굉장한 영향력을 가진 인물이기도 했다. 섣불리 움직일 수 없는 상황이었다.

"호준 씨와 연락이 되기 전까지는 뭐라 말하기가 그래."

주인은 손을 뻗어 잎새의 손등을 부드럽게 쓸어내렸다.

"미안해. 네가 원치 않는 일에 이렇게 휘말리게 했다. 내 탓이다."

"아니야. 결국 나로 인해 그런 상황이 벌어진 거잖아. 네 탓은 무슨. 수습할 수 있는 데까지 해보는 수밖에……."

다만 사흘 내리 이찬에게 연락 한 번 없는 것이 마음에 걸렸다. 어쩌면 이찬은 이 소식을 듣고 누구보다 먼저 그녀에게 환멸을 느꼈을지도 모른다. 그래서 이젠 두 번 다시 연락 따윈 하지 않겠다고 다짐하고 있는지도. 그가 미치게 보고 싶다. 이런 상황에서 그에게 어떻게 하면 좋겠느냐 묻고 의지하고 싶은 마음이 굴뚝이었지만, 그가 사업 때문에 너무 바쁜 것이기에 연락 두절일 가능성이 높았다. 그저 이 고통은 마음으로 삭이는 수밖에 없었다. 그에게 문자라도 하고 싶었지만, 이런 상황에서 그를 찾았다는 걸 혹시라도 그가 알거나 지금 알고 있는 상황이라면 그녀의 입장이 매우 우습게 된다. 다른 건 다 모르겠고, 지금 당장은 이찬의 목소리가 너무 듣고 싶었다.

늦은 밤이 되어서야 호준이 소속사 대표와 나란히 찾아왔다. 원탁 테이블을 사이에 두고 상희, 잎새, 구 대표, 호준 네 사람이 둥글게 둘러앉았다. 가장 먼저 입을 연 사람은 이 일로 온갖 CF 브랜드로부터 받게 된 호된 질책과 소송을 걸겠다는 협박이 가장 큰 문제인 구 대표였다.

"제가 정말 입장이 난처합니다. 스캔들은 어느 정도 감안하고 계약서를 쓴다 해도 이렇게 큰 게 터질 줄은 몰랐거든요. 무엇보다 중요한 부분은 시각장애인인 잎새 씨를 농락해 버린 악당 이미지가 돼서는 절대로 안 된다는 겁니다. 잎새 씨는 보호받아야 하는 약자이고, 대중들은 그에 무척이나 민감합니다."

"다른 건 다 빼고 요점만 말씀해 주셨으면 합니다. 대표님과 호준 씨가 제게 원하는 게 뭔가요."

잎새가 구구절절 늘어놓는 말을 툭 자르고 핵심만 집어 말해달라 요구하자, 구 대표가 호준의 눈치를 살폈다. 호준은 자기가 말하겠다는 눈짓을 하더니 잎새를 바라보며 다정하게 말했다.

"사귄다고 기사를 내자."

잎새의 가슴이 크게 한차례 들썩거렸다. 호준은 이대로 밀어붙일 요량이었다. 키스 사진이 나간 이상 이젠 그도 물러설 수가 없었다. 희연이 매수한 기자가 이렇게 센 기사를 낼 거라고는 예상도 못했다. 그도 제2의 피해자인 셈이었다.

"3개월 정도 사귀다가 서로 여러 시선 때문에 불가피하게 헤어지게 되었다고 기사를 내면 될 것 같아. 이런 상황에서 아무 관계도 아니었다고 하면 내가 미친놈이 되고 말아."

호준의 부탁은 조금 격앙되어 있었지만 간절했다. 그로서는 자신의 이미지에 치명타가 오면 수입에 크나큰 타격을 받기 때문에 절박할 수밖에 없었다. 호준이 부탁한다는 눈빛으로 애절하게 상희를 바라봤다.

"잎새야, 나도 이 부분은 전적으로 너한테 맡겨두고 싶지만, 지금은 호준 씨 의사를 따르는 게 맞는 것 같다. 널 위해서라도 그 편이 좋아."

잎새는 우주 미아라도 된 듯한 얼굴로 공허하게 허탈한 미소를 지었다.

"일단은 주변 의견을 따르는 편이 제게도 이롭겠죠. 3개월이라고 했나요?"

"응, 3개월이면 돼."

잎새는 아랫입술을 지그시 물고 몸을 세웠다.

"수습해 주세요. 이미 벌어진 일이고 다 같이 살아남을 수 있는 길을 모색하는 편이 맞는 것 같으니까."

호준은 등을 보이고 갯벌을 빠져나가듯 묵직한 걸음걸이로 걸음을 떼는 잎새를 고통스럽게 바라봤다. 그녀조차 지금 이 상황에 대해서는 일고의 노력도 할 수가 없었다. 호준을 걱정하는 마음이 우선이었겠지만, 자신의 위치 또한 위험해질 수 있음을 본능적으로 직감하고 적절한 타협을 받아들인 것이다. 호준은 극심한 가책을 느꼈다. 잎새가 얼마나 괜찮은 여자인지 알면 알수록 그의 가슴엔 극심한 체기가 더해져 갈 뿐이었다.

"이모님, 너무 죄송합니다."

상희가 무너져 내리는 얼굴로 잎새를 바라보다 고개를 돌려 호준을 응시했다. 이런 사태를 만든 호준에게 적잖이 실망한데다, 이 일로 인해 잎새가 산산이 부서지게 될까 봐 겁이 덜컥 났다. 이찬이 재벌가 아들인데다 정략결혼 대상까지 있어서 회피 대상이긴 했지만 호준도 잎새에게 좋은 짝이 아닌 건 분명했다. 숨어 있고 싶어 하는 잎새를 이렇게 알몸으로 길바닥에 등 떠민 듯한 언론의 횡포에 기함할 노릇이었다. 다만 이 일을 수습할 가장 현명한 일은 소속사 대표의 아이디어 외엔 수가 없어 보였다. 그래서 타협할 뿐, 호준과 잘되기를 바라지는 않았다.

"아니에요. 이미 벌어진 일이니, 차후 수습만 제대로 해주시면 돼요. 남녀 문제까지 제가 나서서 간섭하는 건 아닌 것 같고…… 다만 잎새가 상처 입지 않도록 노력해 주겠다고 약속만 해주세요. 저 애, 멀쩡해 보이지만 아직 8년 전 기억이 피멍처럼 맺힌 애거든요. 그런 애를 세상이 다시 짓밟으면 영영 다리 꺾인 앉은뱅이처럼 일어서지 못하게 될지도 몰라요."

상희가 절절하게 도움을 요청했다. 상희의 말도 이해는 되었다. 어느 날 갑자기 발레리나에서 세간의 집중을 받는 각광받는 조각가로 이름을 날리게 된 사람. 그만한 노력이 있었기에 가능했으리라. 그녀 딴에는 살기 위해 얼마나 아등바등 매달려 온 작업이었을지 호준은 충분히 느끼고도 남음이 있었다. 점점 희연에 대한 불만과 회의가 짙어졌다.

똑똑.

방문이 열리는 소리가 들렸다. 잎새가 코를 벌름거려 냄새를 우선 맡았다. 이찬에게서는 청량한 비누 냄새가 나는데, 지금 방 안으로 스며들어 오는 향은 남성적인 향이었다. 호준이었다. 잎새는 창가에 기대서서 바람의 냄새를 맡고 있었다.

"내가 많이 원망스럽지?"

잎새는 쓰게 웃으며 고개를 저었다. 누가 밉고 말고 할 일은 분명 아니었다. 인간은 자신의 감정에 솔직하고 충실한 동물적인 본성을 바탕에 깔고 있다. 그렇기에 자신의 감정에 누구보다 솔직하려 했던 호준이었다. 그걸 잘못이라고 말할 수는 없는 노릇이었다. 그런 걸 신나는 구경거리인 양 몰래 숨어 셔터를 누른 자들이 나쁜 놈들이지.

"다른 건 다 젖혀두고 지금은 그냥 조용히 작업에 몰두하려고요. 요즘 일이 너무 많아서 일도 제대로 못했거든요."

잎새가 찰흙 범벅이 된 손으로 새파란 대형 대야에 담긴 흙더미를 집어 둥글게 다지기 시작했다. 그는 가만히 잎새를 바라봤다. 무언가를 만드는 여자는 드라마나 영화에서 콘셉트로 본 일은 많았지만, 이렇게 실제로 보기는 처음이었다. 그가 시선을 돌려 한쪽에 비닐로 싸서 세워놓은 몸체들을 바라봤다. 팔뚝과 다리, 몸통, 머리가 따로따로 흩어져 있었다.

잎새는 지금 손과 발을 작업 중인 듯했다. 어딘지 모를 곳을 바라보며 잎새는 섬세한 손놀림으로 찰흙을 다져 나가고 있었다. 새하얀 티셔츠에 카키색 반바지, 그리고 조리 슬리퍼, 가슴 앞쪽에는 비닐로 된 앞치마를 두르고 있었다.

긴 머리카락은 하나로 성의 없이 긁어모아 머리 윗꼭지에 말아 올려 고정시켰다. 앞 머리카락 몇 가닥이 이마 위로 흘러내려 있었고, 목덜미에도 머리카락이 흩어져 있었다. 잡념을 떨쳐 내려는 듯 미간을 좁히고 열중해서 찰흙으로 만든 손을 몇 번이나 다듬고 어루만지며 모양을 만들어 나가고 있었다. 그는 의자를 끌어 그녀의 옆에 앉아 다리를 꼬았다. 그녀를 위로할 어떤 말도 떠오르지 않았다. 그저 그녀가 어떤 일을 하는 사람인지 알고 싶었다. 가만히 그녀를 바라보며 그녀가 어떤 식으로 자신과 싸우는지 보고 싶었다.

"……저기, 불편해요. 돌아가세요."

잎새가 옆쪽은 돌아보지도 않고 나직하게 말했다.

"내가 미안해서 뭘 어떻게 해주면 좋을지 몰라서 이래. 그리고 소속사 대표는 이미 돌아갔어. 이모님께서 잎새 씨를 상당히 걱정하셔. 그래서 내가 올라온 거기도 하고……. 잎새 씨는 눈물이 없는 편이지? 아니, 참는 편이라고 하는 게 맞나?"

잎새는 대답 대신 대야에 손을 담그고 찰흙 더미를 다시 쥐고 주물거렸다. 하릴없이 하는 의미 없는 동작이었다.

"내가 많이 불편한 건 알고 있어."

안다. 잎새가 이찬을 기다리고 있다는 걸. 하지만 적어도 3개월간은 잎새를 이찬에게 줄 마음이 없었다. 그 기간 동안 적어도 희연이 이찬을 사로잡아 주기를 바라지만 10년 넘게 이찬의 주변을 맴돈 희연이 지금까지도 마음 한 자락 잡지 못했다면 3개월 아니라 1년이라고 해도 마음 잡기는 어려울 게 뻔했다. 하지만 그렇게라도 해야만 희연이 마음이 편하다니까, 그는 계약자로서 이렇게 잎새를 붙들 수밖에. 잎새에게 깊은 죄책감을 느꼈다. 이렇게 순하고 착한 사람에게 몹쓸 짓을 하고도 두 다리 쭉 뻗고 평생을 살 수 있을까?

"난 이 세상에 태어날 수 없는 애였어. 아버지의 거부로 낙태 위기에 놓였지만 외할머니의 강한 설득과 권유로 세상에 태어날 수 있었지. 사생아로 미혼인 엄마와 세상을 헤쳐 나간다는 건 정말 어려운 일이었어. 그나마 외모가 빼어나 어린 시절부터 한 감독님 눈에 들어서 연기 활동을 시작하게 됐지만…… 엄마가 감독과 불륜이 나고 말았고, 나는 그와 동시에 매장당했어."

잎새가 천천히 고개를 돌려 호준을 바라봤다. 보이진 않았지만 깊은 고독감이 느껴졌다.

"하하, 이런 얘기는 한 잔 걸치면서 해야 하는 건데. 그렇지?"

"술, 드릴까요?"

"아니야. 나, 취하면 못쓰게 된다. 잎새 씨한테 정말 몹쓸 짓 할지도 몰라. 개가 되거든. 이것도 비밀인데 얘기하는 거야."

잎새가 엷은 미소를 머금었다. 그는 잎새의 곁으로 바싹 다가앉아 가만히 그녀의 손을 움켜쥐었다.

"널 보면…… 엄마가 생각나. 팔자 지독한 우리 엄마가……."

"엄마는 그 이후로 어떻게 되었나요?"

"세상의 지탄을 견디지 못해 미국으로 나를 데리고 도피했지. 난 한 3년인가 미국에서 잠시 자라다가 친구와 같이 한국에서 오디션을 봤고 배우로 활동하게 되었다. 어머니는 지금 미국에 계시고, 미국인 남자친구와 결혼도 했어."

"행복하시겠어요."

"그러길 바랄 뿐이지. 남자가 나이가 좀 많아서 오늘내일한다. 나는 할아버지라고 부르고 있지. 내 맘엔 별로 안 들어."

"그래도 어머님께 잘해 드리세요."

"……부모님, 많이 보고 싶지?"

잎새는 대답 대신 공허한 미소를 지어 보이더니 그의 손에서 손을 빼냈다.

"호준 씨가 저와 친해지고 싶어 하는 마음은 잘 알겠어요. 친구는 되어드릴게요. 하지만 마음은 기대하지 말아주세요."

"그래, 그러자. 적어도 3개월 만이라도 내 애인 노릇을 열심히 해줘. 알겠지?"

"……그래요. 노력할게요."

여전히 선을 긋는 잎새가 조금은 섭섭했다. 하나를 내어주면 하나를 주길 바랐지만, 그의 불순한 의도가 그녀에게 어렴풋이 전달되고 있는지도 모르겠다. 눈을 감은 대신 그녀는 오감 이상의 다른 감각으로 상대를 읽게 되었을 테니까.

"이만 가볼게. 귀찮게 했다면 미안하다."

호준이 몸을 일으키고 의자를 한쪽 구석에 잘 놓은 뒤 문고리를 쥐자 잎새가 그를 불러 세웠다. 호준이 몸을 돌려 잎새를 바라봤다.

"제가 왜 좋아요? 단지 어머니를 닮아서?"

호준이 입매를 살짝 휘어올리며 대답했다.

"난 잎새 씨의 담대함이 좋아. 눈이 그런데도 전혀 기죽어 있지도 않고, 당당하고 오히려 상대를 기죽게 만드는 묘한 분위기가 있어. 그래서 끌려. 내가 겸손해지는 것 같아. 잎새 씨를 보고 있으면…… 그래서 좋아."

잎새가 입매를 단아하게 휘어올렸다. 참으로 어여쁜 미소였다. 가슴 어딘가에 낙인이 찍힐 만큼.

"잘 가세요."

문을 닫고 나온 호준은 심장의 파동이 예전과 달라졌음을 깨닫고 눈매를 일그러트렸다.

이쯤 되면 스토킹이라고 해야 된다. 이찬은 이맛살을 잔뜩 찌푸리고 앞에 앉은 희연을 노려봤다. 일 핑계를 대고 며칠 동안 곁에 붙어 떨어지지를 않았다. 그나마 다행인 건 억지스러운 스킨십을 유도한다든가, 놀자는 등의 쓸데없는 짓은 하지 않았다. 적어도 여자로서의 색기를 부각시킨다는 등의 쓸데없는 시간 낭비를 해주지 않아 다행이기는 했지만 이렇게 늘 같이 있다 보니 휴대폰 한 번 마음대로 만질 시간이 없었다.

그녀는 표 회장을 운운하며 수시로 그의 방에 쳐들어와 질문을 퍼부었다. 하나같이 진짜 중대한 사안들이었기 때문에 허투루 보고 돌려보낼 수도 없었다. 표 회장은 이런 시너지를 원해서 부러 희연을 그의 곁에 바싹 붙여 출장길에 올린 것이었다. 그리고 정 회장 역시 이런 부분에 서로 도움을 주고받아야 한다고 생각했다. 그래야 차후 표 회장에게 빚 하나를 만들어 더 큰 건수를 노릴 수 있다고 보기 때문이었다. 하나부터 열까지 사업과 연계되어 있기 때문에 귀찮은 내색도 할 수가 없었다. 그는 초조하게 휴대폰을 바라봤다.

"누구 전화 기다려?"

희연에게는 티를 낼 수가 없었다. 다른 여자가 있다는 걸 알면 얼마나 피곤하게 굴지 너무도 잘 아니까.

"아니, 새벽 1시야. 언제까지 있으려고? 이만 건너가 봐."

"싫어. 2시까지는 버티다 가야지. 나, 일하는 거 좋아하잖아. 몰랐어?"

희연이 붉은 입술을 천천히 휘어올렸다. 성이찬과 함께 있는 것도 그 이상으로 좋아하고. 일하는 것 외에는 허튼짓을 하지 않는 그였지만 이렇게나마 같이 있는 것만으로도 그녀는 기뻤다. 이런 핑계가 아니라면 이찬은 상대도 하려 들지 않았다. 그나마 집안 눈치를 보기 때문에 그녀가 하는 부탁을 선선히 들어주고 있었다. 희연은 서류를 바라보며 몽블랑 펜으로 끄적거리다가 노트북 마우스패드 부분을 만지작거리는 이찬을 가만히 바라봤다.

"술 줄까?"

"됐어."

"한잔만 하자. 여기 와서 4일째인데, 당신이랑 나…… 너무 각박한 거 아니야? 술 한잔 정도는 괜찮지 않아?"

희연이 애원조로 말하며 살짝 입술을 내밀자, 이찬이 저 끈질기고 집요한 부탁이 꽤나 오랫동안 이어지겠구나 싶어서 눈썹을 휘어올리며 냉엄하게 말했다.

"한 잔만이다."

이찬이 붉은 입술을 휘어올리며 화사하게 웃는 희연을 바라보며 쓴웃음을 지었다. 어차피 파혼하게 될 약혼인데다, 그간의 정리를 생각한다면 매번 냉혹하게만 대하는 건 야박하다 싶어 술 한 잔에 그녀에 대한 일말의 미안함을 씻어낼 참이었다.

"좋지. 위스키?"

"응."

이찬의 대답을 듣기 무섭게 그녀는 룸 내에 비치된 미니 바로 가서 위스키병 뚜껑을 열었다. 냉동고를 열어 얼음을 꺼내고 잔에 채운 후 위스키를 부었다. 그리고 그녀가 뒤를 돌아보며 이찬을 한차례 살폈다.

"슬슬 졸리네. 이거 한 잔 마시고 나는 가야겠다."

말을 하면서 그녀는 이찬의 술에 미리 준비해 둔 약을 털어 넣었다. 약은 흔적도 없이 술에 녹아 사라졌다. 희연의 입가에 야비한 미소가 사르르 번졌다. 그녀가 표정을 금세 바꾸고 환하게 웃으며 술잔을 이찬 앞에 놓았다. 이찬은 술잔을 들어 한 모금 마시더니 다시 노트북에 무언가를 열심히 써 넣기 시작했다. 자판 두드리는 소리가 선명하게 들려왔다. 그녀는 봄바람같이 따스한 미소를 머금고 그를 바라봤다. 슬슬 약이 그의 몸 안에서 반응해 주기를 여유롭게 기다리면서. 그가 다시 잔을 들어 두어 모금을 마셨다. 그리고 1분도 안 되어 그가 미간을 좁히더니 관자놀이 부근을 손으로 꽉 누르면서 윙체어에 몸을 깊게 기댔다.

"왜 그래?"

"현기증이 난…… 다…….."

관자놀이를 누르던 그의 손이 맥없이 아래로 툭 떨어지고 말았다. 희연은 차갑게 얼어붙은 눈빛으로 이찬을 바라보며 그를 불렀다.

"이찬 씨."

대답이 없었다. 그녀는 느릿하게 일어나 이찬에게 다가가 그의 손을 들어 올렸다가 허공에서 툭 놓아봤다. 죽은 사람처럼 맥없이 손이 허공을 갈랐다. 그녀는 무릎을 꿇고 그의 곁에 선 채로 가만히 잘생긴 그의 얼굴을 바라보며 쓸쓸하게 말했다.

"이렇게까지는 안 하려고 했어, 이찬 씨. 그런데 당신이 일을 이 지경으로 몰아붙이고 있는 거야. 당신을 향한 내 집착이 광기라고 한대도 난 상관 안 해. 어떻게든 당신을 가져야겠어. 이게 나로선 최후의 방법이야. 더럽고 비열하다고 욕해도 난 괜찮아. 성이찬, 당신은 내 거니까. 이건 당연한 수순인 거야."

희연은 몸을 일으켜 세우더니 결연한 눈빛으로 입고 있던 옷을 하나하나 벗어 던지기 시작했다.

새카만 진흙이 모든 시야를 새카맣게 채우고 있었다. 지금 잎새의 시선에선 아무것도 보이지가 않았다. 어이없게도 여기선 앞이 보였다. 눈이 멀지 않았다. 보인다. 잎새는 꾸역꾸역 앞으로 나아갔다. 검은 갯벌 같은 땅을 헤치며 앞으로 앞으로 빛을 찾아 나갔다. 그러나 갯벌은 앞으로 나갈수록 잔혹하게도 경사진 땅처럼 그녀를 밀어냈다. 다시 제자리였다.

─잎새야, 나는 우리 셋이 같이 여행 다니는 게 너무 좋아.

엄마의 음성이 들려왔다. 가슴이 터질 것 같았다. 평온하고 잔잔한 음색이었다. 잎새의 눈가에 물기가 차올랐다. 잎새는 온 힘을 다해 땅을 타고 오르려 했다. 이 땅은 갯벌로 이루어져 까맣고 오르려 할수록 경사가 심해져만 갔다. 마음이 급했다. 사라지기 전에 보고 싶었다. 바로 옆에서 말을 하는 듯 다정한 음성이 가슴을 저미게 했다.

─나도 그래. 우리 잎새 덕분에 우리가 해외로 여행도 하고 얼마나 좋아.

─그러게요. 잎새가 세계대회에 나가겠다고 했기에 가능한 일인 거잖아요. 난 우리 잎새가 대단히 유명한 발레리나가 되었으면 좋겠어요. 내 딸을 누구나 다 안다는 건 정말 대단한 일이고 기쁜 일이잖아요. 부모로서도 상당한 보람을 느낄 거예요.

'엄마! 엄마!'

이번엔 목소리가 나오질 않았다. 앞은 보였지만 새카만 어둠만 보였고, 이번엔 목소리가 밖으로 터져 나오질 않았다. 무언가가 목구멍을 꽉 쥐고 있는 것처럼 갑갑했다. 침도 꿀꺽 삼켜보았지만 어림도 없었다.

—여보, 나중에 돈 많이 벌면 잎새를 위해서 공연장 하나 만들 생각은 없어요?

—나야 있지. 잎새 이름으로 발레 공연장 크게 하나 짓지 뭐. 어때, 잎새야?

'아빠, 아빠, 나 여기 있어요, 아빠!'

목이 터져라 불러보았다. 목에 핏대가 일어나도록 목이 터지게 불렀지만, 아빠는 대답하지 않았다. 문득 소름이 쪽 끼쳐왔다. 고개를 돌린 잎새는 그대로 무너져 앉고 말았다.

'그날이다.'

비행기가 폭발해 버린 바로 그날, 그날의 대화였다.

—잎새는 연습 삼매경이네요. 우리 얘긴 듣지도 않아요.

—하긴 중요한 오디션을 앞두고 있으니까 저럴 수밖에. 우리가 잠시 비켜줍시다, 잎새가 집중할 수 있도록. 그나저나 가서 먹을 고추장이랑 된장, 김치는 챙긴 거야?

—호호호, 물론이죠. 라면도 한 박스 넣어 가요. 혹시 먹고 싶을까 봐.

'가지 마! 엄마, 아빠! 제발, 거기 가지 마! 그냥 한국에 있어. 나를 따라가지 마!'

절박한 심정으로 둘 사이를 향해 달려가고 싶었지만, 발이 움직이질 않았다. 고개를 돌려 발을 바라봤다. 시커먼 갯벌 땅이 그녀의 발을 힘껏 움켜쥐고 놓아주질 않았다.

'아아아아악! 아아아악! 제발, 내 말을 들어요, 제발!'

잎새가 바닥을 박박 긁으며 목이 터져라 외쳤지만, 그곳에 그녀의 목소리는 닿지 않았다. 그러나 이내 그 목소리도 저 멀리 아득한 곳으로 날아가 사라지고 말았다.

—잎새야! ……잎새야!

긴박한 음성이 들려왔다. 낯설지 않은 목소린데 톤이 좀 높다. 굵직하고 나직한 음성인데, 다급해서 살짝 톤이 올라가 있었다. 잎새는 눈가에 흐른 물기를 닦아내고 흐느끼던 마음을 가라앉힌 뒤 다시 귀를 기울였다.

—잎새야…….

번쩍, 잎새가 눈을 뜨고 상체를 일으켰다. 전신이 땀에 젖어 끈적거렸다.

"……이찬 씨……."

그녀를 부른 음성은 이찬의 음성이었다. 하지만 왜 갑자기 꿈속에서 이찬의 음성이 들린 것일까? 잎새는 휴대폰을 쥐었다. 이찬이 지금 어느 나라에 있는지 그녀는 알지 못했다. 출장 간다는 말뿐이었다. 잎새는 휴대폰을 눌러 시각을 우선 확인했다. 새벽 5시였다. 잎새는 침대에서 내려서서 상희가 늘 놓는 물 컵을 향해 손을 뻗었다. 잔에 물을 채우고 정신없이 마셨다. 꿈에서 소리를 지른 게 꼭 실제로 지른 것같이 목구멍이 아팠다. 휴대폰을 만지작거리던 그녀는 참을 수 없는 불안감 때문에 이찬의 번호를 찾기로 했다.

"성이찬!"

번호를 검색하기 위해 이름을 부르자 곧장 통화음이 들리기 시작했다. 이찬에게 전화를 걸면 늘 들려오는 컬러링 소리가 있었다. 가만히 컬러링 소리에 귀를 기울였다. 이소라의 음색이 가슴 속 불길함을 더욱 부채질했다. 한참을 울렸지만, 답이 없었다. 잎 새는 휴대폰을 양손으로 꼭 쥐고 가슴에 품었다.

'무슨 일이 있는 거예요, 이찬 씨?'

이찬이 지끈거리는 머리를 쥐고 일어나 앉았다. 관자놀이가 욱 신거리다 못해 혈관이 찢어질 듯 아팠다.

"윽!"

머리를 싸쥐고 앉아 일어서려는데 뭔가 느낌이 이상했다. 옷을 하나도 입고 있질 않았다. 실오라기 하나 걸치지 않은데다, 아랫 도리엔 무언가가 묻어 있었다. 정체불명의 액체, 그의 시선이 저 절로 옆으로 돌아갔다. 맙소사.

"표희연!"

희연이 실오라기 하나 걸치지 않은 몸으로 누워 있었다. 곤히 잠이 들었던지, 희연이 천천히 눈을 뜨더니 그를 졸린 눈으로 바 라봤다.

"왜?"

"이게 뭐야!"

"후훗, 잊었어? 밤새 우리에게 무슨 일이 벌어졌는지?"

"뭐?"

"오랜만에 안기니까 좋던데?"

희연은 부끄러움도 느끼지 않는 사람처럼 젖가슴을 다 드러내 보인 채로 한 팔을 괴고 몸을 옆으로 눕혀 그를 바라봤다. 대체 무슨 짓을 한 거지? 이찬의 표정 없던 눈매가 서서히 경련하듯 씰룩거리기 시작했다.

"나랑 지금 뭘 했다고?"

"섹스. 2세를 갖기 위한 섹스. 이번 주, 내 배란일이야. 정확히 그 날짜에 맞춰 이번 일을 추진했지. 그래, 이실직고할게."

희연이 몸을 일으키더니 새하얀 나신 위에 나이트가운을 걸치고 허리끈을 단단히 조이더니 그의 앞에 섰다. 오만하고 당당한 태도는 자신이 지금 무슨 짓을 했는지 전혀 인식하지 못하는 듯 보여 그를 기막히게 했다.

"약 먹였어. 알음알음해서 얻은 아주 귀한 약이야. 일시적으로 상대를 쇼크로 몰지. 하지만 발기는 돼. 그래서 난 당신을 성적인 욕망이 충만하도록 만들었고, 성공적으로 내 난자에 당신의 씨앗을 받아들였지."

어이없고 황당해서 아무런 말도 나오질 않았다. 그가 선뜩하니 날카로운 눈빛으로 그녀를 노려보며 음산하게 내뱉었다.

"기어이 미치고 만 모양이군."

이찬이 몸을 세우고 의자 등받이에 걸려 있는 나이트가운을 입었다. 허리끈을 조인 그가 입가에 비릿한 조소를 머금었다. 그가 냉혹하고 거만한 비소를 입가에 머금고 싸늘하게 말했다.

"이런 짓을 한다 해도 너와 난 이어질 수 없어."

"왜!"

너무도 태연자약한 이찬의 모습에 오히려 독기가 오른 희연이 새파랗게 독을 피워 올리며 하이톤으로 물었다.

"알아내고 있지 않던가? 너와 내가 하나 될 수 없는 마땅한 이유. 아니면 아직도 못 알아낸 건가? 고작 정보통이 그 정도밖에 안 돼?"

"빈정거리지 말고 이유를 말해. 왜 당신과 내가 이어질 수 없는 지!"

"우리 집 계모, 네 엄마의 전략적 제휴 작품인 건 아나?"

"뭐라고?"

오만하고 도도한 냉혈인간 성이찬이 그녀를 찢어놓을 듯이 노려보며 살벌하게 뇌까렸다.

"계모가 어떤 루트인지는 몰라도 네 엄마 뒤쪽으로 꽤나 많은, 매우 유익한 고급 정보를 던져 줬다는 것도 매우 잘 알고 있고."

"뭐? 어떻게 그런 게 가능해?"

"글쎄, 아버지가 결혼하고 3년 뒤부터 너희 회사가 급격히 성장세를 이루기 시작한 것도 그렇고, 우리가 기획 추진하던 몇몇 굵직한 프로젝트 사안들이 기동차게 절묘한 타이밍에 너희 쪽에서 먼저 기획되어 계약을 따낸 건수 또한 부지기수였지. 그때부터 뒷조사를 해뒀다. 계모를 뒤쫓기 시작하다 우연히 대어를 잡았지. 그런데 대어 끝에 월척이 매달려 있더군. 이 사실을 우리 아버지가 알면 어떻게 받아들일까?"

"아냐, 그럴 리 없어. 엄마가 그랬을 리 없다고! 만약 그렇다면 당신은 왜 그 사실을 일찌감치 성 회장께 말하고 우리 관계를 끝내지 않은 거지?"

"꼬리를 잡았어야 했거든. 너와 약혼 운운할 때까지만 해도 이 정도로 큰 뭔가가 감춰져 있을 줄은 몰랐어. 네 엄마가 연관되어 있다는 것도 최근에 알았다. 너희 그룹이 연관되어 있을 것이라는 추측이 확신으로 변한 이상, 너와 결혼을 해야 할 이유가 없지. 너나 네 집안은 독버섯처럼 우리에게 기생해 우리의 양분을 야금야금 빼어 먹고 있었으니까. 안 그래?"

"하지만 오늘은 임신됐을 가능성이 아주 높아."

"너랑 나, 프랑스에서 동거했을 때도 몇 번인가 관계를 가졌고, 네가 나 모르게 임신을 하려고 많이 노력한 것도 알아. 그런데 그때도 안 되던 임신이 되겠어?"

"그날부터 병원 다니면서 얼마나 많은 관리를 받았는지 알아? 별의별 말도 안 되는 약까지 사서 먹었어. 이번엔 될 거야. 어떻게든 당신 아이 가질 거야."

"아이가 해결책이 될 수는 없다."

이찬이 그녀를 뒤에 세워놓고 욕실로 들어가 버리려는데, 그녀가 꽥 하고 비명을 질렀다.

"정잎새! 그 애 때문이지!"

갑작스럽게 튀어나온 잎새의 이름에 당황한 그가 얼굴을 확 구겼다. 적어도 둘 사이에 정잎새는 끌어들이고 싶지 않았다. 그가 몸을 돌려 강하고 냉담한 눈빛으로 그녀를 노려봤다.

"역시 반응하네. 정잎새, 그 여자 때문인 거잖아."

"그 여잔 아무 상관 없어."

"상관없다는 사람 얼굴이 그렇게 일그러진다는 건 어불성설인 것 같은데?"

한없이 거만하고 아름다운 남자의 입술이 위험스럽게 비뚤어졌다. 어떤 순간에도 오만함과 권위는 잃지 않는 저 당당한 자신감의 근원은 어디에 있을까? 그녀는 방금 그의 아킬레스건을 물었다 단언했다. 그런데 그의 표정은 일말의 동요 없이 말끔한 예의 냉담한 얼굴이었다. 최근 연기 수업이라도 받은 게 아니라면, 그는 분명 정잎새를 날카롭게 의식하고 있었다.

"왜 그렇게 자신하는지 모르겠군. 혹시 내 뒤에 거머리라도 붙인 건가?"

갑자기 비난의 화살이 그녀를 향해 날아들었다. 그에게 거머리를 붙였다는 사실이 드러나면 그는 불같이 성낼 것이 뻔했다. 희연이 눈빛을 피하며 눈가에 꿈틀 경련을 일으켰다. 표정을 감추려고 했지만 저 매 같은 눈을 가진 야수는 가차 없이 그녀의 미묘한 변화를 잡아채고 공격할 것이다.

"붙인 모양이군."

아무리 감추려 해도 정확히 그녀의 속내를 간파하는 인간이 성이찬이었다. 하도 오랜 세월 봐와서 그녀의 표정 자체를 쥐락펴락하는 능력자가 그였다. 그녀가 아랫입술을 지그시 깨물었다. 이찬이 그녀의 팔뚝을 억세게 움켜쥐더니 허리를 조금 굽혀 그녀와 눈을 맞추고 냉혹하고 잔인하게 읊조렸다. 지독하게 달콤한 지옥의 경고.

"넌 절대 내 여자가 될 수 없고, 네 뱃속엔 절대 내 아이가 생기지 않을 거야. 너와 난 무슨 일이 있어도 하나로 이어지지 않을 거고. 명심해. 날 자극하지 마! 난 내 것엔 한없이 순하게 복종하고 연민하지만, 내 것이 아닌 것엔 가혹하고 야멸차지. 내 말, 허투루 듣지 않는 게 좋아. 네 방으로 돌아가!"

그는 검은 눈동자 속에 일렁거리는 시커먼 환멸을 독처럼 쏟아내고 몸을 돌려 욕실로 들어가 버렸다. 그가 쏟아낸 검은 증오가 시커먼 올가미처럼 희연의 몸을 칭칭 감아 숨 막히게 했다. 희연의 눈가에서 얼어붙은 채로 매달려 있기만 하던 눈물이 기어이 떨어져 내렸다. 그를 붙들 수 있는 최고의 패를 쥐었다고 자부했다. 그런데 이찬은 무슨 짓을 해도 동요하지 않았다. 흔들리지 않는 강철 같은 사내. 그녀는 피가 나도록 입술을 악물었다. 극심한 모멸감과 알 수 없는 분노의 화살이 일제히 정잎새라는 여자를 향해 내달리기 시작했다. 죽음보다 더한 모멸감과 배신감에 심장이 산산이 쥐어뜯겨 바닥에 널브러졌다.

'불행? 내가 나 혼자만 불행하고 끝날 것 같아? 그렇게 쉬울 것 같아? 성이찬, 내가 갖지 못하면 누구도 갖지 못해. 알아? 당신이 날 미치게 한 원인이야. 원인을 제공했으니, 결론도 당신에게서 내야겠지.'

그녀가 눈을 치뜨고 어둠을 노려봤다. 새파란 귀기 서린 눈빛이 예사롭지 않은 빛을 머금었다.

어둠의 끈

서울에 돌아가려면 아직 3일이나 더 있어야 했다. 일정이 남아 있으니, 이대로 무책임하게 돌아갈 수도 없는 노릇이었다. 그는 이미 세계적으로 한 건설사의 후계자로 소개가 되었고, 그가 사장 직을 받아들인 순간 그 일에 대해 책임을 지기로 결심도 했었다. 그렇기에 일을 함에 있어서만큼은 완벽함을 추구하려 했다. 그런데 그 여자가!

이찬은 욕의를 입고 밖으로 나와 룸 안을 살폈다. 희연이 사라졌다. 옷을 갈아입고 나간 모양이었다. 나이트가운만 바닥에 널브러져 있었다. 그는 라탄체어에 앉아 머리를 뒤로 기댔다. 대체 희연을 누가 그렇게 만든 것인가! 마음 주지 않고 버틴 자신? 아무리 어린애라도 싫다고 여러 번 거절했으면 말귀를 알아듣는다.

하물며 다 큰 성인이 그렇게 의사 표현을 했으면 이제 알아듣고 주위를 정리하는 게 인지상정 아닌가! 그런데도 희연은 뿌리박힌 고목처럼 버티고 서서 그의 주변을 맴돌기만 했다. 이미 계모 문제 때문에 희연의 집안과 완벽하게 정이 떨어진 그였다. 상대할 가치도 없는 집안이었다. 겉으로는 실실 웃으며 뒤로는 자신들의 잇속만 챙기는 비열한 인간들이었다. 물론 혹자는 그런 걸 두고 사업 수완이 빼어나다 말할지 모르지만 그는 아니었다.

적어도 같은 위치에 있다면 피차 상도는 지켜야 한다는 게 그의 사업 이념이었다. 마지막 결정적인 제보만 확보하면 모든 내용을 모아 부친에게 건넬 예정이었다. 아마도 계모는 이혼을 당할 가능성이 높았다. 두 사람 사이엔 아이가 없으니, 이혼하는 데 큰 문제는 없어 보였다.

그렇다고 부부간의 정이 좋느냐 묻는다면, 신혼 초와 비교해 많이 시큰둥해진 게 사실인데다, 몇 년 전부터 계모에게 남자 하나가 붙었다. 뒷조사를 하다 알아낸 부분이지만, 아마도 부친 역시 그 부분을 알고 있을 것이다. 스무 살 가까이 어린 아내, 그렇다면 부친이 할 수 있는 일은 어린 아내 단속뿐일 테니까. 부부의 일은 부부에게 맡겨두고 그는 계모가 꾸민 전략에 대해서만 팔 예정이었다. 그는 휴대폰으로 시각을 확인하고 잎새의 번호를 만지작거렸다.

영국, 베트남, 일본, 마지막은 홍콩 일정이었다. 여긴 일본…….

새벽 6시가 되어가고 있었다. 잎새는 새벽까지 작업을 하고 아침엔 늦잠을 자는 편이었다. 휴대폰 맨 윗칸에 부재중 통화가 찍혀 있었다. 그가 비밀번호를 누르고 화면을 풀자마자 통화 내역을 확인했다.

'잎새?'

새벽 5시를 좀 넘어선 시각에 그에게 전화를 걸었었다. 그는 참지 못하고 바로 잎새에게 전화를 걸었다. 일 때문이라는 핑계 때문에 잎새에게 전화를 안 했지만, 실상은 한 번 잎새에게 전화를 걸면 일에 집중하지 못하고 계속 잎새 생각만 할 것 같았기 때문이었다. 요즘 잎새는 그의 통제력을 망가뜨리는 유해요소 중 하나였다. 그래서 스스로를 제어할 요량으로 잎새를 피했는데, 되레 눌러두었던 그리움이 한 번에 터져 더 큰 문제점을 야기했다.

가고 싶다, 당장 한국으로.

[……네.]

잎새의 목소리가 들려왔다. 꾹꾹 눌러 가까스로 닫아놓았던 뚜껑이 열리면서 내부에 있던 무언가가 쿨렁쿨렁 터져 나오기 시작했다. 가냘픈 잎새의 음성 때문인가 보다. 들릴 듯 말 듯한 바람 같은 잎새의 음성.

"자고 있었어?"

그의 표정이 봄꽃 아래 햇살을 쬐는 듯 눈이 부신 얼굴이었다.

[혹시 말이에요, 무슨 일이 있었나요? 이찬 씨 신변에?]

"왜?"

잎새가 불길한 꿈이라도 꾼 신녀처럼 불안하게 목소리를 떨며 묻고 있었다. 그녀의 기준에서 볼 때면 그에게 일어난 일이 불길한 전조일지 모르겠지만 그에겐 별것도 아닌 돌발 상황 정도에 지나지 않았다.

[좋지 않은 꿈 때문에 깼거든요. 그래서 혹시 이찬 씨에게 무슨 일이 일어난 건가 해서요.]

이찬은 피식 웃으며 태블릿 PC를 열어 오랜만에 인터넷에 접속했다. 뉴스란을 만지작거리다가 검색어 순위에 올라온 정잎새라는 이름을 보고 눈을 커다랗게 떴다. 잎새의 이름이 왜 순위권에 진입해 있을까? 혹시나 싶어 잎새의 이름을 누르자마자 잎새와 관련된 최신 뉴스들이 주르륵 검색되어 올라왔다. 그는 제목들을 보고 아연실색해서 잠시 숨을 멈췄다. 그에게 불길한 일이 벌어진 게 아니었다. 그가 한국을 떠난 사이 잎새에게 불길한 일이 일어난 것이었다.

[아니라면 다행이에요. 걱정했거든요.]

그는 이 사실을 대체 어디서부터 어떻게 따져야 할지 패닉 상태로 그녀의 기사를 클릭했다. 잎새와 거론되는 한 남자, 한호준이라는 유명한 영화배우. 현재 미국에서까지 주가가 상승하고 있는 한류배우였다. 그리고 스캔들 관련 기사 몇 개 중 가장 날짜가 먼 것을 누르자 충격적인 사진이 떠올랐다.

잎새와 한호준의 키스 사진.

잎새의 얼굴엔 모자이크가 칠해져 있었지만, 몸매나 손에 들린 접이식 지팡이를 보아하니 잎새가 확실했다. 둘의 스캔들로 한국은 가마솥처럼 들끓고 있었다. 그만 모른 채. 그는 이런 때 일수록 더욱 침착하게 받아들여야 한다고 자신의 이성을 힘껏 짓눌렀다. 그는 아무런 감정도 담기지 않은 무정하고 무심한 시선으로 허공을 바라보며 물었다.

"너는 어때? 잘 지내?"

[네? ……네, 전…….]

굳이 묻지는 않았다. 차라리 바빠서 모르는 척하고 잎새의 반응을 지켜보는 편이 나았다. 잎새가 당혹스러워하며 죄지은 사람처럼 구는 것도 싫었다. 지금처럼 편하게 대화를 이끌어 나가고 싶었다. 그녀도 알고 있다, 그에게 약혼녀가 있음을. 그렇다면 그녀에게 연인이 있다는 걸 일찌감치 알고 있었던 그가 이런 스캔들 따위로 잎새를 멀리한다는 건 있을 수도 없는 일이었다. 다만 심장이 날카로운 송곳으로 휘젓는 듯 아프다는 것 외에는.

"3일이나 여기 더 머물러야 돼. 전 세계를 들쑤시고 다니려니 피곤하다. 너랑 같이 앉아서 노래나 듣고 얘기나 했으면 좋겠어."

[저…… 이찬 씨…….]

듣고 싶지 않은데. 그녀에게 사랑하는 사람이 나타났고, 앞으로는 그와 만날 수 없다는 그딴 말은 듣고 싶지 않은데. 그가 침울해진 얼굴로 먼 곳을 응시하며 대답했다.

"응, 말해."

[혹시 말이에요, 인터넷 같은 거 안 해요?]

"안 해. 바빴거든. 너한테도 이제야 전화하잖아. 눈코 뜰 새 없이 바빴어. 가장 먼저 네가 생각나서 이렇게 전화를 한 거고."

어쩐지 잎새가 안도하는 듯한 한숨 소리가 휴대폰 너머로 들려왔다. 잎새도 차라리 며칠만이라도 그가 이 사실을 모르길 바라는 걸까? 마음이 두 손으로 꽉 짜는 것처럼 아팠다. 그의 얼굴에 쓸쓸함이 그림자처럼 드리워졌다.

[전 이찬 씨가 절 완전히 잊은 줄 알았어요. 후후.]

잎새가 편하게 웃고 있었다. 가슴이 저며왔다. 다른 사내와 키스를 할 때는 대체 어떤 기분이었을까? 얼마 전까지만 해도 그의 품 안에 안겨 격렬한 신음을 내뱉던 그녀가 아니던가. 그래 놓고 금세 다른 사내와 격렬한 키스를 나누는 장면을 찍히다니. 씁쓸한 배신감과 치밀지 말아야 할 분노가 스멀스멀 심장을 독약처럼 채우기 시작했다.

"한국에 돌아가자마자 만나고 싶은데."

[네? 하지만…… 한국에 돌아오면 그 생각이 금방 변할 거예요.]

"누나를 소개해 주겠다고 했잖아. 누나에게도 네 얘기를 해뒀어. 누나가 보고 싶어 하거든."

그나마 그녀와 자신을 이어줄 유일한 징검다리는 이나뿐이었다. 그래서 부러 이나를 핑계 삼았다. 그렇게 하면 잎새도 둘만 만나는 게 아니기 때문에 덜 부담스러우리라. 보고 싶었다. 다른 남자의 여자가 되어 온 세상에 공개된 잎새가 진심으로 행복한지 두 눈으로 확인해 보지 않고는 믿고 싶지 않았다. 그래서 굳이 만나자고 했다.

[아아, 누나요. 맞다. 누나 만나게 해주겠다고 했잖아요. 맞아.]

잎새가 맨 처음엔 경악하듯 놀란 음성으로 대꾸하더니 이내 영혼 없는 음성으로 고저 없이 웅얼대고 있었다. 혼잣말이라도 하듯, 마치 자신에게 채찍질을 하듯. 사회적 관심의 대상인 그녀가 아직 이찬이 스캔들 사실을 모른다는 가정하에 그의 누나를 만나려 할까? 미지수였다. 솔직한 성격인 잎새는 보나마나 한발 물러나 숨으려 할 테지.

"부담 갖지는 말고 만나도 돼. 누난 인터넷도 잘 안 하는 편이고, 주로 영자신문 읽는 취미와 독서에만 몰두하는 성격이거든. 하루 반나절을 서재에서 보낼 정도로 활자중독이야. 물론 손끝으로 느끼며 읽어야 하는 점자책이 태반이지만."

[……누난 따로 하는 일은 없으신 거예요? 보통 재벌들, 그러면 그 안에 다른 직책이 있고 그러잖아요. 여자건 남자건 구분 않고…….]

잎새가 이제 좀 안도가 되는지 평소의 밝은 톤으로 다시 돌아와 말을 건넸다.

"누나는 피아니스트야. 아주 유명해질 수 있었지만, 나 때문에 그리될 수 없었던 비운의 피아니스트."

[무슨 일이 있었던 거죠?]

"그건 만나서 얘기하고 싶다. 전화로 가볍게 건네고 싶지도 않고, 널 보고 말하고 싶어. 네 표정도 보고 싶고."

[그럼 약속 정해요. 어디서 볼까요?]

잎새가 적극적으로 나와 오히려 감사했다. 그녀도 그가 보고 싶은 건 아닐까? 다른 이를 사랑하면서도 그를 그리워하는 건 아마도 그간 쌓인 정 때문인지도 모른다. 그녀는 단지 그를 연민 또는 거절할 수 없었기 때문에 하는 수 없이 받아들인 것인지도 모른다. 졸랐으니까. 안겠다고 한 번만 그렇게 하겠다고 치졸하게 졸랐으니까. 잎새는 늘 마지막이라고 말하며 그에게 안겼다. 결국 이런 참담한 결과를 낳고 말았다.

"집으로 데리러 갈게."

[아, 아니에요. 제가 택시 타고 이동할게요. 그게 좋겠어요.]

아무래도 잎새의 집 앞에도 파파라치가 붙은 모양이었다. 누가 보더라도 이슈가 될 만한 여자가 아닌가. 유능한 발레리나가 한순간에 비행기 폭파 사고로 실명하고 잠시 사라진 듯했으나 재능을 가진 여류조각가로서 방점을 찍고 있다는 것은 매우 흥미진진한 기삿거리였다. 게다가 유명한 영화배우 한호준이 죽고 못 사는 연인이라는 듯 기사 글에서는 소개하고 있었다. 오늘 아침에 또 어떤 기사가 올라올지 모르겠지만, 일단 일본에서도 한호준에 대한 기사를 대대적으로 보도하면서 잎새의 작품에까지 관심을 갖는 눈치였다.

"알았어. 주소 찍어줄 테니까, 근처까지 일단 와. 내가 마중 나가 있을 테니까."

[고마워요. 신경 쓰게 해서 마음이 영 좋지 않았는데…….]

그녀는 지금 전체적으로 에둘러 자신의 복잡한 심정을 드러내 보이려 했다. 알아들은 이찬이 입가에 엷은 미소를 띠고 고저 없이 부드럽게 말했다.

"마음 안 좋을 것도 없어. 나하고 넌 8년 전에 인연을 맺은 스승과 제자 사이고, 아주 일시적으로 눈이 맞아 몇 차례 섹스를 즐긴 섹스 파트너였을 뿐이잖아. 안 그래?"

심장이 종잇조각처럼 찢겨져 나갈 말들이었지만, 잎새를 안심

시키려면 하는 게 맞았다.

[쿨하게 정리해 주니 마음은 편하네요. 맞는 말이에요. ……맞아요.]

어쩐지 잎새의 음성이 허탈하고 맥없이 들렸다. 뭘 기대한 거란 말인가! 다른 사내와 입을 맞춰놓고, 그래 놓고! 그로서는 여기서 선을 그어둘 수밖에 없었다. 잎새의 마음도 모르는데 강하게 밀어붙였다가 잎새와 다투거나 이대로 관계가 어색해질 수도 있기 때문에.

"피곤하지 않아? 내가 내 기분만 생각하고 일찍 전화를 건 것 같아 미안하군."

[아니에요. 꿈을 꾼 이후로는 쭉 못 자고 뒤척거렸는걸요.]

"그럼 한국에서 보자."

[일도 잘 마무리하세요.]

"그래. 쉬어."

잎새와 통화를 끝낸 그는 휴대폰을 내려놓기 무섭게 와 하고 비명을 질렀다. 한호준이었다니. 유명 영화배우 한호준. 그렇게 유명한 자가 어떻게 잎새를 알게 되고 잎새와 사랑이라는 걸 하게된 걸까? 그렇게 대단하다면 대단할 수 있는 사람이 왜 하필 많고 많은 여자 중에 잎새를 찍은 걸까? 잎새는 어찌 보면 일부러 찾아낼 수 없는 사람이었다. 매스컴에 오르락거린다고 해도 한호준에 비하면 간헐적인 노출인데다, 미모는 빼어나다 할 수 있지만 시각장애를 안고 있었다. 아무리 편견 없이 본다 해도 시각장애 부분은 정안인들에게는 한 번쯤 멈칫할 수 있는 부분이기 때문이었다.

그런 부분까지 차치하고 마음이 끌렸다는 대목이 어쩐 꺼림칙했다. 그는 휴대폰을 들고 곧장 회장 전속 비서인 공 비서에게 전화를 걸었다. 그는 만물상 같은 정보통이었다. 그의 사장실 직속비서인 신 비서에 비하면 공 비서는 없는 게 없는 대형마트 수준의 정보망을 갖고 있었다.

[네, 사장님.]

"아버지는 어디 계십니까?"

[골프 회동 때문에 이동 중이십니다.]

"곁에 계십니까?"

[아니오. 사모님과 같이 타고 계십니다.]

"부탁이 하나 있습니다. 한호준이라는 영화배우에 대한 모든 걸 알고 싶습니다."

[한호준이라면, 최근에 영화 '타오르는 꽃'을 찍은 배우 말입니까?]

"아시는군요. 맞습니다."

[하하, 영화를 재밌게 봐서 기억합니다. 한호준에 대해 특히 어느 부분이 알고 싶으신 겁니까? 제가 중점을 둬야 하는 부분을 말씀해 주신다면 일이 좀 더 빨라질 것 같습니다만.]

"여자 부분입니다. 최근 5년간 모든 정보가 다 필요합니다."

[서둘러 수집하겠습니다. 이틀 이상 소요될 것 같습니다.]

"서둘러 주세요."

통화를 끝낸 그는 몇 번이나 앉았다 일어났다를 반복하며 라이터를 만지작거렸다. 희연이 임신 가능성에 대해 말하고 있었지만,

프랑스 동거 시절에도 이 같은 일이 여러 차례 있었다. 그에게 술을 진탕 먹인 후 올라타는 방법이었는데, 그녀 딴에는 배란일을 열심히 계산해서 어떻게든 임신하기 위해 노력한 듯 보였지만 매번 임신은 되지 않았다.

나중에 그녀의 주치의와 잘 아는 최측근을 통해 들은 바에 따르면 그녀는 생리불순과 스트레스로 인한 배란 쪽에 문제를 안고 있다고 했다. 임신이 될 만한 몸이 아니었던 것이다. 어쨌든 그때도 징징대는 희연을 곁에 두는 게 아니었다고 몇 번이나 후회를 했었다. 오래 알아왔고, 집안에서는 이미 약혼을 기정사실화하던 차였기에 한 번은 너그럽게 받아들였는데 그런 모의를 하고 덤볐던 것인 줄은 미처 알지 못했다. 참으로 용의주도한 여자가 아닌가. 희연이 그렇게 나올수록 그의 마음은 더욱 두꺼운 문으로 마음을 닫기에 바빴다. 적절한 시기를 노린다는 것이 이렇게나 많은 걸 감내해야 하는 일인 줄 알고는 있었지만, 그것이 표희연과 얽히자 그의 초인적인 인내심도 슬슬 바닥을 드러내기 시작했다.

잎새는 이찬이 문자로 준 주소지로 택시를 타고 이동하는 중이었다. 택시기사에게 혹시나 낯선 차들이 뒤를 쫓지 않느냐 몇 번이나 물어가면서 이동했다. 혹시나 이상한 차가 따르는 것 같으면 길을 몇 번이나 돌아달라고도 부탁했다. 휴대폰이 울어댔고, '성이찬'이라는 이름이 떴다.

[여보세요? 어디쯤 오는 거야?]

"잠시만요. 기사님, 지금 위치가 어딘가요?"

"아아, 10분이면 도착할 것 같습니다."

"10분 뒤면 도착이래요."

[알았어. 나가서 대기할게. 혹 무슨 일이 있는 건 아니지? 누가 뒤를 밟는다던지.]

"아직까지는요."

[돌발 상황 생기면 바로 연락 줘.]

"네, 그럴게요."

어제 한호준과 정잎새는 정식으로 교제를 하는 사이라는 보도가 대대적으로 퍼졌다. 호준의 소속사에서 낸 보도는 일파만파 번졌고, 잎새가 일반인이기 때문에 프라이버시 존중을 위해 자세한 내용은 언급하지 않겠다는 내용도 기사에 포함되어 있었다. 그런데도 잎새의 이름이 검색어 순위에서 내려오질 않았다. 상희의 말을 빌리자면, 수많은 팬들이 호준과 결혼까지 가서는 안 될 사람이라는 등의 발언을 하고 인신공격적인 발언까지 불사하고 있다고 했다. 상관없었다. 진짜가 아닌 기획된 연애이기 때문에 무슨 말을 해도 동요할 이유는 없었다. 이런 땐 직접 인터넷 기사 속 덧글들을 확인할 수 없다는 사실이 너무도 감사했다. 일일이 덧글들을 읽다 보면 죽고 싶어질 가능성이 높으니까.

"저기 사람이 나와 있네요. 여기서 세울게요."

택시기사가 차를 세우자, 잎새는 카드를 내밀었다. 기사는 카드로 결제를 하고 잎새에게 감사를 전했다. 차 문이 열리고 이찬이 말을 걸어왔다.

"내려."

잎새가 차에서 내려서자 이찬의 몸에서 특유의 체향이 왈칵 끼쳐와 그녀의 심장을 술렁이게 만들었다. 그의 내음이 좋았다. 곁에 그가 있다는 사실이 미치도록 좋았다. 잎새는 볼을 발갛게 붉히고 그가 내민 팔뚝 위에 손을 뻗었다. 그의 단단한 팔뚝을 꽉 움켜쥐고 한 걸음 내디뎠다. 잎새는 그의 온기를 느끼며 양심의 가책을 느꼈다.

그가 여전히 한호준의 존재를 모른다는 사실을 놓고 이렇게 자기 좋을 대로 그를 이용해도 좋은지에 대해서 갈등하고 있었다. 하지만 어떤 연결점도 없는 둘이었다. 한호준의 존재가 드러나면 이찬은 그녀와 만나는 것에 대해 부담을 느낄지도 모른다.

아니, 어쩌면 아무 상관 없이 더 자유롭게 만날 수도 있지 않을까? 그에게 약혼녀가 있는데도 이찬은 그녀를 원했다. 그녀는 받아들였고, 약혼녀가 있다는 것에 위화감을 느끼지 않게 되었다. 그에게 약혼녀가 그렇게 큰 비중을 차지하는 사람이 아닐지도 모른다는 자기 좋을 대로의 합리화가 있었지만. 대문 열리는 소리가 들렸다.

"우리 본가로 왔다."

"네?"

"누나가 이 집에서 나오질 않아. 아버지도 나가는 걸 원치 않으시고. 그래서 본가로 왔어. 부모님은 현재 해외에 계시고. 그러니까 부담 갖지 않아도 돼."

이제야 벼락을 맞은 것처럼 깨달은 한 가지. 이찬은 한국 최고의 건설사 외아들이었다. 후계자로 지목된 재계 거물의 아들. 그런 집안에 지금 발을 들인다. 심장이 손으로 꽉 쥐어진 듯 답답한 통증을 호소했다.

"이찬아."

이나가 다정한 음성으로 이찬을 불렀다. 이찬이 고개를 들어 연노랑빛 블라우스에 새하얀 팬츠를 입은 이나를 지그시 바라봤다. 새카만 머리카락은 풀어놓아 등허리에서 폭포처럼 흐르고 있었다.

"누나, 왜 나와 있어?"

"오셨니?"

"응, 누나 앞에."

이찬이 잎새를 이나의 곁으로 데리고 가서 손을 맞잡아주었다. 이나는 가만히 잎새의 손을 만지고, 손을 뻗어 실례의 인사를 건넨 후 얼굴과 머리 등을 만지며 인상착의를 확인했다. 잎새 역시 이나의 얼굴을 만져 생김새를 대충 파악하려 했다. 키가 얼마이고 눈매가 어떻고 입술의 크기는 어느 정도 되며, 목은 길고 짧은지 팔다리가 얼마나 긴지 등을 대충 파악해 상대를 머릿속에 그림처럼 그려 각인하는 작업이었다.

"이쪽은 성이나, 우리 누나이고. 여긴 정잎새, 누나와 친해졌으면 좋겠다고 생각하는 사람."

"안녕하세요, 잎새 씨. 만나서 너무 반가워요."

"반갑습니다, 이나 씨."

"자, 들어가요. 가서 대화 나눠요."

이나가 앞장을 서서 이동했다. 이나를 위해 도우미가 곁에서 대기 중이었다. 이찬은 잎새를 도와 집 안으로 들어갔다.

식사를 마친 이나와 잎새, 이찬은 같이 햇살이 스며들어 오는 테라스에 앉았다. 레이스를 덮어놓은 듯한 철제 테이블에 둘러앉은 세 사람은 여러 가지 얘기를 나눴다. 특히 이나는 먼저 실명을 한 선배로서 자신의 경험을 잎새에게 많이 들려줬다. 잎새는 이나가 얘기할 때마다 조용히 듣고 있다가 궁금증이 일면 호기심을 드러내 보였고, 이나는 그런 잎새의 질문이 반가운지 친절하게 자세히 설명해 주었다.

이찬은 그런 둘을 보면서 공통 관심사를 가진 사람들이기 때문에 좋다기보다는 어떤 사고로 인해 실명했다는 극심한 트라우마를 품고 사는 사람이라는 사실에 가슴 한곳이 무너져 내림을 느꼈다.

"아하하, 같은 선생님에게서 점자 수업을 받은 거네요, 그렇게 따지면."

"그러게요. 그분이 점자 개인 교습을 많이 하신다는 건 알았지만 우리 둘 다 그분에게 배웠을 줄은 몰랐는데요? 나중에 같이 식사라도 하면 좋겠어요."

이찬의 휴대폰이 진동음을 냈다. 공 비서였다. 일전에 한호준에 대해 알아보라던 건이 해결된 듯 보였다.

"나, 잠깐 통화 좀 하고 올 테니까 둘이 계속 대화 나누도록 해."

"응, 그래. 이찬아, 올 때 너 어릴 때 썼던 일기장 좀 갖고 와라."

"그걸 왜! 됐어!"

이찬이 싸늘하게 말하고 사라지자, 이나가 먼 곳을 응시하더니 잎새에게 말했다.

"이찬이 혹시 나에 대해서도 말했나요?"

"어떤?"

"내 눈에 관한……."

"아니요."

이나는 혹시 이찬이 유일하게 마음을 터놓는 사람이 잎새가 아닌가 싶어 그렇게 물었지만 아직 그 부분까지 끄집어낼 만한 관계는 아니었던 모양이다. 하지만 이찬이 한 번도 집 안에 여자를 데리고 온 적이 없었음을 감안한다면 잎새의 등장은 전에 없던 쇼킹한 일이 틀림없었다.

"잎새 씨는 우리 이찬이 어떻게 생각해요?"

"저는…… 이찬 씨가 아주 좋은 사람이라고 생각해요. 책임감도 강하고 뭔가를 하나 붙들면 끝까지 가야만 직성이 풀리는 사람 같더라고요. 저에게 3개월간 미술 수업을 해줄 때도 끝없이 껍질 속에 숨은 저에게 돌팔매질을 했죠. 그가 아니었더라면 저는 지금의 저를 완성하는 데 더 오랜 시간을 소요했을지도 몰라요."

"그렇게 큰 영향력을 행사했단 말인가요?"

"아마도 누나를 통해 얻은 경험 때문에 제게서 누나를 어렴풋이 본 것 같다는 생각도 들어요."

"그럴지도 모르죠. 내 눈이 이렇게 된 건 어떤 사고 때문이었는데, 이찬은 그 일을 자신 때문이라고 생각하고 있거든요."

"어떤 사고였는지 말씀해 주실 수 있으세요?"

"……이찬이 말하고 싶어 할지도 모르는데요."

"이찬 씨는 아마 자신의 죄책감 쪽에 비중을 실어 제게 들려줄지도 몰라요. 하지만 누나 입장에서는 그보다 조금은 객관적인 입장에서 말을 해주지 않을까 싶어서요. 저 또한 부모님의 죽음을 늘 제 탓으로 생각하며 스스로를 원망하고 있거든요."

"잎새 씨, 우리 손 잡을래요?"

잎새가 손을 뻗어 테이블 위에 얹자 테이블 위를 더듬거리며 이나의 손이 이동하기 시작했다. 이나의 손이 잎새의 손끝에 닿았고, 이나는 천천히 잎새의 손등에 자신의 손을 포갰다.

"그날이 떠오르면 좀 두려워져서요."

이나의 손이 파르르 떨리기 시작했다.

"괜찮아요. 이나 씨, 힘들면 말씀하지 않으셔도 돼요."

"아니에요. ……그날, 비가 내리고 있었어요. 이찬인 아빠와 어릴 때부터 갈등이 심했어요. 그날도 아빠와 어떤 일로 심하게 말다툼을 했고, 아버지가 유독 아끼는 말을 데리고 도망을 갔어요. 그때 이찬이 나이가 열 살 때였던 것 같아요."

"어릴 때였네요."

"네, 열 살인데도 늘 아버지와 트러블이 있었죠. 아버지와 이찬인 성격이 많이 비슷해서 더 그랬던 것 같아요. 아버지는 말이 없어진 걸 알고 노발대발하셨고, 저는 불안해서 집안 도우미들과 밖으로 나가 이찬을 찾기 시작했어요. ……그리고 날씨는 점점 더 험악해졌고, 비는 억수로 쏟아졌어요. 천둥번개가 치던 순간 말은 흥분해서 울부짖기 시작했고, 이찬은 겁에 질려 말고삐를 놓았다고 해요. 저는 그때 하필 그곳을 헤매고 있었고."

이나가 마른침을 꿀꺽 삼키더니 손을 더 떨기 시작했다. 잎새는 더 세게 이나의 손을 움켜쥐었다.

"말이……."

이나의 숨소리가 거칠어져 가고 있었다. 당시의 일이 생생할 것이다. 세상을 볼 수 있었던 마지막 밤이었을 테고, 그 밤은 영원히 뇌리에 박혀 봉인되었을 테니까. 잎새가 그러하듯.

"달려오던 말에 들이받혔어요. 몸이 붕 날아오르는 건 순간이었지만, 커다란 나무둥치에 머리를 부딪쳤어요. 깨어났을 땐 앞이 보이지 않았죠."

"사고가 컸군요. 많이 다쳤던 건가요?"

"저도 열네 살밖에 되지 않았던 터라 말의 광적인 힘에 몸이 많이 부서져 있었다고 해요. 몇 달 누워 지냈던 걸로 기억해요."

"……이찬 씨는 이후에……."

"아버지에게 호되게 맞았고, 그 길로 해외로 쫓겨났어요. 제 눈을 이렇게 만든 장본인이 이찬이라고 생각하신 아버지는 지금까지도 이찬을 용서하지 않고 계세요. 이찬이 딴엔 아버지에 대한 복수가 말을 데리고 사라지는 거라고 단순히 생각했던 것뿐이고, 하필 그날 비가 내렸고 날이 궂었던 것뿐인데……. 난 이 일이 이찬 때문이라고 생각하지 않아요. 그저 운이 아주 나빴다고 그렇게 생각해요."

"하지만 이찬 씨는……."

"그렇게 생각하지 않겠죠. 자기 탓이라 생각하겠죠. 그런 상황 자체를 만든 사람이 자신이니까. 그래서 난 이찬이 죄책감으로부터 조금은 자유롭기를 바랐는데, 아버진 그 사실을 약점 삼아 이찬의 능력마저 짓밟고 그 애를 회사에 억지로 쑤셔 박아놓으려 해요. 너무 안됐어요. 난 어떻게든 이찬을 해방시켜 주려 하지만……."

잎새는 복잡한 마음으로 이찬과의 모든 기억을 되짚어봤다. 그녀에게서 누나를 봤을 테고, 그랬기에 그는 더욱 엄정히 대했을 것이다. 결국 연민이었던가? 연민하는 마음 한 자락 때문에 지금껏 이 관계를 이어 나가고 있는 것인가. 그렇다면 잠시나마 불같이 뜨거웠던 일탈은 어떻게 설명하면 좋단 말인가. 잠시 고통스러운 상념에 젖어 있는데 이나가 잎새의 손등을 부드럽게 쓸어내리며 노래하듯 말했다.

"이찬이 날 잎새 씨에게 보인다는 건 자신의 가장 깊은 곳 내밀하던 아픔을 보여준다는 뜻이기도 할 거예요. 그만큼 잎새 씨가 마음을 터놓을 만큼 좋은 사람이라는 뜻도 되겠죠. 아마 이찬이 마음속에서 잎새 씨 순위가 꽤나 높게 랭크되어 있을지도 몰라요."

잎새는 위트 있는 이나의 말에 입가에 미소를 머금었다. 깊은 울림을 남기는 말이었다. 이찬에게 자신이 그만한 존재가 되었다는 말.

"잎새 씨가 이찬이한테 자주 말해줄래요? 괜찮다고. 그건 과거이고, 이미 벌어진 일인데다 난 원망 같은 건 하지 않는다고. 이대로 이 안에서 행복하다고. 눈을 감고 마음속에 질문을 던져 봤어요. 하고 싶었던 일, 갖고 싶었던 것, 그동안 갖지 못한 게 있었는지, 하지 못한 게 있었는지. 그랬더니 없더라고요. 좋은 부모를 만나 모든 혜택을 다 누렸어요. 더 바란다면 욕심인 것 같아요. 그래서 제게서 하날 빼앗아 버린 거라고, 그렇게 생각하기로 했어요. 다음 생에서 더 괜찮은 나로서 살 수 있을 거라 믿어요. 잎새 씨는 어때요? 누가 되었든 원망스럽던가요?"

잎새가 고개를 젓고 흐릿한 미소를 지었다.

"아뇨. 전 아무도 원망하지 않아요. 다만 불의의 사고 현장에 저만 있었더라면 얼마나 좋았을까, 타이밍에 대한 원망을 해요. 그날 부모님이 같이 가지 않아도 되었는데, 그날따라 고집을 부리셨거든요. 해외 진출하는 딸의 평가 무대를 꼭 보고 싶으시다고. 말리지 못한 제가 원망스러울 뿐이에요."

"지금 우린 이렇게 살아서 더 좋은 추억들을 만들고 있잖아요. 내가 이렇게 잎새 씨를 만난 것도 그렇고, 우리 이찬이가 잎새 씨를 만난 것도 그렇고 전부 선물이라고 생각해요."

잎새는 매사 긍정적으로 삶을 관조하려는 이나를 보며 존경심이 솟아올라 경탄하는 얼굴로 그녀를 바라봤다. 이미 벌어진 일, 이것저것 불평만 늘어놓고 있을 게 아니라 그날부터 뭘 어쩔 것인지 궁리하는 게 가장 현명한 일인지도 모른다. 그 과정 속에 이찬이 있었다. 잎새가 입가를 부드럽게 휘어올리며 손을 들어 이나의 손등 위에 자신의 손을 얹었다. 따스한 온기가 마음을 온화하게 만들었다.

"가끔 연락드려도 될까요?"

"물론이에요. 나야 대환영이죠."

잎새는 눈이 부신 듯 하늘을 바라봤다. 빛이 눈꺼풀 새로 파고들어 오는 것처럼 자잘한 비늘 같은 빛을 난사하고 있었다. 그녀가 유일하게 세상과 소통하는 방법이었다. 오직 한 번 볼 수 있는 빛. 살아 있기를 잘했다고, 처음으로 자신을 위로했다. 숨 가쁘게 달려왔던 시간들을 돌이켜 보며 그것이 이찬에게 보이기 위한 삶이었을지언정 매 순간 게을리했던 적은 없었다. 노력과 끈기로 버텨냈다. 그 또한 살아 있었기에 가능했던 일이었다. 오늘 잎새는 이나에게 큰 가르침을 얻었다.

'난 아주 잘해내고 있는 거야.'

가슴이 뜨거웠다.

"여자관계는 어떻습니까?"

[5년 전부터 지금까지 조사한 바에 의하면 적어도 일반인과 사귄 적은 없습니다. 대부분 호스티스들과 가볍게 욕정을 해소하는 방식으로만 짧은 연애를 즐겼습니다. 그런데 하나 걸리는 부분이 잡혔습니다.]

"뭐죠?"

[……눈에 띄는 스폰이 잡혔는데, 그게…… 이걸 말씀드려야 할지 어떨지.]

"말씀하세요."

[아무래도 표희연 씨가 최근 2년간 한호준 씨 스폰을 하고 있는 것으로 보입니다. 찾아낸 자료들에 의하면 그렇습니다. 희연 씨가 개인적으로 소유하고 있는 청담동 한 고급 빌라에서 여러 차례 만난 정황이 포착되었습니다.]

갑자기 다리가 후들거리고 심장이 정신없이 뛰었다. 한호준의 스폰서인 표희연. 희연은 지금 이찬의 마음을 붙들어 결혼을 하겠다고 두 눈이 벌게져 있었다. 그런 여자가 정말 한호준이 마음에 들어서 스폰을 했을까? 한호준은 그저 성적인 노리개 역할을 주로 도맡았을 것이다. 그런 한호준이 난데없이 잎새에게 들이대기 시작했다. 그는 서리처럼 하얗게 얼어붙은 얼굴로 통화를 끝냈다. 문자로 희연의 청담 개인 빌라 주소가 들어왔다. 그의 눈동자에 섬뜩한 안광이 번쩍했다.

'결국 이런 거였다는 말이지? 표희연…… 더러운 술수로 정잎새를 조롱하고 있었다는 거지.'

기가 차서 말도 나오지 않았다. 어떻게 이토록 저열하고 용렬한 방법으로 누군가의 마음을 오롯이 차지하려 든단 말인가. 이런 술수를 쓰는 동안에 차라리 조금이라도 인간적인 방법으로, 동정심이라도 갈구하는 편이 낫지 않던가? 독하다. 이렇게 지독한 여자는 살다 살다 처음 봤다. 소용돌이치는 배신감과 분노, 둔하고 먹먹한 충격이 숨골을 정확히 내리찍었다. 그래 놓고 임신 운운하며…….

'하, 참! 그럼 그 출장도?'

모두 계획된 것이고, 그도 잎새도 표희연의 손아귀에 놀아났다는 소린가? 갑자기 소름 끼치면서 동시에 미치도록 재밌다는 생각에 온몸의 신경세포가 팽팽하게 조여들었다. 미움, 배신감, 원망, 증오심들이 심해 속 진흙처럼 켜켜이 쌓여가다 무시무시한 형체를 한 괴물체로 변해가고 있었다. 이렇다면 한쪽만 일방적으로 얻어맞을 수는 없다. 그리고 한호준이 잎새를 그렇고 그런 존재로 이용하기 위해 접근한 것이라면 차라리 마음이 놓였다. 적어도 그가 잎새를 빼앗아 오기에 한발 늦은 건 아니라는 안도가 드니까.

희연이 하얗게 질린 얼굴로 장 비서를 바라봤다. 장 비서가 심란한 얼굴로 내민 USB에는 상상을 초월하는 비밀스러운 파일이 담겨 있었다. 희연의 모친 은혜원이 이찬의 계모 유해숙으로부터 받은 상납 자료들, 그리고 은밀한 거래 내역에 대한 기록들이 정확하게는 아니더라도 대충 휘갈겨진 채로 파일 안에 고스란히 담겨 있었다.

"이거, 어디서 났지?"

"어렵게 구했습니다. 이런 자료들을 가지고 거래를 하는 자들이 있습니다."

"그렇다면 그런 자들이 언제든 이 자료를 방출해서 우리 쪽에 압력을 행사할 수도 있다는 뜻이기도 하잖아."

"네……. 우리뿐 아니라 여러 기업의 약점들을 틀어쥐고 필요에 의해 내용을 노출하는 자들입니다."

"……엄마와 이찬의 계모는 대체 언제부터 알고 있었던 거지?"

"알아본 바에 의하면 같은 대학 선후배 사이시고, 모친께서는 유해숙 씨의 미모와 지성을 일찌감치 예의주시하고 있었던 것으로 보입니다. 돈 문제 때문에 잠깐 술집에서 일할 뻔한 일이 있었는데, 모친께서 유해숙 씨를 꺼내주시면서……. 정확히 말씀드리면 거액을 주고 유해숙 씨를 사모님께서 샀습니다. 사들인 유해숙이라는 인형을 정계 어디든 내놓을 수 있는 병기로 만드신 겁니다. 그리고 정확한 타깃인 이찬 씨의 부친 성 회장에게 접근시켰고요. 마침 성 회장은 상처를 해서 혼자였으니, 해볼 만한 일이었을 겁니다."

"그런데 의도적인 접근은 성공하고 만다."

"네, 유해숙은 자신의 은인인 모친께 할 수 있는 모든 일을 다 했습니다. 보시다시피……."

자료를 보면 이건 거의 내부 첩자 수준이었다. 용건건설의 알맹이를 모조리 빼와 정원건설의 실속으로 바꾸는 작업들이 십여 년 넘도록 이어져 왔던 것이다. 이런 과정에서 왜 성 회장은 내부에 누군가가 정원건설 측에 조력을 하고 있다는 부분에 대해 전혀 의심을 하지 않았던 것일까? 그래서 이찬이 뒷조사를 시작했고, 유해숙이 드러난 것이다. 유해숙이 희연의 모친에게 그런 식으로 대대적인 상납을 한다는 걸 알아낸 후 그가 가진 분노와 적개심이 얼마나 컸을지 보지 않아도 알 수 있었다. 그녀는 신경질적으로 노트북을 덮고 자리에서 일어났다. 손톱 끝을 이로 물면서 골몰했다. 이걸 지울 수 있는 방법은 하나도 없다. 어떻게 하면 이 모든 걸 극복하고 이찬을 갖느냐는 게 관건이었다.

'그럼에도 불구하고…… 이찬을 가질 방법은?'

아무리 생각해도 떠오르는 게 없다.

"일단 나가봐."

장 비서가 고개를 꾸벅 숙이고 나가자마자 그녀는 곧장 호준에게 전화를 걸었다.

[무슨 일이야?]

"만나야겠어."

[요즘 나 꼼짝 못하는 거 몰라? 지금 기자들 눈에 띄면 나, 매장 당해. 양다리 걸친 놈 된다고.]

"네가 신중한 건 좋은데, 일이 틀어지게 생겼어. 너에게 더 큰 패를 줄 테니까, 네가 성이찬을 만나야겠어."

[또 무슨 작당을 하는 거야? 이번 일로도 부족해? 너, 점점 미쳐 가는 것 같다.]

"내가 미치건 말건, 그건 나나 우리 집안에서 걱정할 일이야. 나오라면 조용히 나와. 빌라로 와. 밤 12시쯤이면 좋아."

[알았어. 사진 찍혀서 매장당하면 네가 날 책임져야 할 거다. 알 겠어?]

"걱정 마, 얼마든지."

희연이 입가를 휘어올리며 소리 나도록 손톱을 딱딱 물어뜯었 다.

이찬의 차에 오른 잎새는 가만히 한곳에 초점을 맞추고 앉아 있었다. 이찬은 말없이 운전에 열중하고 있었다.

"할 말이 대체 뭔가요? 여기서 하고 헤어져도……."

"아니야. 집으로 가. 우리 집. 오랜만에 널 만났으니까 모처럼 회포도 풀 겸."

잎새는 마음속으로 수십 가지 말들을 어떻게 정리해서 그에게 꺼내면 좋을지를 두고 고민했다. 한호준과 3개월간 가짜 열애를 유지해야 한다는 말을 하는 것도 자존심이 상하는 부분이었다. 그에게 한호준이라는 남자가 가짜였다는 걸 들키는 것도 싫었고. 단지 이찬에게 달려가는 마음에 밧줄 노릇을 하기 위한 장치로 한호준을 남자친구인 척 붙들어둔 죄로 이런 사단이 벌어진지도 모른다. 죗값이라면 소리 없이 조용히 달게 받아야 마땅했다.

"하는 일은 잘 되어가고?"

"네, 잘 되어가요."

"지금까지 잘 버텨왔으니, 이젠 작품전을 할 때도 되지 않았나?"

"안 그래도 2년 있다가 작품전을 할까 생각 중이에요. 그때가 되면 적어도 20여 종의 작품은 모여 있을 테니까……. 자선모금을 위한 작품전으로 해도 좋을 것 같구요. 제가 가는 시각장애인센터에도 큰 도움이 될 만한 일을 기획 중이에요. 저 혼자만 즐거운 일이 아니라 다 같이 흥겨울 수 있는 그런 파티가 되기를 바라거든요."

"내일 시간 돼?"

"내일이오?"

"같이 식사나 하자. 저녁 식사."

"……저, 그게……."

"네가 날 불편해한다는 거 잘 알아. 내가 널 또 어떻게 할지 모른다고 생각하는 것도 잘 알고. 하지만 지금 널 내 집으로 데려가는 건 정말 진지하게 의논하고 싶은 일이 있기 때문이야."

잎새는 입을 다물었다. 이찬은 어쩐지 그녀의 사생활에 대해 알고 싶어 하지 않는 눈치였다. 무언가를 말하려 하면 말을 잘라냈다. 그리고 분위기를 전환시켜 다른 쪽으로 이야기를 끌고 갔다. 잎새는 호준 얘기를 꺼내려다 그만 입을 다물고 말았다. 지금은 그저 이찬이 무슨 얘기를 하고 싶어 하는지를 듣는 거 외엔 할 수 있는 일이 없었다.

이찬은 주차를 마치고 잎새를 자신의 집으로 데리고 들어갔다. 거실 소파에 그녀를 앉힌 그는 와인 한 잔을 채워 그녀의 손에 쥐어주었다. 잎새는 가만히 와인의 짙은 포도 향을 맡으며 그가 소파에 앉기를 기다렸다.

"정잎새……."

잎새가 고개를 들자, 이찬이 잎새의 앞으로 의자를 끌어당겨 잎새와 무릎을 마주했다.

"나한테 할 얘기 있지?"

낮게 가라앉은 목소리가 피부에 닿았다가 모공 속으로 파고들어 와 혈관을 따라 빠르게 돌다 기어이 심장에 엄청난 충격을 안겼다. 그의 묵직한 손이 그녀의 무릎 위에 올려졌다.

"기사를 봤다."

청천벽력이었다. 그가 이런 말을 할 줄 아는 것과 직접 듣는 것은 천양지차였다. 이렇게나 다를 줄이야. 잎새는 시선을 피했다. 그가 보이지 않는데, 그의 얼굴이 빤히 들여다보고 있는 게 미치도록 견디기 힘들었다. 어떤 눈빛으로 보고 있을지, 얼마나 실망했을지 알 것 같아서 견딜 수가 없었다.

"영화배우의 연인인 줄은 몰랐어."

갑자기 이찬이 잎새의 턱을 살짝 잡더니 고개를 들어 올려 그의 얼굴 쪽으로 방향을 바꿨다. 온 힘을 주고 버티려 했지만 그의 힘을 거스를 수는 없었다. 그의 입술이 코앞으로 다가왔나 보다. 이찬의 숨결이 느껴졌다.

"왜 말하지 않았지? 네게 다가온 사람이 연예인, 그것도 아주 유명한 영화배우라는 사실을……."

"그건……."

"모르기를 바란 건가? 그런데 왜 모르기를 바랐을까? 나를 계속 만나고 싶어서?"

"아, 아니에요."

사실을 알면 곤란했다. 쪽팔리고 무안하고 견딜 수 없이 자존심이 상해서 악을 쓰듯 내뱉었다.

"호준 씨와는 진행되어 가는 과정이었어요."

"그래서 나와 섹스도 가능했고?"

"그건…… 즉흥적인 일이었어요."

거짓말의 향연이구나. 잎새는 미간을 확 구겼다. 자신의 입에서 마음에도 없는 말이 이렇게나 술술 잘도 나올 줄이야. 하지만 곧이곧대로 말할 수도 없었다. 이찬이 지금 어떤 마음을 품고 있는지 알지도 못하는데, 질질 매달리는 인상을 주고 싶지는 않았다.

"그래, 즉흥적이었지. 이렇게……."

이찬의 입술이 잎새의 입술에 마주 닿았고, 잎새는 자신도 모르게 파르르 숨을 떨었다. 지독하게 감미로웠다. 거부해야 하는데, 그래야 하는데 넋을 놓고 그의 입술을 받아냈다.

"한호준과 연인이라고?"

어쩐지 비아냥대는 듯한 발언에 잎새가 발끈해서 고개를 돌리고 아랫입술을 짓씹었다.

"한호준이 정말 널 사랑할까?"

이건 어째 노골적으로 그녀에게 주제 파악이라도 하라는 듯이 들렸다. 잎새가 싸늘하게 얼어붙은 표정으로 그를 바라봤다. 눈이 보이지 않는 게 천추의 한이었다. 눈에 온 힘을 모아 힘껏 노려봐 저 입을 막고 싶은데, 뜻대로 되지 않음이 미칠 노릇이었다.

"자, 우리 이렇게 하는 건 어때?"

잎새가 부들부들 몸을 떨며 그를 노려봤다. 당장에라도 그의 가슴을 할퀼 만한 발언을 내뱉고 이 자리에서 떠나고 싶다는 마음이 너무도 컸다.

"넌 한호준의 여자 해. 난 표희연의 남자 할게. 하지만 그건 대외적인 거야. 그들 모르게 너와 난 이렇게 계속 밀애를 즐기는 건 어때?"

"흡!"

숨이 멈췄다. 난데없는 상상 초월의 제안이었다. 그가 헤어지
자, 두 번 다시 만날 이유가 없다고 자신을 자를 거라고만 생각했
다. 그런데 어처구니없게 물밑에서 은밀히 내통하자고 말하고 있
었다. 이찬이 입술을 천천히 핥으며 나직하게 쉰 음성으로 말했
다.

"난 널 놔줄 생각이 없어. 이렇게 먹음직스러운데, 어떻게 놔
줘? 싫은데?"

눈물이 날 것 같았다. 너무 좋아서. 하지만 티를 낼 수는 없는
노릇이었다. 잎새는 단호한 표정으로 그의 팔목을 꽉 움켜쥐고 야
멸차게 말했다.

"장난하지 말아요."

"누가 그래, 장난이라고? 너는, 너는 날 원치 않아?"

그의 혀가 무례하게도 그녀의 입술 새를 들락거리며 희롱했다.
감질나게 그녀를 유린하고 빠져나가는 그의 열기 때문에 잎새는
나른한 현기증으로 몸의 중심조차 잡을 수가 없었다. 그녀는 긴
속눈썹 아래로 떨리는 마음을 최대한 감추고 무감한 얼굴로 말했
다.

"원치 않아요. 진심이에요."

말이 끝나자마자 이찬의 혀가 잔혹하리만치 대담하게 그녀의
입술 새로 파고들어 왔다. 그의 혀는 냉혹하게 채찍질을 하듯 그
녀를 몰아붙였다. 그 혀로 그가 원하는 대답을 냉큼 뱉지 않으면

뽑아 삼켜 버리겠다고 경고라도 하는 듯했다.

오만한 남자는 그녀에게 생긴 남자조차 냉혹하게 무시해 버리는 모양이었다. 어떤 사내도 그를 이길 수 없음을 어렴풋이 알고 저리 오만당당하게 나오는 것이리라. 하지만 이미 온통 그에게 사로잡힌 잎새는 이제 더 이상 그를 거부하고 있을 수만은 없었다.

손끝이 당장에라도 그를 붙들 듯 바르르 떨리고 있었다. 손을 뻗어 그의 등을 더듬고 그의 셔츠 자락 사이로 파고들어 가 그의 맨살을 어루만지고 싶었다. 목각인형처럼 혀를 고정시키고 움직이지 않던 것도 잠시, 그가 그녀의 영혼을 뒤흔들었다. 강하고 격렬한 키스는 마치 절정으로 내달리는 섹스 같았다. 요란하도록 게걸스럽게 혀를 뽑았다 놓는 그의 움직임이 그러했고, 그녀의 허벅지 사이로 물기가 흘러내리고 말았다.

너무도 자존심이 상해서 눈가에 눈물이 고였다. 열애설이 터져 그녀에게 남자가 있다는 사실이 만천하에 드러났는데도 이찬은 기사가 나기 전이나 지금이나 뭐 하나 달라진 게 없었다. 기쁘면서도 대체 뭘 어쩌려고 이러는지 겁이 났다. 음탕한 소리를 내며 그가 혀를 떼어냈다. 거친 숨결이 뒤엉켰다. 그가 뱉어내는 숨결과 그녀가 토해내는 숨결이 뒤엉켜 실내의 온도가 몇 도는 올라간 것 같았다.

"……왜 나를 때리지도 않고 도망가지도 않지, 정잎새?"

이찬이 가만히 잎새를 바라봤다. 그는 혹시나 잎새의 마음속 어딘가에 있을지 모를 한호준을 끄집어내기 위해 나름의 방식으로 도발하고 있었다. 잎새가 혹시라도 한호준을 좋아하거나 호감을 느낀다면 지금 이런 그의 행동에 격렬한 저항을 보여야만 했다. 그런데 저항은커녕 오히려 움찔거리며 자신의 욕망을 자제하는 듯 보였다.

그건 또 다른 해석이 가능했다. 자신의 욕망을 가누느라 바쁘다는 건, 잎새의 마음이 아직 성이찬에게 기울어 있다는 의미였다. 한호준과의 키스는 우연히 조작되었을 가능성이 농후했다. 그는 새하얀 잎새의 보드라운 뺨을 부드럽게 어루만지며 그녀의 귓가에 자그맣게 속살거렸다. 그의 눈가에 검고 깊은 눈웃음이 번졌다.

"……자고 가."

잎새가 흠칫 놀라 근육을 경직시켰다. 그는 서서히 손을 뻗어 잎새의 블랙 시스루 블라우스 단추를 열기 시작했다. 안에는 끈으로 된 민소매 티를 입고 있었다. 그는 능숙하게 블라우스와 티를 벗기고, 브래지어 훅을 열었다. 그리고 천천히 잎새를 일으켜 세웠다. 그는 다리를 벌리고 품 안으로 일어선 잎새를 잡아당겨 꽉 끌어안았다. 그녀의 젖가슴에서 다디단 체향이 번져 그를 터질 듯 타오르게 만들었다. 아랫도리가 곤두서 뱃가죽이 뜯어질 것만 같았다. 그는 그녀의 부드럽고 풍만한 젖가슴에 뺨을 비비며 읊조렸다.

"널 쉽게 놔줄 것 같아? 넌…… 내 거야. 내 여자, 내 사람이라고."

그는 그녀의 등을 어루만지다가 그녀가 입고 있는 블랙 스커트

지퍼를 쭉 내리고 아래로 벗겼다. 그녀의 나신을 바라보는 그의 검은 눈이 어둡게 빛났다.

"잎새야, 자고 가겠다고 해."

잎새가 고개를 내리더니 어딘가를 바라보며 그의 머리카락을 부드럽게 어루만졌다. 이젠 그녀가 아무리 숨기려 해도 감기처럼, 열병처럼 그녀의 얼굴에 번진 욕망은 감출 수가 없었다. 잎새는 그를 원한다.

"새벽엔 돌아가게 해줘요."

"한호준과는 하지 마."

"그게 무슨 소리예요?"

"한호준에겐 네 몸, 절대로 허락하지 말라는 소리야. 내가 참아줄 수 있는 건 기사에서 본 키스 한 번뿐이야. 더 이상은 용납 안해."

그가 손을 들어 그녀의 젖가슴을 움켜쥐고 발갛게 팽창한 그녀의 열매를 입안에 넣고 야금야금 핥고 베어 물었다. 잎새가 간드러지는 신음을 내뱉으며 허리를 둥글게 굽히다가 몸을 이리저리 비틀었다. 그는 그녀의 등허리를 단단한 팔로 감은 후 부드럽게 미끄러져 내려가 그녀의 엉덩이를 어루만졌다. 잎새가 밭은 숨을 토해내며 허리를 꼿꼿이 세웠다.

"해줘!"

희연이 호준을 만나자마자 입고 있던 나이트가운을 벗고 소파에 앉아 다리를 활짝 벌렸다. 호준은 입고 있던 재킷을 벗어 던지고 니트티도 벗어 소파에 던진 후 희연의 곁으로 가서 앉아 그녀의 가슴을 입안 가득 물고 빨아들였다. 그의 손은 자연스럽게 벌어진 허벅지 사이에서 그녀의 은밀한 부분을 쉼 없이 자극하기 시작했다.

"하아, 하아…… 아아, 좋아, 거기……."

호준은 희연의 젖가슴을 물고 빨면서 팔을 더욱 요란스럽게 움직였다. 그녀의 정점이 팽팽하게 솟구치도록 몰아붙이자 그녀가 몸을 바르르 떨면서 목을 뒤로 꺾었다. 숨이 통하지 않는 사람처럼 한참 동안 숨을 쉬지 않더니 잠시 뒤, 한꺼번에 많은 숨이 입에서 터져 나오기 시작했다.

"하악, 하…… 하악!"

"좋아?"

"하아, 더 해줘."

호준은 계속 손을 리드미컬하게 움직이며 그녀의 귓가에 속삭였다.

"뭐가 문제야? 날 부른 이유가 뭐야?"

"날 임신 시켜줘."

"뭐?"

희연은 늘 피임약을 먹었다. 그게 아니면 그에게 질외사정을 하라고 요구하거나 콘돔으로 피임을 강요했다. 피임에 무척 민감하게 굴던 여자가 갑자기 그를 부르더니 임신을 시켜달라 하고 있었다. 희연이 그의 뺨을 농염한 동작으로 훑어 내리며 열기 서린 눈빛으로 그를 바라봤다.

"해주겠다고 해. 물론 네 아이가 될 수는 없을 거야. 하지만 아이가 살아 있는 한, 넌 은밀한 대가를 지불받을 거야."

"이번에 실패했어?"

"성공했어. 그런데 내가 여러 이유로 임신이 까다로워. 그래서 네 몸이 필요해."

"희연아, 이렇게까지 하는 건 좀 아닌 것 같지 않냐?"

이번엔 호준이 주저하며 막아섰다. 하지만 희연은 이미 물불을 가릴 처지가 아닌 듯했다. 호준은 이제 희연을 연민하게 되었다. 그는 하얀 나신을 그의 앞에 감정 없이 드러내 보이며 임신시켜 달라 말하는 희연을 품 안에 꼭 끌어안았다.

"희연아, 우리 그만할래?"

"무슨 소리야!"

희연이 앙칼진 음성으로 싸늘하게 내뱉었다.

"지친다. 잎새 씨, 정말 순수한 사람이야. 내가 그런 사람을 갖고 뭘 하나 싶어. 아무리 두드려도 잎새 씨는 날 볼 생각이 없어 보여. 그 사람, 다른 데 정신이 팔려서 나 같은 건 안중에도 없어. 희연아, 그 두 사람…… 운명적으로 끌리고 있어. 자기들이 인정하지 않으려 해서 그렇지, 끌리고 있다고. 우리가 이런다고 두 사람, 끊어질 것 같지 않아. 그러니까 더 추악해지고 황폐해지기 전에 여기서 멈추자. 그게 맞아."

희연이 눈물이 그렁거리는 얼굴로 독살스럽게 씹어 뱉었다.

"아니, 웃기지 마. 난 끝까지 해. 몇 년인지 알아? 내가 성이찬 한 사람만 해바라기 해온 게 몇 년인데. 그 사람을 갖지 않으면 내가 공들인 그 수많은 나날들이 별게 아닌 게 되는데…… 싫어. 못해. 내게 찬란했던 그날의 기억들이 아무것도 아닌 휴짓조각으로 만들라는 말인데, 난 못해. 아까워서 할 수가 없어. 그러니까…… 부탁해. 난 이제 벼랑 끝이야. 여기서 이찬 씨를 놓치면 나는…… 못 견디고 나를 완벽하게 망가트릴 것 같아. 그러니까 당신이 날 도와. 나를 살리는 방법이야. 응?"

호준은 시린 눈빛으로 가슴 저미게 그녀를 바라봤다. 지금까지 한 번도 본 적 없던 가면 없는 진실한 얼굴이었다. 이찬을 놓치면 자기가 없다는 여자. 그것이 그녀의 진심이었다. 그렇다면 호준이 희연을 도울 수 있는 마지막 방법은 그 한 몸 희생해 희연으로 하여금 이찬을 잡는 것뿐인가 보다. 호준은 잠시 쓰게 웃으며 몸을 세웠다. 그리고 벌어진 그녀의 다리 사이에 곤두선 핵심을 밀어 넣었다.

"읏!"

그녀의 몸속에 심지를 꽂아 넣은 그는 진심으로 희연을 동정했다. 적어도 잎새는 이 모든 일들이 정리되었을 때 위로받을 사람이라도 있지만 희연은 위로해 줄 사람 하나 없다. 냉혹한 집안에서 내동댕이쳐질 공산이 컸다. 그는 모든 힘을 쥐어짜 내 그녀의 몸속에 자신의 마지막 동정심을 채워 넣었다.

"표희연, 너 후회할 거야. 이 모든 일들을 뒤늦게 후회하게 될 날이 올 거야. 하지만 이거 하나는 기억해 둬. 누구 하나 널 동정하지 않아 미치도록 외롭고 쓸쓸할 때 나만은, 나란 놈만은 너를 아주 많이 가엽게 여겼다는 걸 잊지 마라. 알겠니?"

희연이 입가에 엷은 미소를 짓고 손을 뻗어 그의 뺨을 어루만졌다.

"펫 주제에, 그런 주제에 감히 날 동정해? ……웃기지 마. 난 늘 쓸쓸하고 외로웠어. 하나도 두렵지 않아. 내가 원하는 건 다 이룰 거야. 안 된다 해도 두렵진 않아. 내게 가장 큰 두려움은 성이찬을 놓치는 일이야."

"넌 정말 미쳤어. 이미 병적이야. 알면서 이러는 나도 미친놈이 지만. 진심으로 후회할 거야, 넌……. 나 역시 널 만난 걸 인생 최악의 날로 기억할 거다."

"더 깊게!"

희연은 눈을 감고 그의 엉덩이를 양손으로 감싸 쥐었다. 그녀의 눈가에 물기가 차올랐다. 오죽하면 이렇게 하겠는가, 오죽하면.

이찬은 별별 이유를 다 앞세워 그녀를 떼어낼 궁리만 하고 있었다. 이찬이 알고 있는 사실을 성 회장이 알게 되는 날에는 약혼 역시 깨지는 건 한순간이었다. 불안해 미칠 것 같았다. 그렇다면 이 시점에서 성 회장의 시선을 붙들 만한 게 뭐가 있겠는가. 손주뿐이었다. 그녀로서는 최선의 방법을 떠올린 것이었다. 더 이상 떠밀려 갈 곳이 없었다, 더 이상은.

깊게, 더 깊게 이찬의 몸이 그녀의 내부를 사정없이 파고들어왔다. 시뻘건 불길 속으로 그녀의 몸이 산산조각나 떨어져 내렸다. 푸른 비가 내렸다. 그녀의 몸 위로 비가 내리면 그녀의 조각난 몸이 물을 만나 서서히 하나의 완성체로 만들어졌다. 그가 멈추면 몸이 만들어지고, 그가 몰아치면 그녀는 다시 부서졌다.

죽을 것만 같았다. 처음엔 생각이라는 게 있었다. 그에게 마음을 들키지 말아야지 했는데, 어느새 이성을 잃고 대책 없이 음란한 여자처럼 헐떡거리며 그에게 더 요구하고 매달리고 비비고 몸을 틀며 그를 부르고 있었다. 모든 세포가 욕정으로 기억된 사람처럼 거침없이 그를 갈망했다. 그와 조금이라도 더 깊게 닿고자 자신도 모르게 허리를 들썩거리고 있었다. 조금이라도 더 그와 닿고 싶었다. 그건 언제부터 시작된 건지 기억조차 나지 않는 그녀의 강렬한 갈망이었다.

"하아…… 하아……."

그의 가슴이 격한 운동이라도 한 듯 위아래로 들썩거렸다. 이찬은 잎새의 귓불을 이로 잘근잘근 씹었다. 혀로 핥아 올리다가 입안으로 쪽 빨아 당기기도 했다. 그는 드라큘라처럼 그녀의 목덜미에 고개를 처박고 오래도록 그녀의 냄새도 맡았다. 혀로 그림을 그리듯 그녀의 목선을 따라 오르내리기도 몇 번. 그녀의 탄력 있는 살결을 이로 살짝 깨물어보기도 했다.

목덜미에 새파랗게 파동하는 맥박도 혀로 지그시 누르며 할짝 핥아 올리기도 했다. 그녀의 심장 소리가 기분 좋게 들려왔다. 두근거리며 뛰는 그녀의 심장이 그를 격렬하게 반기는 것 같아 온몸이 터질 것만 같았다.

눈부신 그녀가 빨간 입술을 열고 진홍빛 혀를 움직이며 할딱거리고 있었다. 그는 이미 몇 번인가 안았던 짜릿한 쾌감을 떠올리며 예민해진 몸이 뜨겁게 달아오르는 걸 느끼며 더욱 격렬하게 그녀를 몰아붙였다. 근육질로 이루어진 단단한 그의 몸이 그녀를 지그시 누르자, 그녀가 짧은 탄식을 내뱉으며 다시 한 번 목을 뒤로 꺾었다.

그는 단단한 근육질의 다리로 그녀의 두 다리를 완벽하게 결박했고, 미끈한 살결 위에서 서서히 위아래로 몸을 움직였다. 그는 애초에 느긋함 따위는 모르는 사람처럼 허겁지겁 다급하게 그녀를 탐닉했다.

그는 그녀의 입술을 삼킨 채로 하반신의 매끄러운 곡선을 손바닥으로 부드럽게 탐했다. 오일을 바른 듯 미끄러지는 미끈한 피부결 때문에 정신이 시공을 넘어 아득한 곳으로 내달렸다. 탱탱한 살결이 주는 탄력에 그는 그녀의 가슴과 엉덩이를 오가며 거침없는 육욕을 드러냈다. 발갛게 달아오른 서로의 숨결을 입술 새로 주고받으며 둘은 오래도록 열락의 행위를 멈추지 않았다.

이찬에게 섹스는 단 한 번도 어떤 의미였던 적이 없었다. 그의 몸속에 자리한 짙은 상실감과 죄책감이 빙하처럼 단단하게 달라붙어 무슨 짓을 해도 몸은 늘 냉기 서린 북극 같았다. 어떤 여자와 섹스를 해도 지금껏 제대로 몸이 뜨거워졌던 기억이 없었다. 하지만 잎새를 안을수록 그 모든 것이 망각됨을 느꼈다. 한기가 수그러들고 몸 안에 열기가 퍼져 나갔다. 잎새가 가진 따스한 온기에 취해 잠시나마 고통스러운 한기의 기억들을 망각할 수 있었다. 그는 색정적인 신음을 내뱉는 잎새의 모습을 내려다보며 그녀의 입술을 연신 할짝거렸다. 잎새는 이불을 쥐고 꿈틀대며 몸을 비틀다가 도저히 안 되겠는지 그의 목덜미에 팔을 감고 애원했다.

"제발……."

그는 서서히 이 지옥같이 달콤한 몸놀림을 끝내기 위해 온 힘을 다해 달리기 시작했다. 들썩거리며 몸을 흔들자, 그녀의 젖가슴이 원을 그리며 위아래로 정신없이 흔들거렸다. 그는 더욱 깊게 자신을 그녀 내부에 묻으며 힘껏 몰아붙였다. 서로의 살이 부딪치는 소리가 요란하게 번졌다. 민망할 정도로 번지고, 침대도 정신없이 들썩거렸다. 비로소 그녀가 속살을 자잘하게 경련하더니 몸을 발작하듯 떨기 시작했다. 그녀의 속살이 움켜쥐듯 그를 쥐고 아프도록 죄었다. 그가 헉 하는 신음을 내뱉으며 고개를 뒤로 젖혔다. 그의 뿌리까지 그녀의 내부에 깊이 박혀 들어갔다.

"보고 싶어요, ……당신을……."

잎새가 이찬의 뺨을 양손으로 부드럽게 감싸 쥐고 고통스럽게 말했다. 그 마음이 만져질 것 같아 이찬도 그녀와 똑같이 얼굴을 일그러트리고 그녀의 어깨에 머리를 기댔다.

"내 앞에서는 제발, 웃기만 해줘. 이런 널 보는 거…… 너무 괴롭다."

잎새는 그의 허리에 팔을 감고 깊게 그에게 안겼다. 이찬도 말없이 잎새를 온 힘을 다해 안아주었다.

깊게 잠든 이찬을 일부러 깨우지는 않았다. 잎새는 이찬에게 그 흔한 편지 한 조각 쓸 수가 없어서 음성으로 문자메시지를 남겨놓고 이찬의 집을 나왔다. 콜택시는 이미 밖에 대기하고 있었다. 새벽 5시, 아직 세상은 푸르스름한 미명으로 가득했다. 잎새는 문밖으로 나와 기다리고 선 콜택시에 몸을 실었다. 집주소를 댄 잎새는 망연히 어딘가를 바라봤다.

본다는 것에 대한 열망이 나날이 강해지고 있었다. 다른 건 다 관심 없는데, 이찬이 너무도 보고 싶었다. 그와 눈을 맞추고 싶었다. 한순간도 눈을 떼고 싶지 않았다. 이런 욕심에 화가 치밀었다. 왈칵 눈물이 솟구쳤다. 그녀는 눈가에 흐르는 물기를 닦아내며 한숨을 내쉬었다. 호준과는 조작된 연애니까 그에게 가책을 느낄 필요는 없었지만, 마음이 참담해졌다.

우울한 생각으로 생각이 꼬리에 꼬리를 물고 늘어지는데, 차가 집 앞에 섰다. 벨을 누르자 상희가 나왔다.

"잎새야!"

상희가 근심 어린 표정으로 잎새를 바라봤다. 이젠 상희는 잎새가 누구와 같이 있었는지 말하지 않아도 알 수 있었다. 잎새가 원해서 밤새 같이 있기를 허락하는 사람은 오직 한 사람뿐이었다. 이찬이었다. 호준과의 스캔들로 마음고생 중이면서 이 사실이 외부에 알려지기라도 하면 어쩌려고 이러나 가슴이 조마조마해 견딜 수가 없었다.

"어쩌려고 그러니? 밤새 밖에 진을 치고 기다리는 기자들 못 봤니?"

아직도 밖엔 기자들이 대기하고 있었다. 아마 그녀가 어제 나갔다 들어온 시간도 재고 있을지 모를 일이었다. 하지만 신경 쓰고 싶지 않았다. 차라리 이찬과 자신의 관계가 세상에 알려졌으면 좋겠다는 무서운 생각까지 했다. 집 안으로 들어간 잎새는 허물어지듯 소파에 주저앉았다.

"이모, 나 배고파요."

잎새의 말에 뭐라 잔소리를 더 해주려던 상희가 입술을 앙다물었다. 배고프다는 애를 붙들고 주절거리는 것도 한심하고, 지금은 잎새가 배불리 먹고 기분 좋은 표정이기를 바랐다.

"기다려, 얼른 밥 차려올 테니까."

잎새가 배시시 미소를 지었다.

"미안해요, 이모. 여러모로 신경 쓰게 해서요. 그런데요. 전 저란 사람을 스스로 잘 통제하는 사람인 줄 알았는데, 지금은 모르겠어요. 이렇게 제가 통제력이 없는 사람인 줄 몰랐어요. 이렇게 나 나약하고…… 의욕 한 줌 남아 있지 않은 사람인 줄 알았는데, 뭔가를 강렬하게 원하고 욕심내기도 하더라고요."

강렬하게 원한다, 성이찬을.

눈을 잃고, 사귀던 연인과 결별하면서 두 번 다시 무언가를 열망하지 않겠노라 스스로에게 약속했다. 보이지 않으면서 누군가를 원한다는 게 사치 같았다. 보이는데도 상대에게 충실하지 못해 이별을 돌려받았는데, 보이지 않는데 상대에게 충실하다는 건 어불성설 같았다. 그런데 한결같이 한 군데로만 흐르는 마음을 어떻게 막아야 할지 모르겠다.

"왜 네가 뭘 원하면 안 된다고 생각해? 넌 누구보다 아름답고, 누구보다 순수해. 솔직하고 근사해. 자신의 일을 정말 사랑하고 열심히 하잖아. 그리고 이건 좀 속물 같지만 돈도 많아. 뭐가 부족하니? 다만 사고로 눈을 잃었을 뿐인 거잖아. 그건 문제가 안 돼. 보지 못해도 스스로 찬란하게 빛내는 사람들이 얼마나 많은데. 그리고 넌 얼마 전까지 스스로를 초라하다 생각하지 않았어. 누군가를 염원하면서 스스로를 초라하다 생각하게 된 거야."

상희의 말이 맞았다. 이찬을 원하기 전까진 자긍심이 드높았다. 보지 못하지만 스스로 무언가를 만들어내 세상으로부터 인정받았고, 능력을 다른 이들을 위해 쓰면서 보람도 느꼈다. 갑자기 다가온 상희가 와락 잎새를 품 안에 안았다.

"넌 나의 언니가 남긴 유일한 가족이야. 내게도 유일하게 남은 가족이고. 나에겐 네가 딸 같다. 내가 할 수만 있다면 이 두 눈을 네게 주고 싶은데, 산 사람의 각막은 떼어낼 수가 없다는구나. 미안하다."

"이모, 그런 건 정말 아니에요."

정색하고 말하자 상희는 더욱 품 안에 잎새를 가득 끌어안고 오래도록 등을 쓸어 내렸다.

"잎새야, 내가 널 많이 아끼고 사랑한다. 그러니까 날 두고 허튼 생각 같은 건 하지도 마라. 넌 아주 소중해. 그리고 대단한 아이야. 난 네가 그런 아이라는 걸 너무도 오래 지켜봐 오면서 깨달았어. 널 많이 아끼도록 해. 상처받지 마라. 내가 다 대신 받을 테니까."

잎새의 눈가에서 물기가 후드득 떨어져 내렸다. 상희가 이런 마음으로 곁을 지키고 있는 줄은 몰랐다. 그저 의무라고 생각하고 할 수 없이 곁을 지킨다고만 생각했는데…… 잎새는 상희의 어깨에 얼굴을 묻고 왕 하고 울어버렸다.

[백화점 앞이야. 내려와.]

이찬의 갑작스러운 연락이었다. 해가 동쪽에서 뜰 모양이었다. 지금껏 한 번도 백화점에 찾아온 일이 없었다. 표 회장이나 온다고 하면 억지로 인사차 들르기는 했어도 개인적인 일로 찾아와 그녀를 불러낸 적은 없었다. 단 한 번도. 희연이 너무 놀라 입술을 바들바들 떨었다. 휴대폰을 끊고 나서도 심장이 발작이라도 일으킬 듯 뛰어서 숨도 쉴 수가 없었다.

이게 대체 무슨 일인가 싶었다. 희연은 다급한 동작으로 핸드백을 야무지게 손에 쥐고 달리듯이 사무실을 빠져나갔다. 비서진에게 인사를 하는 둥 마는 둥 하고 엘리베이터에 올랐다. 몇 번이나 숨을 다시 쉬어야 했다. 이게 꿈인가 생시인가 싶어서.

잰 동작으로 엘리베이터에서 내려 뛰듯이 로비를 가로질렀다. 멀리 이찬의 벤츠가 눈에 들어왔다. 그녀는 힘껏 달려 이찬의 보조석 문을 열었다. 열자마자 이찬이 인사를 해줄 줄 알았는데, 어이없게도 눈 한 번 마주쳐 주지를 않았다.

"뭐 해? 타!"

망설이던 희연이 차에 올랐다. 이찬이 곧장 액셀러레이터를 밟았고, 차는 어딘가로 유유히 나아가기 시작했다.

"어디 가는 거야?"

"밥 먹으러."

무표정하고 무감한 한마디에 밥 먹자는 뉘앙스와 저 표정의 언밸런스를 대체 뭐라 받아들여야 좋을지 멍해졌다.

"나한테 무슨 소리를 하려고 부른 거야?"

불길한 예감에 견디지 못한 희연이 약간은 까칠해진 음성으로 물었다.

"가보면 알겠지."

"또 나를 떼어낼 구실로 마련한 자리라면, 아무 소용 없을 거야."

"그래서, 임신은 했고?"

"윽!"

치밀고 올라오는 분노가 욕지거리가 되어 나오려는 걸 가까스로 이를 악물고 삼켰다. 대놓고 비아냥거리고 있었다. 화가 치밀었지만, 견뎌야 하는 일이었다. 뼈저리게 그가 후회하도록 만들려면 임신이 되어야만 했다. 하지만 4주는 지나봐야 임신 여부를 알 수가 있었다. 지금 당장은 그에게 내놓을 비장의 카드 따위는 단한 장도 없었다. 이럴 때 호준이 잎새와 사고라도 크게 쳐주면 좋으련만 호준 또한 양심의 가책을 느끼는 듯 보였다. 필요한 절호의 순간엔 빛을 내지 못하는 무용지물인 셈이었다.

"당신이 끝까지 이길 거라고 자신하는 모양인데, 절대로 그런 일은 없어. 그렇게 되도록 가만두지 않을 거야."

희연은 아까까지만 해도 두근거리며 설레던 마음이 가엾어서 더욱 가차 없고 냉혹한 어조로 씹어 뱉었다. 그녀가 독기 서린 얼음 인형처럼 그를 노려보자, 이찬은 입가에 보일 듯 말 듯한 냉소를 머금었다 지울 뿐이었다. 상대할 가치도 없다는 듯이 시선을 돌린 그는 목적지에 당도하도록 한마디도 하지 않았다.

"식사를 하자고 나를 다 부르고, 이게 무슨 일이야? 해가 서쪽에서 뜨겠는데?"

호준이 너무 기뻐하면서 들떠 있었다. 잎새가 난처한 얼굴로 힘겨운 미소를 입가에 머금었다. 이찬의 부탁이었다. 호준을 만나보고 싶다는 부탁이었고, 호준에게는 이찬을 만난다는 얘기를 비밀로 해달라고 했다. 호준이 이찬을 만나러 간다면 부담감을 느껴서 나오지 않겠다고 할 수도 있다면서. 그래서 할 수 없이 비밀로 하고 호준을 데리고 서울 인사동에 위치한 유명한 한식집으로 향하는 중이었다. 물론 운전은 호준에게 부탁해야 했지만, 잎새는 지금 피가 말라 혀가 바싹바싹 마르는 중이었다.

"그동안 어떻게 지냈어요?"

"정신없었지. 집 안에 틀어박혀 있는 거 아니면 CF 촬영 일정만 소화했거든. 그 외에는 대부분 소속사에서 커트했고. 연애에 대한 인터뷰 요청이 쇄도해서 좀 귀찮았어. 그래서 잎새 씨한테는 연락만 자주 할 수 있었던 거고. 찾아갔다가 괜히 사진 찍히는 것도 귀찮고. 혹시 삐친 거야?"

잎새가 고개를 저었다. 이미 잎새는 그에게 감정은 없는 걸로 결론을 내놓지 않았던가. 하지만 호준이 가만히 손을 뻗어 잎새의 손을 쥐었다. 놀란 잎새가 움찔했지만, 호준이 강하게 손을 쥐고 놓아주지 않았다.

"나는 잎새 씨 안 보고 목소리만 들으니까 상당히 보고 싶던데…… 잎새 씨는 안 그랬어?"

"목소리를 들으니까, 괜찮았어요."

"서운하네. 잎새 씨는 늘 이런 식으로 나한테서 빠져나가. 정말 약았어."

"호준 씨도 약았어요. 세상에서 사랑 같은 거 처음 해보는 사람처럼 굴잖아요. 들어보니 스캔들이 꽤 있었다고 하던데요. 아니에요?"

"스캔들? 그런 거 없는데?"

호준은 스캔들 없는 배우로 유명했다. 성적인 부분을 해소하기 위해서 잠시나마 템프로 여자들과 관계를 유지하긴 했지만 기사가 될 만큼의 스캔들을 낸 적은 없었다. 왜냐하면 대부분 스폰서를 끼고 있었기 때문이다. 스폰서는 절대 자기 외에 다른 여자를 안지 못하게 한다. 예외적인 인물로 희연이 존재하긴 하지만 어쨌든 그랬다. 그래서 연예인치고는 스캔들이 없는 깨끗한 배우 측에 속하는데 이번에 대형 사고를 친 셈이었다.

"알음알음 전해 들은 게 있어요. 여자 경험이 없다는 듯이 절 꼬시지 말라는 말이에요. 아무것도 모르는 순진한 사람이 아니라는 말이에요."

"무슨 소리야? 잎새 씨 되게 순진해. 하하, 자기가 되게 까졌다고 생각하는 거야? 믿어지지 않는데? 정말 알면 알수록 잎새 씨는 신선해. 소장 욕구를 불러일으키는 재밌는 여자야."

잎새가 볼을 발갛게 붉히며 난처한 기색으로 대꾸했다.

"좋아한다고 한 거, 전부 거짓말이죠? 연기한 거죠?"

"왜 그렇게 생각해? 나 정말 잎새 씨 좋아하는데?"

"어떻게 그렇게 가볍게 훅 말할 수 있는지 모르겠어요. 정말 좋아한다면 그 말의 무게 때문에 쉽게 내놓지 못하는 게 사람 마음 아닌가요? 몇 번이나 망설이다 망설이다 그래도 또 망설이다……."

"잎새 씨가 지금 누굴 그렇게 좋아하는 건가?"

잎새가 뜨악해서 입을 헤벌리고 호준 쪽을 바라보다가 고개를 홱 돌렸다. 제 무덤을 팠다. 섣불리 접근하다 제 덫에 제가 걸려 허우적대는 꼴이라니.

"아니에요."

"그래? 그런데 어떻게 그렇게 잘 알지? 그런 경우도 있긴 하지만, 그건 사람마다 달라. 자기가 감당 못할 정도로 너무 벅차면 그때 견디지 못하고 수다쟁이처럼 떠벌리는 타입도 있는데 내가 그래. 난 감정을 감추는 일에 미숙해. 그래서 특히 좋고 싫음이 분명한 편이지. 그런데 잎새 씨한테는 분명히 호감이 맞았어. 그리고 볼수록 더 좋은 것도 사실이야. 적어도 내가 강제로 잎새 씨를 벗기고 안으려 하진 않는 것만 봐도."

"네?"

"나 원래, 매너 좋은 놈 아냐. 호감 가는 여자는 딱 두 갈래로 나뉘지. 안고 싶은 여자, 소중히 해주고픈 여자. 그런데 잎새 씨는 마지막 여자야. 내가 함부로 하면 잎새 씨는 아마 나를 발톱의 때만도 못한 놈으로 치부할걸? 안 그래?"

"그야……."

"나도 다 봐가면서 하거든. 예감이라는 게 있지. 이 여자는 나를 쉽게 받아들여 주겠구나, 이 여자는 아니겠구나. 그런데 잎새 씨는 확실히 선을 그어두고 곁으로 오지 못하게 하는 게 보여. 바보도 알 수 있을 만큼 선명하게 선을 긋지. 그래서 좋아하지만 그냥 두고 보는 거야. 한 번 보고 말 거면 이대로 으슥한 데로 끌고 가서 확 덮쳐 버리면 그만 아닌가?"

"그건 성폭행이구요."

"그런 뜻이 아니라. 상대도 나와 하고 싶다는 눈빛의 신호를 보내거든. 나는 그걸 빨리 캐치하는 거고. 이봐! 완전히 순진하잖아."

할 말이 없었다. 이런 선수와 대화를 나누고 있다 보니 이찬과 자신이 한 번의 찌릿함을 이기지 못하고 서로의 육체를 탐한 건 서로의 몸이 보낸 신호를 저도 모르게 본능적으로 읽고 그리 했던 건 아닐까?

잎새는 잠시 입을 꼭 다물고 상념에 젖어들었다. 핸들을 돌리는 것 때문에 호준이 잡고 있던 손을 천천히 놓아주었다. 잎새는 안

전벨트를 두 손으로 꼭 쥐고 이찬이 왜 호준을 데리고 오라고 했
는지와 이찬은 언제 자신에게 그런 신호를 보냈는지를 떠올리며
눈매를 가늘게 좁혔다.

사슬

잎새가 호준을 데리고 먼저 안으로 들어갔다. 예약자 명단이 잎새로 되어 있었기 때문에 방을 찾는 건 어렵지 않았는데, 안으로 들어가자 단둘이 먹기에는 넓은 방이라는 걸 알고 호준이 의아해서 물었다.

"어? 누가 더 와?"

잎새는 잠시 우물쭈물하며 호준의 도움을 받아 호준의 곁에 앉았다.

"아, 그게……."

드르륵, 문 열리는 소리가 들렸다. 호준은 별생각 없이 고개를 돌렸고, 열린 문 틈새로 얼굴이 익은 두 사람이 보였다. 성이찬과 표희연이 앞뒤로 서서 종업원이 열어준 문 앞에 서 있었다. 호준의 얼굴이 일시에 굳어버렸고, 그와 동시에 표희연의 얼굴도 양잿물을 마신 듯 새카맣게 질려가기 시작했다. 호준은 희연의 얼굴을 보고 이 상황이 그녀도 모르는 일임을 어렴풋이 깨달았다. 호준이 재빨리 자리에서 일어나 생판 처음 보는 사람들 대하듯 둘을 바라봤다.

"누, 누구세요?"

그러자 이찬의 표정이 볼만했다. 어디서 감히 가증을 떠냐는 듯한 노골적인 환멸과 경멸이 눈빛에서 레이저처럼 쏘아졌다. 실물로 본 성이찬은 실로 대단한 위압감을 지닌 사내였다. 왜 희연이 죽고 못 사는지 알 것도 같았다. 남자 대 남자로서도 이찬은 그의 위에 군림해야만 하는 자처럼 탱크같이 단단한 어깨와 강인한 턱, 무섭도록 냉혹해 보이는 눈빛, 그리고 오만하고 자신감 넘치는 자들 특유의 매혹적인 미소까지 지니고 있었다. 연기자로서 숱하게 재벌 역할을 맡아봤지만 저런 표정이 쉽게 나오지는 않았다. 저런 자들은 근본부터 다른 자들이라 자연스럽게 몸에서 저런 우월함이 배어 나왔지만 그에겐 난이도 높은 연기에 속할 뿐이었다.

"일단 모두 앉읍시다."

이찬이 말을 건넸다. 희연은 아무 소리도 들리지 않았다. 대체 이 자리의 목적은 무엇이란 말인가! 그런데 갑자기 이찬이 그녀의 팔목을 확 당겨 안으로 발을 들이게 한 후 문을 닫았다. 희연은 최선을 다해 이찬에게 자연스러운 모습을 보여야 한다고 다짐하고 호준에게도 눈짓을 했다. 절대로 아는 척을 해서는 안 된다는 단호한 눈빛을 보내자 호준도 알았다는 듯 얼른 눈을 내리떴다.

"잎새야."

앉은 이찬이 가만히 잎새를 바라봤다. 이 엄청난 격류에 휘말려 있는 당사자는 오히려 평온해 보이는 모습이었다. 하지만 언젠간 알아도 알게 될 일. 한시라도 빨리 알려 지옥에서 빠져나오게 도와야만 했다.

"네. 왔어요?"

잎새가 맑게 미소를 짓자, 그 모습을 희연은 날카로운 칼날에 심장의 한 부분을 고스란히 잘라내는 듯한 예리함을 느끼며 미간을 좁혔다. 대단한 싱그러움이었다. 여자가 봐도 질릴 만큼 청순하고 우아한 여자였다. 실물로 보는 것이 이토록 대단하니 이찬도 빠져들지 않을 수 없었으리라. 희연의 눈이 저절로 이찬에게 닿았다. 잎새를 바라보는 이찬의 눈빛은 더없이 그윽했다. 와득, 이가 갈렸다.

"안녕하세요. 한호준 씨, 전 잎새의 미술 선생이었던 성이찬이라고 합니다. 반갑습니다."

이찬이 의례적인 인사를 건넸다. 잎새는 가만히 귀를 기울이면서 이상한 위화감을 느꼈다. 낯선 향수 냄새가 방 안에 진동하고 있었기 때문이다. 후각이 발달한 잎새는 지금 이찬의 곁에 다른 누군가가 있음을 의식했지만, 아무도 그 존재에 대해 말을 해주려 하지 않았다. 잎새가 한쪽 눈썹을 슬쩍 들어 올리며 대체 이찬의 곁에 있는 사람이 누군지 밝히는 데 골몰하는데 호준이 인사를 했다.

"안녕하세요. 한호준이라고 합니다. 잎새 씨, 남자친구죠."

갑자기 호준이 잎새의 손을 덥석 잡더니 그녀의 손등을 툭툭 두드렸다. 잎새가 놀라 호준 쪽을 바라봤다.

"그렇지, 잎새 씨?"

우둑, 이찬의 어금니가 부서지도록 갈렸다. 잎새의 손을 아무렇지 않게 잡는 놈의 행동에서 지금 자신을 도발하려 한다는 걸 깨달았기 때문이다. 그런 일에 절대 도발당할 필요는 없었다. 이찬은 지금 이 자리에 이기기 위해 온 것이었다. 한호준과 표희연을 완벽하게 망신시켜 두 번 다시는 면상을 보는 일이 없도록 해야겠다는 게 그의 생각이었다.

"잎새야, 내 옆에 있는 여자 느껴져?"

잎새가 흠칫했다. 정말 이찬이 여자를 데리고 온 모양이었다. 여자들이 잘 사용하는 향수 냄새였기 때문에 여자일 것이라 예측은 했지만 이찬이 여자를 데리고……! 순간 그녀의 심장이 철렁 내려앉고 말았다. 이찬이 호준을 소개하는 자리에 여자를 데리고 왔다는 건, 커플끼리 인사를 하자는 의미였을지도 모른다.

그렇다면 지금 이찬의 곁에는 아주 오래전에 봤던 표희연이라는 여자가 앉아 있을지도 모를 일이었다. 갑자기 피가 마르는 기분이 들었다. 하얗게 질린 낯빛으로 향수 냄새의 근원지를 바라봤다. 보이지 않는 지금이 이토록 원망스러운 때가 없었다. 그 여자가 지금 자신을 어떤 표정으로 보는지 미치도록 궁금했다. 잎새는 최대한 차분한 표정으로 여자를 보려 노력했다. 적어도 눈은 보이지 않지만 그 여자보다 못하다는 인상을 주고 싶지는 않았다. 스스로 당당한 사람이라는 걸 보여주고 싶었다.

"아, 안녕하세요, 정잎새라고 합니다."

"인사해."

이찬의 말에 희연은 싸늘하고 냉정한 얼굴로 고저 없이 말했다.

"안녕하세요. 표희연이라고 합니다. 성이찬 씨 약혼녀구요."

쓸데없는 토씨라는 건 알지만, 약혼녀 부분에 일부러 힘을 실어 말했다. 눈먼 여자가 자기 주제 파악을 하고 스스로 떨어져 주면 참 좋겠다는 생각에서. 그러나 잎새의 표정엔 전혀 변화가 없었다. 처음엔 여자가 있다는 사실에 아주 조금 놀라는 듯하다가 아까부터 내내 턱을 살짝 들어 올리고 가슴을 쫙 편 채로 정확히 희연 쪽을 바라보고 있었다. 눈이 보이기라도 하듯이. 희연은 몹시 못마땅한 얼굴로 잎새를 노려봤다.

"이건 대체 무슨 자리야, 이찬 씨?"

희연이 약간 격앙된 음성을 짓이기듯 누르며 물었다.

"표희연은 정말 한호준과 오늘 처음 만난 사이가 맞나?"

이찬의 질문에 희연이 정색하고 언성을 높였다.

"지금 뭐 하자는 거야? 영화배우니까, 지인들이 모인 공식적인 자리에서 어떤 식으로든 만났겠지. 당신은 그런 일 없어?"

"누가 그런 걸 묻나?"

그때 문이 열리더니 준비된 음식이 차례차례 들어오기 시작했다. 호준은 피가 마르는 얼굴로 젖은 수건만 손에 쥐고 몇 번이나 주물럭거렸다. 오디션을 보러 갔을 때도 이렇게 긴장되지는 않았다. 호준은 사실 아예 이참에 사실이 밝혀지고 희연이 그악스러운 작태를 잠시나마 중단해 주기를 바랐다. 그런데 희연은 어떻게든 이번 순간을 모면하고 싶어 하는 눈치였다. 적어도 잎새 앞에서 망신당하고 싶지 않다는 의지겠지만.

종업원 둘이 들어와 음식을 모두 차리고 인사를 하고 나갔다. 누구도 먼저 숟가락을 들지 않았다. 분위기는 수백 개의 기타 줄이 공기와 같이 얽혀 있는 듯 팽팽하게 조여져 있어 손가락 하나 까딱할 수가 없었다. 누구도 먼저 섣불리 공기 속에 얽힌 기타 줄을 끊을 엄두를 내지 못하고 있었다.

"식사…… 안 하세요?"

잎새가 분위기를 깼다. 팽팽한 긴장감이 잠시나마 줄어드는 듯했지만, 그도 잠시뿐이었다. 이찬이 잎새에게 말했다.

"숟가락 먼저 집어."

잎새가 손을 더듬거리자, 호준이 얼른 잎새의 손에 젓가락과 숟가락을 쥐어주었다. 잎새는 젓가락으로 밥을 먼저 떴다.

"식사 끝내고 대화를 이어 나가도록 하지."

휴전이 제안되었고, 암묵적인 협의 속에 식사가 시작되었다. 호준의 시선이 연신 이찬에게 닿았다.

"요즘 영화계는 어떻습니까?"

"좋다 나쁘다 말할 수 있나요? 예전보다는 더 다양한 가능성을 갖고 있지만, 시장이 많이 어려워진 것도 사실입니다."

"최근에 영화 촬영하고 있습니까?"

"아, 아니요. 쉬고 있습니다. 1년에 한 작품만 하자는 주의라서요. 잦은 노출이 오히려 몸값 상승엔 마이너스라는 결론이라서……."

"한호준 씨 급이라면 가져가는 몸값도 천정부지일 텐데, 굳이 스폰서가 필요한가요?"

정확히 찍어 들어오는 비수. 호준이 마른침을 꿀꺽 삼키며 입안에 넣었던 시금치를 꽉꽉 씹었다. 억지로 입가에 경련이 이는 미소를 머금은 채로 대꾸했다.

"필요 없죠. 제 급 정도면 말입니다."

"흠, 그렇죠?"

"이찬 씨는 지금 어떤 일을?"

"건설사 사장입니다."

"와, 대단하십니다. 하긴, 그 이름이 낯설지는 않네요. 어디서 많이 들어본 것도 같구요. 제가 정재계 쪽에는 문외한이라…… 죄송합니다."

이찬이 가소롭다는 듯 입술 끝을 슬쩍 휘어올리며 사납게 그를 바라봤다. 호준이 맹수같이 매서운 시선으로 노려보는 이찬의 눈빛을 받다가 숨이 턱 막혀 곧장 시선을 돌려 희연을 바라봤다.

"희연 씨는 일전에 뵌 적이 있죠?"

"네? 언제……."

허, 이것들 봐라. 연기까지 한다. 이찬이 속으로 실소를 지으며 창란젓을 젓가락으로 떠서 입안에 넣었다.

"기억 안 나세요? 영화인들의 밤, 두어 달 전인가요? 축제 때 잠시 뵌 걸로 기억하는데요. 워낙 미인이셔서 아직도 기억합니다."

잎새는 밥을 먹으면서 눈치를 살피다가 적어도 대화가 오가니까 심적인 부담감이 조금은 줄어 살짝 한숨을 내쉬었다. 밥을 먹는 자리가 아니라 대입시험이라도 치르는 압박감을 느꼈다. 잎새는 겉절이를 오독오독 씹으면서 대화가 계속 이어지기를 기대했다.

"미인이라고 해주시니 감사합니다."

"그런데 두 분은 언제 결혼을 하시나요?"

호준의 물음에 이찬이 킥 하고 짧게 조소했다. 그의 선명한 입술이 심술 맞게 비뚤어져 있었다. 여기서 폭탄을 터트려 버릴까 싶었지만, 아주 조금 더 한호준과 표희연의 가증스러운 연극을 지켜봐 주자 마음먹었다.

"글쎄요. 저는 아직 결혼 생각이 없습니다."

이찬이 뱉은 말에 잎새는 심장에 선뜩한 바람이 스몄다 나감을 느끼며 손끝을 떨었다. 이찬의 입에서 결혼 얘기만 나오면 누구보다 민감해져 버리고 마는 잎새였다.

"아뇨, 그건 이찬 씨 혼자 생각이고요. 전 달라요. 다음 달에라도 서둘러 식을 올리겠다는 게 저와 집안의 생각이에요. 물론 이찬 씨 집안도요."

희연이 음산한 시선으로 잎새를 바라보며 부러 들으라는 듯이 한 음절 한 음절 독가시를 뱉어내듯 싸늘하게 퍼부었다. 잎새가 젓가락을 들다 말고 손이 떨리는지 아예 숟가락 옆에 내려놓더니 씩 웃었다. 웃어? 희연이 노기 어린 시선으로 잎새를 바라봤다. 이찬과 잎새는 이미 섹스까지 한 관계라는 걸 알고 있었다. 그렇다면 적어도 이찬의 결혼 대목에서는 눈에 불을 켜고 배신감과 분노에 치를 떨어야 하는 거 아닌가? 그런데 웃어?

"와아, 서둘러 결혼하게 되는 건가요? 혹시 뱃속에 혼수라도 있는 거예요?"

잎새의 질문에 희연은 더 망설일 이유가 없었다. 이젠 거짓으로라도 임신을 해야만 했다.

"맞아요. 아직 공개는 안 했는데, 이찬 씨 아이가 내 뱃속에 있어요. 눈치가 상당히 빠르시네요."

예상 못한 상상을 초월한 한마디. 순식간에 방 안은 찬물을 쏟아부은 듯 고요해졌다. 이찬은 이런 변수는 상상도 못했다. 진짜 임신인 건지 아직 확인도 하지 않은 부분이기 때문에 여기서 희연을 붙들고 무슨 개소리냐 따질 수도 없었다. 놀라 희연을 바라보자, 그녀가 웃으며 당당하게 말했다.

"정말이야. 우리 집안은 이미 아는 일이고. 곧 당신 집안에도 이 사실이 전해질 거야."

"너, 미쳤구나?"

관계를 가진 지 한 달도 되지 않았다. 아니, 이런저런 걸 떠나 뭐가 되었든 희연은 잎새 앞에서 이찬과 섹스를 하는 사이라는 걸 공표하고 싶었을 뿐이었다. 그거면 됐다. 그 목적 하나만 관철하면. 이찬이 격렬한 분노와 포악한 저주가 담긴 눈빛으로 그녀를 노려봤지만, 쳐다보지 않았다. 보지 않아도 느껴지는 불같은 증오심. 차라리 즐거웠다. 오늘 잎새 앞에서 무슨 짓인가를 해볼 요량이었겠지만, 되레 일격을 먹은 셈이었다. 왜 이렇게 뱃속이 후련한지 모르겠다. 희연이 입술 꼬리를 올리며 붉게 칠한 입술에 화려한 미소를 매달았다.

"다음 달, 늦으면 그다음 달이라도 결혼은 진행돼요. 잎새 씨, 호준 씨랑 같이 와서 축하해 줘요. 청첩장 보내 드릴게요."

이찬이 불안감과 두려움으로 허공을 응시하는 잎새를 가만히 바라봤다. 다른 건 다 견뎌도 희연의 말들로 잎새가 상처받는 건 원치 않았다. 하지만 그는 노련한 승부사였다. 어디서 패를 놓고 어디서 패를 펼쳐야 하는지를 잘 아는 예리하고 강인한 승부사.

"표희연이 뒷덜미를 물릴까 봐 무리수를 두는군. 임신? 혼자 할 수 있는 건가? 아니면 나 말고 다른 놈의 애라도 가진 건가? 난 네가 무슨 말을 하는지 모르겠어."

희연이 놀란 눈으로 이찬을 바라봤다. 희연이 거짓을 말하듯 이찬도 잎새를 설득하기 위해 대놓고 쇼를 할 모양이었다. 희연이 이찬에게 약을 먹인 날, 그날 분명히 섹스를 했다. 이찬의 몸을 발기시키고 자신의 안에 밀어 넣어 몇 번이나 정액을 몸속에 받아냈다. 물론 그의 자의는 아니었다. 다소 억지스러운 결합이었지만, 생물학적으로 둘은 몸을 하나로 합쳤다. 그런데 아니라고 우기는 이찬이 대체 어떤 확신을 갖고 저리도 당당한 표정으로 그녀를 노려보는지 이해불가였다. 이찬은 오늘 이 만남에서 어떻게든 유리한 지점을 확보할 생각이었겠지만, 지금 그녀의 말 한마디로 인해 분위기는 완벽하게 반전되었다. 지금 이 모든 상황을 냉철한 사업가답게 치밀하게 기획했을 테니, 지금 이 상황도 자기 위주로 돌아가야 맞겠지.

"이찬 씨, 왜 그렇게 말도 안 되는 소리를 해? 우린 이번 출장에서 제법 뜨거웠던 걸로 기억하는데? 안 그래?"

이찬이 음산하게 실소했다. 세상에서 제일 재미없는 농담을 들은 사람처럼 억지로 쥐어짜 내는 듯한 웃음이었다.

"지금 모인 건 그런 얘기를 하자는 게 아니야. 네 시답잖은 판타지엔 관심 없고. 한호준 씨, 제가 알아본 바에 의하면 한호준 씨에게 최근 2년간 뒤를 봐주던 스폰서가 있다는 것 같던데요."

호준이 사색이 된 얼굴로 희연을 바라봤다. 이찬은 그런 낌새를 읽고 잎새를 응시했다. 지금 이 안에서 이 분위기를 어떻게든 무시할 만한 상황으로 만들기 위해 용을 쓰는 사람은 표희연일 것이다. 잎새는 대부분 들어야만 하는 입장이고, 희연은 사고를 친 것들을 수습해야만 하는 말을 해야만 하는 입장이었다. 이찬은 다시 말을 이었다.

"한호준 씨의 스폰서가 표희연 씨 아닌가요?"

호준이 폐색 짙은 눈빛으로 이찬을 흘끗 보다가 시선을 돌려 잎새를 응시했다.

"지금 무슨 소린지……."

"표희연 씨의 개인 빌라에 한호준 씨가 수시로 들락거린 자료가 있습니다. 최근까지도 표희연 씨와 만나 잦은 관계를 맺어왔다는 것도 알고 있고요."

호준이 파르르 떨리는 잎새의 눈꺼풀을 바라봤다. 잎새가 허벅지 위에 말아 쥐고 있던 주먹을 부들부들 떨며 어금니를 사리물었다. 이젠 다른 건 다 어째도 좋지만 호준은 잎새가 걱정되었다. 잎새에게 상처가 되는 일을 지금 하고 싶지는 않았다.

"잎새 씨……."

"표희연, 네가 지금 정잎새에게 무슨 짓을 했는지 말해."

잎새가 빛을 잃어 활짝 열린 동공을 들어 희연을 바라봤다. 보이진 않았지만 어떻게든 보고 힘껏 자신의 저주와 증오심을 그녀에게 드러내 보이고 싶었다. 무슨 짓을 한 건지는 말하지 않아도 어렴풋이 알 것 같았다. 그렇게 멍청한 머리는 아니었으니까.

"내가 뭘!"

희연이 싸늘하게 내뱉더니 괜히 반찬 중 오이 조각 하나를 집어 입안에 넣고 오물거리며 시간을 끌었다.

"한호준 씨를 정잎새에게 접근시킨 이유가 뭐야? 결국은 난가? 나 때문에 잎새에게 한호준을 접근시켜 말도 안 되는 스캔들을 터트리고 날 출장이라는 명목으로 네 곁에 고립시킨 건가?"

그의 목소리는 마치 감정 따위는 없다는 듯 낮고도 담담한 음성이었다. 등골에 소름을 더하는 눈빛으로 희연을 노려봤다. 희연은 갈비뼈 언저리를 뜨겁고 예리한 것에 찍힌 기분이었다. 숨도 쉬지 못하고 참혹해진 얼굴로 쓸데없이 젓가락질을 더하고 있었다. 밥알을 하나하나 새고 있는 젓가락의 움직임이 허망했다. 그녀는 어둠처럼 컴컴한 눈동자로 허둥대다 서서히 고개를 들어 올려 정잎새를 바라봤다. 보이지 않는 여자의 눈이 마치 보고 있다는 듯 조롱기를 가득 담고 자신을 비웃는 것만 같았다. 희연의 눈동자가 칼끝처럼 번뜩이고, 눈동자엔 분노와 질투가 가득 차올랐다.

"비웃지 마!"

희연이 낮게 욕지거리처럼 내뱉었다. 잎새가 너무 놀라 아무 생각도 할 수 없는 탈색된 어둠 속에 갇혀 다리 묶인 포로처럼 서 있다가 고개를 번쩍 들었다. 보이진 않았지만 앞자리에 앉아 살의를 뿜어대는 희연의 기세만큼은 정확히 읽혔다. 잎새는 저들에게 이용당했다는 정신적 충격으로 할 말을 잃었다. 등허리 밑으로 떠돌던 열패감과 배신감으로 제정신이 아니었다. 그런 그녀에게 지금 희연이 뭐라 지껄인 것인가!

"표희연 씨, 지금 뭐라고 한 건가요? 제가 당신을 비웃는다고 했던가요? 당신이 저를 비웃은 게 아니라?"

"넌 지금 내가 미치도록 열망하는 남자의 마음을 차지했다고 기뻐 날뛰는 모양인데, 웃기지 마! 결혼식은 끝내 강행될 거야. 이찬 씨 집안에서……."

쾅!

말이 끊겼다. 희연이 고개를 돌린 건 이찬이 주먹으로 탁자를 내려쳤기 때문이었다. 부르르 탁자가 떨리면서 잔을 가득 채웠던 물 잔마저 출렁거렸다. 희연과 이찬의 눈이 허공에서 날카롭게 부딪쳤다. 그가 곧 준엄하고 서슬 퍼렇게 날 선 눈빛으로 희연을 노려보며 한마디 했다.

"내가 널 어떻게 해주길 바라? 온 세상에 네 파렴치한 작태를 드러내 매장시켜 주기를 원해? 왜 되도 않을 싸움을 거는 거지? 내가 지금껏 네게 반응하지 않은 건 네 집안에 대한 예의와 그간 너와 알고 지내왔던 일말의 정 때문이었다. 하지만 이제 더 이상 그런 것들을 지켜줄 이유가 내겐 없어. 내 인내심이 드디어 바닥을 드러냈다고 말하는 거야. 알아?"

희연은 이런 와중에도 잔잔한 바다를 보듯 조용한 눈빛으로 자신을 바라보는 이찬의 눈빛에 심장이 타들어가 견딜 수가 없었다. 미처 날뛰는 흉악한 모양만은 잎새 앞에서 보이지 않겠다는 자기 절제였다. 실로 대단한 사내가 아니던가. 어떻게 자신을 이토록 철저히 통제한단 말인가! 불같이 노여워 용암처럼 팔팔 끓으면서도 잎새가 이 당혹스러움과 배신감 속에서 마음을 다잡도록 일말의 틈을 주는 것이었다. 그 또한 미치도록 분했다.

"한호준 씨와 나, 그렇고 그런 관계였는지는 몰라도 정잎새 씨를 만난 건 한호준 씨의 개인적인 사정이야. 내가 관여하진 않았어."

뻔뻔하기 짝이 없는 거짓말을 아무렇지도 않게 내뱉는 희연의 마지막 말에 이찬은 혀를 찼다. 결국 마지막 용서의 기회마저 희연은 날려 버리고 말았다. 이젠 영영 표희연을 볼 일은 없었다. 설혹 정말 저 뱃속에 그의 의지가 아닌 정자가 그녀를 임신이라도 시켰다 할지라도 그는 두 번 다시 표희연을 볼 마음이 없었다. 이런 상황에서 저 안에 있는 아이가 그의 아이인지 아닌지 알 수도 없지 않던가!

"그게 진짜라는 말이지? 이제 두 번 다시 네가 진실을 말할 기회는 없어. 이번이 마지막이야. 네 입에서 나온 말이 진짜라는 거지?"

이찬이 오금을 박듯이 매섭게 쏘아붙였다. 심장이 철렁 내려앉는 한마디였지만, 희연은 입술을 꽉 깨물었다. 무참한 미소를 입가에 짓고 대답했다.

"물론이야."

이찬이 호준을 바라봤다. 어두운 빛이 번뜩이는 깊고 검은 이찬의 눈빛이 호준에게 달빛처럼 쏘여지자, 호준이 숨을 탁 멈췄다. 무표정한 얼굴 위로 얇은 막처럼 덮이는 위압적인 기세를 읽고 잠시간 희연의 눈치를 살폈다. 그러나 어렴풋이 읽히는 잎새의 신랄한 비난성 눈빛에 호준은 극심한 갈등에 빠지고 말았다.

처음 잎새를 봤을 땐, 잎새의 눈동자가 텅 빈 공동(空洞) 같았다. 그런데 그녀를 알면 알수록 그녀의 눈동자에 어떤 빛이 어린다는 걸 알게 되었고, 어느 순간 그녀의 눈빛으로 감정을 읽는 자신을 발견했다. 보이지 않아도 감정은 읽혔다. 그녀를 잘 아는 지인들은 분명 그녀에게서 풍부한 감정을 읽고 있을 것이다.

잎새가 괜찮은 사람이라는 걸 알게 된 이후, 그는 희연과의 이 비겁한 작업을 끝내고 싶어 했다. 잎새의 거절과 단호함, 그리고 열정, 무엇보다 늘 진솔하게 대해왔던 그녀의 행동들에 비하면 자신은 온갖 가식으로 점철되어 있다는 사실이 극심한 환멸에 이르게 한 것이다.

"한호준 씨, 지금 표희연의 말이 진짭니까?"

잎새가 호준 쪽을 의식하듯 바라봤다. 무슨 말이든 해달라는 잎새의 절박한 눈빛이 호준의 명치끝을 묵직하게 만들었다. 전신이 무기력해지면서 이런 아등바등한 하찮은 연기는 이제 그만두고 싶어졌다. 호준이 허탈한 미소를 지어 보이며 개운하게 말했다.

"표희연 씨, 미안해요. 이젠 우리 관계도 오늘부로 청산해야 할 것 같군요."

희연이 흠칫 놀라 호준을 바라봤다. 대체 무슨 짓을 하려고 그러느냐는 엄한 경고를 담고 호준을 쳐다봤다. 호준이 씩 웃더니 잎새를 바라보며 말했다.

"잎새 씨, 이제 나 같은 놈은 신경 쓰지 말고 정말 마음 끌리는 사람에게 솔직해지도록 해. 그동안 나 같은 놈 눈치 보느라 많이 힘들었을 거야. 좋든 싫든 잎새 씨는 선량한 사람이라 대놓고 나를 무시하지 못하고 측은지심으로 내 주변에 있어주었다. 그간의 은혜를 갚고 싶어졌다."

"호준 씨……."

"나, 표희연 씨에게 스폰을 받고 있어. 잎새 씨를 성이찬 씨로부터 떼어놓는다는 조건으로……!"

좌악!

호준의 얼굴로 물이 끼얹어졌다. 희연이 속눈썹을 파르르 떨면서 하얗게 질려 호준을 노려봤다. 당장 씹어 마셔도 시원찮다는 얼굴이었지만, 호준은 냉담하게 한 손으로 쏟아진 물기를 얼굴에서 닦아내고 말을 이어 나갔다. 희연의 눈가가 희미하게 경련했다.

"성이찬 씨로부터 잎새 씨를 잘라놓는다는 조건으로 헐리우드 진출 지원비를 받기로 했지. 하지만 됐어. 이젠 그만하련다. 내가 무슨 짓을 해도 잎새 씨는 성이찬 씨에게 가는 마음을 붙들지 못했고, 성이찬 씨 또한 표희연 씨를 여자로 보지도 않았지. 표희연 씨, 뭔가 착각한 게 있는데…… 이 계획은 나 혼자 백방으로 노력해도 당신이 성공하지 않는 한 결과가 좋을 수 없는 그런 계략이었어. 일방적으로 나만 잘못했다고 하기엔 이 계획은 너무도 큰 문제점을 안고 있었다고 생각하지 않나?"

희연이 눈꼬리를 사납게 치켜 올리며 입술을 일그러트렸다.

"한호준, 네가 나한테 이래선 안 되지!"

"표희연 씨, 이미 계약이 끝난 마당에 이젠 펫 노릇도 끝났으니 서로 지켜야 할 예의 정도는 지켜주시죠? 2년이나 '야!', '너' 소리 질리도록 들어줬으니 마지막이라도 예의를 지켜줬으면 하는데요."

우득, 이 갈리는 소리가 들려왔다. 호준이 잎새에게 빙그레 웃으며 말했다.

"잎새 씨, 오늘은 이만 헤어지자. 내가 조만간 전화 한 번 할게. 아직 우린 스캔들로 이어진 사이니까 날 위해서 몇 달간 희생은 해줬으면 좋겠어. 이렇게 염치없는 부탁을 남겨두고 양심선언해 버린 점, 미안하다."

이번엔 호준이 이찬을 바라보며 씩 웃었다.

"사실은 2년 전부터 그쪽이 참 궁금했어요. 제가 잠깐이나마 표희연을 여자로 봤던 때가 있었는데, 대체 그쪽의 매력이 뭔가 싶었거든요. 그런데 이렇게 보고 나니 알겠군요. 여자들이 혹할 만한 야성적인 매력이 느껴져요. 제겐 그런 게 없는 게 문제지만. 일이 이렇게 엮여서 참으로 유구무언입니다. 하지만 잎새 씨에겐 최대한 예의를 지키려 노력했어요. 잎새 씨가 그런 예의를 차리도록 행동을 하더군요. 악연이지만, 성이찬 씨가 양해해 줬으면 합니다. 저로선 표희연 씨가 내민 카드가 너무도 먹음직스러웠거든요.

거부할 수 없을 만큼……. 오늘은 이만 일어서겠습니다."

호준이 할 말을 다 했다는 듯 자리를 털고 일어나 희연을 일별했다. 희연은 주먹을 말아 쥐고 바들바들 떨고 한곳만 무섭게 노려보고 있었다. 정말 한때나마 희연을 좋아했었다. 그랬기에 희연의 꿈을 이뤄주고자 했다. 그녀의 꿈인 성이찬을 그녀에게 주고자 했다. 하지만 그녀의 광기 서린 집착에 그의 마음도 서서히 마모되어 사라졌다. 그 감정이 차라리 잎새에게 새롭게 피어났다면?

"가지 마, 한호준!"

희연이 날카로운 음성으로 내질렀지만, 이미 호준은 방을 빠져나간 뒤였다. 눈앞이 아찔해져 갔다. 그녀는 어금니를 질끈 물고 잎새를 노려봤다. 이 모든 일의 사단은 저 여자였다. 꽉 쥔 주먹 위로 파랗게 핏줄이 돋아났고, 힘이 들어간 볼 근육이 위험스럽게 꿈틀거렸다.

"표희연, 이젠 당장 사과해, 네가 한 짓에 대해."

그의 눈빛에 섬뜩한 빛이 돌았다. 희연이 고개를 돌려 이찬을 원망스럽게 바라보며 눈물을 뚝뚝 흘렸다.

"내가 사랑한 게 죄야? 그런 거야? 내 사랑이 몇 년인지 알아? 내가 이렇게 미쳐 날뛰게 만든 당사자가 누군지 알고 이래? 당신이야. 내가 그렇게 애절하게 바라봐 달라고 매달려 애원했으면 적어도 한 번은 진심으로 봐줬어야 했어. 그런데 당신은 단 한 번도 날 인간 취급하지 않았어. 난 사람이고 싶었어. 당신 눈앞에 오롯한 한 사람. 그런데 당신은 늘 나를 짓뭉개는 무시와 멸시의 눈빛 외에는 봐주지 않았어. 내가 당신을 사랑하고 원한 게 죄였던 거야?"

"보통 사람은 상대가 마음을 주지 않으면 혼자 끙끙 앓다 그 마음을 접지. 그게 수순이고. 넌 자존심 때문에 그런 과정을 받아들이려 하지 않고 끝까지 다른 사람들을 괴롭혀 가며 네 마음만 고집한 거야. 나는 수차례 네게 마음 없음을 드러냈다. 그런데도 너는 점점 한계선을 넘어섰어. 네 부모님이 이 모든 사안을 알게 되면 널 가만두겠어?"

그녀가 차갑고 딱딱하게 굳은 표정으로 이찬을 바라보며 노골적인 야유를 퍼부었다.

"좋아. 그래, 다 당신 말이 맞다 쳐. 그럼 저건 뭐야? 저 눈먼 애는 뭐냐고! 당신이 기껏 고르고 고른 게 고작 저런 인물이야? 뭐 하나가 고장 나 덜컥거리는 미완의 인간이 당신이 바라던 완벽한 인물이었던 거냐고. 내가 납득할 수 있는 사람이었다면 나도 이렇게까지 안 해. 내가 왜 이렇게 비열해진 건데. 저건 아니잖아. 저건!"

이찬이 자리를 박차고 일어나더니 잎새에게 다가가 부축해 잎새를 일으켰다. 아직 얘기가 끝나지 않았는데 나가 버리려는 이찬을 향해 희연이 몸을 벌떡 일으키고 꽥 비명을 질렀다.

"날 두고 가지 마! 내가 그 여자보다 못한 게 뭔데! 왜 날 모욕하는 건데!"

이찬이 몸속으로 휘도는 거센 감정을 억누르듯 절제된 음성으로 말했다.

"이 사람, 너 따위가 함부로 무시해도 되는 사람 아니야. 함부로 말하지 마. 너야말로 10년 세월 동안 뭘 한 거야? 적어도 이 여자는 지옥불 속에서 제 몸을 태워가며 걸어나와 자신만의 새로운 세계를 구축했어. 그런 넌? 이 여자가 그렇게 열정적으로 제 몸을 태워가며 달려왔던 그 세월 동안 넌 뭘 했어? 내 뒤만 밟은 거 외엔 대체 뭘 했는데? 곰곰이 생각해 봐. 그리고 진심으로 반성할 생각이 있다면 날 찾아와. 그게 아니라면 영영 내 앞에서 사라져."

희연이 벌게진 눈빛으로 당장 숨이 끊길 듯 가슴을 들썩이며 거칠게 숨을 몰아쉬었다. 그녀가 핏기 하나 없는 얼굴로 입술을 달싹거리며 눈물을 흘렸다.

"가지 마…… 날 두고…… 가지 마……."

이찬의 말이 옳았다. 그러고 보니 그녀의 10년은 뭐 하나 발전한 게 없는 정체된 삶이었다. 성이찬 외에는 아무것도 보이지 않았다. 회사에서 시키는 일만 딱딱 해내는 식이었지, 스스로 뭔가를 찾아내 한 건 없었다. 갑자기 비참해졌다. 이미 이찬은 잎새를 데리고 밖으로 나가 버린 뒤였다. 완벽한 적막이 휘장처럼 희연의 전신을 뒤덮었다.

잎새의 얼굴에서 핏기가 가셔 창백해 보였다. 이찬은 자신의 운전석 옆 좌석에 잎새를 앉히고 담배 하나를 꺼내 물었다. 멀찍이 거리를 두고 담배 하나를 다 태운 이찬은 운전석에 올라 시동을 걸었다.

"어디로 갈까?"

"아무 데나 가주세요."

잎새가 풀기 하나 없이 말하더니 당장 픽 쓰러질 듯한 얼굴로 자신의 무릎 끝을 바라봤다. 그는 바로 액셀러레이터를 밟아 도로를 탔다. 바로 경기도 쪽으로 이동해서 공원이 잘 조성되어 있는 곳으로 갔다. 바람도 쐬고, 맑은 공기도 마시며 잠시나마 완벽하게 꽉 막힌 머릿속을 비우자 싶었다.

"이찬 씨……."

"응."

"저…… 되게 바보 같죠."

잎새의 눈가에서 물기가 후드득 떨어져 내렸다. 이찬은 주차장에 차를 세우고 잎새 쪽 문을 열어 그녀의 팔을 잡아끌었다. 잎새가 휘청거리며 내려섰다. 그는 말없이 잎새를 데리고 한길 끝에 있는 버드나무 옆 정자로 데리고 갔다. 정자에 앉아 너른 호수를 응시했다. 찬바람이 불어왔다. 비릿한 물 냄새를 실은 찬바람이.

"저도 처음엔 한호준 씨가 절 마음에 들어 한다는 소리를 듣고 긴가민가했어요. 너무 적극적으로 나오는 게 좀 이상하다 싶었죠. 그래서 계속 경계하고 곁을 주지 않았어요. 그런데 한순간씩 한호준 씨의 친절에 마음이 물렁해져 가는 걸 느꼈죠. 호준 씨와 희연 씨에게 그런 암묵적인 계약이 있었을 줄은 몰랐어요. 비참하네요. 그런 줄도 모르고 인기 영화배우가 절 좋아한다는 사실에 오만해져 있었다는 사실이 한심할 따름이에요."

"호준 씨는 너에게 매력을 느낀 게 맞는 것 같아. 적어도 아까 한순간은 아주 진실하게 자신의 속내를 다 드러냈으니까. 아마 그때 진실을 말해주지 않았더라면 나는 표희연의 주장을 믿어야만 했을지도 몰라."

"어떤 확신이 있어서 그 자리에서 추궁한 건 아닌가요?"

"일부는 정확한 증거가 있어서 추궁할 수 있었지만, 다 드러내지 않은 부분도 있어서 일부는 추측을 진짜인 것처럼 꾸며 몰아붙였지. 그래도 한호준이 덥석 물어줘서 내 딴엔 쉽게 이 조작된 음모를 네 앞에 드러내 보일 수 있었던 거야."

"후우…… 표희연 씨가 임신 운운한 부분이 마음에 걸려요. 정말 괜찮겠어요?"

"그건 내가 알아서 할게, 네가 날 믿어준다면."

잎새가 희미한 미소를 짓더니 힘없이 말했다.

"제 믿음이 이찬 씨에게 무슨 소용이 있는데요."

"내가 널 마음에 두는 건, 싫어?"

잎새의 심장이 빠르게 두근거리기 시작했다. 지금 뭐라고 한 건가? 잎새에게 마음이 있다고 한 건가? 잎새가 발갛게 물든 얼굴로 다시 묻지도 못하고, 그렇다고 대답도 못하고 가슴만 두근거리고 있는데 이찬이 말했다.

"나도 모르는 새에 네가 내게 스며든 것 같아. 공기 중으로, 내 피부 속으로, 내 폐부 깊숙이 나도 모르는 새에……."

잎새는 애써 고개를 저었다. 그의 집안이 어떤 집안인지 모르는 것도 아닌데다, 희연이 걸렸다. 임신 운운하며 잎새의 신경을 예민하게 긁어대던 희연의 발언이 그녀의 뺨에 번졌던 홍조를 순식간에 지웠다. 잎새는 무기질 덩어리처럼 덤덤한 얼굴로 허공을 응시했다. 아직 설레고 들떠 호들갑을 떨어서는 안 되는 시점이었다. 마음 안에 63빌딩 높이만큼이나 쌓인 의문점들을 전부 쓸어내지 않고서는 그의 진심도 한낱 지나는 말 중 하나에 지나지 않았다.

"조금만…… 혼란스러운 마음을 정리할 시간을 줄래요? 지금은…… 오늘 일만으로도 정신을 차릴 수가 없어요. 이런데다 이찬 씨의 물음은 저에게 또 다른 시련을 준비하라는 경고탄처럼 들려요. 그러니까 잠시만 숨을 쉴 수 있게 생각을 정리할 시간을 좀 주세요."

이찬은 깊은 상처를 받아 점점 심연 속으로 침잠되어 가는 그녀가 마음에 걸렸다. 잎새에게 호감을 느끼면서도 마음을 눌렀고, 8년 만에 다시 만난 잎새에게 이성적으로 미혹되었지만 행복은 그의 것이 아니라 판단해 또 한 걸음 물러났다. 늘 이나가 마음에 걸렸다. 이나가 먼저 행복해지면, 차후 행복의 길을 모색하겠다는 게 그의 철저한 통제 장치였다. 그런데 그런 것들이 잎새 앞에선 점차 소멸되어 간다는 걸 인지하게 되었다. 이제 더 이상은 안 된다.

잎새를 앞에 두고 불행해지기 위해 그녀를 포기한다는 건 죽으라는 것과 같았다. 이나에겐 다른 방법으로 속죄하면 된다. 대신 잎새를 선택해 행복해지고 싶었다. 그의 행복에 한 가지 조건이 붙는다. 잎새도 항상 행복할 것! 그녀가 행복해지기 위해선 뭘 해야 좋을까? 잠시나마 지옥 같은 상념에서 벗어나려면 뭘 해야……. 이찬이 주위를 휘 둘러보다가 잔디에 옹기종기 돋아난 풀을 유심히 바라보더니 몸을 일으켰다.

"이찬 씨?"

멀리서 대답하는 소리가 잠시 들리는가 싶더니 한참 뒤에 무언가를 잔뜩 갖고 나타났다. 풀과 흙냄새가 왈칵 끼쳐왔다. 뭔가 싶어 이찬을 바라보자, 그가 웃으며 말했다.

"토끼풀이 풍년이네. 어릴 때 누나랑 토끼풀로 새끼 꼬듯 화관을 만들어 쓰기도 하고 목걸이도 만들고 그랬어. 한번 만들어볼까?"

이찬이 갑자기 토끼풀 끝자락을 잎새에게 쥐어주더니 명령했다.

"묶어."

잎새는 난데없이 이게 무슨 봉변이냐는 얼굴로 그를 바라봤다.

"심란하잖아. 그런 땐 머리 비우고 이런 걸 하는 게 제일 좋아. 바람 좀 더 맞다가 가자. 날이 점점 후덥지근해진다. 그렇지?"

잎새는 가만히 차가운 토끼풀의 줄기를 어루만졌다. 그러고 보니 이런 풀을 만져 보는 것도 얼마 만인지. 그동안 늘 흙만 만졌다. 작품 활동을 위해 판매하는 흙, 점토만 만졌다. 진짜 흙도, 풀도 만져 본 지 오래. 스스로 몸을 낮춰 무언가를 만질 엄두가 나질 않았다. 만진다는 건 사실 어느 정도의 낯섦에 대한 두려움을 안고 시작해야 하는 일이었기에. 누군가 부러 해주지 않으면 만진다는 건 엄두도 낼 수 없는 일이었다.

"냄새가 나요, 살아 있는 냄새……."

토끼풀 줄기에서 연록빛 냄새가 왈칵 끼쳐왔다. 잎새는 본능적으로 줄기와 줄기를 엮어 나기기 시작했다. 이찬이 부지런히 움직여 한 주먹씩 토끼풀을 꺾어왔고, 그럴 때마다 잎새는 손을 움직여 줄기와 줄기를 계속 이어 나갔다. 그리고 머리 크기의 원이 완성되자, 이번엔 둥근 사탕처럼 생긴 토끼풀 부분을 다시 엮어 나갔다. 그렇게 화관의 두께를 푸짐하게 만들어 썼을 때야 예쁘다고 이찬이 말했다. 잎새는 군말 없이 이찬의 명령대로 부지런히 손가락을 움직였다. 하다 보니 잡념이 안 생기고 집중도 되었다. 마음이 한층 차분해져 갔고 온유해져만 갔다. 뾰족하고 예민해져 있던 신경이 무뎌지고 있었다.

"크기가 어때요?"

"조금 크게 된 것 같다. 내가 한 칸 줄이지. 잠깐, 손 좀 줘봐."

이찬이 잎새의 손을 당기더니 그녀의 팔목에 무언가를 끼워 넣어주었다. 이찬은 소리 없이 잎새의 손을 잡아당겨 팔목에 둘러놓은 것을 만지게 했다. 잎새가 입가에 빙그레 미소를 머금었다. 지금 여기 풍경처럼 고즈넉한 미소였다.

"팔찌인가요?"

"응, 어때?"

"역시, 프로라 다르네요."

엮은 솜씨가 보통은 아니었다. 워낙 손재주가 비상한 남자라 그런지 만드는 족족 작품이었다. 팔찌 역시 세 줄기로 엮어 만들었는데 솜뭉치 같은 꽃이 띄엄띄엄 만져졌다. 꽃팔찌에서 풀 내음이 왈칵 끼쳐왔다. 마음에 초록물이 드는 것만 같았다.

"잘 보관해."

"금세 말라 버릴 텐데……."

이찬이 잎새를 지그시 바라봤다. 참으로 예쁜 사람이었다. 고작 풀로 만든 팔찌에도 이렇게나 금세 들떠서 하얗고 맑게 웃음 지어주다니. 그렇게 가슴 칠 만한 답답한 일이 벌어졌음에도 금세 잊어줘서 되레 감사한 마음이 들었다. 잎새를 보고 있으면 푹신하고 보송한 솜이불이 떠올랐다. 보고 있는 것만으로도 사람이 따스해지는 사람 같았다. 상처투성이인데도 모난 데가 없이 자신을 잘 통제하며 예쁘게 나이 들어가고 있었다.

"말라 버리면 또 만들지. 아마 다음번에는 더 업그레이드된 버전으로 완성될 거야."

"아하하, 우리 이러다 장사하겠는데요?"

"뭐, 그것도 좋지. 화관은 내가 마무리 지을게. 거의 다 됐다."

잎새가 손에서 미완성인 화관을 놓자, 이찬이 그것을 가져갔다. 잎새는 자신의 손을 들어 코에 댔다. 킁킁, 코를 벌름거리자 풀 냄새가 왈칵 끼쳐왔다. 싱그럽고 푸른 냄새였다. 어쩐지 손을 닦고 싶지 않은 좋은 냄새 같았다. 산속에 홀로 선 느낌이었다. 그런데 온화한 햇살이 내리쬐고 숲은 황홀한 연둣빛이었다. 하나도 두렵지 않은 그런 산속이었다. 초록물이 든 손이 보고 싶지만, 볼 수가 없었다. 하지만 분명 옷도, 손도 전부 초록물이 들었으리라. 갑자기 잎새의 머리 위가 묵직해졌다. 놀란 잎새가 눈을 휘둥그렇게 뜨자, 이찬이 웃으며 말했다.

"약간 큰가?"

화관이 이마까지 쑥 내려왔다. 잎새가 킥킥 웃었다.

"제가 머리가 좀 작은가 봐요."

"그러네."

"그래도 상관없어요. 이찬 씨, 이거 사진 좀 찍어줄래요?"

"좋지."

이찬이 잎새의 머리 위에 화관을 올려두고 뒤로 물러섰다. 휴대폰 카메라를 꺼내 든 그가 몇 번이나 셔터를 눌렀다. 까만 밤, 하늘은 짙은 청푸른 빛이고 별은 노란빛으로 물들어 있었다. 유독 달까지 선명했다. 그는 사진을 찍은 후 갑자기 좋은 카메라를 들고 다닐 걸 그랬다고 후회했다. 이렇게 완벽한 피사체를 고가의 카메라 장비로 찍지 못했다는 것이, 가장 아름다운 순간을 놓쳤다는 것이 천추의 한이 되고 말았다.

"찍었어요? 이렇게 남겨둬야 나중에 후회 안 해요."

말을 뱉어놓고 잎새가 쓸쓸한 얼굴로 화관을 만지작거렸다. 사진을 찍어도 만질 수도, 느낄 수도 없어서 안타깝지만 대신 후각에 남은 이 풀 냄새는 잊지 말자 다짐했다.

"잎새야, 뭐 해보고 싶은 거 있어?"

"해보고 싶은 거요?"

"말해봐. 주말에 시간 되면 같이 하자."

"많죠. 바리스타 교육 한 번 받아보고 싶어요."

"커피?"

"네, 커피를 맛나게 탈 수 있는 바리스타요."

"그런 쪽에 흥미가 있을 줄은 몰랐는데?"

"그리고 번지점프 해보고 싶어요."

"뭐?"

"왜요? 겁나요?"

"아니, 나 군대 현역으로 다녀온 남자야. 번지점프 따위를 겁내겠어? 헬기에서 뛰어내리는 것도 마다 않고 한 나인데?"

"저도 괜찮아요. 하나도 안 무서울 것 같아요. 음, 그리고 자전거도 타보고 싶어요. 연인이랑 같이 자전거를 타면서 산책로를 달리는 것도 운치 있을 것 같아요."

"그건 해줄 수 있지. 하고 싶은 거 있으면 다 말해. 같이 하자. 나도 갑갑하니까, 이런 땐 어디든 나가는 것도 좋을 것 같고……. 특히 너랑."

"저랑 있음 재미없을 텐데……."

"아니, 재밌어. 내가 선생병이 있어서 남한테 뭘 가르치고 훈수 두는 걸 좋아해."

잎새가 하얗게 이를 드러내 보이며 수선화처럼 웃어 보였다. 어떤 땐 안개꽃, 어떤 땐 금목서가 되는 잎새의 웃음에서는 가슴 뛰게 하는 향기가 나는 것 같았다. 이찬은 잎새의 뺨을 부드럽게 감싸 쥐고 잎새의 입술에 깊게 키스를 했다. 부드럽고 수줍은 입맞춤이 얼마간 지속되다가 그의 입술이 떨어졌다. 잎새가 나른한 눈빛으로 그를 바라봤다.

"너를…… 잃는 줄 알았어."

잎새가 슬피 웃었다. 그에겐 아직 해결해야 할 일들이 산재해 있었다.

"이찬 씨, 우리 아무한테도 말하지 말고 만날래요? 사귄다든가, 결혼한다든가, 그런 건 하지 말고 그냥 친구처럼…… 열심히 만나기만 해볼래요? 부담될 만한 모든 정의는 거둬두고 같이 있는 게 좋으니까, 그냥 같이만 있는 거예요. 어때요?"

무언가가 정의되는 순간, 덜컥 겁이 나서 앞으로 나가지도 못하고 뒤로 가지도 못한 채 고통스러운 병에 걸릴 것만 같았다. 잎새가 쓰린 표정으로 그리 말하자, 이찬이 잎새의 입술에 키스를 하며 나직하게 말했다.

"계속…… 키스하게 해주면……."

"어렵지 않죠."

"계속…… 널 안게 해주면……."

"좋아요. 대신 절대로 서로에게 욕심부리지 말기."

"으응…… 응……."

이찬이 잎새의 입술 속으로 혀를 깊게 밀어 넣었다. 숨결을 온통 빨아당겨 그의 숨결과 교체라도 할 듯이.

선뜻한 모의

희진이 독기 오른 눈으로 희연의 방을 쳐다보고 있었다. 곁에 선 은혜원 대표도 화가 치솟기는 마찬가지였다. 동갑내기, 평생 한 남자만 바라보며 해바라기 해왔던 희연이 식음을 전폐하고 며칠째 내리 울음바다였다. 이찬과 끝났다는 말과 함께 방 안에 들어가 얼굴을 보이지 않았다. 문 앞엔 온갖 가구들을 꽉꽉 쟁여놓고 누구도 들어오지 말라 엄포를 놓았다. 그렇게 4일이 지나는 중이었고, 이젠 울음소리마저 간헐적으로 들려왔다.

"엄마, 어떻게 하면 좋아요?"

"내가 이리될 줄 알았다. 이찬이 그놈이 시큰둥하게 대처할 때부터 일이 이 지경으로 돌아갈 줄 알았다. 아휴, 화가 치밀어 못 살겠구나. 도대체 왜 이러는지를 알아야 일을 해결하지 않니,

일을!"

"여기로 오라고 했어요."

"어? 누굴?"

"누군 누구예요. 이 사단을 만든 인물을 오라고 했지."

"성이찬?"

"네, 지금 이 상황을 해결해 줄 사람은 성이찬뿐이에요. 그리고 끝이든 뭐든 일단 얼굴을 보고 우리도 이유를 들어야 하는 거 아닌가요? 둘이 연애만 하다 끝난 것도 아니고 집안이 얽혀 있잖아요. 결혼 전제로 약혼까지 해놓고 이제 와서 깬다고 말하면 어쩌냐고요. 우리 희연이 몸값 다 하락시켜 놓고 지금 뭐 하는 거예요?"

은 여사는 눈매를 가늘게 좁히고 울어 젖히는 희연의 방을 매섭게 쏘아봤다. 마음 같아서는 못난 딸년 등짝을 후려치고 더 좋은 놈 데려다 앉히겠다 역정을 내고 싶었지만, 한두 해 일이 아니었다. 유치원 시절부터 성이찬, 성이찬 노래를 불러대던 애였다.

세상의 전부가 성이찬이던 애였다. 그런 애가 저리 널브러졌을 때는 그만한 이유가 분명히 있을 터였다. 그간 심한 마음고생을 했을 텐데도 이렇다 할 만한 내색 한 번 없이 성이찬에 대한 어떤 푸념도 하지 않았던 딸이었다. 그런 애가 울어 젖힌다.

은 여사는 치밀어 오르는 적개심을 억누르며 화원으로 이동했다. 그 뒤를 종종대며 희진이 따랐다. 희진은 결혼한 지 3년 만에 이혼하고 다시 집에 들어와 같이 살고 있었다. 남자 쪽이 여자 문제를 숱하게 일으켜 결국 이혼 수순을 밟았고 꽤 많은 위자료를 얻어내는 성공적인 이혼을 했다. 그리고 지금도 여전히 많은 집안에서는 희진을 며느릿감으로 노리고 있었다. 집안이 가진 재력 덕분에 흠이 있다 해도 큰 문제는 되지 않았다. 그러니 희연도 이제그만 포기하고 적당한 자리를 봐서 결혼했으면 좋겠는데, 저리 마음을 잡지 못하니.

휴대폰 벨소리가 들렸고, 희진이 곧장 받더니 이찬이 도착했다며 데리러 가겠다고 말했다. 잠시 뒤, 희진과 함께 이찬이 나타났다. 은 여사는 서늘한 눈빛으로 이찬을 바라봤다. 마음 같아서는버럭 노기 어린 벼락을 때려도 시원찮았지만, 집안이 잘 아는데다이찬의 집안에서 꽤 많은 것들을 양보받는 입장이라 그리 박대할수도 없었다.

"앉게."

이찬이 인사를 하고 라탄체어에 앉았다. 각자 1인용 라탄체어에 앉아 둘러앉은 형태가 되었다. 은 여사는 잘생겼지만 냉혹하고이지적인 분위기를 뿜어내는 이찬을 가만히 바라봤다. 짙은 그레이 계열의 슈트를 입고, 세련된 외모는 단정한 스타일링으로 마무리했다. 어디 하나 모자란 데 없이 완벽한 모습이었다. 하지만 저눈빛은 도통 마음에 들지 않았다. 번뜩이는 야만성, 초연하고 냉정한 시선 처리, 감정 없는 고집스러운 입술, 단아하지만 강인해보이는 이마, 날카로운 턱. 냉철한 사업자의 전형이며 동시에 재력을 거머쥔 자 특유의 오만함이 전신에서 뿜어져 나오는 남자였다.

혹자는 저런 서늘함이 멋지다고 또는 두렵다고 말하기도 했다.

은 여사에게 이찬은 두려운 존재였다. 뭔가 다 알고 있다는 듯 깊게 통찰하는 듯한 매서운 눈빛이 전신을 검문하듯 바라볼 때면 그랬다. 지금도 그랬다. 위에서 아래를 내려다보는 듯한 오만한 눈빛이었다. 같잖다는 듯한, 경멸이 묻어나는 그런 눈빛. 이건 분명 이찬 쪽의 문제로 인해 불러들였기에 누가 보더라도 이찬이 죄인인데, 어째 거꾸로 자신이 심문받는 찝찝한 기분이었다.

"하실 말씀이 있어서 부르셨다고 들었습니다."

희진은 가늘어진 눈빛으로 이찬을 바라보다가 튀어나온 이찬의 중저음에 심장이 덜컥 내려앉고 말았다. 나이가 들더니 어릴 때 보았던 성이찬이 아니었다. 완벽한 어른 그 자체였다. 화강암보다 묵직하고 단단해 보이는데다, 등줄기에 차가운 전율을 일으키는 매서운 눈빛은 무섭도록 매혹적이었다. 희진은 저도 모르게 아랫입술을 꽉 깨물었다. 절로 침이 넘어갈 만큼 야성적인 남자가 되었다.

'이러니 희연이 목을 메는구나. 맙소사!'

"그래, 우리 희연이와 얼마 전에 만난 걸로 아는데."

"네, 만났습니다."

이찬은 군인처럼 고저 없는 어투로 명확하게 발음하고 입을 다물었다. 희진이 이찬의 표정을 유심히 살폈다. 어쨌든 동생 문제로 그를 불러들였으니 허튼 생각은 접어두고 희연과 무슨 일이 있었는지를 알아내야만 했다.

"파혼하겠습니다."

"뭐라 했나? 파혼?"

갑자기 이찬이 재킷 안주머니에서 USB 하나를 꺼내더니 은 여사에게 건넸다. 은 여사는 그걸 가만히 받아 들고 미간을 좁혔다.

"이게 뭔가?"

"사실 저는 희연이, 여자이기보다는 오랫동안 알아왔던 동생으로서 애정합니다. 제겐 아까운 아이예요. 은 여사님께서 계모를 제 아버지께 소개해 줬고 오랫동안 돈독한 관계를 유지해 왔다는 걸 잘 압니다."

이건 또 무슨 소린가? 은 여사가 눈살을 확 찌푸리며 이찬을 응시했다.

"왜 계모를 아버지 짝으로 소개한 겁니까? 나이 차도 스무 살 이상 나는 초혼의 여자를요. 저로서는 이해불가인데 말입니다."

은 여사는 의표를 찔린 사람처럼 잠시 숨을 죽이고 이찬의 말이 무엇을 듣기 위한 의도인지 헤아리기 시작했다. 오싹한 한기가 옷 깃을 파고들었다. 겨울도 아닌데 한겨울인 것처럼 한기가 스며들어 오더니 손끝을 새파랗게 질리게 했다. 그녀는 허리를 빳빳이 곧추세웠다. 별것도 아니라는 얼굴로 태연하게 이찬을 바라보며 물었다.

"그게 어쨌다는 건가? 자네 아버지는 그 아일 소개시켜 줬다는 이유로 지금껏 누구보다 나를 신뢰하고 있네."

이찬이 소름 끼치도록 냉혹하게 입술 끝을 휘어올리며 조소를 머금었다.

"바라던 바였겠지요. 미인계, 그야말로 기획된 모든 계략이 너무도 손쉽게 딱딱 맞아 들어갔을 테니까요. 미인에게 눈먼 부친은 어린 아내가 하자는 건 그게 뭐든 다 허락했을 테구요. 뭘 하든 어려움은 없었겠지요. 안 그렇습니까?"

은 여사는 감각점을 마비당한 사람처럼 이찬을 바라봤다. 이게 다 무슨 소린가 싶어서. 처참한 불안감이 갈비뼈 아래쪽으로 몰려들기 시작하면서 심장이 옥죄어왔다. 누군가 눈치를 채겠지, 그런 생각은 했지만 세월이 지날수록 감각은 무뎌졌고 서서히 안전함만을 즐기며 향유해 나갔다. 멍청하게도, 과욕의 대가는 이렇게 잔혹했다. 부메랑처럼 날아들어 딸의 심장에 정확히 꽂혀 들어갔으니. 절절한 후회가 가슴을 쳤다. 조금만 더 주의 깊게 이찬을 주시했더라면 이런 일은 없었을 텐데.

"무슨 소리를 하는지 모르겠군."

"한강변 최고 35층의 초고층 아파트 건설안, 세종시 중소형 아파트 최대단지 건설안, 판교 고급 빌라형 대형평수 건설안 등 꽤나 많은 기획안들이 우리 건설사에서 정원건설 쪽으로 흘러들어 갔다는 사실이 담긴 증거 자료입니다. 꽤 많은 것들이 오고 갔더군요. 거대 프로젝트부터 시작해 아주 소소한 것들까지. 그리고 대가로 계모에게 돌려준 건 뭡니까? 비밀 유지 정도?"

은 여사는 심장이 녹아내리는 듯한 고통스러운 얼굴로 이찬을 바라봤다. 다 알고 있다는 말인가? 그래서 희연을 떼어내고 떳떳한 얼굴로 이 집 안에 들어와 저리 오만한 얼굴인 건가? 몸속의 모든 피가 정수리로 몰려드는 기분이었다. 이젠 어떤 방법으로 이 상황을 은폐할 것인가? 대체 어떤 방법으로?

"그래서 자넨 뭘 원하는 거지?"

"파혼, 그리고 아버지의 이혼입니다. 물론 이혼 요구는 계모 쪽에서 해야겠지요. 아버지가 납득할 만한 사유는 아마 은 여사님께서도 잘 아는 내용이 있을 테구요. 모른다고 하시겠습니까?"

음험한 시선이 섬뜩한 빛을 뿜었다. 보통 놈이 아니었다. 은 여사가 잇새로 씹어 뱉어지는 신음성을 가까스로 억누르며 그를 노려봤다. 틈 하나 보이지 않는 놈이었다. 매우 오랫동안 그녀와 계모인 유해숙을 감시한 듯 보였다.

"그거면 깔끔하게 정리하겠다는 건가? 어떤 책임도 운운하지 않고?"

이찬이 슬며시 입술 끝을 비틀었다. 무표정함을 유지하며 침착하던 은 여사가 눈동자를 키우고 숨을 몰아쉬고 있었다. 그녀의 내부가 지금 요란하게 일렁이고 있다는 사실을 어렴풋이 읽을 수 있었다. 완벽하게 뒷발을 물렸다. 아마 저 USB를 본다면 목덜미를 물린 것처럼 처참한 공포에 사로잡힐 것이다. 이 모든 내용을 성 회장이 알게 된다면 정원건설 역시 휘청거릴 만한 일이 산재해 있었다. 정원건설 쪽에서 성 회장의 지원을 받아 추진하는 기획안만 해도 여러 건이었다. 그 모든 기획안을 엎자고 나오면 그 손해는 천정부지, 상상을 초월하는 금액이 된다.

"최선을 다해 막아보겠습니다. 손해는 막심하겠지만 말입니다. 그리고 한 가지, 혹시라도 따님이 임신을 운운할 경우엔 아이가 태어났을 경우 친자감별서를 꼭 받아두시기 바랍니다."

이건 또 무슨 소린가!

"따님에겐 스폰을 해주던 유명한 배우가 있더군요. 물론 수시로 육체관계 또한 나누었구요. 그런데 혹시라도 임신해서 나오게 될 아이가 제 아이라고 막연히 주장한다면, 좀 곤란합니다. 누구의 씨인지도 모를 아이를 받아줘야 할 의무는 제게 없지 않습니까?"

그가 뱉어낸 억양엔 힐난의 의도가 정확하게 담겨 있었다. 혼전 순결까지는 아니더라도 그를 좋아한다고 말했다면 적어도 정절 정도는 지켰어야 하는 게 아니냐는 비난이었다. 그가 왜 저리 기세등등한 얼굴로 이 집 안에 들어왔는지 이젠 알 것 같았다. 주객 전도, 지금 상황이 딱 그랬다. 어디 감히 우리 딸과 파혼을 운운하느냐 불벼락을 내릴 생각으로 불러들였는데, 되레 수차례 목덜미를 물려 피범벅이 된 기분이었다.

"이 모든 일은 정원건설 측에서 정식으로 성 회장님 쪽 비서실로 통고해 주셨으면 합니다. 모양새가 아무래도 그 편이 낫고, 아버지도 마음을 통제하기 좋을 것 같구요. 그럼 이만……."

이찬이 훤칠하고 긴 몸을 일으켜 세우더니 입가를 슬쩍 비틀며 인사를 하고 나갔다. 희진이 하얗게 질린 얼굴로 은 여사를 채근했다.

"이게 다 무슨 소리야, 엄마!"

"가만있어, 가만히!"

옴짝달싹 못하는 거미줄에 완벽하게 붙들려 허둥대는 꼴이었다. 그녀는 얼굴을 싸쥐고 골몰했다. 이찬은 계모 유해숙이 남자를 만나고 있다는 걸 알고 있다는 뉘앙스를 풍겼다. 그걸 빌미로 이혼을 제기하면 성 회장은 군말 없이 이혼을 할 것이다. 그리고 파혼 부분에 대해서는 유해숙과 은 여사가 합작해 지은 죄를 무마해 주는 조건으로 이쪽에서 먼저 파혼 제안을 하면 성 회장은 이 또한 큰 저항 없이 받아들여 줄 것이다. 그리고 혹여 희연이 차후 임신을 하더라도 그 임신은 자신으로 인해 비롯된 게 아니라 말하고 있었다. 희연과 관계를 가져서 아이가 들어섰다면 그건 합의를 해서 육체관계를 했다는 의미일 텐데, 왜 저렇게 뻔뻔하게……!

"희연이에게 대체 성이찬 저놈에게 무슨 짓을 했는지 당장 물어라. 임신이 가능한 건지에 대해 다시 묻고, 뱃속 아이의 아비가 될 사람이 누구누구인지 대라고 해라."

"뭐야? 엄마, 희연이 임신이래?"

"만에 하나 임신일 경우에 대해 말하는 거잖아. 어서!"

머리가 지끈거리고 심장이 찢겨지듯 아파서 숨이 쉬어지질 않았다. 이마를 싸쥔 은 여사는 거친 숨을 몰아쉬며 주먹을 힘껏 말아 쥐었다. 그간의 신나던 공조가 이런 식으로 마무리 지어질 줄이야. 하지만 이찬이 손해받은 부분에 대한 죗값을 묻지 않겠다는 것만으로도 이쪽이 취하는 이득은 상당했다. 이찬이 그만한 손해는 위자료 조로 건네겠다고 쿨하게 말하고 사라진 것이다. 이렇게 나온다면 은 여사 쪽에서는 더 이상 이찬을 물고 늘어질 이유가 없었다. 아주 깔끔한 협의가 아니고 무엇인가. 당장 가장 큰 문제는 이제 표 회장을 어떻게 설득하느냐는 것이었다. 그리고 희연이 정말 임신이라도 하는 날에는 또 이 사실을 어떻게 외부에 감춘단 말인가. 두루두루 골치 아픈 일이 폭발물처럼 도처에 배치되어 있었다. 우선 이찬의 계모에게 먼저 전화를 걸었다.

이찬이 블랙 포르쉐를 잎새의 집 앞에 세워두고 대기 중이었다. 잎새가 상희의 도움을 받아 밖으로 나왔다.

"안녕하세요, 이모님."

"오랜만이네요, 이찬 씨."

상희가 반갑게 웃으며 인사를 건넸다. 이찬은 얼른 잎새의 손을 잡아 보조석에 태우고 차 문을 닫아주었다.

"이렇게 우리 애를 데리고 나가줘서 고마워요."

상희가 인사를 건네자, 이찬이 고개를 젓고 다녀오겠다는 인사를 했다. 이찬이 차에 오르자마자 핸들을 돌리며 액셀러레이터를 밟았다.

"이모, 다녀올게요!"

잎새가 손을 흔들며 인사를 하자, 상희도 웃으며 인사를 했다. 잎새가 얼른 고개를 돌려 나직하게 물었다.

"거기로 가는 거죠?"

"응, 알아보니 그나마 가장 낮은 번지점프대가 있더라. 그런데 아무래도 위험하니까, 나는 별로 권하고 싶지 않아."

"사실 전 번지점프도 하고 싶고, 패러글라이딩도 해보고 싶어요. 비행기 사고 후유증 때문에 높은 곳에 대한 공포가 생기긴 했지만, 눈이 보이지 않아서 그런 면에선 극복하기도 훨씬 수월할 것 같아서 한번 해보고 싶어요. 누군가가 옆에서 같이 해주면 전 얼마든지 가능해요."

"용감하군. 게다가 뭐든 그렇게 부딪치면서 극복해 보려는 의지도 아주 대단해. 하지만 정말 그 위에 올라가서는 울게 될지도 몰라. 나중에 딴소리하기 없기다."

잎새가 낮게 웃음을 터트렸다. 듣기 좋은 웃음소리는 그에게 자양강장제 같았다. 원래 명랑한 성격을 지닌 사람. 눈이 이리되고 나서부터 폐쇄적인 성향을 띠게 되었지만, 그나마 많이 치유되어 잘 웃게 되었다. 그녀의 웃는 모습은 발랄한 매력을 한껏 돋보이게 했다.

"이젠 기분 좀 괜찮아?"

"네, 좋아요."

"표희연과의 일은 이제 신경 쓰지 않아도 돼. 해결 조짐이 보이고 있거든."

"……그렇다면 다행이에요."

잎새는 자세한 내용은 묻지 않았다. 저들의 복잡한 사정을 안다 해도 완벽히 이해하기는 어려울 것 같았다. 그래서 묻지 않는 대신 그를 믿고 안도할 참이었다.

"그런데 한호준한테서는 연락 없어?"

"……네, 아직은……."

"이거 아직 열애 중인 대상이 한호준으로 되어 있어서 나랑 돌아다니다 걸리면 얘기가 곤란해지겠는데?"

"그러니까 번지점프만 하고 돌아오는 걸로 해요. 다른 건 바라지도 않으니까요."

"알았어. 최대한 빨리 움직여 보도록 하지."

아직 호준과는 연애 중인 걸로 세상에 알려져 있었다. 잎새는 호준과 그 부분은 지켜주기로 약속했기 때문에 당분간은 행동에 유의해야만 했다. 신경이 쓰이긴 했지만, 이찬이 뭔가를 해주기로 한 이상 같이 하나씩 해 나가고 싶었다.

"이찬 씨."

"응."

"실은…… 어제 미국에서 연락이 왔어요."

"무슨?"

"수술 일정이 잡혔어요."

"뭐?"

이찬이 고개를 돌려 잎새를 바라봤다. 정말 수술을 강행할 모양이었다. 두렵지도 않은가? 일시적으로 보게 되었다가 다시 영원한 암흑 속에 갇힐 수도 있고, 재수술을 해야 할 가능성도 있다고 했다. 그 외에 몸이 받아들이지 않으면 또 다른 부작용을 안아야 할지도 모를 일이었다.

"정말 할 생각이야?"

이찬의 음성이 낮고 깊어졌다.

"……네, 할래요. 할 수 있는 방법이 있다면 그게 뭐든 할래요."

"널 망가트리는 일일지도 모른다잖아."

"그런데도 해요. 목표가 생긴 거잖아요."

이찬은 다시 한 번 그녀를 막아보고 싶었지만, 어금니를 꽉 무는 걸로 대신했다. 이찬은 두 시간 동안 아무런 말 없이 차를 달려 잎새를 데리고 번지점프대 근처에 주차를 했다. 이찬은 선글라스를 끼고 모자를 눌러 썼다. 잎새가 곤란해지지 않게 하기 위해 나름 신분 위장을 한 것이었다. 잎새에게도 모자와 선글라스를 끼게 했다. 차에서 내리자마자 곧장 번지점프대 매표소에서 표를 구입하고 엘리베이터에 올랐다. 올라가자 장비가 몸에 채워졌고 몸무게를 재는 등의 작업이 부수적으로 진행되었다. 하나씩 끈의 길이를 조정하는 등 직원들의 설명을 듣고 이번엔 계단을 오르기 시작했다. 점프대 위에 서야 하는 순간이 되었다. 잎새가 아까보다 긴장한 얼굴로 물었다.

"많이 높아요?"

"아니, 그렇게 안 높아. 일부러 높지 않은 곳을 선택했어."

"혹시 이찬 씨는 두렵지 않아요?"

"군대 갔다 온 남자라고 했잖아."

"후후, 그런가요?"

직원이 두 사람이 같이 뛸 거냐고 물었다. 이찬은 그러겠다 말하고 잎새를 바라봤다. 직원이 모자나 선글라스는 물에 빠질 수 있으니 착용하지 말아달라고 말했다. 그는 별수 없이 모자와 선글라스를 벗어 직원에게 맡겼다. 그리고 잎새를 끌어안고 점프대에 섰다. 심장이 조여왔다. 이런 건 군대에 있을 때 수시로 했고, 두려움은 없었다. 하지만 혼자가 아닌 둘이었다. 잎새를 책임져야만 한다는 사실은 훈련 때 뛰어내리는 것과는 다른 감각을 일깨웠다. 그는 온 힘을 다해 잎새의 몸을 꽉 끌어안았다.

"공기가 달라요. 많이 높은가 봐요."

잎새가 귀엣말로 속삭였다. 무언가 탁 트인 듯한 공기가 전신을 후려쳤지만, 사실 높이에 대한 개념은 없었다. 막연히 상상으로 이쯤 되지 않을까 그림만 그릴 뿐. 이런 땐 앞이 안 보인다는 사실이 조금은 고맙기도 했다. 그저 이찬의 가슴 안에 있다는 사실에 심장이 떨릴 뿐이었다. 넓고 단단한 어깨에 숨이 막히도록 안겨 있는 지금, 세상 두려울 게 없었다.

"자, 5에서 1까지 셉니다. 1을 세고 번지하면서 뛰어내리면 됩니다."

직원의 안내를 들은 잎새와 이찬은 가만히 고개를 끄덕거렸다.

"자, 앞으로 한 걸음 더 내디디세요."

직원의 말에 이찬이 잎새를 데리고 낭떠러지에 올라섰다. 고개를 돌리면 천 길 낭떠러지가 펼쳐진다.

"카운트 합니다. 5, 4, 3, 2, 1, 뛰세요!"

"우리 행복하자!"

이찬이 굵직하고 힘 있는 음성으로 외치며 발을 튕겼다. 순간적으로 허공을 향해 몸이 부웅 날아올랐다. 잎새는 몸에 일자로 힘이 실리는 것을 느끼며 자신도 모르게 근육을 경직시켰다. 몸이 날아오르는 기분이 이런 것이었던가? 비행기 사고 당시 느꼈던 일이 잠시 눈앞에서 펼쳐졌다. 잎새가 미간을 확 구기면서 공포스러운 기억을 마음속에서 걷어내기 위해 안간힘을 썼다. 그녀는 일부러 귀를 이찬의 심장에 댔다.

쿵쿵쿵쿵, 이찬의 심장이 힘차게 울부짖고 있었다. 그 소리를 듣자 몹쓸 기억들이 토막토막 잘려 나가 먼지가 되어 하늘로 날아올랐다. 잎새는 물기 어린 눈으로 이찬을 바라봤다. 몸이 한 차례 튕겨져 공중으로 다시 떠올랐다. 좌우로 진자처럼 몸이 오락가락하는 와중에 이찬이 잎새를 더욱 꽉 끌어안으며 말했다.

"많이 힘들게 해서 미안하다."

잎새가 고개를 저었다.

"내가 일찌감치 표희연과 한호준의 관계를 알아냈더라면 네 마음고생이 조금은 덜했을 텐데……. 미안해."

"아니에요. 제가 미련한 탓인걸요. 좀 더 사람 고르는 안목이 있었더라면 하지 않았을 실수예요. 감언이설에 속아 넘어간 제 나약함을 탓해야죠."

잎새가 가만히 그의 이마에 자신의 이마를 기댔다. 고무보트 한 대가 유유히 물살을 가르며 다가오고 있었다. 둘은 거꾸로 매달린 채 대롱대롱거렸다. 보트가 다가와 직원이 둘의 몸을 조이는 끈을 풀어주자, 비로소 땅에 발을 디딜 수 있게 되었다. 이찬이 잎새에게 장난스럽게 물었다.

"한 번 더 해?"

"됐어요. 안 해요."

잎새가 현기증을 느끼며 보트에서 내려섰다. 이찬이 곁으로 다가와 손을 꽉 잡았다. 이찬은 다시 차로 잎새를 데리고 가서 보조석에 태운 뒤, 근처 매장에서 원두커피 두 잔을 사왔다. 이찬이 캐러멜마끼아또를 잎새에게 내밀며 간단하게 설명을 해주자 손을 내민 그녀가 입가에 고운 미소를 머금었다.

"우리 찍힌 거 아닐까요? 한호준의 여자, 정잎새 알고 보니 희대의 바람둥이! 뭐, 이런 글로 내일 인터넷 뉴스를 장식하는 건 아닌지 심히 우려되는데요?"

"희대, 뭐? 바람?"

갑자기 이찬이 숨을 참으며 간헐적으로 이상한 소리를 내기 시작했다. 잎새가 뿌루퉁해진 얼굴로 그를 노려보며 말했다.

"제가 바람둥이 하면 이상한 건가요?"

"아니, 아니지. 이상하지 않아."

"그런데 왜 낄낄대고 그래요? 사람 불쾌하게."

"해보고 싶었나 봐? 바람둥이?"

"몰라요. 흥!"

이찬이 가만히 잎새의 손을 꽉 움켜쥐었다.

"아까 떨더라, 너……."

알고 있었던 모양이다. 잎새가 계면쩍다는 듯 피식 웃었다.

"그날이 떠오른 거야?"

"……네, 공중으로 몸이 날면서 비행기 추락 당시가 오버랩됐어요."

"너나 나나 큰일이다. 나도…… 사실 말은 못 타. 누나에게 들었다면서? 누나의 눈이 그렇게 된 연유……."

"네, 들었어요."

"그 이후로는 말 근처에도 안 가. 가차 없이 사람 머리를 걷어차 버리던 말발굽이 아직도 뇌리에 선명하거든. 사고 당시의 모습을 봤기 때문에 그 모습이 아직도 내겐 작은 키의 열 살 소년의 기억으로 선명해. 내 눈에 비친 말은 거대한 괴물이었다. 그래서 아직

말 근처에도 못 가."

잎새가 두 팔을 벌렸다.

"안아주고 싶은데, 안길래요?"

잎새의 물음에 이찬이 피식 웃더니 그녀의 팔을 내렸다.

"그런 건 내가 해줄게. 네가 나한테 안겨."

잎새가 웃으며 그의 품 안에 쓰러지듯 안겼다. 이찬은 잎새를 꽉 끌어안고 말했다.

"계속 서로의 얘기를 들어주고 이렇게 안아주자. 그렇게 아픈 얘기를 하나씩 포옹으로 바꾸면 나중엔 아픔 같은 건 하나도 남지 않을 거야. 우리에겐 포옹이 넘치도록 많으니까."

이찬의 말이 재밌어서 잎새가 쿡쿡 웃었다. 포옹과 고통을 교환한다는 생각 자체가 얼마나 재밌는 발상인가.

"괜찮은데요? 돈으로도 할 수 없는 일을 이렇게 꽉 안는 스킨십으로 고칠 수 있다면 얼마든지요."

"내 집에 가자."

"지금이오?"

"지금. 오늘 같이 있고 싶다."

그가 짙은 열기를 실은 눈으로 삼킬 듯이 잎새를 바라봤지만 그녀는 정작 그의 눈빛이 어떤지 알지 못했다. 그는 가만히 그녀의 머리카락을 어루만졌다. 찰랑찰랑 진갈색으로 물결치는 머리카락은 손이 닿을 때마다 실크처럼 미끄러져 내렸다. 그의 시선이 그녀의 얼굴에 닿았다. 흠집 하나 없는 도자기처럼 깨끗한 피부, 그린 듯이 단아한 눈썹, 짙은 갈색빛을 내는 영민한 눈동자, 길고 숱

많은 풍성한 속눈썹, 빗은 듯 뻗어 내린 오똑한 콧날, 립글로즈를 발라 윤기를 머금었지만 바탕 빛깔이 선홍빛인 매력적인 입술. 브이 라인을 그리는 턱선, 무엇보다 늘 그의 시선을 빼앗는 일자로 그린 듯 보이는 완벽한 쇄골 라인. 그녀가 뿜어내는 향긋한 체향에 이성이 바람 앞의 촛불처럼 아슬아슬했다.

"안 되겠다. 여기서 인간이길 포기해서는 곤란하지. 벌건 대낮에!"

"왜요? 뭔데요?"

잎새가 천진한 눈으로 물었다. 이찬은 그녀를 천천히 놓아주고 안전벨트를 단단히 채워주는 걸로 대답을 대신했다. 그는 곧장 잎새를 데리고 그의 집으로 달려갔다. 하지만 가던 도중 다급한 전화가 왔다.

[잎새야, 도둑이 들었나 봐!]

상희의 다급한 음성에 누구보다 놀란 이찬과 잎새는 가던 방향을 돌려 곧장 잎새의 집으로 차를 몰았다.

상희가 주저앉아 넋을 놓고 횅한 창고를 바라봤다. 언니와 형부가 공들여 만든 별채 지하에는 특별한 창고가 있었다. 형부가 평생 동안 자신의 전 재산을 들여 모아놓은 한국 관련 고미술 작품들이 내부를 장악하고 있었다. 형부는 장차 이 작품들을 세상에 꺼내 전시회를 열고 싶다고 말했다. 딱 한 번 전시회를 열고 나라에 기증하겠다고 밝혔던 것들, 유서에도 그와 같은 내용이 적혀 있었다. 어렵게 구한 작품들이니 혹시라도 자신의 사망 시 잎새가 대학을 졸업하는 해가 되면 위의 사실을 밝히고 전시회를 열었으면 좋겠다는 내용과 무료 전시회를 연 후 나라에 이 모든 것을 기증해 달라는 내용이 적혀 있었다. 내용상에는 잎새가 대학 졸업 시라고 못을 박아두었지만, 실상 잎새가 시각장애인이기 때문에 이 사실이 외부에 알려질 경우 귀찮은 일이 더 배가될 것 같아 함구하던 차였다. 언론을 극도로 혐오하는 잎새를 위한 나름의 조처였던 것이다. 그런데 형부의 일생 숙원 사업이던 내용물이 몽땅 도난을 당한 것이다.

"이모님!"

밖에서 이찬의 음성이 들려왔다. 그녀는 주저앉을 듯 흔들리는 다리를 가까스로 세워 밖으로 나갔다. 별채 입구에 서서 이찬과 잎새를 불렀다. 부르고 있는데 목소리가 귓속에서 메아리치는 것처럼 느껴졌다.

"무슨 일이십니까?"

"이찬 씨, 이 일을 어쩌면 좋아요."

"도둑이라니요. 당장 경찰에 신고를!"

"아니요. 그럴 수가 없어요. 잠깐 이쪽으로."

"이모, 뭐가 어떻게 된 건데요!"

잎새도 갑갑함에 되물었지만 상희는 둘을 데리고 별채 안으로 들어갔다. 잎새가 잘 사용하지 않던 별채의 문을 열고 안으로 들어가는 상희를 향해 물었다.

"이모, 여긴 별채인가요?"

"응, 맞아."

"도둑을 맞았다면서 왜 별채로 내려가는 건데요? 당장 경찰에……."

이찬이 잎새의 손을 부드럽게 감싸 쥐었다. 잠시 아무것도 묻지 않는 게 좋겠다는 듯한 동작이었다. 잎새는 입을 열려다 그만두었다. 상희는 이찬과 잎새를 지하실로 데리고 내려갔다.

"이쪽으로."

육중한 철문이 열린 채였고, 내부엔 100여 평은 될 듯한 공간이 펼쳐져 있었다. 이찬이 마른침을 꿀꺽 삼켰다. 여기가 어딜지 어렴풋이 알 수 있었다. 심장이 큰 소리로 뛰기 시작했다. 보물을 수집한다던 잎새의 부친이 그 보물들을 감춰놓았을 것으로 추정되는 장소에 그가 발을 들인 것인데, 내부는 어이없게도 한기가 흘렀다. 아무것도 없이 텅 빈 공간의 모습에 그 또한 당혹스러워졌다.

"이런 일이 일어났는데도 까마득하게 몰랐어요."

"여긴 대체 뭐가 있었던 겁니까?"

"잎새의 아빠가 모든 재산과 시간을 들여 오랫동안 모았던 고미술품들이 이 안에 감춰져 있었어요. 이걸 대체 누가, 이렇게!"

"이모, 그게 무슨 소리예요?"

"싯가만 대략적으로 잡아도 수십억 원에 달할 엄청난 작품들이 이 아래 숨겨져 있었어."

"그런데 왜 저는 몰랐죠?"

"형부는 이런 사실이 외부에 알려지는 걸 극도로 싫어했고, 도둑들을 두려워했던 것 같아. 이 작품들 중에는 음성적인 루트로

구한 작품들도 있기 때문에 밖에 노출될 경우 도난 가능성이 매우 높거든. 그런 경우엔 신고도 할 수 없기 때문에 수억 원을 앉은 자리에서 날리는 게 되는 거고. 너한테 비밀로 한 연유는 자세히 모르겠지만 잎새 네가 알기엔 네가 너무 어렸던 것도 있었고…….”

이찬은 여기저기 찍힌 발자국들을 내려다보며 물었다.

“그런데 왜 신고를 하지 않으시는 겁니까?”

“……아무래도 그 사람이 한 짓 같아요.”

“누구……!”

되묻던 이찬이 숨을 멈추고 눈을 휘둥그렇게 떴다. 상희가 그의 눈을 마주 보며 고개를 끄덕거렸다. 박파형, 그 인간이 기어이 대형사고를 치고 만 것이다. 잎새를 아무리 찔러도 재산 한 푼 내놓을 것 같지 않자 아예 이 집에서 가장 가치가 있는 지하 깊숙한 보물을 건드리기로 한 모양이었다. 한데 부산에 있어야 할 사람이 대체 언제 여기까지 와서 이런 작업을 했단 말인가!

“제 잘못이에요. 경비시스템 전원에 이상이 생긴 줄도 모르고 내버려 둔 것도 문제였고, 그 인간이 이 금고의 비밀번호를 알고 있는 줄도 몰랐어요. 형부가 워낙 고가의 경비시스템을 구축해 놨다고 오래전부터 자랑을 했던 터라 믿고 있었거든요. 그게 세월 앞에 무용지물이 될 줄이야. 남편이 여기 있는 고미술품에 관심이 있는지는 몰랐어요. 대체 이 별채의 비밀번호는 어떻게 알아내고…….”

이찬은 바로 신 비서에게 전화를 걸었다.

“박파형, 지금 당장 수배해. 최대한 빨리 잡아야 돼.”

[네, 안 그래도 부산 쪽에서 박파형 씨가 종적을 감췄다는 연락이 왔었습니다.]

"곧장 알아봐, 급하니까. 되도록 도난품을 거래하거나 유물을 불법적으로 거래하는 자들 쪽을 파헤쳐야 할 거야."

통화를 끝낸 이찬이 상희에게 없어진 물건들의 정확한 이름이나 사진 등을 갖고 있느냐 물었고, 상희는 바로 자신의 방 금고에 있던 서류를 들고 와 그에게 건넸다. 이찬이 상희가 건넨 소장 목록을 살피며 혀를 내둘렀다. 고가의 작품들만 30여 종, 그 외에도 희귀품들 40여 종을 갖고 있었다. 이걸 다 들고 나가려면 꽤나 오래 작업을 했을 텐데.

"하루 만에 빼간 게 아닌 모양입니다."

"그렇겠죠. 며칠에 걸쳐서, 잎새와 저의 생활 패턴을 매우 잘 알기 때문에 우리가 잠든 시간대를 주로 이용했을 거예요."

신고를 하자니, 이 보물들의 내역이 세상에 알려질 테고 이것들을 훔쳐 간 박파형은 세기적인 도둑놈으로 기록될 것이 자명했다. 아직 이혼서류만 오갔지 완벽하게 남남이 되지 않은 파형과 상희의 관계도 그랬고, 파형이 어떤 목적으로 그것들을 들고 날랐는지도 명확히 알아야만 했다. 그는 바로 손창 회장에게 전화를 걸었다. 그만큼 음지에서 거래되는 고미술품에 대해 빠삭한 이가 없었으므로.

[총 70여 종이라고? 목록을 바로 발송해 줘. 목록을 보고 정확한 명칭을 알아야 이쪽에서도 수배를 내리기가 수월하니까. 그나저나 간이 배 밖으로 나온 놈인데? 한두 개도 아니고 이렇게 많은

걸……. 이런 경우엔 아마 한꺼번에 거래하지 않고 하나씩 하나씩 시장에 내놓을 가능성이 높아. 아무리 간이 커도 수십억이 오가는 거래가 될 텐데, 내놓는 입장에서도 그만한 돈을 한꺼번에 부르고 받는 게 부담스러울 수 있거든. 특히 첫 거래라면 더더욱.]

"회장님께서 모든 루트를 열어두고 확인해 주십시오. 저도 저 대로 인력을 동원해 알아보도록 할 테니."

[아니야, 자네는 가만있는 게 좋아. 누가 되었든 들쑤시고 다닌 다는 게 알려지면 되레 그 물건의 몸값만 키우게 되거든. 차라리 내가 움직이는 편이 나아. 내가 관심을 두고 적당한 가격을 불러 진창에 숨은 너구리 한 마리를 밖으로 끄집어내도록 해보지. 며칠 만 숨죽이고 기다려 봐. 신고는 그 이후에 답이 없는 경우에 하는 게 좋은 것 같고.]

"알겠습니다. 연락 주십시오."

통화를 끝낸 이찬은 상희에게 목록을 스캔해서 메일로 발송해 달라 부탁하고 잎새와 같이 밖으로 나왔다. 잎새가 어안이 벙벙해 진 얼굴로 고개를 저었다.

"아버지는 왜 이런 얘기를 제게 하지 않은 걸까요?"

"혼자만의 취미생활이었을 거야. 그래서 말할 가치를 못 느낀 거고. 은근히 수집병 있는 사람들이 많거든. 네 아버지는 고미술 품이라는 고가의 취미에 꽂히신 걸 테고."

"이모부는 대체 무슨 생각으로……."

"죽기 아니면 까무러치기였겠지. 부산으로 내쫓긴데다 이혼서 류까지 도착했으니 할 수 있는 방법은 자신이 우연찮게 알게 된 보물을 빼돌리자는 데 머리가 돌아갔을 테고.”

“수십억을 호가한다면 찾을 가능성도 희박하겠는데요?”

“아마 다 찾는 건 어려울 거야. 반만 찾아도 성공이라고 해야겠지. 워낙 음지에서 밀거래가 성행하는데다, 해외로도 밀반출이 되고 있어서 한 번 나가면 찾아내기 어려워.”

“그런데 이찬 씨는 어떻게 이런 걸 잘 알아요?”

술술 말을 뱉어내던 이찬이 흠칫해서 자기 혀를 깨문 얼굴로 잎새를 바라봤다. 경솔하게 굴었다. 이런 땐 아무것도 모르는 척을 해야 하는데, 잎새가 보는 앞에서 신속하게 일 처리를 한답시고 자신의 정체를 드러내 보이고 말았다. 보물이 사라졌다는 사실에 눈에 뵈는 게 없었다. 어떻게든 잎새와 상희를 설득해 저 창고를 열고 보물들을 몽땅 빼내 국가에 돌려놓고 싶었는데…….

“아까 통화하는 것도 그렇고…… 이찬 씨, 저한테 뭐 숨기고 있는 건가요?”

“일단은 방으로 올라갈까?”

이찬이 잎새의 손을 잡고 잎새의 방으로 잡아끌었다. 상희가 거실로 나오더니 올라가려는 이찬을 보고 메일을 발송했다고 말했다.

“그 자료 목록 좀 다시 볼 수 있을까요?”

“네, 여기요.”

상희의 손에 들린 목록 파일을 받은 이찬이 상희에게 말했다.

“아마 이모님이 알고 계신 액수보다 지금 거래되는 액수가 수십 배 높을지도 모릅니다. 수백억이 될지도 몰라요.”

"네?"

"이 안에 있던 고미술품들의 가격은 아마도 이 집의 주인이 돌아가시기 전에 책정된 가격이겠지요?"

"그렇지요. 그 이후엔 따로 알아본 게 없으니……."

"그렇다면 몇 배로 가격이 치솟았을 겁니다. 그렇기에 더더욱 찾기 힘들어질지도 모르겠습니다."

상희가 울상이 되어 아랫입술을 꽉 깨물었다. 박파형이라는 인물에 대한 짜증을 억지로 짓누르는 느낌이었다. 이찬은 잎새를 데리고 계단을 올라 잎새의 방에 들어가 둥근 테이블을 사이에 두고 마주 앉았다.

"아주 큰 비밀이거나 그런 건 아니었어. 사실 이 일을 계기로 내가 너를 찾기는 했지만……."

"그게 무슨 소리예요?"

"사실은 네 아버지께서 모으는 고미술품들과 내가 하는 또 하나의 작업이 맞물려 있었어. 난 보물 수집가야. 거액의 재산을 가진 자산가가 보물을 가진 자를 지목하면 나는 그자를 찾아가 보물을 팔도록 권유하거나 설득하는 일을 맡아하고 있어. 그렇게 찾은 우리 고미술품들을 국가에 되돌리는 일을 하고 있지."

"그럼 문화재청과 관련된 일을 은밀히 하고 있다는 건가요?"

"그렇게 공식적인 건 아니야. 내가 좋아서 시작한 일이고, 지극히 개인적인 일이야. 해외에 나가서 우리나라 사람도 아닌 자들의 수중에 우리 문화재가 수난을 당하고 있다는 걸 알게 되었고, 내가 어떤 식으로든 잃어버린 우리 문화유산을 다시 제자리로 돌려놓을 방법이 없나 골몰하던 차에 그런 일을 하는 조직을 찾게 되었지. 그렇게 시작한 일이야. 나는 거대한 조직 내 톱니에 불과하지. 주로 내가 하는 일은 한국 내에서 지하에 묻힌 고미술품들을 찾아내 국가로 돌려보내는 일을 하고 있어. 나뿐 아니라 꽤 많은 사람들이 이 일을 위해 힘쓰고 있지. 겉으로 드러난 사람들도 있지만, 나처럼 은밀하게 일하는 사람들도 대다수야."

"와아, 자기 일 하기에도 부족한 시간에 이런 일을 한단 말이에요?"

잎새가 놀란 얼굴로 그의 쪽을 바라봤다. 한 기업의 사장 직을 맡고 있으면서도 시간을 쪼개 자신이 할 수 있는 일을 하며 보람을 찾겠다는 것이 멋져 보였다. 보통 대부분의 사람들은 시간이 없다는 등의 여러 핑계를 대며 직접 발로 뛰는 걸 꺼려하지 않던가!

"그런 과정 중에 우연히 네 이름이 나왔고, 내가 널 설득해서 아버님의 소장품들을 나라에 되돌리려 했던 것뿐이야. 아주 조심스러웠어. 돌아가신 아버님의 소장품들을 나라에 내놓자는 얘기를 하는 거니까."

"만약 나라에 내놓자는 말을 거부할 경우에는 어떻게 하나요?"

"흥정을 할 수밖에 없지. 돈을 내고 사들이는 것 외에는 뾰족한 수가 없는 경우가 태반이거든. 스스로 작품을 세상 밖으로 내놓고 기증해 같이 누리려는 사람도 있는가 하면 그걸로 잇속을 채우려는 사람도 있지. 그걸 잘못됐다고 할 수도 없어. 그 사람 역시 오랜 세월 고미술품을 소장하면서 그런 의도를 갖고 있었다면, 자신의 목적에 충실할 수밖에 없으니까. 그래서 한 가지 고민이었던 건 아버님의 소장 목적이었어. 그런데 이모님께 들으니 전시회를 열고 싶어 하셨다고 하더군."

"저는 모르는 얘길 이모는 많이도 알고 있네요."

"유서에 적혀 있었던 모양이야."

"이런 뜻깊은 일을 하는데, 그런 목적을 숨기고 저에게 접근했다는 이유로 이찬 씨에게 화를 내고 싶지는 않아요. 제가 뭘 돕기를 바라는 거죠?"

"난 고미술품들 전부를 원하는 게 아니야. 그중 학술적 가치가 매우 뛰어난 작품 하나를 찾고 있어."

"뭔데요?"

"고두섭이라는 화가 알아?"

"알죠. 이름은 많이 들었지만, 작품은 어릴 때 배웠던 미술책 속에 있던 사진이 전부여서 사실 기억이 희미해요."

"주로 현대미술 쪽 그림화가로만 알려진 고두섭이 유일하게 남긴 조각상이 있어. 고두섭의 작품 중 현재 한국 땅에서 발견된 것은 총 네 개이고, 그중 세 개는 행방을 찾아 수집해 두었는데 나머지 하나가 없어. 아무래도 그중 하나가 네 아버지 소유인 것 같고."

얼마 전 손창 회장이 미국인이 소유하고 있던 고두섭의 조각상을 사들였다는 통보를 받았다. 손창 회장이 소유한 조각상은 총 세 개.

"그렇다면 의의가 상당히 높은 작품이겠군요."

"그렇지. 그림만 그리던 화가가 작업한 최초의 조각들이니까. 지금 우린 그 작품 한 개를 찾기 위해 혈안이 되어 있어. 네 개가 모두 모이면 문화재청에 기증할 예정이거든. 그 작품은 네 개가 모여야 대단한 의의를 갖도록 조각되어 있기도 하고 말이야."

"저도 보고 싶어요, 그 작품들……."

"도난당한 걸 일단 찾고……."

"얼마나 기다려야 할까요?"

"하루만 우리가 수소문을 해보고, 안 되면 바로 경찰을 불러야겠지. 경찰청 문화재전담팀에 바로 조치를 부탁해야 될지도 몰라. 그렇게 되면 세상에 알려질 테고, ……매스컴이 널 주목하게 될 거야."

잎새는 미간을 좁혔다. 가뜩이나 한호준 때문에 매스컴에 잎새의 신상 털기가 유행처럼 번지는 중이었다. 그녀가 다닌 초등학교 때 사진부터 시작해 발레 하는 사진까지 SNS를 통해 전국적으로 바이러스처럼 번지는 와중인데, 여기다 한 가지 더 보태게 생겼으니 머리가 지끈거릴 수밖에. 호준의 연인으로서 자격미달에 자질부족 등을 운운하는 사람들 때문에 마음엔 총구 같은 구멍이 뚫린 지 오래였다. 그나마 이찬과 함께 있는 동안엔 그런 사실을 잠깐이나마 망각하고 웃을 수 있어 좋았다.

"언론엔 알려지지 않도록 해주세요. 개인적으로도 충분히 피곤하니까요. 돌아가신 아버지까지 들먹거려 가며 비난하는 건 듣고 싶지 않아요. 전 지금 한호준 씨 덕분에 전국적인 안티만 몇만 명이거든요."

이찬이 잎새의 뺨을 부드럽게 어루만졌다. 잎새는 천천히 눈을 감고 그의 손에서 느껴지는 온기를 감각으로 읽었다. 뺨을 타고 들어오는 따스한 온기가 좋았다.

"자고 갈래요?"

잎새가 눈을 끔벅거리며 이찬을 바라봤다. 송아지처럼 물기 서린 새카만 눈동자가 순진하게 바라보자 그의 입가에 미소가 번졌다. 거부할 수 없는 선한 눈빛이었다.

"그러자."

푸른 태풍

　성 회장이 유해숙을 이해할 수 없다는 눈빛으로 바라보고 있었다. 아침 댓바람부터 할 얘기가 있다며 그를 붙들어 앉히더니 난데없이 이혼을 해달라고 요구했다. 이런 밑도 끝도 없는 요구를 왜 받아줘야 하는지 이해할 수 없어서 그는 한껏 일그러진 얼굴로 그녀를 바라봤다. 해숙은 가면같이 무표정한 얼굴로 그를 바라봤다. 결혼 생활을 유지한 지 15년 가까이 되었다.

　그는 특별히 해숙에게 애들의 엄마 노릇을 해달라 요구한 적이 없었다. 해숙 역시 애들에게 특별한 엄마가 되기 위한 노력 따윈 하지 않았다. 그저 치장하고 차려입고 그의 옆에 서서 우아하고 품격 있는 회장님 사모님 역할만 잘해준다면 그걸로 만족했다. 해숙은 그의 바람대로 말을 삼가고 행동에 유의하면서 사모님 역할을 충실히 해냈다. 고졸의 학력에도 불구하고 그에게 아내 대접을 받고 산 것은 눈치가 빨라 행동이 재다는 것 때문이었다.

"이유를 말해."

해숙이 시선을 아래로 내렸다. 말없이 그녀는 사진 몇 장을 그의 앞에 내밀었다. 성 회장은 가만히 사진 몇 장을 쳐다봤다. 사진 속에는 해숙이 슬립 차림으로 한 사내의 품에 안겨 있는 모습이 담겨 있었다. 열댓 장의 사진 속에서 해숙은 사내와 섹스를 나누며 격렬하게 신음하고 있었다. 소리가 들리지 않는 사진일 뿐인데도, 소리가 귓전을 때리는 것 같았다.

그와는 두 달에 한 번 관계를 맺을까 말까인 그녀가 어떤 놈과 이렇게 그의 등 뒤에서 나뒹굴고 있었을 줄은 몰랐다. 그가 험악하게 일그러진 얼굴로 해숙을 바라봤다. 아무 표정 없이 말끔한 얼굴이었다. 마음에 지진이 났다. 새카맣게 닫혀 있던 창이 산산조각나 깨지고 화염이 터져 나오는 것만 같았다.

"이놈 누구야."

고저 없는 물음에 해숙은 침착하게 말을 이었다.

"3년째 동거 중인 남자예요."

"동거?"

해숙은 이제 솔직해질 수밖에 없었다. 스무 살 이상 많은 남자랑 살을 섞으면서 한 생각은 하나였다. 잃는 게 있는 대신 얻는 게 많으니까, 그러니까 별일 아니라고 스스로를 달랬다. 하지만 매 순간이 치욕적이고 더러웠다. 남편인데도 정이 가질 않았다. 그리고 그녀를 무섭게 노려보는 아들 성이찬. 이리처럼 달려들어 목덜미를 물어버릴 듯 살벌하고 험악하게 노려보는 이찬의 시선을 견디는 것도 버거웠다. 은 여사에게 전화를 받고 차라리 안도했다. 드디어 15년의 징역살이에 막을 내리는구나.

"이혼해 주세요. 15년이면 꽤 오래 견딘 것 같아요. 이젠 한계예요."

"그게 무슨 소리야? 그게 무슨 소리냐고!"

성 회장이 탁자를 두 손으로 힘껏 후려치며 몸을 세우고 사자처럼 포효했다. 해숙은 몸이 찢겨 나가는 듯한 공포감을 느꼈지만, 동요하지 않기 위해 입안 속살을 물고 견뎠다. 여기서 무너져 겁에 질린다면 그 감정을 이용해 그녀를 다시 성 회장의 옆에 꿇어 앉힐 게 분명했다. 성 회장은 세상의 시선을 두려워하는 인물이었다.

"사랑한 적 없어요, 단 한 번도……."

짝! 파열음과 함께 해숙의 몸이 옆으로 기우뚱 무너지더니 의자와 함께 쓰러졌다. 그는 파들파들 떨면서 해숙을 내려다봤다.

"이혼은 안 돼."

"……부탁해요. 저의 가장 빛나는 순간을 온통 차지했던 당신이잖아요. 이젠 저를 자유롭게 놓아주세요. 이십대 후반에 당신과 결혼해 15년이에요. 가장 싱싱했던 순간에 당신에게 나를 바쳤어요. 이젠 떠날 수 있게 해주세요. 당신은 마음속으론 날 무시하고 있잖아요."

해숙이 이번엔 무릎을 꿇고 앉아 그에게 간청했다. 성 회장은 뒷목을 쥐고 휘청거리며 다시 의자에 주저앉고 말았다. 세상이 온통 검은 물속 같았다. 그게 아니라면 어떻게 이런 일이 갑자기 벌어질 수 있단 말인가!

"나가! 당장 사라져!"

해숙이 천천히 몸을 일으키더니 시선을 들어 잠시 그를 바라봤다. 마지막이 될 것이다. 이젠 음지에 감춰두었던 연인과 해외로 도피를 할 예정이었다. 적어도 그간 그녀를 보살펴 준 성 회장의 명예에 먹칠은 하지 말아야 하니까. 그녀는 허리를 굽혀 꾸벅 인사를 하고 몸을 돌렸다.

"크흑!"

성 회장이 한 손으로 눈을 덮었다. 60대 중반, 남들은 아직 청춘이라 말하고 지금부터 새로운 인생을 시작한다는 이때, 정작 그는 진짜 반려인 줄 알았던 여자로부터 심장에 난도질을 당했다. 해숙에게 동거남이 있었을 줄이야. 까맣게 몰랐다. 아니, 의심 자체를 하지 않았다. 의심하는 순간 무서운 것들을 봐버리게 될까 봐 오히려 아무것도 하지 않았다. 결국 이런 식으로 심장에 꼬챙이를 쑤셔 박힐 줄은 몰랐다. 눈물도 나오질 않는다. 목구멍에서 흘러나오는 소리는 그저 비명 같은 탄식일 뿐.

식사를 마치고 출근 준비를 하는데, 공 비서에게서 전화가 왔다.

[합의이혼에 들어갑니다. 위자료는 한 푼도 못 주시겠다는 의견이십니다.]

"계모는요?"

[곧장 공항으로 가셨습니다. 어디로 가는지는 묻지 않았구요. 이미 동거 중인 분이 계시더군요. 알고 계셨습니까?]

"네. 아버지 잘 좀 부탁드립니다. 아마 당분간 제정신 아닐 겁니다."

[네, 사장님.]

남자가 있다는 건 그가 먼저 알아냈다. 지금 부친은 무간지옥 속에 있으리라. 사랑이라며 유혹해서 결혼까지 갔던 여자였다. 부친을 위해서라면 간이든 쓸개든 다 내놓겠다며 부친을 유혹했다. 그리고 완벽하게 부친에게 맞춰진 여자였다. 부친이 원하면 뭐가 되었든 다 하는 그런 여자. 조용했고 음흉했으며 도통 속을 헤아릴 수 없는 의뭉스러운 여자였다.

그렇게 집안에 서서히 스며들었다. 이나나 그에겐 전혀 거치적거리지도 않았다. 있는 듯 없는 듯 그림자처럼 지냈고, 부친에게도 딱히 어떤 불편도 호소하지 않았다. 자신이 존재함으로써 집안에 변화가 생기는 걸 원치 않는다는 듯 해숙은 고요히 지냈다.

되레 부친은 그런 부분이 마음에 든 모양이었다. 무엇도 바꾸려 하지 않고 곁에 조용히 머무는 여자, 싫을 이유가 없었다. 충직하고 맹목적이었으며 스무 살 이상 어렸다. 부친의 눈에는 금지옥엽으로 한순간에 집안 서열 1순위가 되었다. 하지만 그 모든 것이 떠나기 편하기 위한 방편임을 이제야 알 것 같았다. 그래도 그렇게 싫은 사람과 용케 15년을 버텼다. 부친이 결코 편한 사람이 아니라는 건 그도 알고 이나도 잘 알고 있었다. 문자음이 울었다.

「약속한 대로 난 떠나요. 은 여사님께서 약속은 이행할 테니 함구해 달라 부탁하셨습니다. 15년간 나의 아들로 잘 참고 견뎌줘서 고마워요. 그리고 이나에게도 안부 전해줄래요? 생일마다 선물 챙겨주고 손수 미역 국까지 끓여줘서 고마웠다고, 그 정만은 잊지 않겠다고요.」

계모였다. 그에게보다는 이나에게 하고 싶은 말들이 많아 보였 다. 그런데도 굳이 그에게 문자를 한 건 뒤돌아보지 않고 가기 위 해서이리라.

이찬은 씁쓸한 표정으로 넥타이를 마저 조였다. 신 비서를 불러 갈아입을 슈트를 챙기게 했다. 잎새의 집에서 잔 터라 같은 옷을 입고 출근할 수는 없는 노릇이었다. 옷을 갈아입고 슈트케이스를 든 채 복도로 나오자, 잎새가 난간에 서서 할 일 없이 왔다 갔다 하다 말고 강아지처럼 고개를 돌려 그 쪽을 바라봤다.

"이찬 씨?"

"왜 나와 있어?"

"가는 거예요?"

"출근해야지."

잎새가 가만히 손을 내밀었다. 활짝 웃으면서.

"왜?"

"데려다 줄게요, 1층까지."

이찬도 환하게 웃으며 잎새의 손을 잡더니 앞뒤로 흔들며 앞으 로 걸어갔다.

"기분 괜찮아?"

잎새는 아침 식사를 할 때까지도 조금 심란해했다. 부친의 보물들을 잃어버린 게 자신의 탓만 같아서 잠을 잘 못 잤다고 했다.

"아까보다는 나은 것 같아요."

"박파형 씨, 잡히면 어떻게 할 거야?"

"……고민이에요. 어딘가에 가둬두고 싶은 마음도 있어요. 돈을 주고 사람을 사서 그 사람의 인격을 완벽하게 부숴놓는 일을 해버릴까……. 좀 잔인한가요?"

잎새가 피식 웃으며 말하더니 순한 눈으로 그를 바라봤다. 이 여자는 그런 짓을 해놓고 하루 만에 그자를 찾아가 잘못했다며 빌 여자 같았다. 스스로에게는 한없이 냉혹하고 엄하지만 타인에게까지는 그리 못하는 여자였다.

"할 수 있으면 그렇게 해도 될 것 같은데? 나 같으면 그렇게 하겠다."

잎새가 이찬의 손을 꽉 움켜쥐었다. 잎새의 손바닥은 고양이나 강아지의 발바닥 안쪽 같았다. 조금 젖은 듯 습기를 머금고 있지만 말랑하고 부드러우면서 따스했다. 기분 좋은 평온을 안기는 손이었다.

"요즘 작업을 너무 안 해서 제 정체성까지 의심스러운 상황이에요. 저 당분간 작업실에 처박힐 거니까, 연락은 문자만 하세요."

"정말?"

"네, 정말이에요. 제가 정해놓은 마감일을 벌써 두 번이나 넘겼어요. 이런 적이 없는데. 의지박약이에요. 다시 엄격해져야겠어요."

"알았어. 그럼 이모부와 관련된 일은 이모님과 상의하도록 할게."

잎새가 힘차게 손을 앞뒤로 흔들더니 하얗게 이를 드러내 보이며 웃었다.

"괜히 이렇게 말했나? 작심삼초다. 갑자기 후회되는데요? 이찬 씨 목소리를 안 들으면 심장에 가시가 돋칠 것도 같고⋯⋯."

이찬이 행복한 미소를 머금고 잎새를 바라봤다. 이젠 이런 농담까지 할 줄 알게 된 거야? 이 여자 많이 컸다. 그가 입구에 다다라 손을 놓고 대신 잎새의 양 볼을 손가락으로 꽉 쥐고 이마를 자신의 이마에 툭툭 문댔다.

"정잎새, 많이 컸다."

잎새가 아파죽겠다는 듯이 신음성을 내뱉었다. 이찬이 잎새의 볼을 손에서 놓아주고 톡톡 쳤다.

"갈게."

"또 봐요."

"정말 전화하지 마?"

"네, 하지 마요. 작심삼초인 여자, 매력 없잖아요."

"그렇지만, 이런 땐 작심삼초가 매력 있는데?"

"아니에요. 한 번 주장한 게 있으면 끝을 봐야죠. 흐지부지해 버릇하다 보면 끝도 없어요. 절 이상한 애로 만들지 마세요. 강한 애로 키워달라고요."

"그래, 알았다. 들어가, 이젠⋯⋯."

작별 인사를 한 이찬이 잰걸음으로 나가자 마당에 신 비서가 대기 중이었다.

"찾았습니다."

손창 회장 측근에게서 연락이 왔고, 그쪽 라인을 통해 찾아냈다
는 전갈이었다.

"어디야?"

"종로1가, 북창동 먹자골목 쪽에서 거래가 있을 예정이랍니다."

"바로 사람 보내. 인상착의 확인시키고."

"네, 사장님."

신 비서가 곧장 휴대폰으로 어딘가에 전화를 걸었고, 이찬은 그
사이에 차에 올랐다. 기사가 대기 중이었다. 신 비서가 차에 오르
자마자 검은 세단은 유유히 잎새의 집을 빠져나와 이동하기 시작
했다. 차창 밖에는 아직도 잎새의 열애에 관심 많은 파파라치 기
자들이 진을 치고 있었다. 곳곳에 스포츠 세단들이 세워져 있었
다.

이 마을은 지역 주민들조차 담벼락 쪽에 차를 주차하지 않는다.
공용 주차장이 아래쪽 입구 부분에 마련되어 있는데다 개인주택
단지기 때문에 개인전용 주차장이 있었다. 그런데 저런 식으로 불
법 주차하듯 세워놓은 차들이 있는 건, 잎새를 찍기 위한 기자들
의 차량일 가능성이 높았다. 당분간은 잎새와 만나는 걸 조심하는
편이 좋을지도 모르겠다.

한호준은 여전히 유명세가 대단했고, 그의 열애에 대한 관심은
뜨겁다. 무엇보다 상대가 시각장애인 조각가라는 타이틀 때문에
세간의 시선은 이 사랑이 이루어질지 이루어지지 않을지를 두고

내기라도 하는 분위기였다.

"한호준 씨는 어떻게 지내는지 알고 있나?"

"네, 사장님께서 예의주시하라는 명을 내리셔서 계속 주시하고 있는데……. 몇 달 전부터 크랭크인하기로 했던 영화가 갑자기 제작자 측에서 자금을 대지 않겠다고 하는 바람에 엎어져 버렸다고 합니다."

슬슬 표희연의 압박과 복수가 시작되는 건가? 표희연이 그냥 넘어갈 리 없다 생각했는데, 역시나였다. 아마 짧게는 몇 달, 길게는 몇 년간 한호준은 작품 활동을 하기 어려울지도 모른다. 스폰서가 크면 클수록 되돌아오는 부작용도 만만찮았다. 한호준 역시 그 사실을 매우 잘 인지하고 있었으리라. 알면서도 그 자리에서는 양심선언을 했던 것이고.

"표희연은 어떤가?"

"집 안에서 옴짝달싹하지 않고 있습니다. 회사도 쉬는 걸로 되어 있구요."

움직임이 없다라……. 어쩨 더 높이뛰기 위해 몸을 낮추고 적기를 노리는 것처럼 보여 소름이 끼쳤지만, 어쨌든 당장은 충격 때문에 미동도 할 수 없는 듯이 보였다.

"계속 지켜보고 특이 사안이 있으면 보고하고."

"네, 사장님."

이찬은 관자놀이를 어루만지며 고심했다. 부친이 이 급작스러운 이혼과 난데없는 약혼 파경을 두고 의문을 제기하면 어쩌나 조바심이 났다. 부친 입장에서는 계모의 행동에 대한 배신감으로 주변이 똑바로 보이지 않을지도 모른다. 계속 그래 주기를 바랐다. 이것저것 따지기 시작하다 어느 순간 그 끝자락에 이런 암막이 있었다는 사실을 알면 부친은 가차 없이 그를 목 졸라 죽이려 할지 모른다.

'일단은 이혼에 대한 위로 정도는 하러 들러야겠지? 나를 끔찍하게 혐오해도…….'

자식으로서의 표면적인 도리는 하고 살기로 했다. 누나의 눈을 그리 만든 죗값은 이미 자기가 자신을 물어뜯어 가며 충분히 하고 있었기에 굳이 부친까지 보태지 않았더라면 더 좋았을 것을, 그리 생각도 했던 적이 있었다. 하지만 부친은 이나에게 워낙 기대가 컸고 장차 아들이 아닌 딸에게 회사를 물려주겠다고 공언하던 바가 있었기에 더더욱 실망이 컸을지 모른다. 그의 눈이 못마땅하다는 듯 가늘게 좁혀졌다.

'그런데 이 여자, 정말 전화를 안 할 생각인가?'

어디 얼마나 안 하나 두고 보자. 그는 한쪽 입술 끝을 천천히 올렸다.

점심식사를 하고 앉아 있자니 자꾸만 꾸벅꾸벅 고개가 떨어졌다. 졸음이 몰려들었다.

"잎새야!"

잎새가 길게 하품을 하다가 고개를 돌렸다.

"이모?"

"한호준 씨 왔다."

긴장감 없이 흐트러져 있던 잎새의 얼굴에 긴장감이 감돌았다.

"오랜만이야, 정잎새 씨."

이젠 듣지 않았으면 싶은 음성이 들려와 잎새를 얼렸다. 잎새가 굳은 표정으로 상희에게 말했다.

"이모, 잠깐만 자리 비워줘요."

"어, 그래."

문 닫히는 소리가 들리고, 호준이 의자를 끌어다 그녀의 곁으로 다가오는 소리가 들렸다. 이 방은 텅 빈 방 정중앙에 덩그러니 작업대와 의자만 놓여 있을 뿐이었다. 벽면으로는 그녀의 작품들이 옹기종기 서 있었다.

"뭐 하고 지냈어?"

"평소와 다를 바 없이……."

"난 며칠 잎새 씨 안 보니까 궁금하더라. 전화가 하고 싶고 그리던데……. 잎새 씨는 내 생각이 전혀 안 들었나 봐?"

잎새는 쓰게 조소하면서 건조하게 말했다.

"이 스캔들이 언제 종료되는지만 기다리는 중이었어요."

"이찬 씨하고는 진전이 있고?"

대답하지 않았다. 호준이 착잡한 시선으로 잎새를 바라봤다. 푸른 남방을 입고 블랙 숏팬츠에 조리 슬리퍼, 머리카락은 대충 성의 없이 한데 모아 묶어 고정시켰다. 얼굴은 늘 그렇듯 지적이고 세련된 모습 그 자체였다. 대답도 안 하고 감정을 누른 채 한곳만 바라보는 무뚝뚝하고 무심한 얼굴도 크게 달라지진 않았다. 친구가 되고 싶었다. 호준이 안타까운 눈빛으로 잎새를 바라봤다.

"내가 많이 불편한가 보구나?"

"……진솔하게 대해줬더라면 저도 이렇게까지 하지 않았을 거예요. 하지만 당신은 다른 여자를 안으면서 제게 사랑을 운운했어요. 달콤한 속임수라는 걸 알면서도 한 번씩은 설레기도 한 제가 수치스럽고 바보 같아요. 당신을 보면 그 감정이 자꾸만 떠올라 선뜩해져요."

"난 마지막에 용기를 내서 말했잖아. 그 덕분에 지금은 표희연 쪽에서 대대적인 공세를 퍼붓고 있고. 난 나름의 보복을 당하고 있기에 죗값을 치르고 있다고 생각했는데, 아닌가? 잎새 씨에게도 치러야 할 몫이 남은 모양이군."

"……앞으로 어떻게 할 건가요?"

"스캔들은 내가 말한 대로 3개월을 채워야 할 거야. 100일도 안 돼 결별했다는 보도가 나가면 내게 좀 치명적이거든. 이런 이기적인 부탁을 해서 정말 미안하다. 하지만 워낙 이미지로 먹고사는 업을 천직으로 삼고 있으니, 잎새 씨가 이해해 주길 바랄게. 이런 부탁 말고도 진심으로 사과하고 싶어서 왔다. 내가 잎새 씨에게 큰 상처를 안긴 것 같아서. 어떤 식이든 잎새 씨를 그런 식으로 이용해서는 안 되는 거였는데……."

"표희연 씨는 대체 왜 절 지목한 거죠? 이찬 씨와 전 아무런 관계도 아니었는데……."

"불길한 징조를 예감한 거겠지."

"징조요?"

"응, 희연인 꽤나 오랫동안 이찬 씨를 좋아했어. 평생을 바친 사랑이라 해도 과언이 아닐 그런 사랑이었지. 하지만 이찬 씨는 계속 그런 희연 씨를 거부했지. 그런 와중에 이찬 씨가 잎새 씨와 관련된 자료들을 수집하고 수시로 감상하는 걸 봤대."

"네?"

이게 다 무슨 소린가? 이찬이 뭘 했다고?

"프랑스 유학 시절에 이찬 씨가 당신과 관련된 발레 자료들을 수집하고 덕후들이나 할 법한 짓을 한 모양이야. 매일 잎새 씨의 비디오를 틀어놓고 와인을 마시며 잠을 청했다고 하더군. 물론 의식적으로 한 건 아닌 것 같대. 무의식중에 잎새 씨에 대한 것들을 수집한 거라고 하더군. 자기가 가르친 학생 어쩌고 하면서 별 의미 없이 말은 했다는데, 희연인 그가 잎새 씨의 자료를 수집하고 최근 정보를 모으는 모습을 보고 불안했던 모양이야. 자신도 모르게 누군가를 집요하게 찾고 있다는 사실이 더 끔찍했던 거지."

"그래서 절 타깃으로?"

"응, 어떤 식으로든 이찬 씨는 당신에게 관심을 드러내 보일 거라고……. 그래서 나를 투입한 거고."

"하, 말도 안 돼. 이찬 씨는 제게 관심도 없었어요."

"아주 없지는 않았을 거야. 불가항력적으로 상대에게 이끌리는 사람도 있어. 자신도 의식하지 못하는 새에 최면에 걸린 듯……. 그런 시간이 지나고 상대가 자신에게 완벽하게 익숙해진 뒤에 뒤늦게 감정을 깨닫는 사람들도 있지. 아마 성이찬 씨가 그런 타입인 것 같고……."

잎새는 고개를 저으며 실소했다. 그건 그저 한 인생이 불완전해서 안타까워 연민하는 마음에 그랬던 것일 뿐이다. 어떤 이성적인 감정에서 비롯되었던 행동들은 분명 아니었을 것이다. 문득 잎새는 이찬이 자신을 조각했던 사실을 떠올렸다. 자신을 떠난 후, 2년 뒤쯤에 이찬은 그녀를 조각해 입상까지 한 전적이 있지 않던가. 그때만 해도 잎새는 이찬이 자신에게 희망을 심어주기 위해 그런 일을 했다고만 생각했었다.

"정말 까마득하게 몰랐어요."

"잎새 씨도 이찬 씨에게 끌리고 있지 않아?"

잎새는 입술을 다물었다. 절대로 발설해서는 안 될 감정이었다.

"저기, 나…… 잎새 씨랑 계속 연락하고 지내고 싶은데 안 될까? 내가 다 잃어도 좋으니 잎새 씨만은 곁에 있게 해달라고 빌었거든."

"왜요?"

"내 속내를 터놓을 사람이 없더라. 그런데 잎새 씨랑은 대화가 가능해. 내 얘기를 가만히 들어줄 것 같거든. 뾰족한 말도 하지 않고, 불퉁대지도 않고, 내 말을 자르고 자기 하고 싶은 얘기만 하지도 않을 것 같거든."

호준이 지그시 잎새를 바라봤다. 정말 많이 그리웠다. 자신이 무슨 짓을 하는지도 모르고 내지른 말로 인해 엄청난 타격을 받긴 했다. 소속사 대표도 그에게 미친놈이라고 했다. 표희연 대신 뭘 얻자고 그런 멍청한 짓을 했느냐고 언성을 높였다. 적어도 잎새는 솔직했고, 그의 마음을 쓸어줄 수 있는 사람이었다. 진심이 뭔지 알 것 같은 진지한 사람이어서 좋았다. 그가 가만히 잎새를 바라보자, 잎새가 천천히 고개를 돌려 모래사장 위에 흐릿하게 그린 얇은 선 같은 미소를 지어 보였다. 금세 파도에 쓸려 지워져 버린 듯 사라졌지만.

"폰 친구는 해줄게요. 하지만 이렇게 찾아오는 건 하지 말아주세요. 사람들 시선이 전 별로 달갑지가 않거든요."

"진짜?"

"네, 저 같은 사람에게 조언을 구하고 싶다면, 얼마든지……."

"나 같은 놈을 받아줘서 고맙기만 한데, 이제야 숨통이 트인다. 얼마나 조바심 내면서 혼자 끙끙 앓았는지 몰라."

잎새가 콧방울을 검지손가락으로 톡톡 치면서 입술을 살짝 삐죽거렸다.

"하나만 물을게요. 표희연 씨, 어떤 사람이에요?"

"뭐라고 표현을 해야 할까? 내가 2년간 만난 표희연에 대해 다 얘기해 줄까?"

잎새가 확장된 동공이었지만, 반짝거리는 윤기 서린 눈빛으로 그를 바라봤다. 흥미를 보였다. 호준은 기뻐서 날아갈 것만 같았다. 자신이 잎새에게 어떤 식으로든 가치 있는 인간이라는 사실이 너무 좋아서.

결국 경찰청 문화재전담팀이 움직이기 시작했다. 박파형이 생각보다 일을 크게 키운 탓이었다. 한 군데만 상대로 물건을 파는 게 아닌 여러 업체들을 대상으로 가격 흥정을 하며 거래를 튼 탓에 수습해야 할 곳이 우후죽순으로 늘어나면서 감당이 어렵게 되었다. 그리고 박파형의 신변 역시 확보되지 않은 상태였다. 일을 키우는 파형은 아무래도 절도혐의로 구속될 듯 보였다. 곧장 상희에게 전화를 했고, 그녀는 음울하게 가라앉은 음성으로 말했다.

[그 사람이 자처한 일이니까요. 죗값은 치러야겠지요. 이젠……더는 그를 용서하고 싶지 않아요. 두렵다는 이유로 계속 모든 상황을 피하기만 했는데, 부딪쳐 볼래요. 고마워요. 그 사람이 감옥살이를 하든 말든 이혼은 계속 요구할 거예요.]

"박파형 씨 입장은 돈을 주기 전에는 절대 이혼해 주지 않겠다는 것 같던데, 괜찮으십니까?"

[소송이라도 불사해야죠. 그런데 그 사람이 절 위해 대체 뭘 한 게 있어서 돈을 요구해요? 살면서 그 남자 한 번도 제대로 된 수입을 제게 준 적이 없어요. 이 부분에 대해 잎새의 전담 변호사와 대화를 나누었고 변호사 측에서는 한 푼도 줄 필요가 없다고 하셨어요. 이혼 사유 또한 이길 공산이 크니까 부딪치라 하시고요. 걱정하지 않으셔도 될 것 같아요. 이찬 씨가 걱정하는 건 잎새죠?]

이찬이 멋쩍게 웃으며 대답을 하지 않자, 상희가 말을 이었다.

[잎새, 제가 잘 보살필 거예요. 이젠 나로 인해 또 다른 상처를 만드는 일 없도록 잘 보살필 거예요. 이찬 씨가 있어줘서 많은 도움이 돼요. 고마워요. 다른 사람들에게는 터놓지 못하는 고민을 이찬 씨에게는 하게 되는 걸 보면 내가 많이 의지하나 봐요. 그것

도 좀 미안하네요. 한참 어른이 못나게 이찬 씨한테 의지를 하고……. 아무 상관도 없는 사람이 이래서 귀찮죠?]

"아닙니다. 왜 그렇게 말씀하세요. 잎새나 이모님이나 오래 알아왔고, 저 역시 어떤 책임감을 느끼고 있습니다. 왜 이런 감정을 느끼는지 모르겠지만, 진심입니다. 마음 없이 관심을 갖고 있다고 말로만 하는 사람은 아닙니다."

[알죠. 알아요.]

상희가 흐뭇하게 웃으며 대답하더니 고맙다며 나중에 맛난 음식 대접하겠다고 했다. 통화를 끝낸 후 이찬은 괜히 계면쩍어서 몇 번이나 턱을 문질렀다. 무안해지고 부끄럽고 괜히 그랬다. 상희에게 놀림을 받은 듯한 기분이어서. 잎새와 그렇고 그런 관계인 걸 다 아는데 뭘 그렇게 빼냐고 한마디 들은 기분이었다. 이찬은 바로 잎새에게 문자를 보냈다.

「연락하지 말랬는데, 내가 손이 간지러워서 보낸다. 이모부 사건은 가닥이 잡힐 것 같고. 난 너랑 통화를 안 하니까, 이상하게 먹어야 하는 약 하나를 빼먹은 기분이야. 넌 아무렇지도 않은 거겠지?」

「연락하지 말랬는데, 해줘서 고맙구요. 저도 지금 막 이찬 씨를 생각하던 참이었는데 우리 텔레파시가 통한 모양이에요. 후후. 이모부 사건은 신경 안 쓰려고요. 제가 나설 수 있는 부분이 아니니까. 이찬 씨가 알아서 해주니까 든든해서 좋아요. 참, 저 호준 씨랑 폰 친구 먹기로 했어요.」

이찬의 미간이 확 구겨졌다. 뭘 먹어?

「그딴 걸 왜 해? 당장 절교하자고 해야 맞지. 널 이용한 인간이잖아.」

「미안하다고 사과까지 했고, 마음을 담아 친구가 되고 싶다고 말하는데 어떻게 모질게 잘라내요. 차마 그럴 수는 없더라고요. 그런데 웃기네? 왜 이찬 씨가 제 대인관계까지 간섭하는 건데요? 저 은근 남자친구 많거든요!」

슬슬 통화버튼을 누르게 만드는 분노가 마음 안에 들끓었다. 잎새에게 남자친구가 많던 말던 그가 상관할 바는 아니었다. 잎새가 누구보다 보수적이며 사람과 돈독해지는 데 오랜 시간이 걸리는 사람이라는 걸 잘 알기에 믿음이 가긴 하지만, 알 수 없는 불안감이 심장 안에서 너울쳤다.

「네가 아는 남자 숫자가 내가 아는 여자 숫자보다 많을까?」

틱 보내놓고 그는 급후회했다. 이런 유치찬란한 멘트를 적어 여자에게 보내는 날이 올 줄은 몰랐기에 손가락을 오독오독 뜯어 먹고 싶어졌다.

「헐, 자랑이야, 뭐야? 되게 웃기네. 그럼 그 여자들 중에 하나 만나던지!」

대놓고 싸움을 하자고 덤볐다. 잎새의 말에 이찬이 도저히 참지 못하고 휴대폰 통화버튼을 눌렀다.

[……왜요!]

탄산처럼 톡 쏘는 한마디에 이찬이 씩 웃었다.

"지금 나한테 짜증 내는 거야? 내가 인기가 많다는 소리에?"

[아니, 그냥 잘난 척이 좀 과한 게 아닌가 싶어서요. 그런 사람은 좀 별루…….]

"잘난 척이 아니라 사실을 말하는 거야."

말꼬리 잡고 변명까지 하는 대화가 가능할 줄이야. 이런 중딩이나 할 법한 대화를 잎새와 자신이 나누고 있음에 경악하면서도 어째 멈출 수가 없었다. 묘한 긴장감과 팽팽한 신경전이 녹아들어 있기 때문이었다.

[네, 네, 어련하시겠어요. 쓸데없는 자랑질 들어줄 시간 없으니까, 끊으시죠?]

빈정대는 말투에서 가시가 툭툭 터져 나와 그의 성질을 콕콕 찔렀다.

"내가 여자 많다는 게 왜 문제인데?"

[그럼 제가 남자 많다는 게 왜 문제인데요?]

"내가 널 독점하고 싶으니까. 그런데 넌 날 독점하고 싶어 하지 않잖아!"

잠시 답이 없었다. 직구로 머리를 맞은 사람처럼 멍한 듯했다.

"왜 대답을 안 해?"

[저도 사람이라 독점하고 싶거든요! 뭐, 그걸 꼭 말로 해야 아나? 끊어요!]

뭐라 대답을 하려는데 통화가 끝났다. 잎새의 마지막 말에 그의 한쪽 볼이 씰룩거렸다. 웃음이 터져 나오기 직전이었다. 잎새가 마음을 잘 표현하지 않아 매 순간 잎새가 자신에 대해 대체 어떤 생각을 갖고 있는지 궁금하던 차였는데, 갑자기 고백이라도 들은 기분이 들어 심장이 격렬하게 파동했다.

'아유, 귀여워!'

이찬이 빙그레 웃으며 휴대폰을 데스크에 내려놓고 모니터를 응시했다. 잎새의 무뚝뚝한 얼굴이 눈앞에 아른거렸다. 아, 당장 달려가서 잎새가 어떤 표정으로 앉아 있는지 미치도록 보고 싶었다. 그런 그녀를 등 뒤에서 꽉 끌어안고 볼을 문대고 싶었지만, 단호하게 오지 말라고 했으니 목소리를 들은 것에 감사해야 했다.

삐, 키폰이 소리를 내며 울었다. 신 비서의 목소리가 들려왔다.

[회장님께서 앓아누우셨다는 연락입니다.]

"아버지가 왜?"

[이혼서류 보내고 식음을 전폐하시더니 몸살이 나셨습니다.]

"알았어. 작업 끝내고 본가에 들르도록 하지."

이찬은 퇴근을 하자마자 곧장 본가로 향했다. 당도하자마자 잰걸음으로 마당을 가로질러 현관에 들어서자 공 비서가 대기하고 있었다.

"많이 편찮으십니까?"

"네, 열이 떨어지질 않아 주치의가 애를 먹고 있습니다. 아무래도 이따 상황 봐서 병원으로 옮겨야 할지도 모르겠다고……."

이찬이 부친의 침실 문을 열고 안으로 들어갔다. 주치의와 간호사가 대기하고 있다가 이찬을 보고 인사를 했다. 주치의와 부친의 몸 상태에 대한 대화를 간단하게 나누고 부친의 곁으로 다가갔다.

"아버지."

성 회장이 천천히 눈을 뜨고 이찬을 바라봤다가 보기 싫다는 듯 고개를 돌리고 눈을 감았다. 15년이나 곁을 지키던 아내가 갑자기 사라졌다. 부친은 진심으로 유해숙을 아내로 받아들이고 마음을 준 모양이었다, 이렇게 앓아눕기까지 한 걸 보면.

"뭐 하러 와."

"아버지가 아프다는데 자식이 어떻게 안 옵니까?"

"괜찮아. 그냥 화가 나서 그래. 15년이나 그 여자 속도 모르고 이용당했다는 사실에 화가 치밀어서 이런다. 네놈이 속으로 아주 고소해하고 있다는 것도 잘 아니까, 굳이 그 면상 들이밀지 않아도 된다."

"무슨 말씀을 그렇게 하십니까?"

"정말 그렇지 않느냐? 네놈은 애초에 해숙이를 마음에 들어 하지 않았잖느냐! 네 누나도 그렇고."

노크 소리가 들리더니 이나가 안으로 들어왔다.

"아, 누나."

이나가 접이식 지팡이로 더듬거리며 이찬의 곁으로 왔다. 공 비서가 의자를 이나의 뒤에 두고 앉도록 돕자, 이나는 걱정스러운 얼굴로 이찬을 바라보며 물었다.

"이찬아, 아버지 안색이 어떠니?"

"지금 나한테 모진 소리를 하시는 거 보니까 많이 아프진 않으신 것 같아."

"애도 참, 말을 저렇게 못되게 하네. 아버지, 괜찮으세요?"

이나는 속이 탔다. 부친이 아프다고 하는데, 정작 안색도 상태도 확인할 길이 없으니 얼마나 아픈지도 알 수가 없었다. 그저 누가 이만큼 아프다 말해주면 그걸로 알았다고 하는 것 외에는 할 수가 없었고, 그런 사실이 속상했다.

"저기, 사장님, 잠시……."

공 비서가 이찬에게 눈짓을 했다. 이찬이 공 비서와 같이 복도로 나오자 그가 심각한 얼굴로 말했다.

"표희연 씨가 내일 직접 찾아오겠다고 연락을 해왔습니다."

"직접?"

"네, 왜 찾아오는지 알 수 있느냐, 회장님께서 편찮으시다고 말하니 표희연 씨가 파혼에 대해 말해야 한다고 하던데요. 회장님과 표희연 씨를 직접 만나게 해도 괜찮을까요?"

"……좋은 방법은 아닌 것 같습니다만…… 희연의 집에서도 어떤 식으로든 제스처를 해야 할 테니, 희연이 직접 움직이겠다고 한 것 같습니다. 몇 시에 오겠다고 합니까?"

"8시쯤 오겠다고 했습니다."

"그쯤에 저도 오겠습니다."

"그래 주시겠습니까? 아무래도 불안해서 말입니다."

공 비서가 우려 섞인 눈빛으로 이찬을 바라봤다. 당장 오늘 밤 상태를 봐서 병이 중해지면 병원으로 옮길지 모른다. 병원으로 옮

긴다 해도 희연은 찾아와 자신의 임무를 다할 것이다. 그동안 집
안에 처박혀 자신의 마음을 정리한 듯 보이던데, 어떤 결론을 내
렸는지도 궁금했다. 별 말썽 없이 일이 마무리되기를 바랄 수밖
에.

가시 돋친 심장

"누구세요?"

[정잎새 씨, 나 표희연이에요.]

잎새가 굳은 표정으로 몸을 일으켰다.

"그런데 무슨 일로?"

[집 근처에 왔어요. 잠깐 볼 수 있을까요?]

잎새가 난처한 표정으로 허공을 응시하다가 고개를 끄덕거렸다.

"나갈게요."

[대문 앞에 차를 대기하고 있을게요.]

휴대폰이 끊기자마자 잎새는 얇은 카디건을 걸치고 방을 빠져나갔다. 복도에서 잎새를 부르는 소리가 들렸다.

"잎새야, 어디 가니?"

"이모, 나 잠깐 밖에 나갔다 올게. 주인이 뭐 줄 게 있나 봐."

능숙하게 거짓말을 했다. 희연을 만난다고 하면 걱정을 할 것 같아 상희에게는 사실을 고하지 않았다.

"그래? 조심해서 다녀와라."

잎새가 인사를 하는 둥 마는 둥 하고 마당을 가로질러 대문 앞에 서서 문을 열었다. 밖으로 나가자마자 짙은 향수 냄새가 맡아졌다.

"여기예요. 손을, 잡아야 하나요?"

"그래 줄래요?"

잎새가 손을 뻗자 가느다란 팔이 손에 닿았다. 잎새가 팔뚝을 쥐자, 희연이 그녀를 보조석으로 인도했다. 차에 태우자마자 희연이 운전을 시작했다.

"조용한 데로 가서 잠깐만 있죠."

희연은 잎새를 흘끗 보고 으슥한 밤길 어딘가에 차를 세웠다. 시동을 끈 희연이 차창을 조금 열었다. 밤바람이 풀 내를 실고 날아들어 왔다. 잎새는 손바닥으로 느껴지는 희연의 온기를 잠시나마 떠올려 봤다. 팔뚝을 잡았을 때 느껴졌던 감각이 아직 남아 있었다. 얼굴을 직접 본 사람은 아니지만, 이찬의 약혼녀라는 말에 오랫동안 뇌리에 각인된 대상이었다.

"약혼, 깨기로 했다는 얘기 혹시 들었어요?"

"……네."

"잎새 씨, 이찬 씨랑 하는 거 뭐예요?"

"그게 무슨……."

"지금 이찬 씨를 옆에 묶어두는 게 대체 뭐냐구요. 목적이 뭐예요? 아무리 연애 감정 어쩌고 해도 결국 사랑이라는 감정은 끝이 있게 마련이잖아요. 당신이 꿈꾸는 끝이 대체 뭐냐고요."

잎새는 가만히 허공을 정시하면서 입술을 꽉 다물었다. 먼 곳까지 볼 여유가 없었다. 지금 당장을 지키기에 급급했기에.

"전 다섯 살인가부터 이찬 씨를 좋아했던 것 같아요. 그건 신앙 같은 거였어요. 이찬 씨는 제게 꽤나 위력적인 영향력을 행사했죠. 제 인생 전체를 오직 하나 그만 보고 달리도록 만들었으니까. 추억이 많아요, 그와 전……. 그런데……."

상처를 주고 싶었다. 잎새라는 여자에게 희연은 깊고 독한 상처 하나를 남기고 싶었다. 천진난만한 얼굴로 상처 하나 없이 말간 눈동자로 이찬을 바라보며 그 마음을 흘렸을 거라 생각하니 미칠 것만 같았다. 죽어버려서 저들에게 지독한 죄책감을 남길까도 생각했지만 접었다. 어쩐지 자신에게 손해인 게임 같았다. 그럴 바에는 이 여자에게 가장 잔혹한 상처를 만들어 재기불능으로 만드는 것도 좋은 방법 같았다.

"잎새 씨가 제 모든 꿈을 부쉈죠. 사람의 꿈을 이런 식으로 생매장했다는 생각, 해봤어요?"

왜 이렇게 말하는 걸까? 잎새는 당혹감에 고개를 들어 목소리가 들리는 쪽을 응시했다. 그건 일방적으로 혼자 결정한 일이 아니라 이찬과 희연이 대립하다 내린 결론이었다.

"제가 원인을 제공했다면 미안한데, 이건 이찬 씨와 희연 씨 두

분의 문제 아닌가요? 둘의 관계가 단단했더라면 저라는 존재가 아무 영향도 끼치지 않았겠죠. 하지만 그게 아니었기 때문에 두 분의 관계가 끝난 거 아닌가요? 자세한 내막은 모르지만, 이렇게 막연히 모든 죄를 제게 돌리는 게 너무 억지스러운 건 아닌지……."

"억지스럽다고요? 그래요. 이찬 씨와 제 관계, 엄밀히 말하면 균열이 가는 단계에 있었던 건 사실이지만 이찬 씨는 지독하게 현실적이며 합리적인 남자예요. 집안에서 결혼을 추진하면 사업적 이득을 놓고 봤을 때 손해가 없는 쪽을 택할 사람이 그예요. 그런데 그 남자가 그 계산보다 우선시한 건 다른 거였어요."

"그게 전 아니었던 것 같은데요? 이찬 씨와 전 지금 이제 조금 서로를 알아가는 단계에 있어요. 열렬하게 사랑하지도 않는데, 이찬 씨가 저 때문에 그 모든 걸 버렸다는 건 비약 아닌가요?"

마음을 단단히 먹어야 했다. 지금 희연은 잎새를 향해 화풀이를 하기 위해 손에 둔기 하나를 들고 나타난 살인범 같은 심리이리라. 누구에게든 화풀이하지 않고서는 자신이 자신을 찍어 죽일 수밖에 없는 불안정한 상태. 굳이 누군가 하나를 지목해 그 사람에게 모든 죄를 실어 증오하고 싶은 단순명쾌한 심리. 그렇기에 잎새는 논리적으로 따져 말해주는 중이었다. 잎새 때문이 아니었다. 둘의 관계는 둘 사이의 어떤 문제로 인해 끝난 것이었다. 화를 표출할 대상을 막연히 잎새로 잡은 부분에 대해 꼬집어야만 했다.

"내가 이찬 씨 아이를 가졌을지도 모른다는 말, 기억해요?"

잎새는 입을 다물었다. 그 문제는 잎새나 이찬에게 있어서 핵폭탄급 발언이었다. 사실이건 아니건 희연은 지금 이찬과 자신이 적어도 얼마 전 섹스를 나눈 사이라는 부분에 중점을 맞추기 시작했다.

"……얼마 전 해외 출장 때 그와 잤어요. 당신은 이찬 씨가 당신을 좋아하기 때문에 그런 일은 일어나지 않을 거라 생각하고 안심했겠죠? 하지만 아니에요. 그는 그냥 남자예요. 분위기만 만들어지면 언제든 짐승으로 변하는 욕망에 눈먼 남자요."

심장에 한줄기 줄이 패었다. 깊은 상흔에서 핏물이 배어 나왔다.

"잎새 씨가 이찬 씨와 몇 차례 관계를 가졌다는 건 알고 있어요. 동정심이에요. 누나에 대한 죄책감이 빚어낸 연민이에요. 당신이 말한 대로 이찬 씨는 지금 뭔가를 착각하고 있어요. 사랑 같은 그런 감정이 아니라, 연민하는 감정 때문에 당신을 안은 거예요. 그러니 그런 것들에 큰 의미를 두지 말라고 말해주고 싶었어요. 당신은 그저 스쳐가는 여자 중 하나일지 모른다는 말을 해두고 싶었어요. 저랑도 해외 출장에서 관계를 가졌던 남자예요. 그는 그저 자신의 욕정을 해소할 만한 여자만 있으면 되는 거예요. 당신은 하필 그 순간에 이용당한 거구요."

그럴지도 모른다고 불안해했던 부분을 이찬이 아닌 다른 사람이 와서 '진짜'라고 사실화하고 있었다. 믿지 말아야지 하면서도 바보처럼 그 말에 지축이 흔들리고 있었다. 바닥이 푹 꺼지고, 그녀는 검은 어둠 속으로 빨려 들어가는 충격을 받았다.

"그는 사랑을 할 줄 몰라요. 그러니 육체적 관계와 연민 그리고 성적 이끌림 때문에 그걸 사랑인 양 착각하고 있는 것뿐이에요.

그 꿈이 깨지면 어떻게 되겠어요? 잎새 씨는 조만간 그에게 버림받을 거예요. 그나마 전 자존심이고 뭐고 다 던지고 그의 곁에 남아 있었어요. 하지만 당신은요? 다 버리고 그를 붙잡을 용기가 있나요? 차일 걸 뻔히 알면서?"

냉혹하게 고저 없이 말했다. 몇 날 며칠 동안 준비한 말들이었고 내뱉는 데는 아무런 문제가 없었다. 말을 뱉으면서 그녀는 자신이 뮌히하우젠 증후군(Munchhausensyn deome)에 걸린 사람처럼 그 모든 말들이 진실이라도 되는 양 착각하게 되었다. 그렇게 될 것이라고 강하게 믿고 싶었다. 이찬이 잎새를 냉혹하게 걷어차고 차라리 다른 여자에게 가버렸으면 좋겠다고, 그 편이 마음 편할 것 같다고 생각했다.

"저한테 무슨 말을 듣고 싶은 거죠?"

"무슨 말을 듣기보단 마음의 준비를 하라는 얘기를 해주고 싶었어요. 눈도 그런데, 남자한테까지 그런 식으로 좋지 않게 끝나는 건 너무 쓸쓸하잖아요. 가뜩이나 한호준한테 이용당한 일로 상처를 받았을 텐데, 또다시 그런 일이 생긴다면 못 견디게 될 것 같아 안타까워서 이렇게 찾아온 거예요."

갑자기 잎새가 킥킥 웃었다. 노골적인 비아냥이 느껴지는 그런 웃음소리에 등줄기로 소름이 쫙 끼쳤다.

"왜 웃죠?"

희연이 눈살을 찌푸리고 잎새를 바라봤다. 잎새가 금세 표정 없는 얼굴로 허공을 바라보며 초점 없는 눈동자로 말했다.

"당신이 애초에 그렇게 좋은 사람 같다고 생각했다면 저도 지금 당신의 말을 가슴 깊이 새길 거예요. 그런데 표희연 씨가 뿜어 내는 기세가 그리 선한 느낌이 아니었어요. 아주 오래전에 만난 당신의 느낌이 그래요. 보이진 않지만 상대가 악의를 가진 말을 하는지 선의로 하는지 정도는 분간할 줄 알아요. 당신은 어떻게든 저에게 상처를 주고 싶어서 찾아온 것 같은데, 사람 잘못 봤어요. 그런 말장난에 호락호락하게 넘어갈 사람, 아니에요. 이만 가보세요."

잎새가 차 문을 열고 내려섰다. 그러자 갑자기 머리 뒤에서 머리채가 확 젖혀지며 잎새의 몸이 뒤로 넘어갔다. 놀란 잎새가 악 하고 비명을 지르자 희연이 그대로 잎새를 좌우로 흔들더니 내동 댕이를 쳤다. 잎새의 몸이 곧바로 벽면에 부딪치며 바닥으로 나뒹 굴었다. 어깨가 깨질 것 같은 통증이 느껴졌다.

"으윽!"

"눈도 안 보이는 주제에 뭘 그리 다 안다는 듯이 잘난 듯 말해! 너 같은 걸 이찬 씨가 좋아할 리 없어. 뭔가 잘못된 거야. 단단히 잘못된 거라고! 성이찬을 가졌다고 그렇게 기세등등할 필요 없어. 절대로 너희들은 행복할 수 없어. 내가 행복하도록 가만둘 것 같 아? 매 순간 두려워해야 할 거야. 내가 정잎새, 네 주변을 맴돌며 저주를 퍼부을 거니까."

탕, 차 문 닫히는 소리와 함께 타이어가 바닥을 긁는 소리가 들 리더니 이내 소리는 깨끗하게 사라졌다.

잎새는 무심한 얼굴로 몸을 털고 일어나 가방 속에 손을 넣어 지팡이를 펼쳐 들었다. 누군가에게 전화를 걸어 도움을 청하려다 그만두었다. 걷고 싶었다. 나약해지고 싶지 않았다. 적어도 이 순간만큼은 표희연을 절대로 두려워하지 않는다는 사실을 그녀에게 보여주고 싶었다. 잎새는 단호한 표정으로 어딘지도 모를 곳을 하염없이 걸어나갔다. 바로 옆으로 차가 달려가는 소리가 들렸다. 좁은 이면도로 같았다. 손으로 좌측 벽면을 짚으며 앞으로 계속 나아갔다.

다른 어느 것보다 충격적인 건 이찬이 금세 다른 여자를 찾아 떠날지도 모른다는 것이었다. 듣고 보니 희연의 말이 아주 틀린 것도 아니었다. 그날은 그냥 듣고 넘겼다. 뭔가 있었다고 해도 이찬을 믿자고, 의심하지 말자고 마음먹고 입을 다물었지만 이젠 확실히 들어야만 했다. 왜 희연을 안았는지에 대해.

이찬의 부친은 결국 병원으로 이송되었다. 이유 없는 고열로 계속 고생하는 바람에 정밀검진을 하기 위해 입원 수속을 밟았고, 송원대학병원 VVIP병실로 이송되었다. 그렇게 밤새 성 회장의 고열과의 사투가 이어졌고 가까스로 열이 잡혔을 때가 오후 5시경이었다. 이찬은 회사의 급한 업무만 처리하고 그즈음 병원에 도착했다. 그리고 문을 열고 들어갔을 때 이나가 부친과 대화를 나누는 소리가 두런거리며 들려왔다.

"이찬이 결혼 문제요?"

"그래, 내가 이렇게 아프고 보니까 한시라도 빨리 손주를 안고 싶다는 마음이 강해지는구나. 이찬이 결혼을 이젠 서둘러야겠다. 네가 희연이에게 연락해서 상견례 날짜를 서둘러 잡자고 해라."

이나가 잠시 머뭇거렸다. 하필 이때라니. 잠시 후면 희연이 직접 찾아와 상황을 설명하고 적당히 파혼을 선언할 텐데, 하필 지금 저런 얘기를 하고 있다니. 이나가 난처해하는 것이 빤히 보이자 이찬은 안으로 들어가 부친의 곁으로 다가갔다.

"아버지, 그건 아버지 쾌차 후에 얘기를 꺼내도 될 문제예요."

"네놈이 미적거리니까 이러는 게 아니냐!"

이나가 흥분하는 부친의 손을 꽉 붙잡았다.

"아버지, 마음 편하게 잡수셔야 해요. 열이 다시 오르면 곤란하다고 했어요."

성 회장은 노여운 눈빛으로 이찬을 노려봤다. 자신의 결혼이 어처구니없게 불행으로 마무리를 지은 시점이라 이찬이라도 제대로 장가를 보내 한시라도 빨리 손주를 안고 싶어졌다. 다른 데 정신을 팔고 싶었다. 이렇게 망연히 있다가는 자신이 반미치광이가 되어 어느 순간 해숙에게 돌아와 달라고 사정이라도 하고 있을 것 같았다.

"당장 희연이 데리고 와, 당장! 다음 달에라도 날 잡아!"

이찬은 난처한 얼굴로 부친을 바라보다가 이나의 눈치를 살폈다. 다른 건 하나도 무섭지 않은데 그에게 이나는 통제선이었다. 그를 통제하는 버튼 같은 존재였다. 그가 달아오르면 이나가 가차 없이 버튼을 꺼서 그를 가라앉게 했다.

"누나, 잠깐 나와봐."

이찬이 이나를 끌고 밖으로 나갔다. 이나가 걱정스러운 눈빛으로 이찬 쪽을 응시했다.

"이찬아, 지금 당장 아버지께 파혼에 대해 알리는 건 무리야."

"누나, 지금 아니면 대체 언제 하는데? 이대로 차일피일 미룰 수도 없어. 그 여자, 지금 내 아일 가졌다고 나를 협박하고 있어."

"뭐?"

"그 여자, 어떤 여자인지 누나는 모를 거야. 추악하고 저열해. 더는 상대하고 싶지 않아. 아버지 때문에 억지로 그런 여자와 엮일 마음은 없어. 누나도 나를 지지해 주었으면 좋겠어. 아버지를 이길 생각은 아니야. 적당히 타협을 하고 싶다는 것뿐이야. 난 당장 결혼에 흥미 없어. 결혼을 하기엔 이른 편이고."

"하지만 아버지께서 저리 심란해하시는데 네가 좀 돕는다면…… 이찬아!"

이찬이 불길한 얼굴로 그를 바라보는 이나를 가만히 바라봤다.

"너, 혹시 다른 사람 마음에 두고 있는 거 아니니?"

이찬은 대답하지 않았다. 이나는 불길한 예감이 맞다는 듯 얼굴을 일그러트리며 먹먹한 눈빛으로 이찬을 바라봤다.

"잎새 씨구나……."

"……지금 꼭 뭘 어쩔 생각은 없어."

"맙소사!"

이나가 양손으로 입을 막으며 눈을 휘둥그렇게 떴다. 시각장애인이 자기 하나인 것도 부친은 벅차하고 있었다. 그런 상황에서 며느리까지 시각장애인이라는 말을 전하면 부친은 뭐라고 할까?

성급하고 가부장적이며 권위적이다. 자신의 이윤에 조금이라도 해를 끼치는 자는 무조건 적으로 간주하는 흑백논리가 명확한 사람이었다. 그런 부친이 이찬을 어떤 시선으로 볼지 안 봐도 뻔했다. 그녀의 눈을 이렇게 만들었다는 이유로 평생 동안 이찬을 원수 보듯 봐온 부친이었다. 그런 그가 시각장애인 여자를 집으로 데리고 와 사랑 운운이라도 하게 된다면 어떤 사태가 벌어질지 안 봐도 명료했다.

"이찬아, ……아버지한테 넌 죽을지도 몰라."

극단적인 말이었지만, 분명 그와 똑같은 일이 벌어질 것이다. 집안에서 제명당한다던지 하는 식으로 이 땅엔 발도 못 붙이게 할지도 모를 일이었다. 부친은 이찬을 평생 보지 않겠다 단언하면 정말 그리 할 사람이었다. 냉정하기 짝이 없는 완벽한 사업가였다.

"누나, 그건 나중 가서 고민하자. 난 지금 당장 표희연을 내게서 떼어내야만 돼."

이나가 눈물이 그렁거리는 얼굴로 이찬을 와락 끌어안았다. 작은 키의 이나가 그를 끌어안자 중학생 아이가 끌어안은 것처럼 됐다. 이찬이 이나를 서글픈 눈빛으로 바라봤다. 앞으로 부친에게 얼마나 가혹한 대접을 받게 될지 미리 예견한 그녀는 눈물을 쏟으며 그를 토닥여 주었다.

"누나, 정말 난 괜찮아."

"불쌍해서 그래. 너도, 그 아이도……."

이나가 천천히 몸을 떼어내더니 이찬의 등을 밀었다.

"여기 있을게. 네가 말씀드려."

이찬이 룸으로 들어가 문을 닫고 부친의 앞에 섰다.

"아버지, 드릴 말씀이 있습니다."

상희가 잎새를 차에 태우고 운전해서 경찰서로 향했다.

"정말 이모부가 잡혔대요?"

"응, 경찰서에 있대."

30분 전에 경찰서에서 전화가 왔다. 상희는 잎새에게 옷을 갈아
입도록 하고 이혼서류까지 준비해서 경찰서로 향하는 중이었다.

"이모, 이모부를 어떻게 해야 좋을까?"

"용서할 거 없어. 무조건 잡아넣어."

"하지만 이모부인데, 가족끼리 그러는 건 좀 그래 보이지 않을
까?"

법에 친족상도례(親族相盜例)나 친고죄 등의 예외 규정이 있기
때문에 아무리 잡아넣고 싶어도 건드리지 못하는 경우도 있었다.

"그래 보이건 말건 해. 안 그럼 우린 영원히 그 원수랑 뒤엉켜
지옥 같은 삶을 살아야 할지도 몰라. 나 때문에 너까지 그런 삶을
살게 할 수는 없잖아. 평생 경호원들을 곁에 끼고 살 수도 없는 문
제고."

하지만 잎새는 걱정이 되었다. 여기서 합의를 해주지 않았다는
이유로 감옥에 갔다는 사실에 분노해 보복이라도 하겠다고 나서

면 어쩐단 말인가! 가뜩이나 악과 독밖에 남지 않은 사람이었다. 잎새는 일단 변호사에게 연락을 해두기로 했다.

"다 왔다."

상희가 먼저 내려 잎새를 도왔다. 잎새가 지팡이를 펴고 상희의 안내를 받으며 경찰서로 들어갔다. 출동이라도 했는지 경찰서는 의외로 고요했다. 담당 경찰이 다가오더니 인사를 건네고 수감되어 있는 파형 앞으로 둘을 데리고 갔다. 파형이 상희를 보더니 허둥지둥거리며 어쩔 줄을 몰라 했다. 상희가 눈을 부릅뜨고 증오 서린 목소리로 낮게 내뱉었다.

"대체 무슨 생각으로 그런 짓을 한 거야?"

"부산으로 날 보낸 게 누구야!"

잎새는 이런 와중에도 미안하다, 잘못했다 대신 원망하듯 소리부터 높이는 파형의 작태에 혀를 내둘렀다. 파형은 금세 기고만장해져서 고래고래 고함을 쳐댔다.

"내가 가만있을 것 같아? 이혼? 어림도 없어! 안 해줘!"

"우린 수단과 방법을 가리지 않고 당신을 여기에 넣어버릴 거야. 당신이 훔쳐낸 것들의 몸값이 얼마인지 궁금하지 않아? 뭘 건드린 줄 알고나 이래?"

"여기 넣어두기만 해봐. 날 꺼내줘야 할 거야."

"차라리 찾아와 날 죽여. 당신, 아직 빚 탕감도 못하지 않았어? 아마 당신 잡으려고 부산에서 깡패들이 몰려오는 중일지도 모르지. 나는 당신이 여기 곱게 갇혀 있다고 말해주려고. 걔들에게 당해봐. 도망친 대가를 치러야 할 거야."

갑자기 파형이 겁에 잔뜩 질린 얼굴로 상희의 옷자락을 힘껏 움켜쥐었다.

"그게 무슨 소리야! 깡패 놈들이 당신을 찾아왔었다고? 날 죽인대?"

"당연한 소리 아니야? 그들에게 돈을 주기로 해놓고 당신은 지금 서울에 있잖아. 그걸 그들이 받아들일 줄 알았어? 아마 살려두려 하지 않을 거야. 나오게 해줄게. 차라리 나와서 그들 손에 죽는 편이 더 나을지도 모르겠다. 꺼내줄게, 지금 당장에라도."

상희가 노골적으로 혐오감을 담아 조롱하듯 말하는데도 파형은 이미 공포에 질려 눈을 불안하게 좌우로 오락가락했다.

"아, 안 나가!"

"그러려면 당장 이혼 도장 찍어."

"뭐?"

"나오지 않겠다며. 이혼을 해야 당신이 여기 있는 게 가능하대. 이혼해. 그럼 간단히 해결돼."

협의이혼을 한다고 해도 한 달의 숙려 기간, 그리고 세 번의 협의이혼 의사 확인이 필요했다. 짧게는 두 달이 소요된다. 하지만 남편 측에 죄가 있는 경우엔 날짜를 앞당길 수도 있다고 들었다. 상희는 이혼서류를 그에게 건넸다. 그는 가만히 서류를 받아 들고 회한 어린 시선으로 상희를 바라봤다.

"당신이 돈을 해주면 나는 쫓길 일도 없었고, 그 물건들을 건드릴 일도 없었을 거야."

"한두 번이었어야지. 몇 번이야? 당신 손이 한 짓을 봐. 한 번만 하겠다고 하고 집을 나가 사고 친 게 몇 번인지 떠올려 봐. 적어도 그 부분에 대해 돌려달라고 하지 않는 점에 대해 감사한 마음을 품었으면 좋겠어. 더 주지 않는다고 우리만 원망할 게 아니라. 조만간 법정에서 봐."

상희는 가차 없이 몸을 돌렸다. 잎새는 경찰에게 사라졌던 고미술품들 전부를 되찾았다는 말과 함께 내일 중으로 품목을 확인한 뒤 집으로 반환하겠다고 했다. 그리고 문화재청 담당자가 잎새를 찾아와 부친의 유산을 나라에 기증할 의사가 없느냐 설득했다. 잎새는 한참 동안 망설이다가 담당자에게 말했다.

"부친께서 유언으로 전시회를 언급하셨어요. 그 고미술품들을 꺼내 전시회를 한 번 열 테니 기다려 주시겠어요? 무사히 돌아와 기쁜 마음도 있지만, 이런 고가의 작품들이 제집에 있다는 사실이 알려졌다는 게 사실은 좀 두려워요. 부친의 유지만 받들면, 다시 연락을 드리겠습니다."

잎새의 말에 담당자가 반색하며 허리를 구십 도로 굽혀 굽실거렸다고 상희가 보고 말했다. 집으로 돌아오는 길이 갈 때보다는 조금 가벼워진 기분이었다. 변호사가 이모부를 만나 이혼합의 과정에 대해 설명하고 서류를 받아오겠다고 했다. 바로 법원에 제출하면 이혼은 착착 진행될 것이다. 이젠 한시름 놓았구나 싶었지만, 잎새의 마음 한구석엔 시커먼 먹구름이 몰려들고 있었다.

"당장 나가! 미친놈! 뭐라고! 네놈 맘대로 되는 게 있을 것 같으냐! 사라져! 고얀 놈!"

방문이 닫히도록 성 회장의 노성은 오래도록 이어졌다. 아프다던 사람이 대체 어디서 저런 기운이 나는 건지. 이찬이 씁쓸한 눈빛으로 이나를 바라봤다. 이나가 눈가를 닦아내며 이찬의 어깨를 토닥거렸다.

"희연 씨가 오면 이유가 명백해질 테니까, 아버지도 너를 이해할 거야."

"희연이가 와도 자신의 치명적인 문제점을 까발리진 않을 거야. 그래서 여기 내가 온 것이기도 하고."

"공 비서에게 여기 있으라 하고 너랑 나는 아래 카페에 가 있자. 지금 아버지 곁에 가는 건 다시 뇌관을 건드리는 것과 같을 테니까."

이나가 이찬의 팔에 팔을 끼우더니 끌어당겼다. 이찬은 누나의 손을 지그시 잡았다.

"누나, ……나한테 많은 힘이 되는 거 알아?"

"응?"

"내가 엇나갈 수 없도록 붙드는 사람이 누군지 알아? 누나야. 뭘 할 때마다 나는 늘 '누나'라는 제동을 걸어. 물론 그것이 좋은 영향을 끼칠 때도 있고, 옳지 않은 영향일 때도 있지만 적어도 아버지에 대해서만큼은 누나라는 제동장치가 좋은 역할을 해주고 있어. 누나가 없었더라면 어땠을까 싶어."

이나는 이찬에게 모친 대신인 존재였다. 마음을 의지하는 사람이자, 그에겐 따스한 이불 같은 존재였다. 이나가 예쁜 미소를 가득 담고 그를 바라봤다. 가슴이 쿡 찔려오듯 아팠다. 저 아름다운 미소에 빛을 잃은 눈동자가 가슴 아렸다. 눈동자에 빛살을 머금고 있다면 훨씬 더 가치 있는 미소가 되었을 텐데. 그가 빛을 빼앗았다. 이찬은 이나의 손을 더욱 억세게 쥐었다. 평생의 한이자 아픔인 사람이었다. 그는 이나의 손을 들어올려 손등에 입을 맞췄다.

"누나, 사랑해."

이나가 피식 웃으며 이찬의 옆구리를 툭 쳤다.

"그런 말은 나한테 하지 말고 네가 좋아하는 사람에게나 실컷 해줘. 보나마나 마음도 드러내지 못하고 주변만 뱅뱅 맴돌고 있겠지. 안 그래?"

이찬은 이나를 이 지경으로 만든 후 심장에 철갑을 두르고 자신에게 접근하는 모든 것을 거부했다. 오직 한 사람, 이나만을 위해 살았다. 이나는 그게 견딜 수가 없었다. 극성스럽도록 곁에서 이나만 바라보는 동생의 모습이 그녀라고 편할 리는 없었다. 자신 때문에 날개 한 번 못 펴고 멀리 날기를 포기한 채 그녀의 주변만 맴도는 새 같았다. 날아갈 근육을 분명 갖고 있으면서도 스스로 날기를 포기한 이찬이 이나에게는 가시였다. 독가시. 그의 죄책감이 그녀에겐 좋은 영향을 끼칠 수가 없었다. 살아 있는 것 자체가 죄스러움이 되고 말았기에.

"이찬아, 꼭 행복한 길을 택해야 한다. 나 때문에 네가 쥔 모든 행운을 포기할 필요는 없어. 그것이야 말로 내게 진짜 돌이킬 수 없는 불행을 안겨주는 일이야. 알겠니?"

이찬은 가슴속 양심의 통증을 오늘로서 날려 버릴 생각이었다. 이나의 마음은 한결같았다. 괜찮다. 눈 하나쯤 없어도 내 삶은 당당하다. 아버지가 계시고, 이찬이 너도 있지 않느냐. 그러니 기죽지 말고 너도 당당하게 어깨 펴고 살아라. 행복해질 자격은 충분히 있다. 그리 지지해 주던 누나의 말이 그저 그에게 용기를 돋워 주기 위한 표면적인 말이 아님을, 진심임을 알면서도 듣지 않으려 했다. 이젠 누나의 진짜 속내를 마음을 열어두고 받아들여 볼 참이었다. 잘살고 있음을 이나에게 전해주고 싶었다. 굳이 물들이듯 스민 사랑마저 억지로 빼내려 안간힘 쓰지 말고 이대로 행복에 젖어드는 자신을 이나 앞에 보이기로 했다.

"그래, 그럴게."

희연이 병실 앞에 서서 옷매무새를 단정하게 매만졌다. 노크를 하자마자 공 비서가 모습을 드러냈다. 희연이 도도한 얼굴로 그를 바라보자 공 비서가 무표정한 얼굴로 그녀에게 목례를 하고 뒤로 물러났다. 문안으로 들어가자 소독약 냄새가 왈칵 끼쳐왔다. 희연은 천천히 성 회장에게 다가갔다. 성 회장이 천천히 눈을 뜨고 희연을 응시했다. 뭔가 단단히 화가 난 듯도 보이고 취조를 앞둔 형사 같은 느낌도 들었다.

"많이 편찮으신 건가요, 회장님?"

희연의 물음에 회장은 말없이 더 가까이 다가오라 손짓만 했다. 희연이 더 가까이 가자 성 회장이 손짓으로 침대 상판을 일으키라는 동작을 했다. 그러자 공 비서가 말없이 리모컨으로 상체 부분을 30도 정도로 일으켰다. 비스듬히 누운 성 회장이 곁으로 다가선 희연에게 힘없이 물었다.

"이찬이 놈에게 들었다. 정말 약혼을 깰 생각이냐?"

이찬이 벌써 말을 했다고? 만반의 준비를 하고 왔는데, 벌써 이찬이 운을 뗐다면 그녀가 무슨 말을 해도 성 회장은 이찬의 말 외에는 믿지 않으려 들 것이다. 그녀가 낭패감 어린 표정으로 성 회장을 내려다보며 눈매를 가늘게 좁혔다.

"집안에서 원하십니다."

"왜?"

"이찬 씨가 차일피일 날짜를 미루는 것도 마뜩찮아 하시는데다 제가 적령기를 넘어서서 걱정된다 하십니다."

"그런 이유라면 당장에라도 서둘러 식을 올릴 수도 있다고 전해라."

이건 또 무슨 소리지? 아직 구체적인 언급은 하지 않았다는 말인가? 그녀가 슬쩍 시선을 돌려 공 비서를 응시했다. 저 늙은 늑대는 꼬리를 내리고 노련한 눈빛으로 그녀의 모든 행동을 상세히 뇌리에 박아두었다가 이찬에게 보고할 것이 뻔했다.

"죄송하지만, 회장님…… 긴히 드릴 말씀이 있어 그러는데 공 비서님을 나가게 해주셨으면 하는데요."

성 회장은 가차 없이 손짓으로 공 비서를 나가라 했지만, 공 비서가 고집을 부리고 버렸다.

"작은 주인께서 오시면 내려가겠습니다."

작은 주인이란 이나를 지칭하는 말이었다. 이나가 여기 있다는 말인가? 그렇다면 거짓말도 하기 어려운 상황이었다. 공 비서는 이미 모든 상황을 간파한 듯 보였다. 여기서 성 회장에게 거짓을 고했다가는 공 비서가 입을 나불거려 일을 망칠 게 자명했다.

"귀를 잠시……."

희연이 성 회장의 귀에 낮게 속삭였다.

"저는 당장에라도 이찬 씨와 혼사를 결정짓고 싶습니다. 실은 제가 아이를……."

그때 문이 열리고 등 뒤에서 목소리가 들려왔다. 낮고도 강인한 남자의 목소리.

"무슨 소리를 하는지는 모르겠지만, 정직이 최선이라고 생각하는데."

놀란 희연이 몸을 경직시키며 서서히 허리를 세웠다. 성 회장이 어서 하던 말을 마저 하라는 손짓을 했지만 이미 기회는 날아가고 말았다.

"공 비서님, 나가 있어요."

이찬의 단호한 음성에 공 비서가 밖으로 나갔다. 희연이 핏기 하나 없는 얼굴로 입술만 달싹거렸다.

"와 있었어?"

"이 여자, 남자 있어요, 아버지."

이 모든 상황을 깔끔하게 종료시킬 한마디였다. 희연은 반박조차 할 수가 없었다. 성 회장이 새빨갛게 질린 얼굴로 희연을 바라봤다.

"그럼 지금 네가 하려던 말이 다른 놈의 애를 가졌다는 말을 하고 싶었던 게냐?"

의도하지 않은 시나리오로 갑자기 얘기가 튀었다. 그녀를 향해 성 회장의 눈빛에 언뜻 경멸의 빛이 서리다 사라졌다. 이미 돌이키기엔 늦어버린 일 같았다. 시선을 돌리자 이번엔 이찬이 찬 시선으로 그녀를 노려보고 있었다. 잔말 말고 얼른 수긍하라는 무언의 압력이 담긴 눈빛이었다.

"……죄송합니다."

빨리 시인했다. 아직 임신인지 아닌지 여부도 모르는데다 그 안의 것이 이찬의 것인지, 호준의 것인지조차 불분명해서 세게 밀어붙일 용기가 나질 않았다. 마음 같아서는 임신을 주장하며 미친 척 연기라도 해보고 싶었지만, 이찬 앞에서는 아니었다. 적어도 이찬이 보지 않는 데서만 그런 용기가 났다.

"나가."

성 회장의 말엔 가위로 썩둑 잘라내는 듯한 냉소가 깃들어 있었다. 완전히 끝났다. 이젠 더 이상 비빌 언덕도 없다. 희연이 꾸벅 인사를 하고 몸을 돌렸다. 이찬이 뒤를 따르며 문을 닫더니 그녀의 등에다 말했다.

"두 번 다시 보지 말자."

심장이 이빨만 남은 괴물에게 우적우적 씹히듯 아파왔다. 눈가에 눈물이 출렁출렁 고이더니 철철 흘러내렸다.

"나 같은 거 없어졌음 좋겠지?"

희연의 물음에 이찬이 미간을 좁혔다.

"죽어버릴까?"

이찬의 이마가 꿈틀거렸다. 그가 손을 뻗어 그녀의 팔을 억세게 쥐더니 거칠게 잡아 돌렸다. 몸이 휘청거리면서 맥없이 그의 앞으로 돌아갔다. 이찬이 서 있었다. 영원한 온니 원, 성이찬이.

"죽지 말고 살아. 허튼짓해서 널 더 증오하게 만들지 말라고!"

그의 짙은 눈썹이 험악하게 일그러졌다. 그건 싫었다. 미움까지는 어떻게든 감내하겠는데, 그에게 증오를 받는 건 못 견딜 것 같았으니까. 그녀가 허탈한 미소를 지어 보이고는 몸을 돌렸다. 어떤 인사도 남기지 않았다. 완벽한 끝이었다.

희연에게 떠밀려 다쳤던 어깨에서 딱지가 사라졌다. 2주가 흘렀다. 잎새는 드디어 한 사람의 몸을 완성하는 데 성공했다. 디테일을 좀 더 다듬어야 끝날 일이었지만 몸체를 하나 세웠다는 사실 하나만으로도 하나를 끝낸 듯한 보람을 느꼈다. 그리고 이모의 이혼이 진행되고 있었다. 상희는 조금 홀가분해진 얼굴이었다. 하지만 파형이 약간 복잡해진 상태였다. 형법 제328조(친족 간의 범행과 고소)에 의거 직계혈족, 배우자, 동거친족, 동거가족 또는 그 배우자 간의 죄는 그 형을 면제한다고 되어 있단다. 하지만 이혼을 목전에 두고 있는데다 파형이 그간 잎새에게 저질렀던 폭행 등의 죄가 많아 이혼 후에 죄를 묻기로 했다. 친족이라 해도 죄를 범한 때에는 고소가 있어야 공소를 제기할 수 있었다. 이건 시간이 해결해 주기를 바랄 수밖에 없었다.

사채업자들이 집으로 찾아와 파형을 찾기에 잎새는 별수 없이 그에 해당하는 남은 액수를 그들에게 내어주었다. 파형이 자신의 죄를 시인하고 죗값을 받겠다 약속했기 때문에 그리 해준 것이다. 그리고 이 부분에 대해서는 파형에게 말하지는 않았다. 그에게 여전히 부산 깡패들이 쫓아와 무슨 짓이든 할지 모른다는 협박은 남겨두는 편이 잎새와 상희에게 여러모로 유리할 듯 보여서.

그리고 잎새의 손에는 미국에서 날아온 수술 스케줄에 대한 상세한 파일이 들려 있었다. 그녀가 시각장애인임을 고려해 전부 점자로 찍어 보내왔다. 그것들을 손으로 만지며 확인했다. 아주 위험한 수술이고, 위험부담도 있을 수 있고 부작용도 감안해야 한다는 협박과 같은 내용들이 두 페이지에 걸쳐 써져 있었다.

부작용은 하나같이 목숨에 위협이 될 수도 있음을 전하고 있었다. 그리고 성공 사례와 실패 사례를 분석해 보내왔다. 성공한 사례에 대한 이유와 실패한 사례에 대한 이유를 확인하면서 느낀 건 이런 건 전문가들이나 알 만한 내용이지 자신 같은 비의료인이 알 수 있는 내용은 분명 아니라는 거였다.

한국에서도 '고어텍스' 인공각막 수술이 진행되고 있지만, 인공각막이식술의 성공률은 평균 30% 정도로 낮은 수준이고, 아직 부작용이 따른다고 했다. 그나마 이번 수술 건은 완벽하게 새로운 물질로 개발된 인공각막 수술이었다.

"잎새야."

작업실 문이 열리고 상희가 차를 끓여 들고 들어왔다. 민트 향이 확 끼쳐왔다. 잎새가 고개를 돌리자 상희가 다가와 물었다.

"심란하니?"

찻잔이 탁자 위에 놓이는 소리가 들렸다. 잎새가 천천히 손을 뻗어 늘 놓였던 자리에 조심스럽게 손을 댔다. 같은 위치에 잔이 놓여 있었다. 잎새가 손잡이를 쥐고 잔을 들어 입술을 댔다. 손끝으로 잔의 끝부분을 만지고 서서히 턱에서부터 긁어 오르듯 올라가 입술에 대는 방식으로 잔을 정확히 입에 댔다.

"조금은……."

"성공할 가능성이 더 높다고들 말하니까 믿어보자."

성공한 케이스가 10%였다. 성공할 가능성도 점점 높아져만 갔다. 의료진의 정보량이 방대해지고 기술력과 함께 의료기구의 선진화 또한 의술 발전에 한몫하고 있기 때문이었다.

"다음 주에 출발하라는데……."

"날짜가 너무 촉박하지 않니?"

"아니, 그전에 이걸 끝내놓을 수 있을 것 같아. 대신 잠자는 건 포기해야 할지 모르지만."

"이찬 씨에게는 말하고 갈 거니?"

"안 할래. 수술하는 것에 대해 그는 회의적이야. 조용히 갔다 오고 싶어. 그 사람 모르게……. 그래야 그도 실패했을 때 데미지가 적지 않을까?"

"하지만 많이 서운해할 거야."

"할 수 없지."

이찬이 서운해하는 것보단 기대를 품는 게 더 불안했다. 성공할지도 모른다는 막연한 기대를 품었다가 막상 실패라도 하는 날엔 그가 얼마나 속상해할지 뻔해서 차라리 모르게 하는 편이 나을 것 같았다. 차를 마시고 상희와 이런저런 일상에 대해 이야기를 나누던 잎새는 상희가 점심 준비를 하겠다며 나가자마자 휴대폰을 들었다.

"성이찬."

이름을 부르자 바로 통화 연결이 되었다.

[여보세요? 잎새?]

"네, 바빠요?"

[아니, 곧 점심시간이라 식사하러 나가려던 참이야. 일은 얼마나 진행됐어?]

"거의 다요. 오늘 마무리하고 내일 석고 바르면 될 것 같아요."

[응, 다행이다. 안 끝나서 불안해하더니.]

"그러게요. 아버님은 어떠세요?"

[곧 퇴원이야. 체온도 정상이고 적혈구 수치도 잡혔고. 갑자기 왜 그렇게 된지는 잘 모르겠지만, 면역력이 많이 약해지신 것 같아. 집에서 잘 보살펴야겠어. 당분간 누나랑 본가에 있어야 할 것 같아. 아버지가 내 파혼 때문에 날 쳐다도 안 보신다.]

"이미 예상한 일이었잖아요."

[그렇긴 하지. 원래 그렇게 효자는 아닌데, 누나 때문에 아버지 곁에 있으려고. 누나가 원하기도 하고.]

"그래요. 효녀인 누나가 하는 말이라면 그대로 행동해서 잘못된 결과가 나올 일은 없을 거예요."

[너도 그렇게 생각해?]

"가끔 답을 모르겠을 때는 누군가 강하게 그걸 요구할 때 귀를 기울이면 도움이 될 때가 있어요. 저한텐 당신이 그랬구요. 실은 뭘 묻고 싶은 게 있어서 연락했어요. 사실은 얼굴 보고 하고 싶었는데, 제 작업이 너무 빠듯해서 옴짝달싹할 수가 없어서요."

[그래, 물어봐.]

"……표희연 씨가 당신의 아이를 가졌다는 말을 했을 때, 사실은 그 부분에 대해 따져 물을 가치가 없다고 생각했었어요. 그런데 제 스스로 그 부분에 대해 너무 찜찜해지기 시작했어요. 이 부분을 제대로 짚고 넘어가지 않으면 나중에 여파가 올 게 분명해서요. 지금 깔끔히 해두고 싶어서 묻는 거예요. 이찬 씨, 표희연 씨랑 잤어요?"

[네가 묻지 않아줘서 잠시나마 마음이 편하긴 했지만, 언젠간 어떤 식으로든 확인해 올 걸 예상은 했다. 네가 말하는 잤다는 의미에는 성적인 의미가 함축되어 있겠지?]

"맞아요."

이찬은 잠시 숨을 고르더니 하기 싫은 말을 억지로 쥐어짜듯 겨우 말을 이었다.

[잤어. 하지만 아주 중요한 건 내 의지가 아니었다는 거야. 나에게 약을 탄 술을 먹였다. 정신을 잃게 만들어 고의적으로 날 취했지. 엄밀히 말하면 강간이고 성폭행이라고 할 수 있다. 이런 과정으로 임신이 됐다고 해도 나는 내 아이라고 인정할 마음이 없다. 그래서 희연이 무슨 말을 해도 듣지 않았고. 내 입장에서 보면 상당히 쪽팔릴 수 있는 얘기야. 그런데도 너이기 때문에 솔직하게

시인하는 거다.]

정말 대단한 여자가 아닐 수 없었다. 남자의 마음을 얻지 못하니 수단과 방법을 가리지 않고 상대를 무너뜨려 목적 달성을 위해 갖은 수를 다 쓰다니. 저열하기 짝이 없는 방법으로 상대를 질리게 만드는 여자였다. 잎새는 이찬이 희연과 몸을 섞었다는 것 자체가 불결하고 꺼림칙했지만, 그가 의도해 벌인 일이 아니기 때문에 더 이상 왈가왈부하지 않기로 했다. 적어도 일전에 만난 희연의 했던 말들이 일부는 거짓이었음이 들통 났으니까.

이찬도 사람인 이상, 상대와 사귀다가 아니다 싶으면 다른 여자에게 갈 수도 있다. 잎새에게 질려서 다른 여자에게로 떠나는 것까지 상대를 탓할 수는 없는 노릇이었다. 희연의 말 중 일부는 매우 현실적인 지적이었기에 그 부분에 대한 마음의 준비는 해둘 필요가 있었다. 그것까지 일방적으로 희연의 거짓으로 몰아넣을 수는 없는 일이니까. 하지만 적어도 가장 미심쩍은 부분의 궁금증이 해소되어 마음은 편해졌다.

"속이 시원하네요."

[그게 그렇게 마음에 걸렸나?]

희연의 사랑과 집착이 무서웠다. 감히 자신은 희연의 반의반도 못 미치는 것 같은 열등감이 불길처럼 치솟았다. 그렇다면 기꺼이 더 많아 열정하는 사람에게 양보해야 하는 건 아닌지. 하지만 희연은 자신의 사랑에 홀로 취해 이기적이었다. 순수하게 시작된 열정은 홀로 과도하게 태워 버린 나머지 시커먼 집착으로 변했고, 그것은 되레 이찬과 주변인들에게 지울 수 없는 시뻘건 상처를 남기는 참혹한 결과를 낳았다. 희연의 사랑에 연민은 일었지만, 이찬을 양보하고 싶은 마음이 일지는 않았다. 과연 그것이 행복을 가져올까? 의구심만 드는 집착이었다.

"아무래도 걸리죠. 저하고 아무런 육체관계가 없었다면 그럴 수 있다고 넘어갈 수 있는 대목이었지만, 저와 관계를 갖던 도중에 또 다른 여자를 안는다는 건 상대방 정신 상태가 양호하지 않다는 의미로밖에는 안 받아들여지니까요. 나는 뭔가, 싫기도 하고 혼자 고민이 많았어요."

[그렇다면 진즉 말해둘 걸 그랬나 보군.]

"괜찮아요. 의심스럽긴 했지만 희연 씨가 백 프로 믿음직한 사람은 아닐 거라는 예감이 있었기 때문에 당신을 더 신뢰했거든요. 그런데 저, 부친의 고미술품 전시회와 관련해서 잠시 해외에 나가 있을 예정이에요."

이 일정은 사실이었다. 하지만 그녀는 수술을 받고 한 달간 병원에서 추이를 지켜봐야 하기 때문에 옴짝달싹 못하는 대신 상희와 문화재청에서 소개를 해준 직원이 나서서 합의를 볼 예정이었다.

[전시회 때문에? 왜?]

"그게 문화재청 직원이 해외에서도 이 고미술품들을 전시해 보는 게 좋지 않냐고 해서, 전시회 코디네이터를 소개받았어요. 미국과 호주, 캐나다 등을 돌고 올 거예요. 일정은 한 달 정도 걸릴 것 같구요."

[한 달이나? 그놈의 작업 때문에 2주 넘게 얼굴을 못 봤는데 또

한 달이나? 너무한다.]

　"문화재청에서 달달 볶아대요. 빨리 부친의 유물들을 건네받고 싶다고. 두어 달 뒤에 각국 박물관에서 우리 문화의 우수성을 알리기 위한 전시회가 있는데, 아버지가 갖고 계신 소장품들도 거기에 넣어서 하고 싶다고 그래요. 그래서 서둘러 제가 먼저 전시회를 열기를 바라고 있어요."

　[알았어. 대신 매일 빼놓지 않고 통화하기로 약속해.]

　"후훗, 그렇게 해요. 제가 전화할게요. 당신은 기다리는 걸로 해요. 되도록 밤에 통화할 거고, 당신이 회의 등으로 일정이 바쁘면 미리 문자를 줘요. 그럼 확인하고 시간을 조절할게요."

　[응, 내가 이따 갈까?]

　"왜요?"

　[네 작품도 볼 겸, 얼굴도 볼 겸.]

　잎새가 입가를 휘어올리며 하얗게 이를 드러냈다. 이렇게 말하니까 잎새도 괜히 그가 보고 싶었다. 만나지 않는 동안은 하루에도 네댓 번씩 통화로 그리움을 달랬다. 밤에는 한 시간 이상씩 통화를 하기도 했다. 귀에 이어폰을 꽂아두고 작품을 손으로 만지작거리며 라디오 듣듯 그의 음성을 들었다. 그때마다 이찬이 집으로 오겠다는 걸 몇 번이나 막았는지 모른다. 아직 한호준과 그녀는 3개월간의 연애 중인 상황이었기 때문에 함부로 움직일 수가 없었다.

　"제가 갈게요, 당신 집으로……."

　견딜 수 없이 끓어오르는 강한 열망에 잎새는 항복한 얼굴로 대꾸했다. 수줍어서, 미치게 부끄러워서 어쩔 줄 몰라 하면서도 이찬이 부르면 곧장 반응하고 마는 자신의 솔직함에 당혹감을 느꼈다.

[올래? 몇 시에 볼까?]

이찬이 웃음기 묻은 음성으로 물었다. 그의 산들바람처럼 다정한 음성에 가슴은 어김없이 쿵쾅대며 더운 피를 뿜었다.

"밤 10시까지 갈게요. 대신 전화하지 말기. 밤새 일해야 하는데, 10시까지 빡세게 작업 끝내야 돼요."

[알았어. 그럴게. 얼른 작업해. 나는 오늘 조금 일찍 가서 널 맞을 준비를 해야겠다.]

"점심 맛나게 먹어요. 끊을게요."

통화를 끝낸 잎새가 배시시 웃었다. 그와의 만남이 기대되어 긴장되면서도 그의 품 안을 떠올리면 아늑하고 한없이 평온해졌다. 아, 시간이 왜 이리 더디 흘러가는 것일까?

늦은 시각이었음에도 잎새는 주위를 면밀히 살피며 택시에서 내렸다. 아무리 살펴도 할 수 있는 거라곤 고작 청각에 의지하는 게 전부였지만. 들리는 소리가 있는지 유심히 살폈지만, 알 수 있는 정보는 그리 많지 않았다. 잎새는 택시기사에게 몇 번이나 뒤를 따르는 차가 없느냐 확인해 가면서 이찬의 집 앞에 당도했다.

잎새는 시선을 피하기 위해 일부러 지하주차장 쪽으로 내려갔다. 택시가 지하주차장까지 미끄러져 들어가 차를 세우고 잎새는 카드를 건넸다. 택시에서 내리자마자 택시가 후진으로 사라지는 소리가 들렸다. 지하주차장은 밤 시간에 청각을 더욱 예민하게 해준다.

잎새는 귀로 모든 신경을 보냈고, 어떤 소리도 들리지 않는다는 걸 확인하고 출입구 앞에 서서 이찬의 집 번호키를 눌렀다. 이찬이 곧장 출구를 열어주었고, 문이 열리자마자 잎새는 안으로 들어갔다.

지팡이로 더듬거려 엘리베이터를 찾았다. 비상구는 엘리베이터보다 입구가 좁다. 넓은 입구 쪽을 찾아냈고 벽면을 더듬거려 상승 버튼을 눌렀다. 문이 열리더니 이찬이 모습을 드러냈다. 그의 체취가 왈칵 끼쳐 나왔기에 알아챌 수 있었다.

"이찬 씨?"

"딱 맞혔네?"

잎새가 하얗게 이를 드러내 보이며 밝게 웃었다. 연노랑빛 바탕에 새하얀 스트라이프가 들어간 남방에 연청색 진 스커트를 입고 있었다. 새하얀 맨다리에 그의 시선이 닿았다. 신발은 요즘 유행하는 탐스였다. 분홍색 스팽글이 촘촘하게 박혀 들어간 편한 신발로 발을 움직일 때마다 반짝거렸다. 어깨에는 짙은 남청색 스트라이프와 화이트 스트라이프가 섞인 캔버스 백을 메고 있었다. 머리카락은 정수리 뒤에 짱짱하게 묶어놓았다. 편안하고 자유분방한 느낌이었다.

남방의 단추는 세 개 풀어놓아 쇄골과 가슴골 바로 윗부분이 적나라하게 드러나 보였다. 남방 안엔 하얀 끈나시를 입고 있었지만, 대학생처럼 보이는 옷차림이나 그녀의 수수한 듯 보이면서도 청순한 외모는 그의 심장을 격렬하게 뛰게 했다.

"대체 옷은 누가 그렇게 입혀?"

"이모가요."

"요즘 나이의 아가씨들 입는 스타일을 어떻게 이렇게 잘 간파해?"

"스타일리스트가 따로 있어요. 그분에게 일주일 치 옷차림에 대한 소스를 얻고 그걸 바탕으로 하루에 입을 옷을 정해두는 편이에요. 이모가 워낙 그런 쪽으로 좋아해서요. 전 아무래도 좋다는데도 항상 스타일리스트가 정해둔 규칙대로 입히려고 애를 쓰시는 편이에요."

"이리 와봐."

이찬이 손을 뻗어 잎새의 허리에 팔을 감았다. 둘이 하체를 꽉 붙이고 끌어안은 형태가 되었다. 잎새가 고개를 살짝 들어 그를 바라봤다. 정확히 어딘가를 바라보는지 알 수는 없었지만, 한 가지 확실한 것은 그의 숨소리가 상당히 거칠어져 있다는 사실이었다.

"왜요?"

"많이 보고 싶었어."

"으레 하는 말은 아니구요?"

"아니야. 정말 너무 보고 싶었어. 아버지랑 2주 내내 싸웠다."

"싸우다니요?"

잎새가 의아하게 그를 바라보며 묻자, 그가 입가를 휘며 그녀의 볼에 그의 볼을 댔다.

"결혼 문제 때문에. 산 하나를 넘으면 좀 살 만한가 했더니, 그렇지가 않아. 또 다른 산을 준비시켜 두지. 우리 아버지가 그래."

"무슨 산인데요?"

"맞선을 보라신다."

잎새는 혀끝이 써서 아무런 말도 할 수 없었다. 수술을 하겠다는 결심에 한 가지 이유가 더 보태졌다. 하나는 이찬을 보겠다는 일념, 그리고 두 번째는 적어도 이찬이 자신을 누군가에게 소개함에 있어서 부끄럽지는 않고 싶었다. 물론 그는 그녀의 시각장애에 대해 전혀 거리낌이 없어 보였다. 하지만 그를 대하는 다른 사람들도 그런 시선으로 보느냐인데, 그렇지 않았다.

우리 사회에는 장애인을 바라보는 뿌리 깊은 편견과 차별 의식이 심어져 있었다. 비장애인들에 비해 굼뜨고 느리다, 할 줄 아는 것이 비장애인보다 많지 않다는 이유로 무시되어 왔다. 그뿐 아니라 그 사람이 어떤 장애를 가졌느냐에 따라 대응해 오는 비장애인들의 방식 역시 다양화되어 있었다.

성인이 되어 장애를 얻었지만, 그들이 느끼는 고통 속으로 깊게 발을 들여놓게 된 그녀였다. 적어도 자신으로 인해 이찬이 타인에게 상처받지 않기를 바랐다. 그런 시선에 상관없이 '우린 행복하다'라고 당당할 수 있다면 그 또한 그들의 정신적 강인함에 찬사를 보내야 마땅하지만, 잎새는 아직 자신이 없었다.

"맞선 보라고 한다니까?"

이찬이 듣고 싶어 하는 말이 뭘까? 잎새가 서글픈 얼굴로 이찬을 올려다봤다.

"이찬 씨가 맞선을 보고 누군가를 만난다 해도 저는 막을 자격이 없어요. 전 이찬 씨가 다른 상대를 만나고 싶다고 제게 말하면 지체없이 사라져 줄 생각이에요."

"일말의 망설임도 없이?"

잎새가 고개를 끄덕거렸다. 망설임이야 있겠지만, 그 망설임이 이찬에게 미련으로 느껴져서는 안 되었다. 쓸데없고 구질구질한 감정일 테니까. 동정심 때문에 이찬에게 붙들리는 건 싫었다. 눈이 보이게 된다면 또 다른 고민으로 세상 살기 버겁다며 욕하고 있을지 모르겠지만, 일단은 비장애인들에게 그녀는 어찌 되었건 약점을 가진 사람이었다. 특히나 이찬의 부친에게는 더더욱. 아무리 특별한 사람이라고 내세워도 자신만의 고집과 가치관을 갖고 있는 성 회장에게 그녀의 특별함이 보일 리 만무했다.

"왜 그렇게 말해? 네가 보지 말라면 맞선 안 봐. 그 말을 듣고 싶어서 물어본 건데, 섭섭하게 툭 자른다, 넌……."

엘리베이터 문이 열렸고, 이찬이 잎새를 꽉 끌어안은 채로 엘리베이터에서 내렸다. 그가 복도에 서서 꾸짖는 듯한 눈빛으로 잎새를 바라봤다. 하지만 잎새가 그런 그의 눈빛을 읽을 리 없었다.

"계속 싸우려고."

"아버지와요?"

"응, 널 아버지께 소개하고 싶은데, 그러기 전에 아버지의 진을 완전히 빼놓고 싶어. 너한테 어떤 말도 하지 못하도록……."

이찬이 잎새의 입술에 쪽 하고 입을 맞췄다. 잎새는 그런 그의 마음이 이해가 되면서도 아직 얼굴도 보지 않아 안면도 없는 성 회장에게 미안함을 느꼈다. 자신 때문에 부자간의 반목이 심해지고 있는 것 같아 가책을 느꼈다. 이찬이 지문인식 도어락을 열고 현관 안으로 들어가자마자 그녀의 입술에 격렬하게 혀를 밀어 넣고 입안을 구석구석 헤집고 다니기 시작했다. 깊게 격랑처럼 헤집고 들어와 역동적으로 그녀를 몰아붙였다.

딥키스가 오랫동안 지속되면서 끝날 것 같지 않았다. 시야가 점차 물결치듯 휘어지고 얽혀 들어갔다. 보이지 않는 컴컴한 어둠 속이었지만 그나마 어둠 속 검은 화면조차도 무너져 내리게 하는 키스였다. 그는 그녀의 입술을 집요하게 삼켜 틈을 주지 않았다. 그녀의 두 뺨이 벌겋게 달아올랐다. 그가 서서히 입술을 떼어냈다. 기나긴 키스 끝자락이라 한숨 같은 탄성이 입술 새로 비집고 나왔다.

"하아…… 죽을 뻔했다. 이 키스는 나한테 인공호흡 같은 거였어."

어이없는 비교에 잎새가 달아오른 뺨을 더욱 발갛게 붉혔다. 입술에서 아직도 그의 숨결이 맡아졌다. 잎새가 그의 뺨을 부드럽게 훑으며 물었다.

"제가 왜 좋아요?"

"불가항력이야. 나도 모르게 널 쫓고, 널 생각하고, 나도 인지하지 못한 순간 널 보러 달려가고 있어. 나도 막을 수 없는 정체불명의 감정이야. 그래서 너야. 다른 이윤 모르겠어."

이찬은 짙게 가라앉은 열망 어린 눈빛으로 잎새를 바라보며 그녀의 입술에 그의 입술을 다시 밀착시켰다. 입술 속으로 파고들어

온 축축한 감각에 잎새가 그의 목덜미에 강하게 팔을 감았다. 그의 손이 그녀의 뒷덜미를 단단히 받쳐 옴짝달싹 못하게 고정하고 있었다. 혀끝을 느릿하게 헤집는 나른한 감촉에 잎새가 더욱 격렬하게 혀를 움직이며 그에게 반응해 왔다. 그녀의 보드랍고 뜨뜻하고 몰캉한 느낌의 혀가 그를 만지면 만질수록 그의 정복욕은 극에 달하며 치솟았다.

"이…… 새……."

혀를 물린 터라 발음이 부정확했다. 처음엔 부드럽게 훑는 듯한 키스였는데 점차 물어뜯듯이 거세지고 격렬해져 갔다. 완급 조절을 해야 하는데 이찬은 할 수가 없었다. 더 깊게, 더 강하게 그녀를 갈구하게 되었다. 그가 거친 숨을 몰아쉬며 그녀의 남방 단추를 풀어 내리기 시작했다. 남방이 벗겨지자마자 치마의 지퍼도 내렸다. 그녀의 실오라기 하나 없는 하얀 나신을 빨리 만지고 싶었다. 비단결처럼 매끄럽고 보드라우면서 감촉은 탱탱한 그녀의 살결이 눈앞에 펼쳐졌다. 남방을 벗기고 끈나시까지 벗겨 던졌다. 브래지어만 남겨지자 그가 다급한 손놀림으로 브래지어 훅을 벗기고 드러난 젖가슴을 손으로 부드럽게 감싸 쥐었다.

"하아……."

그녀의 말캉하고 탱탱한 젖가슴이 손에 닿자 숨이 멎을 듯한 강한 전율이 척추를 따라 머리끝까지 빠르게 솟구쳤다. 그녀의 단단해진 가슴 끝을 손가락으로 쥐고 부드럽게 애무하자 잎새가 몸을 틀며 에로틱한 콧소리를 냈다. 그가 그녀의 입술을 놓아주고 더운 입김을 뿜으며 귓불에 키스를 했다. 다시 더운 김을 뿌리고 그녀의 귓불을 살짝 깨물자 그녀가 간드러지는 신음을 내뱉었다.

"보고 싶었어, 많이……."

"이런 걸 하고 싶었던 게 아니라?"

"진짜야. 물론 이러고 싶기도 했고……."

잎새가 볼을 발갛게 붉히고 수줍은 미소를 지어 보였다. 그는 그녀의 가슴을 어루만지며 다른 한 손으로는 입고 있던 자신의 재킷과 셔츠를 재빨리 벗어 던졌다. 넥타이도 거칠게 벗어 던졌고, 바지 버클을 풀어 내리긴 했는데 어떤 손이 했는지조차 기억나질 않았다. 잎새의 손이었는지, 자신의 손이었는지. 그의 손이 잎새의 매끈한 허리 라인을 부드럽게 훑고 올라갔다. 잎새의 몸이 꿈틀거리며 관능적인 에스 라인을 그렸다. 그 라인을 손으로 더듬거리며 그녀의 치골 부분을 어루만졌다. 섹시한 엉덩이 라인에 닿자 그는 견딜 수 없어 그녀의 어깨에 이를 박아 넣었다.

"미치겠다……."

그가 꼭 잠긴 음성을 가까스로 쥐어짜 내듯 뱉어내자, 잎새가 발갛게 달아오른 입술을 에로틱하게 벌리고 받은 신음을 내뱉었다. 그가 혀로 그녀의 아랫입술을 길게 핥아 올렸다. 미묘한 쾌감이 전신을 눅눅하게 적셨다. 그는 그녀의 입술을 거칠게 비벼대다가 거침없이 그녀의 입속으로 혀를 밀어 넣어 단숨에 그녀의 혀를 찾아내 힘껏 빨아당겼다.

달착지근한 숨결과 함께 타액이 그의 목구멍으로 빨려 들어왔다. 그녀의 자그마한 혀를 힘껏 뽑아 양껏 당기자 그녀가 자지러지는 신음을 내뱉었다. 마셔도 마셔도 왜 이렇게 부족할까? 미칠 것 같았다. 그녀의 모든 걸 자신의 안에 가득 채우고 싶었다.

보지 않으면 미치도록 그립고, 목소리를 듣지 않으면 환청이 귓
전에 맺혔다. 그녀의 숨소리가 노랫소리처럼 귓가에 맴돌았다. 바
람 소리마저 그녀의 목소리로 들렸다. 그의 이름을 부르는 달콤한
음성. 그의 손이 치골 부근을 훑어 내리고 엉덩이를 힘껏 감싸 쥐
다가 그녀의 깊은 샘으로 슬며시 미끄러져 들어갔다. 그녀가 흠칫
몸을 떨었다.

아직 팬티가 벗겨지지 않았다. 그는 신경질적인 손놀림으로 그
녀의 팬티를 허벅지쯤으로 끌어 내렸다. 그리고 서서히 손을 옮겨
그녀의 풍성한 덤불을 지나 열기를 뿜어대는 열사의 샘으로 미끄
러져 들어갔다. 손끝이 닿은 부분에서 열기와 물기가 느껴졌다.
그가 잎새의 윗입술을 슬며시 물고 빨면서 나른하게 젖은 음성으
로 말했다.

"……다급한 것 같은데?"

젖은 그의 음성을 듣자 잎새의 심장이 맹렬하게 박동하기 시작
했다. 쾌락의 감각이 창처럼 전신을 뚫고 밀려들어 왔다. 그가 섬
세한 목선을 혀로 핥으며 어깨로 내려가고 있었다.

"따스해, 넌……."

그의 손가락이 느릿느릿 그녀의 정점 안쪽으로 밀려들어 갔다
나왔다를 반복하며 예민한 부분을 어루만졌다. 잎새가 다리를 비
틀거렸다. 뜨거운 인두가 속살을 지지고 빠져나가는 것 같은 짜릿
한 쾌감에 오금이 저려왔다. 그의 손이 들어왔다 나갔다 할 때마
다 농밀한 궤적을 그리며 열기가 여운을 남겼다. 그는 완전히 그

녀에게 몰입해 있었다. 그가 몰입할수록 그녀는 그보다 더 빠르게 폭주해 갔다. 그가 격렬한 소유욕을 드러내며 자신을 바라보고 있다는 것도 느껴졌다. 보이지 않는데도 날카로운 화인에 데인 듯 그의 시선이 느껴졌다. 만져질 듯 짙은 열기였다.

"손 줘."

이찬이 잎새의 손을 잡아당겨 자신의 핵심을 쥐게 했다. 당장에라도 부러져 버릴 듯 빳빳하게 솟구친 그걸 잎새가 쥐자 이대로 몸이 폭발할 것만 같았다. 본능, 짐승에 가까운 본능이 몸 안을 가득 채우고 있었다. 그 위험한 힘이 당장에라도 넘칠 듯 출렁거렸다. 이찬은 그녀의 팬티를 벗겨 바닥에 던지고 다리를 들어 올렸다. 벽면에 그녀를 밀친 후, 벌어진 그녀의 다리 사이로 핵심을 진격시켰다. 그녀의 입술을 물고 거칠게 핵심을 몰아붙였다.

"아악!"

잎새가 자지러지는 신음성을 내뱉자마자 그는 그녀를 달래듯 더욱 정성껏 그녀의 입술을 핥았다. 코와 코가 서로 부딪쳤고, 그녀의 거친 숨결이 그의 귓속으로 파고들어 와 그의 심장을 아릿하게 했다. 그토록 차갑던 이성으로도 지울 수 없는 강력한 탐욕이 그를 휘감았다. 그의 아래쪽이 그녀의 내부에 파묻혀 격렬하게 파동했다.

"하아, 하아……."

몸이 찢겨질 것 같은 통증을 감내하며 그는 위아래로 그녀를 몰아붙였다. 나른한 미혹의 열기가 전신을 붉은 비단처럼 휘감고 있었다. 새빨간 불꽃이 방 안에 가득 피어올랐다. 마치 누군가가 켜

두기라도 한 듯. 새빨갛고 비밀스러운 공기가 한층 농밀해져 갔다. 그가 거친 숨을 몰아쉬며 짐승처럼 그녀를 몰아붙였다.

한 손으로는 그녀의 허리를 강인하게 받치고, 다른 한 손으로는 그녀의 젖가슴을 이형으로 짓뭉개면서. 가끔씩 그녀의 붉은 열매를 버튼이라도 되는 양 잡고 위아래로 비틀며 자극했다. 그러면 잎새가 간드러지는 교성을 내지르며 몸을 비틀었고, 그럴 때마다 강한 전율이 그녀의 깊은 내벽에서 시작되어 오래도록 그를 잡고 놓아주지 않았다. 이렇게나 자극적인 감각점을 갖고 있을 줄이야. 그는 화염 같은 시선으로 그녀를 완벽하게 포획한 사냥꾼처럼 느물 맞은 미소를 입가에 걸었다. 다시 한 번 더 가슴 끝을 쥐고 비틀자 그녀가 자지러졌다.

"아앗, 아아……."

뭔가에 배인 듯 몸을 떨며 고통스러워하자 이찬이 재밌다는 듯 계속 그녀의 가슴을 자극했다. 가슴을 자극했을 뿐인데 자궁 속으로 격렬한 전율이 몰려가더니 내벽에서 부르르 경련을 일으켰다.

"가슴이, 예술이야."

그가 수밀도 같은 그녀의 가슴을 쥐고 힘껏 문대자, 잎새가 고개를 흔들며 괴로워했다. 아파서 괴로운 표정이 아니라 절정의 입구를 막 넘어선 듯한 얼굴이었다. 황홀경 속에 빠져 있는 그녀를 바라보며 그는 그녀의 턱을 쭉 빨아들였다. 그녀가 가냘픈 신음을 내뱉을 때마다 그의 영혼은 속박의 주문이라도 들은 사람처럼 점점 더 깊이 그녀에게 매혹되어 가는 것을 느꼈다.

"잎새야……."

그는 더 빠르게 그녀를 몰아붙였다. 영혼까지 한데로 포개지는 것만 같았다. 그는 온 힘을 다해 그녀를 짓누르며 격렬하고 열정적으로 소유했다. 음란하게 질척거리는 요란한 소리가 점점 거세졌다. 잎새의 신음 소리가 그 소리에 맞춰 같이 키워졌다. 그는 그녀의 목덜미에 이를 박고 짐승처럼 포효했다.

"으윽!"

거대해진 몸가락이 비로소 하얀 물기를 그녀에게 쏟아냈다. 그녀가 몸을 부르르 떨면서 그의 목에 힘없이 매달렸다. 방금 총을 맞은 사람처럼 힘 하나 없이 늘어진 그녀를 그는 번쩍 안아 올려 침대로 데리고 가 눕혔다. 잎새가 눕자 그가 그녀의 몸 위에 곧장 포개어졌다. 잎새가 아직 육욕이 짙은 눈빛으로 그를 바라봤다. 정확히 그가 위치한 곳을 바라봤다. 그는 가만히 그녀의 눈꺼풀에 입을 맞췄다.

"하아, 하아……."

잎새가 아직도 숨을 격렬하게 몰아쉬며 몸을 떨자, 그는 그녀의 가슴을 입안에 물고 빨아들였다. 잠시도 틈을 주고 싶지 않았다. 그의 몸이 그녀의 향기를 세포에 일일이 새겨 어디에 있어도 그녀를 알아챘으면 싶었다.

"해외로 나가면…… 이렇게 못하잖아."

"하아, 하아…… 이찬 씨……."

"네 향기 없이 어떻게 버티지?"

이찬이 가슴을 쥐고 혀로 그녀의 향긋한 열매를 자근자근 씹으며 말했다. 잎새가 밭은 숨을 내쉬며 몸을 비틀었다. 다시 그의 몸가락이 솟구쳤다. 그는 그녀의 새하얀 허벅지에 그것을 문질거리며 그녀의 가슴을 입에서 놓아주지 않았다.

"이찬 씨……."

"……지금 실컷, 안을 거야. 원 없이……."

잎새가 나른한 시선으로 허공을 바라보며 손가락으로 그의 머리카락을 어루만졌다. 불룩 솟은 뒤통수를 손으로 어루만지며 그녀는 가만히 눈을 감았다. 다 먹어치워 달라고, 한 군데도 빼놓지 말고 다. 그래서 열린 모든 모공 속으로 그의 타액이 타고 들어와 숨을 쉴 때마다 그를 느낄 수 있다면 좋겠다고 염원했다.

호준이 심란한 얼굴로 희연의 집으로 향하고 있었다. 그쪽 집안에서 갑작스럽게 그를 호출한 탓이었다. 이유는 알 길이 없었다. 잎새는 부친의 사업과 관련해 일이 있다며 해외로 나가 있는 상황이었다. 한 3일 정도 됐나? 잎새가 해외로 나가는 당일 그가 직접 인천공항에서 그녀와 작별 인사를 했다. 소속사에서 한 번쯤은 둘이 같이 있는 사진이 찍히는 게 좋다고 해서 일부러 잎새에게 허락을 받고 움직인 터였다. 잎새에게 잘 다녀오라는 다정한 인사를 모양 좋게 해냈다. 기자들은 신난다고 사진을 찍어댔다. 그렇게 보낸 뒤 고작 3일 된 시점이었다. 한데 희연의 집안에서 그를 불러들일 일이 대체 뭐가 있단 말인가? 주차를 마친 그가 잰걸음으로 마당을 가로지르자 희연의 언니 희진이 나와 있었다.

"안녕하세요."

"……혹시 알고 있었어요?"

"무슨……."

"희연이 임신이오."

빠르게 걷던 그가 걸음을 우뚝 멈췄다. 기어이 저질렀다는 건가? 호준이 뜨악한 얼굴로 희진을 바라보자, 그녀가 심란한 표정으로 호준을 바라봤다. 누군가 한 명은 책임져 줄 사람이 필요한 건가? 이찬과는 결별했다는 소문이 파다했고, 고위 간부층은 대부분 결별을 기정사실로 받아들이고 있다고 들었다. 그렇다면 희연과 사이가 좋지 않게 마무리된 그라도 이 상황을 종결해 줘야 한다는 건가? 물론 책임질 짓을 하긴 했지만, 이런 식으로 책임지자고 한 건 아니었다. 저 뱃속의 아이가 이찬의 아이인지 자신의 아이인지 알 게 뭐냐. 그가 낭패 짙은 얼굴로 희진을 바라보자, 이번엔 희진의 눈동자에 독기가 서렸다.

"책임질 짓을 했으면 바로 시인할 일이지, 그 표정이 뭐예요!"

"일단 희연이를 만나보겠습니다."

그가 이번엔 뛰다시피 희연의 집 안으로 들어갔다. 그녀는 이찬과 헤어진 이후 본가에서 살고 있었다. 본래는 거의 대부분의 시간을 자신의 소유로 되어 있는 몇 개의 빌라에서 보냈지만 이찬과의 결별이 약점이 되어 집안에서 단속하는 듯 보였다. 너른 집 내부로 들어간 그는 희진의 뒤를 쫓아 희연의 방 앞에 섰다. 노크를 하자마자 희진이 문을 열어주었고, 호준이 안으로 들어갔다. 희연이 손톱 끝을 잘근거리며 서성이다 말고 호준을 발견하자마자 그를 노려봤다.

"왜 왔어?"

"네 언니가 불러서."

"오지 말지 그랬어. 배 째라 드러눕지 그랬어!"

"네 언니 말, 무슨 소리야? 너, 임신했어?"

희연이 몸을 확 돌리더니 낮게 중얼거렸다.

"계단을 구르든, 벼랑에서 뛰든 어떻게 해서든 유산할 거니까, 신경 쓰지 마."

돌겠다. 저 여자는 사람을 돌게 하는 면이 있었다. 그게 그렇게 간단한 문제던가? 뱃속 아이가 잘못되면 산모까지 위험하게 만든 다는 생각은 왜 하지 않는 걸까? 호준이 의자를 끌어당겨 아무 데나 자리 잡고 앉았다. 희연은 등을 보이고 서서 고집스럽게 그를 외면했다.

"타협안을 하나 제시하지."

"……그럴 거 없어. 넌 날 한 번 배신했어. 그래 놓고 두 번 배신하지 말라는 법은 없지. 넌 너 좋을 대로 또 날 버릴 거야. 그런 건 한 번 경험으로 충분해."

"내가 네 펫을 2년간 해주겠다는 말을 하려는 거야. 곧 잎새와 헤어지겠다는 공식보도를 하게 될 거야. 그리되면 자연스럽게 헐리우드로 갈 예정이야. 제안이 들어왔다. 아주 유명한 감독이야. 가능성 있는 제안이고……. 그럼 너도 같이 나가자. 거기서 애를 낳아서 한동안 키우다 들어오면 돼. 그렇게 하면 너와 나의 비밀 결혼은 묻힐 거야. 한국에 들어왔을 때 공개하면 잎새와 헤어진 시점이나 임신 시점이 묻힐 수도 있다."

이렇게까지 해주지 않아도 되겠지만, 적어도 그는 남자로서 져야 할 책임은 끝까지 지고 싶었다. 희연이 벌겋게 핏대 선 눈동자로 그를 노려봤다. 당장에라도 눈물이 터져 나올 듯했지만 눈물을 참느라 눈가에 경련이 일었다.

"한국에 돌아와 이혼을 해도 되고, 그건 너 좋을 대로 해. 난 아무래도 좋으니까. 어차피 스페어 같은 존재잖아, 난······. 좋을 대로 이용해. 적당히 이용당해 줄 테니까."

"······나한테 왜 이렇게 하는 건데? 내가 그런다고 감동받을 것 같아?"

"뱃속 아이, 내 아이일 가능성도 있고······ 성이찬 씨나 정잎새 씨에게 지은 죄를 이렇게 만회해 보려는 것뿐이야. 너 좋으라고 하는 건 절대 아니야. 착각하지 마. 그러니까 이 제안 받아들여, 똥고집 부리지 말고. 나라고 좋은 줄 알아? 마음 없는 여자와 아이 낳고 알콩달콩 사는 거?"

불쌍한 여자였다. 문득 그런 생각이 들었다. 성이찬은 어쨌든 정잎새를 가졌다. 완벽한 소유라고 할 수는 없지만, 잎새가 마음을 줬으니 그것만으로도 흡족한 소유가 되리라. 하지만 희연은 그토록 오래도록 기다린 남자를 다른 여자에게 빼앗겼다. 그래 놓고 자신의 꾀에 자기가 빠져 오도 가도 못할 상황에 빠졌다.

"아직 부모님께는 말을 못했어. 네가 돕겠다면······."

"단 하나, 약속해. 이젠 정식으로 '호준 씨'라고 하던지, 아니면 '오빠'라고 불러. 아무리 펫이어도 결혼해 살 여자한테 '너'라는 소리는 듣기 싫어."

그녀가 원망스럽게 그를 바라보다가 입술을 씰룩거리며 기어이 왕 하고 눈물을 터트렸다.

"정말 재수 없어. 넌…… 결국 이런 식으로 자존심을 보상받으려는 거잖아. 재수 없어 죽겠는데, ……치사한데, 고마워……."

희연이 주저앉아 앙 울어버렸다. 임신 사실 자체로 멘탈 붕괴인데, 이 사실을 집안에다 대체 어떻게 말해야 좋을지 암담한 상황 같았다. 가뜩이나 파경을 맞은 약혼 때문에 부친의 압박이 심하다고 전해 들었다. 여기저기 연줄이 많이 닿아 있어 알아보려면 이런 정보쯤 알아내는 건 일도 아니었다. 가만히 울고 있는 희연을 바라보던 그가 몸을 세워 희연에게 다가가 그녀를 일으켜 세웠다. 그는 손으로 그녀의 눈물을 닦아내고 가만히 품 안에 끌어당겨 안았다. 연민이 이는 여자였다, 잎새보다 더.

"이렇게 된 거, 연기 잘해보자."

"나 먼저…… 미국으로 가서 자리 잡고 있을게."

"그럴래?"

"산부인과 다니는 거 눈치 보여. 아직 결혼 전인데……. 거기서 기다리고 있을 테니까, 와. 혼인신고는?"

"나중에 봐서 하자. 지금은 시기가 안 좋다."

"후회 안 하겠어?"

"후회할 거면 너랑 엮인 시점부터 후회해야 맞지. 안 해. 일단은 출산이나 안전하게 하겠다고 생각해. 알겠지?"

"……은혜는 잊지 않을게. 날 살려준 은혜……."

희연은 갑자기 이 남자의 품 안이 너무도 감사했다. 쓸쓸했다. 깊은 상실감에 견딜 수가 없었다. 심장에 커다란 홀이 생긴 것 같았다. 모든 감정을 통째로 빨아들이는 무서운 홀. 그런데 호준의 심장이 마주 닿자 그 홀이 빠르게 메워져 갔다. 잠시나마 이 온기에 의지해 볼 참이었다. 이 지독한 고독이 씻겨지기를 기대하면서, 야비하지만 호준에게 기대기로 했다.

그대를 어루만지다

수술 사흘째, 아직 부작용 증상인 안구에서 이탈하거나 이물감이 느껴지는 증상 등이 나타나 그것과 사투를 벌이는 중이었다. 그나마 주변 피부조직이 괴사를 일으키거나 하지는 않았다. 이번에 완성된 인공각막은 특수한 재료를 사용해 만든 만큼 미국과 한국의 합작품으로 한국인 의사와 미국 의사가 함께 수술을 했다.

기존에 사용하던 인공각막은 '고어텍스'로 만들어졌으며 환자의 눈에 붙이는 접착제로 태반에서 추출한 양막을 사용했다. 국산은 이백만 원 대로 구입이 가능했지만 그보다 높은 안정성이 보장되는 새로운 개념의 생합성 줄기세포 인공각막이었다. 현재는 흐릿하게 상이 잡히기는 했지만 정확히 그것이 사물이라고 말할 수 있는 정도의 시력은 분명 아니었다.

의사와 연구진은 시력이 회복되는 데 얼마간의 적응기가 필요하다고 했다. 그나마 다행인 건 부작용이 예상보다는 없는 편에 속한다고 했다. 오히려 긍정적인 결과를 기대해도 좋다는 말도 들었다. 잎새는 열심히 약을 넣고 열심히 의사의 물리치료를 쫓았다. 오늘도 물리치료를 하고 병실로 돌아왔다. 희미하게 사물이 구분되기 때문에 이젠 더듬거리면서 자신의 방으로 돌아올 수 있게 되었다. 앞에 누군가 나타나면 그건 분간할 수 있었다.

"잎새야."

잎새가 다가오는 사물을 바라봤다. 상희였다. 요즘 전시회 준비로 정신없이 바빴다. 수술을 마친 이후부터 스케줄이 빡빡해서 이렇게 식사 때나 가끔 얼굴을 볼 수 있었다. 잎새가 눈을 뜨고 상희를 바라봤다. 눈동자에 아직 핏기가 많아 보고 있기 부담스러운 상황이었다.

"이모, 눈이 좀 보기 그렇죠?"

"아니야. 그런 게 중요한 게 아니잖아. 네가 나를 조금이라도 잘 볼 수 있는 게 중요한 거지. 오늘은 어때?"

"아직도 흐릿해요. 사물 인지 테스트도 그저 그렇구요."

"점점 나아질 거야. 하루아침에 확 좋아지는 게 아니라 계속 눈을 사용해서 시력을 확보하는 게 중요하다니까."

잎새는 고개를 끄덕거렸다. 매일매일 나아질 거라는 기대감을 갖고 상희를 응시했다. 상희가 곁으로 다가오는 모습이 흐릿하게 보였다. 상희의 모습이 불투명 유리창에 사람이 왔다 갔다 하는 듯 보였다.

"전시회 준비는 어떻게 되어가요?"

"박물관 직원하고 대화를 나눠봤는데, 아무래도 고미술품을 여기저기 갖고 이동하는 건 무리인 것 같아. 차라리 미국에서만 한 차례 하고 정리하는 게 어떨까? 이동하는 경비 등은 여기서 다 대주겠다고 하는데…… 난 이동하다가 분실하거나 파손되는 것에 대해 걱정이 돼서……."

"보험 처리가 다 된다고 적혀 있던데요."

"보험보다 중요한 건 안전하게 그것들을 제대로 지키는 게 중요하니까."

상희의 고민도 이해는 되었다. 아직 언론엔 부친의 유물에 대한 보도가 되지 않았다. 문화재청은 언론의 집중된 관심이 되레 문화재 사냥꾼들의 한판놀음으로 끝날지도 모르기 때문에 조심하는 눈치였다. 언론사들에겐 유물이 문화재청에 기증되는 때 보도를 해달라고 요청을 해뒀다. 전시회는 입장료 수익 전액을 그녀 같은 시각장애인들을 위한 수술비로 사용될 예정이었다.

"그건 이모가 알아서 결정해 주세요. 전 제 시력 확보에만 주력할 테니."

"그래, 계속 문화재청 직원하고 통화를 하면서 유리한 방향을 알아보고 있으니까 걱정하지 말고 건강 먼저 회복해라."

잎새는 조금 쓸쓸함을 느꼈다. 상희와 식사를 하고 상희가 곁에서 잠까지 자주었지만, 수술하자마자 힘들 때 모친이 곁에 있었더라면 하는 아쉬움이 생기는 것까진 막을 수 없었다. 내일이면 보이지 않던 것들이 오늘보다는 조금 더 또렷하게 보이기를 기대하면서 잎새는 다시 침대에 누웠다.

❖

한 달이 흘러 가을이 되었다. 이찬이 초조한 얼굴로 휴대폰을 몇 번이나 바라봤다. 잎새가 한국으로 들어오겠다고 한 지 일주일이 지났다. 한 달만 머물다 오겠다던 잎새의 체류 기간이 길어지고 있었다. 전시회 때문에 바빠서 그렇다는 말만 반복해서 할 뿐 다른 얘기는 하지 않았지만 뭔가 다른 일이 있는 게 분명했다. 그런데 괜히 물어봤다가 잎새가 불같이 화를 내거나 그 일로 서로 다투게 될까 봐 두려워 입을 열지 않았다. 지루한 회의가 두 시간째 계속 이어지고 있었다. 이찬은 회의실을 빠져나와 테라스로 나갔다. 담배를 꺼내 물고 막 불을 붙이자마자 휴대폰이 울어댔다.

"여보세요?"

[이찬 씨.]

잎새의 음성이 들려오자 반가웠지만, 그는 최대한 내색하지 않았다. 애를 태우며 그녀를 기다린다는 내색을 하면 그녀가 미국 쪽에서 하던 일을 제대로 마무리 짓지 못하고 돌아올지도 모른다는 생각에서였다.

"응. 요즘 바쁜가 봐? 하루에 한 번밖에 전화를 안 하는 거 보면."

[좀 그랬어요. 해야 할 일들이 생각보다 많아져서요. 이쪽 일은 얼추 마무리가 되어가요. 다음 주 중으로 돌아갈 수 있을 것 같아

요.]

"일주일이 더 늦어지는 거야?"

[네, 왜요? 기다리는 거 질렸어요?]

"좀……. 그래도 이모님이랑 같이 움직이는 중이니까, 조바심 내면 안 되겠지? 마음 같아서는 내가 미국으로 가고 싶은데."

[안 돼요. 이모가 무안해하신단 말이에요. 별로 좋지 않은 생각이에요.]

"그래, 이해는 해. 그래도 한 달하고 반을 떨어져 지내는 건 안 좋다. 나한테 절대적으로 불리해. 어째 네가 나보다 좀 더 높은 위치에 있는 것 같다? 내가 널 보고 싶어서 안달복달 못하는 것에 비하면 너는 단조로워 보이는데? 아니야?"

[내성적으로 보고 싶어 하는데요?]

"내성적으로 보고 싶은 건 또 뭐야? 적극적으로 보고 싶어 해도 돼."

[알았어요. 다음 주 목요일에 들어가요. 표 구입했어요. 나와 있을래요?]

"괜찮겠어?"

[아차차, 스캔들……. 또 깜빡했어요. 호준 씨랑 연락을 자주 하는 편이 아니라서 자꾸 잊어버려요. 제가 당신 집으로 갈게요. 짐은 집에 부려두고.]

"비밀번호 찍어둘게. 안에 들어가 있어."

[그럼 다음 주 목요일에 봐요.]

"응, 조심해서 돌아와야 한다. 계속 연락하는 거 잊지 말고."

잎새가 쿡쿡 웃으며 작별을 고했다. 항상 그리 길지 않은 통화를 했다. 밤에는 두어 시간씩 통화를 하는 편이었는데, 요 며칠은 통화도 점차 짧아지고 있었다. 보지 못하는 만큼 애정 전선에도 문제가 생긴 것 같아 불안한데, 적어도 잎새의 목소리가 안정감을 주기 때문에 그녀를 신뢰하기로 마음을 굳혔다.

"사장님!"

신 비서가 테라스로 들어오더니 걱정스럽게 말했다.

"회장님께서 맞선을 보시라고……."

"안 보겠다고 하라니까!"

"오늘 집으로 부르신답니다. 7시까지 집에 와서 맞선 상대와 만나지 않으면 성이나 씨에게 보복 조치를 하겠다고 하십니다."

제길. 늘 만만한 사람이 누나였다.

"몇 시라고?"

"7시입니다."

"갈 테니까 누나에게 손끝도 대지 말라고 전해."

신 비서가 꾸벅 인사를 하고 사라지자마자 그는 이나에게 전화를 걸었다.

"아버지 대체 왜 이래?"

[맞선은 그냥 봐. 그리고 마음에 들지 않는다고 퇴짜를 놓으면 돼. 물론 합당한 이유를 대서 아버지를 설득해야 한다는 게 문제긴 한데, 넌 그런 거 잘 찾아내잖아.]

"차라리 누나, 잠시 제주도나 일본에 가 있을 생각은 없어? 누나 때문에 내가 더 미칠 지경이야. 아직 정잎새를 아버지께 보여

드리지도 않았는데, 벌써부터 저러니 대책이 안 서. 잎새를 집안에 소개하면 그 불똥이 또 누나에게 튈지 모르는데, 그땐 어떡하지?"

[……그건 그때 가서 고민하고, 지금 당장은 눈앞에 튄 불똥 먼저 해결하자.]

한차례 파란이 예고되는 상황에서 이찬은 불길한 전운에 몸을 떨었다. 잎새를 데리고 해외로 도주라도 해야 되는 건지도 모르겠다는 생각에 미간이 확 구겨졌다.

잎새가 자신의 손을 내려다봤다. 시력이 돌아왔다. 손이 보인다. 손금까지 정확히 보였다. 시력은 0.5. 그렇게 좋은 시력은 아니었지만 세상이 선명하게 보였다. 다채로운 색상으로 진열된 책장에 시선이 고정되었다. 손을 뻗어 책 한 권을 꺼내 들고 책장을 넘겼다. 작은 글자가 잘 보였다. 물론 책을 가까이 당겨야 했지만 보였다. 그게 어디냐 싶었다. 잎새의 입가에 보스스 미소가 피어올랐다.

기분이 너무 좋아 저도 모르게 소리 내어 내용을 읽기 시작했다. 심장이 터질 것 같았다. 무언가를 보고 그것을 그대로 읽어 내릴 수 있다는 것이 이토록 큰 희열감을 안겨주는 일이 될 줄이야. 잎새의 눈가에서 눈물이 뚝뚝 떨어져 내렸다. 그녀는 아랫입술을 꽉 깨물고 벅차오르는 감격을 억눌렀다. 처음엔 수술 경과가 그리

낙관적이지 않았지만, 의료진과 잎새의 끊임없는 노력 덕분에 잎새의 시력이 이만큼이나마 되었다. 지금까지 수술한 환자 중 가장 경이로운 경과를 보이는 환자로 기록될 것이라고 의료진들이 웃으며 말했다.

잎새는 책장을 덮고 거울 앞에 섰다. 자신의 모습이 선명하게 보였다. 눈수술을 하면서 남아 있던 수술 흔적인 핏기가 많이 사라졌다. 흰자위가 조금씩 푸르스름함을 회복하고 있었다. 잎새는 거울을 향해 손을 뻗어 자신을 어루만졌다.

"안녕, 정잎새!"

거울 속 잎새가 환하게 웃고 있었다. 8년의 세월을 송두리째 지워 버린 눈이었지만 괜찮다. 100세 시대라는 인생 속에 고작 8년은 먼지 같은 세월일 수 있으니까. 이제부터 박진감 넘치고 찬란한 삶을 채워 나가면 된다. 잎새는 키폰을 들어 널스 스테이션에 연락을 했다.

"외출 나갔다 와도 될까요?"

[어딜 가시려고요?]

"백화점이오. 옷을 사고 싶어졌어요."

[보호자 없이 괜찮으시겠어요? 주치의께서는 그리해도 좋다고 하셨지만, 그래도 괜찮으실지…….]

"괜찮아요. 한 시간 정도면 돼요. 여기 지도 좀 볼 수 있을까요? 택시도 불러주시겠어요?"

통화를 끝낸 잎새는 곧장 캐리어를 들어 침대 위에 올려놓고 뚜껑을 열었다. 진홍색 민소매 원피스를 입고 카디건을 걸쳤다. 선글라스를 끼고 챙이 넓은 모자도 썼다. 기분 좋은 미소를 입가에 머금고 바로 병실을 빠져나가자 금발의 간호사가 그녀를 보고 생긋 미소를 지었다.

"기분이 좋아 보이네요, 잎새 씨."

"물론이죠. 남자친구 선물을 사서 돌아올게요. 휴대폰을 갖고 가니까 염려하지 마세요. 콜택시 업체 전화번호도 하나 알려주시겠어요?"

잎새는 어릴 때부터 해외에 진출하겠다는 꿈을 품고 있었기 때문에 영어와 프랑스어에 능통했다. 간호사가 웃으면서 콜번호를 알려주더니 조심해서 잘 다녀오라며 신신당부를 했다. 잎새는 나풀거리는 나비 같은 걸음걸이로 밖으로 나왔다. 아직 이 눈으로 햇빛을 바라보는 건 치명적이었다. 선글라스와 모자를 쓴 건 그런 이유에서였다. 앞엔 택시가 대기 중이었다. 잎새는 백화점 이름을 대고 차 문을 닫았다. 택시가 유유히 병원을 벗어나 도심가로 이동하기 시작했다. 그녀의 시선은 저절로 바깥 풍경에 고정되었다. 뉴욕의 일상보다는 어서 한국의 일상을 두 눈에 담고 싶었다. 그녀가 보지 못했던 8년 사이 세상은 얼마나 빠르게 변화했을까? 사실 아파트 단지가 대규모로 들어왔다는 것과 버스의 내부 디자인과 외부 디자인이 바뀌었다는 것, 인근 은행이 인테리어를 완전히 바꿨다는 것과 있던 빵집이 사라지고 프렌차이즈 빵가게가 오픈했다는 말 등 변화를 감지할 수 있는 말은 많이 들었지만, 눈으로 보지 못하니 드라마틱한 변화를 몸으로 느낄 수는 없었다. 그래서 하루라도 빨리 한국에 들어가 그런 변화들을 직접 체험하고 싶었다.

"백화점입니다."

20분 정도의 거리였다. 잎새가 돈을 지불하고 택시에서 내려 백화점 안으로 들어갔다. 그녀는 회전문을 통과해 1층 내부를 가만히 훑었다. 눈으로 모든 것을 만지듯이 어루만지며 지나갔다. 이 낯선 풍경이 왜 이리도 경이롭고 신묘한지 모를 일이었다. 잎새는 입가에 함박웃음을 머금고 생판 모르는 이국인들을 향해 다가갔다. 심장에 수만 개의 정체 모를 꽃이 피어올랐다.

잎새가 도착하기로 한 날이었다. 이른 아침, 한호준에게서 전화가 걸려왔다. 잠깐 보자는 전화였다. 한호준과 회사 근처 일식집에서 만났다. 룸으로 들어가 마주 앉자 준비된 음식들이 들어와 테이블을 채웠고, 호준은 한참 동안 말이 없다가 종업원이 나간 뒤에야 비로소 입을 열었다.

"희연이 임신 중입니다."

난데없는 고백에 이찬은 잠시 숨 쉬는 걸 잊고 호준을 바라봤다. 그런데 왜 이 말을 한호준에게서 듣는가에 대해 골몰해야만 했다. 임신이 사실이라면 희연은 이찬을 찾아와 온갖 설득과 갖은 협박을 했어야만 했다. 그 편이 표희연과 매우 어울리는 첫 번째 방법이기도 했다. 그런데 예상 밖의 방법으로 접근을 시도했다. 이건 대체 뭘 얻기 위한 방법일까?

"아직 임신 3개월도 되지 않았고, 아이가 태어나기 전까진 누구 아이인지 알아내는 건 무리라고 판단했구요. 일단 희연이가 살 궁리를 해야 될 것 같아 제가 아빠 노릇을 임시방편으로 해주기로 했습니다."

"아빠 노릇이라면?"

"결혼이오."

이찬은 다시 한 번 복부에 강한 펀치를 얻어맞은 사람처럼 호준을 응시했다.

"그래서 말인데, 한 달 뒤가 잎새와 약속한 석 달이 됩니다. 잎새와 결별 후 저는 바로 헐리우드로 날아갈 예정이구요. 언론에서는 결별에 대한 충격과 슬픔을 달래기 위한 여행인 양 보도할지도 모르겠습니다. 소속사에서도 그 편이 낫다고들 하고요. 그래서 일단 그리해 두고, 그쪽에서 희연과 저는 동거를 먼저 시작할 예정입니다. 임신에 대한 얘기는 일단 비밀로 해두고, 어제 집안 어른들에게만 전했습니다."

"집안에서는 반응이?"

"절 죽이려고들 하죠. 저 때문에 혼사가 파토 났다고들 믿으니까요. 어쨌든 저와 희연이는 미리 준비해 두었던 계획을 브리핑해 두었고, 미국 동거에 대해 허락을 받았습니다. 일단 집안에서는 아이가 무사히 태어나기를 바라는 눈치더군요. 희연의 건강도 걱정하는 눈치구요. 그나마 딸의 안위를 우선으로 생각하는 부모라 다행이라고 안도했죠."

"제게 말하는 의도는?"

"공동 책임이 아닌가 싶어서요. 제정신이 아니었다고 해도 어쨌든 정자가 당신 것과 제 것이 뒤섞인 마당이니, 누구 것이 먼저 들어가 자리를 잡은지 예측도 못하겠고. 아이가 태어나는 것도 알고 있어야 할 것 같아서 이렇게 불렀습니다. 잎새 씨도 이 모든 사실을 알고 있어야 할 것 같아서요."

"네, 그 말엔 일리가 있군요. 그런데 만약 그 아이가 제 아이라면?"

"그 생각에 대해서도 희연과 고민해 본 끝에 제가 내린 결론을 하나였습니다. 사실 전 희연과 굳이 동거까지 했다가 결혼할 필요도 없습니다. 외면해도 그만이었지만, 희연을 책임지려는 건 잎새 씨에 대한 미안한 감정 때문입니다. 잎새 씨에게 짓지 말아야 할 죄를 지은 부분이 마음에 걸려서 잎새 씨를 위해 한 번만 더 희생을 하자고 덤볐죠. 그걸 이찬 씨가 알아줬으면 합니다."

"그 말은 그 아이가 내 아이여도 당신이 책임지고 아빠 노릇을 하겠다는 의밉니까?"

"그래요. 하지만 아이가 태어난 후, 서로 마음이 맞지 않는다면 이혼도 예정되어 있습니다. 희연이 성격을 알다시피 저를 존중해 주질 않거든요. 둘 다 필요에 의해 선택한 상황이라 이걸 사랑에 의한 합의라고 하기엔 무리가 따릅니다. 그래서 2년만 살아보고 아니다 싶으면 각자 제 갈길을 가기로 했어요."

"현명한 방법 같군요."

"그런데 아이가 정말 당신 아이여도 모른 체하고 살 겁니까?"

이찬이 입을 꾹 닫고 회를 한 점 집어 간장을 살짝 묻히고 입안에 넣었다. 잠시 침묵이 흘렀다.

"제 아이가 아닐 겁니다."

"왜 그렇게 확신하는 거죠?"

"⋯⋯정관수술을 했습니다. 프랑스로 나가기 전에 했던 것 같군요."

지금 잘못 들었나 싶어 호준이 어안이 벙벙한 얼굴로 이찬을 바라봤다. 천치처럼 입을 헤벌리고 이찬을 바라보자, 이찬이 웃으며 말했다.

"결혼을 할 생각이 없었거든요. 그래서 아예 정관수술을 해서 제 의지를 확고히 하자 생각했습니다."

정관수술을 하게 된 연유 속에는 이나가 포함되어 있었다. 이나의 행복이 확고히 되면 그도 미래를 그려보겠다는 마음이었다. 불멸의 사랑이 찾아와도 버티려면 이것밖에 없다고, 그 당시엔 그리 생각했고 지금도 후회하진 않았다. 급작스럽게 잎새가 마음에 들어오면서 모든 게 무너지고 말았지만 말이다.

"와, 그렇다고 해도 정관수술까지 하는 건⋯⋯ 그건 자신의 성욕을 꺾는 거나 같은데⋯⋯."

"그러길 원했어요. 공부도 해야 했고 나름 마음이 상당히 바빴습니다. 뭔가를 해야 한다는 야망이 컸던 터라 후회는 하지 않았고, 희연의 집착에서 어느 정도는 홀가분했던 면도 있었습니다."

"그래서 결국 그 아이는 제 아이라는 겁니까?"

"백 퍼센트일 겁니다. 정관수술 사실을 굳이 희연에게 말하지는 않았구요. 정관수술을 해도 정액은 빠져나오기 때문에 본인은 몰랐을 겁니다. 정액 안에 정자만 없는 거니까요."

"정말이지, 존경스럽습니다. 아이도 낳지 않은 상황에서 정관수술을 하다니. 용기가 대단하세요. 게다가 성욕 감퇴라는 부작용도 있다던데……."

"그런 건 증명된 내용이 아니니 무시했구요. 하지만 최근에 결혼하고 싶은 생각이 들어서 조만간 정관복원수술을 받을 예정입니다. 아이를 낳고 싶어졌거든요."

호준은 그 상대가 잎새라는 걸 깨닫고 입가를 빙그레 휘어올렸다. 이찬의 말을 듣고 보니 갑자기 희연의 뱃속 생명체에 대한 애착이 들끓었다. 그 안에 있는 태아가 자신의 아이일 가능성이 백프로라고 확신을 심어주니 정말 묘한 애정이 피어났다.

"희연에게도 말을 해야겠는데요?"

"그 부분은 알아서 해요. 전 상관없습니다."

"잎새 씨랑 결혼까지 생각하고 있었나요?"

"다른 길은 상상도 할 수 없으니까요. 잎새의 곁에 다른 남자가 있다는 건, 제겐 악몽 같은 일이더군요."

"확실한 답이 나왔다니 다행이에요. 이 밥은 제가 살게요. 아이 아빠가 되는 기념으로 쏘는 겁니다. 그리고 제가 열애 보도를 결별로 바꿀 때까지 조금만 더 기다려 주세요. 그에 대한 감사함도 담은 한 턱이에요."

이찬이 입가를 천천히 휘어올렸다.

너를 깊이 품고

　　회사 업무를 모두 본 이찬이 고급 세단에 시동을 걸고 있는데 휴대폰이 울어댔다. 낯선 번호, 이름은 맞선녀 누구라고 적혀 있었다. 이찬은 인상을 그으며 전원을 꺼버릴까 하다가 통화 버튼을 눌렀다.

　　"여보세요."

　　낮게 가라앉은 살벌한 음성이 고스란히 입 밖으로 흘러나왔다.

　　[안녕하세요, 이찬 씨, 저 운화예요.]

　　조운화, 새병식품의 막내딸로 미모는 빼어나지 않지만 아담하고 작은 체구에 당당한 눈빛이 매력적인 여자였다. 만나자마자 그녀는 그에게 호감을 드러내 보였지만, 이찬은 그닥 흥미가 없었다.

"죄송한데, 제가 선약이 있어서 빨리 가봐야 합니다."

[계속 연락을 기다렸는데, 통 연락이 없으셔서요. 어렵게 연락을 드렸어요. 혹시 주말에 시간 괜찮으신가요? 한 번 뵙고 싶은데요.]

"제가 조윤화 씨에게 드릴 말씀은 한 가집니다. 전 그쪽에게 전혀 관심이 없구요, 관심 가질 마음도 없습니다. 집안에서 오랫동안 혼담이 오갔던 사람과 최근에 파경을 맞았습니다. 당분간은 결혼 생각 없어요."

[제가 아니라고 해도 또 다른 누군가를 아버님께서 당신 곁에 붙여놓으려 하실 거예요. 어차피 누구에게도 관심이 없다면 절 곁에 두라는 말을 하고 싶군요. 전 이찬 씨가 절 이용해도 좋다고 말하는 거예요.]

"자존심도 없습니까?"

[이제 막 이찬 씨에게 관심이 생겼는데, 지금 자존심을 세워서 어쩌라구요? 가뜩이나 나 같은 건 관심도 안 보이는 남자에게 자존심을 부리면 그 남자가 갑자기 제게 관심을 보인데요? 아예 옆자리에 오지도 못하게 하는 남자인데요? 그게 다 무슨 소용이에요.]

"다시는 연락하지 마세요. 더는 할 얘기 없습니다."

[저, 집요하게 굴 수도 있고, 충분히 치사하게 굴 수도 있는 여자예요. 그렇게 막무가내로 쳐내기만 하는 건 별로 좋은 방법 같지 않아요.]

"이렇게 거절을 할 때에는 남자에게 다른 여자가 있기 때문일 거라는 생각은 안 합니까?"

대답이 없었다.

"여자가 없다고 해도 당신에겐 기회가 없을 예정이지만, 여자가 있기 때문에 제 딴엔 정중하게 거절하고 있다는 것만 알아줬으면 합니다. 끊겠습니다."

여자는 말이 없었다. 여자가 없는 줄 알고 들이댄 모양인데, 알고 나니 실망감이 차오르는 건가? 부친은 보지 않겠다는 맞선을 기어이 진행시켰고, 이나의 부탁으로 집에 가보자 그 여자가 와 있었다. 조운화는 이나에게 어떤 부정적인 표시도 내지 않았지만 그런 완벽한 연기가 그의 눈에는 위화감을 줄 따름이었다.

이찬이 액셀러레이터를 밟으며 빌딩 주차장을 빠져나왔다. 곧장 향한 곳은 잎새와 약속한 그의 집이었다. 고급 빌라 단지 내로 들어서 주차장에 주차를 하고 나오기 무섭게 이나에게 전화가 왔다.

[이찬아, 조운화 씨한테 대체 뭐라고 한 거니?]

"왜?"

[그쪽 집안에서 아버지에게 전화를 해서 한바탕 퍼부은 모양이야. 물론 아버지의 명예나 위치 때문에 함부로 막말을 한 것 같진 않지만 은근히 부아가 나게 긁어댄 모양이야. 아버지가 화가 머리 끝까지 솟으셔서 너한테 여자가 있냐고 물으셔. 난 모르겠다고 하긴 했는데, 공 비서님께 네 뒷조사를 하라고 이른 눈치야. 공 비서가 곧장 사람을 붙일 거야.]

"내가 공 비서하고 통화해 볼게. 일단 끊어봐."

이찬이 통화를 끝내자마자 공 비서에게 전화를 걸었다.

[네, 사장님.]

"회장님이 무슨 명령을 내리신 겁니까?"

공 비서가 곧장 대답을 못하고 우물쭈물하자, 이찬이 다시 한 번 정중하게 물었다.

"제 뒷조사를 하라고 시키셨지요?"

[……사장님, 회장님께서는 우려를 나타내고 계십니다. 사장님께서 탐탁지 않은 분과 교제를 할 시에는 그에 합당한 대가로 고통을 주실 분이세요. 전 회장님의 심복입니다. 누구보다 회장님을 걱정하는 위치에 있고, 지금은 회장님의 명령에만 반응할 겁니다. 제가 사장님을 아끼는 것은 지금 상황과는 별개라고 이해해 주셨으면 합니다.]

평생 부친에게만 충성을 다해온 심복이니, 이찬이 무슨 소리를 해도 대꾸해 줄 의무는 그에게 없다 에둘러 말하고 있었다. 공 비서는 워낙에 이런 사람이었고, 이찬도 신 비서가 이런 곧은 절개를 지닌 사람이기를 바라기도 했다. 세상에 공 비서 같은 사람은 한 사람뿐이었다. 어쨌든 자세한 내막은 알려주지 않겠다는 내용으로 통화가 종료되었다. 잎새의 존재가 부친에게 들통 나는 건 시간문제였다. 이찬은 휴대폰을 꽉 쥐고 얼굴을 구겼다. 선수를 빼앗길 것인가, 선수를 칠 것인가…….

이찬이 차에서 내려 엘리베이터에 올라 바로 현관 앞에 섰다. 비밀번호를 누르고 안으로 들어가 욕실에서 샤워 먼저 끝냈다. 욕실에서 나오자마자 인근 백화점에 전화를 걸어 식품부에 주문을 했다. 최고급 치즈와 제철 과일, 음료수, 전복과 갖은 야채들을 주문했다. 30분 뒤 벨이 울리고 주문한 내용물을 든 배달원이 그에게 인사를 건넸다. 이찬이 물건을 받고 값을 지불하자 배달원이 인사를 건네고 사라졌다.

이찬은 받아온 야채들을 씻어 잘게 썰었고, 전복도 껍질을 제거한 후 능숙한 동작으로 살짝 데친 후 잘게 채를 쳤다. 그것들을 살짝 불린 쌀에 넣어 맛난 전복죽을 만들었다. 그가 그나마 혼자 살면서 제일 자주 해 먹는 보양식이었다. 지글지글 죽을 졸이면서 한 번씩 뒤집었다 흩어놓았다를 반복하다가 찬물을 한 차례 부어 열을 식히고 다시 지글지글 끓였다. 약간의 간을 하고 맛을 보았다. 야채가 녹아내려 특유의 싱싱하고 푸릇한 향이 났다. 전복은 특유의 바다 향을 왈칵 끼치며 쫄깃한 식감을 자아냈다. 그는 가스불을 끄고 냉장고를 열어 도우미가 넣어뒀다는 갓 담아낸 얼갈이 무침과 깻잎무침, 깍두기를 작은 접시에 일일이 나눠 담아냈다. 그는 시계를 봤다. 잎새가 도착하겠다던 시간이 10분 정도 남았다.

이찬은 식탁 위를 깨끗하게 닦아내고 은촛대를 준비했다. 초를 끼우고 라이터를 당겨 불을 붙였다. 집 안의 방향제 역할을 하는 향이 은근한 캔들 두 가지를 소파 앞 테이블에 놓고 불을 붙였다. 남성적이고 강한 향이 났다. 하나같이 그의 취향이어서 주로 그의 몸에 밴 냄새와 비슷한 향이 실내에 감돌았다. 자스민, 백단, 난초의 향들이 적절한 비율로 배합된 깊고 그윽한 향이었다. 그는 간단한 늦은 식사 준비를 마치고 와인장에서 가장 오래된 고가의 와인 한 병을 꺼내두었다. 와인잔을 준비하고 얼추 할 일을 마친 그는 드레스룸으로 가 옷을 갈아입었다. 네이비 팬츠에 짙은 청색과 짙은 그린 계열의 체크가 새겨진 남방셔츠를 입고 팔은 걷어붙였다. 그는 머리스타일을 단정히 하고 베란다 쪽으로 나가 창 아래를 내려다봤다.

주차장으로 택시 한 대가 들어서는 모습이 눈에 들어왔다. 잎새 같았다. 반가운 나머지 그는 얼른 현관에 가서 문을 열고 발굽을 세운 후 엘리베이터를 노려봤다. 1층에 서 있던 엘리베이터가 올라오는 소리를 냈다.

도르레가 이동하는 소리, 곧 있으면 저 문이 열리고 잎새가 나타나리라. 얼마나 보고 싶었는지 말로 다 표현할 수가 없었다. 부친 때문에 느꼈던 스트레스가 온통 휘발되고, 마음속에는 따스한 불길만 잔잔하게 일다 층수가 가까워질수록 거대한 숲처럼 크기를 키워 나가기 시작했다. 그는 초조한 얼굴로 엘리베이터와 액정화면을 노려봤다. 화면에 층수가 또렷하게 모습을 바꿔가며 층수를 보여줬다. 전자음으로 층수를 말하며 엘리베이터 문이 열리자마자 이찬이 두 팔을 활짝 벌렸다. 그와 동시에 그는 낯선 충격에 잠시 멍하니 잎새를 바라봤다.

"너……!"

잎새가 그를 똑바로 쳐다보고 있었다. 아주 선명하고 또렷한 검은 눈동자로. 잎새가 하얗게 이를 드러내 보이며 그의 품 안에 와락 안겨왔다. 당황한 그는 그녀를 안지도 못하고 멍하니 석상처럼 굳어서 바보처럼 더듬거렸다.

"너, 너…… 지금!"

"……수술 받았어요."

"정잎새!"

그녀가 눈이 보인다는 것과는 별개로 자신도 모르게 미국 땅으로 날아가 수술을 하고 돌아왔다는 데 화가 치밀어 올랐다. 품 안에 안겨 있던 잎새가 몸을 떼어내더니 깊은 눈빛으로 이찬을 이리저리 바라보더니 애잔한 미소를 지었다.

"머릿속으로 그렸던 모습하고 너무 많이 다른데요? 정말…… 잘생겼어요. 너무 그리웠어요. 매일 당신의 목소리를 들으면서도, 당신을 만나는 순간조차도 당신이 그리웠어요. 볼 수 없지만 만질 수 있다는 사실에 감사하면서 버텨보려고도 했는데, 당신에 대한 그리움이 절 강인하게 만들었어요. 그래서 수술을 감행했던 거예요, 위험한 걸 알면서도……."

"시력은?"

"0.5 정도 나와요. 보정용 안경을 써야 하는데, 오늘은 안 썼어요. 당신한테 이런 눈이 되었다고 알려주고 싶어서요."

잎새는 처음 보는 사람인데도 그의 눈빛이 머금은 따스한 온기 때문에 그가 전혀 낯설지가 않았다. 냉혹하고 잔인해 보이는 차가운 타입의 얼굴이었지만, 눈빛엔 한없이 따스한 온기가 넘쳐흐르고 있었다. 그 눈빛에서 나오는 온기가 그녀에 대한 깊은 애정으로부터 비롯되었다는 것을 잘 알고 있었다. 그녀는 오래도록 그의 뺨을 손으로 쥐고 그를 눈 속에 담았다. 밀도 높은 눈빛으로 오래도록 그를 담았다. 아기 새처럼 그를 각인시켰다.

"결혼도 하지 말아야지, 연애도 하지 말아야지, 사랑도 하지 말아야지, 내가 그랬어."

이찬이 잎새를 내려다보며 깊어 일렁거리는 눈빛으로 말했다.

"사랑해 주는 것보단 사랑받는 쪽을 택하자 싶었지. 내가 편안해지고 싶었거든. 내가 집착하기 시작하면 얼마나 무섭게 매달리게 될지 잘 알기 때문에 그런 건 하지 말자고 굳게 다짐했었다."

잎새는 아기가 제 어미의 얼굴을 익히기라도 하듯 그의 얼굴을 요모조모 어루만지며 파악해 갔다. 눈꺼풀을 더듬고, 눈썹을 어루만지고 콧날도 더듬어보고 입술도 만져 보았다.

"담백하게 만나다 싫증나면 끝내 버리고 그랬어. 헌책 버리고 새 책 사듯 경박한 감정에만 심취해 그렇게 살았어, 내가……."

잎새가 눈을 들어 그를 똑바로 바라봤다. 맑게 닦인 하늘 같은 눈빛이었다. 어떤 감정 조각 하나 묻어나지 않는 청명한 눈빛이었다.

"너를 만나면서 내가 점점 구차해지고 졸렬해지고 꼴사나워져 가는 게 보여서 쪽팔려."

"그게 살아 있는 거 아닌가요?"

"그게 나 자체로 그런 놈이었다면 이해되지만, 너로 인해 변하는 거면 문제가 있는 거지. 이렇게 빠른 속도로 변하는 내가 적응도 안 되고……."

이찬이 잎새를 와락 끌어안더니 으스러져라 품었다.

"내가 지금 초인적인 인내심으로 치밀어 오르는 화를 누르고 있다는 것만 알아둬라. 내가 사내 주제에 지금 계집애처럼 삐치려고 한다는 것도 알아두고. 내가, 무지하게 쪽팔려서 참고 있다는 것만 알아둬. 너한테 소녀처럼 앵앵거리면서 따지고 싶은 마음을 누르고 있는데, 되게 버겁다."

"따져도 되는데……."

"따지는 걸로 안 끝나. 몇 날 며칠에 걸쳐서 혼나야 돼, 넌!"

"혼나는 것도 괜찮은데……."

"혼나는 게 괜찮다고? 그건 네가 날 몰라 하는 소리지. 난 혼낼 때 상대가 눈물 찔끔 흘리게 혼내."

"아, 그건 좀 싫다. 눈 뜨자마자 사자같이 변한 성이찬을 만나는 건 좀 아닌 것 같은데요?"

"일단 들어가자."

이찬은 잎새를 옆구리에 아기 새처럼 꼭 끼워 넣고 현관 안으로 끌고 들어갔다. 잠시도 떨어지고 싶지 않았다. 집으로 들어온 이찬은 그녀를 소파에 앉히고 무릎을 꿇었다. 그녀의 눈높이를 맞추고 잎새의 눈동자를 깊이 들여다봤다.

"내가 보여?"

"네, 아주 잘 보여요."

"부작용은? 이후 후유증은?"

"신기술로 만든 개발품이에요. 후유증은 정확히 뭐다, 라고 할 수 없고 제 스스로 실험군이 되어서 이후 나타날 증상에 대해 의료진 측에 알려줘야 하는 책임이 있어요. 하지만 상당히 빠른 속도로 제 눈에 맞춰지는 게 느껴졌어요. 처음엔 좀 힘들었지만, 날짜가 지날수록 빠르게 호전되어 가서 좋더군요. 이 인공각막의 장점이기도 하죠."

"정말 내가 보여?"

이찬의 되물음에 잎새가 하얗게 이를 드러내 보이며 봄꽃처럼 예쁜 미소를 보였다.

"그렇다니까요."

"믿어지지가 않아. 네가 날 볼 수 있게 될 줄이야."

"저두요."

잎새가 손을 뻗어 이찬을 지그시 바라봤다.

"네 눈동자에 감정이 실려 있어. 짙고 깊은 따스한 감정이……. 마치 오랫동안 그 눈으로 날 마주 봐왔던 사람처럼 나를 보는군."

"키스해 줘요."

"안 돼. 일단 야식을 먹고."

이찬이 몸을 세우더니 잎새를 끌고 식탁 쪽으로 갔다. 전복죽을 살짝 데운 그가 핸드메이드 대접에 죽을 따랐다. 그것을 잎새 앞에 놓고 자신의 앞에도 하나 놓았다. 미리 따로 분리해 두었던 김치들을 꺼내 보기 좋게 나열하고, 와인을 준비했다.

"간단하게 식사 먼저."

"와아, 이걸 언제?"

"네가 온다고 해서 혼자 뭘 준비해야 할까, 노심초사한 끝에 내가 가장 잘하는 걸 준비하기로 했지. 조금 소박하지만 잘 먹어줘. 맛은 장담 못해."

이찬의 말에 잎새가 배시시 웃더니 숟가락을 들어 이찬이 만든 죽을 떠서 한입 베어 물었다. 입안에서 사르르 녹아드는 듯한 식감과 쫀득한 전복 맛이 어우러져 맛깔났다.

"담백하고 부담 없는 맛인데요? 간도 적당하구요. 이렇게 잘게 다진 채소들도 당신 작품?"

"응, 내가 요리를 좀 해."

"말도 안 돼. 우와!"

잎새가 찬사를 내뱉더니 다시 한입 떠서 입안에 머금었다. 잎새가 시선을 들어 이찬을 따스한 봄볕처럼 바라봤다. 그와 눈을 마주치자 이제 막 첫사랑을 시작한 소녀처럼 가슴이 아플 만치 세게 두근댔다. 너무 아파 눈물이 날 지경이었지만, 이 느낌이 주는 감각에 전율을 느꼈다.

냉정한 어법이나 상대의 기를 눌러 버리고 마는 고압적인 말본새 자체가 처음엔 위압적으로 느껴져 부담스럽고 싫었다. 하지만 한 번씩 닿는 손이, 그 손이 보여주는 성실함이, 그에게 닿는다는 것이 어느 순간 아주 따스함이라는 걸 깨달으면서 차츰 그에게 이끌리는 자신을 발견하게 되었다. 냉정한 말투에 자신을 감추고 상대를 은근히 배려하는 남자.

그 배려가 몸에 배어 저도 모르게 상대를 배려하면서도 어떤 생색도 내지 않던 남자였다. 그런 배려 때문에 점차 그가 보여준 세계에 몰입해 갈 수 있었다. 그리고 그 세계가 자신의 것이 되자, 미치도록 그가 그리웠다. 그리고 막상 그가 다가왔을 때 그의 곁에 다른 이가 있었고, 마음을 접어야 하는구나, 하면서도 그를 원했다.

잠깐만 홀로 이 감정에 도취되어 짝사랑을 즐기려 했을 때조차도 그는 따스했다. 냉정하게 상대를 자르듯 말하지만, 어느새 곁으로 와서 상대가 어려워하는 일을 묵묵히 해결해 주고 고맙다는 말도 듣지 않고 등 먼저 보인 채 사라지는 남자가 저 남자였다. 그녀가 수술 때문에 6주나 사라졌었는데도 화를 누르며 대신 안아 주었다.

뭘 더 바랄까? 이토록 완벽한 남자가 어디 있단 말인가! 욕심을 마무리 짓기 위해 수술을 했다. 이 욕심이 제대로 매듭지어 지려면 그의 부친을 만나야 하고, 그의 부친에게 그를 차지해도 된다는 허락을 받아야 했다. 잎새는 시끄러운 머릿속 자아와 쉼 없이 그의 좋은 점들을 늘어놓으며 좋아해야 하고 같이 살아야 할 이유 101가지쯤을 뇌리에 박아 넣고 있었다.

"잎새야."

잎새가 그를 홀린 듯 바라보고 있다가 초점이 또렷해진 눈빛으로 그를 다시 바라봤다.

"아버지께 인사드리러 가자."

"네?"

원했던 일이지만 급작스러운 것도 사실이었다.

"이젠 겁낼 이유가 없어. 아버지께 정식으로 연인 인정을 받자."

"……괜찮겠어요? 아버지께서 한호준과의 스캔들을 아신다면 절 좋지 않게 생각하실 텐데요."

"그건 상황에 대한 설명만 제대로 하면 설득이 될 것 같아. 표희연이 임신했다는 건 알아?"

잎새가 막 죽 한 숟가락을 목구멍으로 넘기다 말고 사레들려 켁켁거렸다. 드디어 우려하던 일이 벌어진 건가? 잎새는 숟가락을 놓고 식겁한 얼굴로 파리해져서 그를 바라봤다. 그 아이가 어쩌면 이찬의 아이일지도 모른다는데, 그러면 그땐 정말 어떻게 해야 좋을까? 머릿속이 삽시간에 쑥대밭이 되어버렸다. 아무렇지 않은 척 그를 믿고 싶었지만, 보수적인 성향을 가진 그녀인지라 쉽게 받아들여지질 않았다. 어찌 되었건 이찬은 희연과 관계 맺음을 했고, 임신이 된 상황이다. 갑자기 입맛이 확 달아났다.

"임신했대. 한호준과 헐리우드로 날아가 동거 예정인데 다음 달 말경 너와의 결별 보도를 마무리 짓고 나갈 예정이라고 하더군."

이찬이 너무 쿨하게 반응하기 때문에 잎새도 별수 없이 별일 아닌 양 넘기기로 했다. 이찬은 홀가분해 보였고, 그런 이찬의 마음을 건드려 싸우고 싶지도 않았다. 특히 오늘 같은 날에. 그녀가 볼 수 있게 되었다는 사실을 전한 기쁜 날이 아닌가! 이날은 온전히 축하만을 받으며 기쁨을 만끽하고 싶었다.

"와아아아……! 스펙터클한데요? 얘기가 어떻게 그렇게 가요?"

"그러게. 결혼하고 2년만 동거하기로 얘기가 됐다던데, 모르겠어. 한호준이나 표희연의 심리가 어떻게 변하느냐에 따라 다른 답이 나올지도 모를 일이지."

"잘살았으면 좋겠는데……."

"그건 그들 문제고, 당장 넌 어쩔 거야? 난 하루빨리 너를 아버지께 데려가서 인사를 시키고 싶은데……."

"반대하시면 어쩌죠?"

"초반엔 반대가 있겠지만, 괜찮아. 누나가 내 편이니까, 적당한 선에서 누나가 힘을 발휘해 줄 거야."

"10일만 시간을 줄래요? 마음의 준비도 해야 하고, 어른을 만나기 위한 만반의 태세를 갖출 수 있도록."

"그래, 그러자."

잎새가 이찬을 빤히 바라봤다. 시선이 마주 닿자 이찬이 씩 미소를 지었다. 눈을 뜨고 누군가를 보고 눈을 맞춘다는 건 이런 즐거움을 선사했다. 잎새는 먹는 내내 그에게서 눈을 떼지 않았다. 그가 보고 싶어서 위험을 감수하고 눈에 칼을 댄 그녀였다. 그러니 1분 1초가 그를 위해 존재해야만 한다. 하나부터 열까지 8년간 알지 못했던 그의 모든 습관들을 뇌리에 박아놓고 싶었다. 왜 이리 벅찰까? 왜 이리 죽을 듯이 숨이 막힐까?

식사가 모두 끝났을 때 잎새는 눈가가 먹먹해지는 것을 느끼며 얼른 아랫입술을 꽉 깨물었다. 눈을 뜨자마자 느낀 감정은 오직 하나, 폭발하는 기쁨이었다. 하지만 이찬을 보고 나니 먹먹한 감동이 가슴을 쳤다. 드디어 올 게 왔다는 시원스러움과 동시에 긴장이 풀리면서 그간 왜 그렇게 고생하며 살아왔는지 세월이 야속해 눈물이 차올랐다. 8년, 그 긴 세월이 흔적 없이 지워졌다.

이찬이 일어나 설거지를 한다며 서 있는 모습을 잎새는 와인을 마시며 가만히 바라봤다. 눈가에 차오르던 벅찬 눈물이 서서히 눈물샘 속으로 다시 역류해 들어왔다. 무언가를 굳이 함께하지 않아도 이렇게 한 공간에 같이한다는 사실만으로도 심장이 춤을 추었다.

"이찬 씨……."

그의 이름을 부르자, 그가 반응했다. 고개를 돌린 그와 시선이 닿자 잎새가 빙그레 미소를 지었다.

"왜?"

"그냥 불러봤어요."

잎새가 턱을 괴고 앉아 설거지를 하고 선 그를 바라보다가 몸을 일으켜 그의 곁에 가서 섰다. 그는 설거지도 꼼꼼하게 잘 했다.

"제가 해도 되는데……."

"같이 살래?"

난데없는 물음에 잎새가 멍한 시선으로 그를 보다가 귓불을 확 붉혔다. 목덜미까지 새빨갛게 물들어 버린 잎새가 아랫입술을 꽉 깨물었다.

"같이 살자."

"그건 좀……."

"왜?"

"집안에서 알면 저를 이상한 애로 보실 게 뻔하잖아요. 가뜩이나 사고 여파로 여기저기 수술한 것도 마음에 안 드실 텐데……."

이찬이 막 마지막 컵을 건조대에 뒤집어놓더니 손을 닦고 그녀를 와락 품 안에 끌어안았다.

"왜 그런 말을 해. 넌 너니까 그걸로 된 거야. 내가 너 아니면 안 된다고 몇 번이고 말할 거야. 내가 매일 네가 그리워서 그래. 같이 산다고 해도 내가 나가서 일하는 동안은 떨어져 지내야 하잖아.

그러니까 같이 있고 싶어서 그래. 널 더 많이 알아가고 싶어."

"며칠만 생각할 시간을 주세요."

"오늘, 자고 가라."

"이모가 기다릴 텐데⋯⋯."

"내가 전화할게."

이찬이 몸을 떼어내려 하자 잎새가 이찬을 다시 꽉 끌어안더니 가슴팍에 머리를 묻고 쿡쿡 웃었다.

"왜?"

"바보, 그냥 해본 말이었어요. 이모한테 오늘 안 들어가겠다고 했어요."

"정말? 그랬더니?"

"알아서 하래요. 한두 살짜리 애도 아니고 자기가 책임질 자신이 있으니까 저러는 거겠지, 그러시던데요?"

이찬이 기분 좋은 미소를 입가에 머금더니 잎새를 번쩍 안아 올려 침실로 데리고 갔다.

"같이 씻자."

"창피해요."

"아차차, 우리 오늘 처음 보는 건가?"

이찬이 장난스럽게 웃으며 그녀의 콧방울을 툭툭 두드렸다. 그가 자기 먼저 씻고 나오겠다며 잎새에게 잠시 기다리라 했다. 잎새는 홀로 남아 있다가 그의 서재 방으로 들어가 내부를 살폈다. 낯선 공간임이 분명한데도 이미 냄새가 익숙해서 정겨웠다. 그녀는 손을 뻗어 스케치북 하나를 꺼내 들었다. 앞부분 몇 장에 그림이 채워져 있었다. 잎새는 4B연필을 들고 슥슥 스케치를 시작했다. 자신에게 그림 실력이 있는지는 자신할 수 없었다. 늘 보지 않고 점을 찍으며 대충 러프스케치를 했던 터라 이렇게 하얀 백지 위에 직접 그림을 그리는 건 처음이었다. 잎새가 앉아서 슥슥 손을 움직이며 가장 먼저 떠오른 것을 그렸다. 이찬의 손이었다. 꿈에서도 이찬의 손은 그릴 수도, 만들 수도 있을 만큼 선명했다. 슥슥 그린 그림이었지만 이찬의 손이 하얀 백지 위에 완벽하게 재생되었다.

"정잎새!"

이찬이 잎새를 불렀다. 몰입하는 동안 그가 벌써 다 씻고 나온 모양이었다. 잎새는 그림에 글을 남겼다.

"가요!"

잎새가 씩 웃으며 스케치북을 덮어 그의 책상 위에 올려놓았다. 잎새가 이찬에게로 가자 그는 드라이기로 머리를 말리다 말고 그녀에게 물었다.

"어디 있었어?"

"글쎄요. 저도 씻을게요."

잎새가 욕실 안으로 들어가 옷을 벗어 한쪽에 쌓아두고 샤워부스 안으로 들어가 섰다. 온수를 조절해 틀고 물줄기 아래 섰다. 눈을 감자 머리 위로 물이 떨어져 내렸다. 밖에선 아직도 드라이기 돌아가는 소리가 들렸다. 그도 잠시 드라이기가 뚝 꺼졌다.

"빨리 씻고 나와."

이찬이 잎새에게 말하고는 허리에 수건을 감고 안방을 빠져나가 거실에 섰다. 잎새가 어딜 갔었던 걸까? 그는 고개를 돌려 바로 앞방을 쳐다봤다. 그의 서재 방이었는데, 아까 봤을 때랑 문의 열린 정도가 조금 달라 보였다. 그가 손잡이를 잡고 문을 열자 텅 비어 있던 그의 책상 위에 스케치북 하나가 놓인 게 눈에 들어왔다. 그는 잰 동작으로 다가가 스케치북을 열어 안의 그림을 살폈다. 첫 장과 둘째 장은 그가 풍경 스케치한 것이 있었고, 다음 장으로 넘기자 익숙한 손이 눈에 들어왔다. 거기에 장난스러운 잎새의 손글씨가 적혀 있었다.

날 늘 빛으로 인도해 준 손⋯⋯. 당신의 의도가 어떻든 저는 누구보다도 건강하게 시련에 굴하지 않고 지금에 이르게 되었어요.
감사해요. 그리고 아주 많이 사랑해요.

—날개 달린 잎새가.

이찬이 흐뭇한 미소를 입가에 머금고 잎새가 그린 자신의 손을 그림에 대봤다. 똑같이 잘도 그렸다. 마치 보고 묘사라도 한 듯이 보였다. 그는 그림을 책상 위에 올려두고 미리 준비해 두었던 선물상자를 베란다에서 꺼내 왔다. 안방에 들어간 그는 사방 곳곳에 향기가 짙은 향초를 켜고 선물상자와 꽃다발을 침대 위에 올려놓았다. 그리고 장미꽃에서 미리 수거해 둔 이파리들을 침대 위에 뿌렸다. 잎새에게 잊지 못할 밤을 선사하고 싶었다. 준비를 마친 이찬이 머리카락을 손가락으로 빗어 뒤로 넘기고 허리에 감긴 수건을 꽉 다시 조였다. 침대 끝에 걸터앉아 다리를 꼬고 나름 여유로운 척 편한 포즈를 취하고 잎새를 기다렸다.

달칵, 잎새가 밖으로 나왔다. 잎새가 드라이기로 머리카락 말리는 소리가 들리더니 잠시 뒤 욕실과 연결된 통로를 지나 미닫이문을 열고 모습을 드러냈다.

"앗!"

잎새가 눈을 휘둥그렇게 떴다. 방 안은 온통 촛불 때문에 주홍빛으로 물들어 있고, 새하얀 침대보 위에는 진보라색 바탕에 둥근 형태의 선물상자와 꽃다발, 그리고 새빨간 장미 이파리가 점점이 흩뿌려져 있었다. 마치 이벤트 업체에서 사람이 왔다 간 듯 보였다. 하지만 저런 차림으로 사람을 불렀을 리는 없을 테고. 잎새가 의아한 눈빛으로 그를 보자, 이찬이 다가오라는 손짓을 했다.

"뭐예요, 이게?"

잎새가 다가가 꽃다발을 한 손으로 들려다 무게가 엄청나서 두 손으로 겨우 받쳐 들어 올렸다. 부르트 장미와 아쿠아 빛 장미를 조화롭게 묶은 꽃다발은 장미만 족히 백 송이는 꽂혀 있는 듯 보였다.

"너무 예뻐요."

무언가를 볼 수 있게 되자, 이 장미가 지닌 무게감뿐 아니라 짙은 향기만 느끼는 게 아니라 이젠 눈으로 즐길 수 있는 아름다움까지 완벽하게 누릴 수 있게 되었다. 잎새는 장미다발에 코를 묻고 오래도록 잔향에 취해서 눈을 꼭 감았다.

"처음 받아봐요. 음, 그러니까 눈 뜨고 처음?"

"그럼 눈 감고는 받아보고?"

"그렇죠?"

한호준에게. 그 외에도 작품전시회와 입상 시에 많은 이들에게 꽃다발을 받은 경험이 있었지만 이렇게 특별하고도 의미 있는 꽃다발은 처음 받아본다. 잎새는 꽃에 흠뻑 빠져 볼에 문대고 냄새도 맡아보고 꽃송이 하나하나의 모습도 눈에 담아봤다. 색깔도 그렇고 모양도 그렇고 왜 이렇게 예쁘고 사랑스러운지 모르겠다. 그런데 찌를 듯 바라보는 이찬의 시선이 그녀의 시선을 옮기도록 했다. 잎새가 시선을 돌리자 이찬이 험악해진 눈빛으로 그녀를 바라보고 있었다. 놀란 잎새가 숨을 들이켰다. 이 남자 화나니까 진짜 무섭다. 엄청난 기세에 짓눌리는 기분이었다.

"어, 제가 뭘 잘못했나요?"

"했지."

"무슨……."

"다른 남자 운운하지 마라."

핫, 질투가 불같은 남자였던 건가? 잎새가 피식 웃고 들고 있던 꽃다발을 내려놓았다. 잠깐 들고 있었는데도 팔이 떨어져 나갈 듯 아팠다. 잎새는 그의 곁에 앉아 그의 뺨을 손끝으로 콕콕 찌르며 웃었다.

"제 입으론 다른 남자 운운하지 않았어요. 이찬 씨가 괜히 오해하는 거예요. 전시회나 상을 받았을 때 받은 걸 얘기했던 것뿐이라고요."

그제야 이찬이 봄눈 녹듯 차분해진 눈빛으로 그녀를 바라봤다. 그동안 표정을 보지 못해 놓쳤던 것들이 얼마나 많을까? 눈이 보이지 않는다는 건 모든 마음을 일일이 드러나 보여야 한다는 것과 같았다. 그게 아니면 상대의 마음을 알 길이 없으니. 하지만 눈이 보이게 되자, 상대의 마음이 보여서 굳이 많은 말을 하지 않아도 될 것 같아졌다.

"선물, 풀어요?"

"봐."

"얼른 풀어보고 저도 준비해 온 선물 꺼내야겠는데요?"

"내 선물 있어?"

"미국 간 김에 하나 샀어요. 우리 같이 열까요?"

잎새가 선물을 당겨 놓더니 밖으로 나가 메고 온 빅백을 들고 왔다. 빅백을 뒤적거리던 그녀가 긴 상자박스 하나를 그 앞에 건넸다. 이찬이 선물상자를 받아 들더니 아이처럼 좋아했다.

"앞으론 자주 선물할게요. 사주고 싶은 게 정말 많았는데, 뭐가 어울릴지 몰라서 살 엄두가 안 났었거든요. 하지만 이젠 할 수 있어요. 열어보세요."

이찬이 잎새의 말이 끝나자마자 선물상자를 열기 시작했다.

"너도 열어."

이찬의 말에 잎새도 상자를 열기 시작했다. 두 사람의 상자가 동시에 열렸다. 이찬에겐 남청색 바탕에 빨간 체크무늬가 들어간 넥타이가 담겨 있었다. 잎새의 상자 안에는 붉은 원피스가 담겨 있었다. 새빨간 하이힐도 같이……

"와아…… 너무 빨개요."

"이런 색은 없는 것 같아서. 하나같이 여대생처럼 발랄한 색상이 많은 것 같더라. 내 앞에선 한 번쯤 이렇게 입어주는 게 좋을 것 같아서. 내 전용 복장이라고 해두지."

잎새가 원피스를 꺼내더니 풋 웃어버렸다.

"이게 무슨 옷이에요. 다 해봤자 30센티도 안 되는 길이에 구멍이 왜 이리 많아요! 이거 옷 맞아?"

"불만 있어? 가서 입어봐."

"지금이오?"

샤워가운을 입고 있던 잎새가 눈을 휘둥그렇게 뜨고 그를 바라봤다.

"지금."

"변태!"

잎새가 나직하게 말하자 이찬이 낮은 음성으로 반문했다.

"뭐?"

"아니요. 간다구요."

"구두까지 신어."

이찬의 완고한 어투에 잎새가 손님방으로 들어가 문을 닫고 고민에 빠졌다. 자신의 몸매를 손으로 한 번 더듬어봤다. 이거 입었다가 괜히 몸매의 울룩불룩한 부분만 도드라져 망신만 뻗치는 건 아닌지 걱정이 되었다. 안 보일 땐 몸매 같은 건 문제가 되지 않았다. 그런데 보이자 몸매의 적나라함에 갑자기 급격한 다이어트 욕구가 생겼다. 잎새는 일단 샤워가운을 벗어 던지고 짧고 가슴이 푹 파인 붉은 원피스를 입었다. 원피스는 정말 입자마자 몸매를 꽉 조여와 그녀의 라인을 노골적으로 드러내 보였다.

"아, 맙소사!"

잎새는 거울 앞으로 가서 몸매를 살피다 말고 경악하고 말았다. 가슴이 너무 파였다. 그리고 등은 유 자형으로 푹 파여 있었다. 날개뼈 부근까지 파여 있어서 옷이 입은 것 같지가 않았다. 치마 길이는 고작 골반뼈에서 10센티 정도 내려올까? 다리를 잘못 들면 아래쪽 골짜기가 다 드러나 보일 정도의 깊이였다.

'진심으로 변태.'

잎새는 툴툴대면서 그가 사온 얇은 끈으로 이루어진 힐에 발을 넣었다. 족히 10센티는 되는 킬힐이었고, 신자마자 몸이 휘청거렸다. 근 8년간 힐을 멀리했던 그녀였다. 그나마 그동안 파티 때마다 신던 구두들은 이렇게 굽이 가는 힐이 아니었다. 힐이 너무 가늘어서 몸을 다 받쳐줄지 걱정부터 앞섰다. 가까스로 선 잎새는 몸매를 어루만지며 주름이 잡힌 부분을 팽팽하게 폈다. 가슴은 한데 모으고, 배에 힘을 주고 서자 그런대로 봐줄 만했다. 가슴엔 브래지어를 하지 않아 바스트 포인트가 불룩 솟구쳐 보였다.

'모르겠다, 이젠…….'

잎새가 아랫입술을 꽉 깨물고 문을 열고 밖으로 나왔다. 이찬이 있는 침실로 들어가기 위해 여유롭게 걸어가다가 문설주를 잡고 섰다. 그러자 이찬이 잎새를 보고 휘파람을 불었다.

"역시 예상했던 대로야!"

"뭐가요?"

"잘 어울릴 줄 알았지. 네가 은근히 섹시하거든, 몸매가……."

이찬이 몸을 일으켜 잎새에게 다가오더니 허리를 손으로 살짝

감쌌다. 큰 손이 가냘픈 허리를 가뿐하게 덮고도 남았다. 이찬의
시선이 가슴 쪽으로 내려가자 잎새가 볼을 발갛게 붉히고 시선을
돌렸다.

"가슴선이 예술이야. 사람에게서 볼 수 없는 라인이야. 누가 조
각했다고밖에는 말할 수 없는 라인이야."

이찬이 허리를 감싸고 있던 손을 서서히 내리며 그녀의 엉덩이
를 부드럽게 감싸 쥐었다.

"팬티는 왜 입었어?"

이찬이 쉰 음성으로 그녀의 귓가에 나직하게 속삭였다.

"그게 좀…… 어색해서……."

"벗어."

"지금?"

"그래, 지금."

이찬의 명령에 잎새는 한 걸음 뒤로 물러나 허리를 숙이며 속옷
을 내렸다. 늘씬한 다리를 타고 내려가는 속옷을 보자 마른침이
꿀꺽 넘어갔다. 그가 지끈거리는 아랫도리를 가까스로 통제하며
그녀의 가슴골에 시선을 고정시켰다. 허리를 굽히면 동그랗게 커
졌다가 서서히 세우면 반원의 형태로 봉긋해지는 라인이 너무도
섹시했다. 게다가 그녀의 정점이 원피스 위로 살짝 불거져 나와
미치게 섹시했다. 그조차도 자신의 내부에 이런 욕망이 감춰져 있
을 줄은 몰랐다. 그가 그녀의 목덜미에 이를 박고 혀로 목선을 따
라 오르며 붓으로 그림을 그리듯 움직였다. 잎새가 몸을 바르르
떨며 그의 허리를 힘껏 움켜쥐었다.

"이찬 씨……."

"잎새야……."

그가 시선을 올려 그녀의 눈동자를 똑바로 마주 바라봤다. 압도적인 존재감을 뿜어내는 위압적인 남자가 열기 젖은 눈빛으로 에로틱하게 그녀를 바라보고 있었다. 그의 눈 속에는 이미 난폭한 야수가 살아 번뜩이고 있었다. 그녀를 먹어치우고 말겠다는 강한 집념이 열기 젖은 눈빛 깊은 곳에서 번뜩이고 있었다. 그는 도톰하게 부풀어 오른 그녀의 입술을 가차 없이 집어삼켰다.

"네 눈이…… 날 바라보니까…… 기분이 묘해."

"어떻…… 게요?"

"더욱더 음란하게 느껴져, 이 순간이……."

"눈, 감을까요?"

"아니, 그러지 마…… 남김없이…… 다 봐둬. 내가 널 얼마나 소유하고 싶은지, 전부 다……."

잎새가 쾌락이 혼재되어 몽환적인 눈빛으로 그를 바라보며 발갛게 부풀어 오른 입술을 열어 그를 깊게 받아들였다. 그는 능숙한 손놀림으로 유연하게 그녀의 젖가슴을 움켜쥐었다. 심장이라도 꺼내 쥘 듯 엄청난 악력이라 숨이 턱 막혔다. 잎새가 숨을 멈추고 그를 바라봤다. 열에 들뜬 그는 게걸스럽게 그녀의 입술을 맛나게 먹어치웠다. 그녀가 없는 새 무척이나 굶주린 듯 보였다. 그의 깊은 소유욕에 화답하듯 그녀는 새빨간 정염에 물든 꽃처럼 짙은 미향을 풍기며 그를 매혹시켰다. 유혹적인 향기는 그녀의 다리 사이에서 흘러내리고 있었다. 그것은 금세 온 방 안을 가득 채웠고, 순식간에 그를 미혹시켰다. 미혹당한 이찬은 그녀의 치맛단을 들어 올리고 그녀의 까슬한 덤불 속으로 손을 묻었다.

"하아…… 하아……."

거친 숨결이 목구멍에서 비집고 나왔다. 그가 몸을 묻어왔다. 깊게 사정없이, 그리고 파도에 실린 쪽배처럼 그녀의 몸이 너울쳤다. 사위가 일렁거렸다. 비가 내려 젖은 유리막 너머로 보는 풍경처럼 흐릿했다. 긴 마라톤처럼 오랫동안 선 채로 그의 품 안에 안겨 몸을 움직였다. 한참을 매달려 있는 동안 점차 다리에 감각이 사라져 갔다. 남은 감각이라고는 예리하게 몸속으로 파고들어 오는 한 가닥의 거대한 전류뿐이었다. 그것은 창처럼 곳곳을 관통하며 그녀를 몰아붙였다. 꿈에 잡아먹힌 사람처럼 잎새는 신음을 내뱉으며 그의 어깨에 몇 번이나 매달렸다. 당장에라도 이 꿈에서 곤두박질치는 게 아닌가 덜컥 겁이 났다. 수술은 성공적이었는데, 왜 눈앞이 이토록 흐릿한 걸까? 그가 고개를 들더니 그녀의 이마에 그의 이마를 기댔다.

"잎새야……."

"하아, 하아……."

"사랑해……."

"저두요."

이찬은 잎새와 사랑을 나누다가 오늘 당장 죽을지도 모르겠다 싶을 만큼 자신을 그녀에게 온통 내주었다. 몰아애. 그의 모든 것을 그녀에게 완벽하게 빼앗기는 섹스였다. 그녀에게 내어줄수록 그에겐 지독한 포만감과 함께 완벽한 성취감이 찾아왔다. 제대로 사랑을 나누었다는 성취감. 그가 핵심을 빼낸 후 그녀의 몸을 으스러지게 끌어안았다.

둘의 몸이 주춤주춤 뒤로 가더니 침대 위로 벌렁 나자빠졌다. 잠시 둘의 몸이 침대의 탄성에 의해 허공으로 들려 올라갔다가 떨어져 내렸다. 잎새가 숨을 몰아쉬면서도 까르르 아이처럼 웃었다. 이찬은 그런 아이 같은 잎새를 품 안에 더 가득 안고 이마를 그녀의 이마에 댔다. 그녀의 그윽하고 깊은 눈동자를 다정하고 애틋하게 바라봤다.

"정말 나랑 살자."

"생각해 보구요. 저 눈 뜬 지 며칠 안 됐어요. 주변 정리 좀 하고요. 그리고 제가 만든 작품들이 지금 너무 보고 싶어요. 뭘 만들어 놓고 그렇게 잘난 척을 했는지도 봐야겠구요, 석고상도 마무리 작업해야 돼요."

"못됐어. 자기 하고 싶은 거 다 하고 오겠다는 뜻이잖아?"

"누가 온대요?"

"뭐야? 안 와?"

"생각해 본다잖아요."

잎새가 킥킥 웃으며 말도 안 되는 소리를 연신 늘어놓아 그를 분노케 했다. 그가 눈썹을 높게 치켜 올리고 매섭게 그녀를 노려 봤다. 나름 험악해 보이려고 한 모양인데, 너무 재밌어서 잎새는 또 까르르 웃어버리고 말았다.

"나, 지금 표정으로 위협하는 중인데? 다른 사람들은 이 표정 보면 식겁하는데, 웃어?"

"와하하하! 웃겨요."

"하, 이 여자 참 답이 없네."

"표정이 다양해서 재밌어요. 또 해봐요. 눈썹을 이렇게……."

잎새가 검지를 들더니 그의 눈썹을 위로 쭉쭉 들어 올리더니 혼자 뭐가 그리 재밌는지 낄낄대며 웃었다.

"무서운 거라니까?"

"하나도 안 무섭다고요. 눈빛이 한없이 선량한데 뭐가 무서워요."

"정말? 내 눈빛이 선량했어?"

"네, 완전 수송아지 눈빛."

"다른 데서는 그런 눈빛 아닌데. 잎새한테는 안 되나 보다."

잎새가 부드럽게 웃어 보이더니 그의 뺨을 감싸 쥐고 그의 눈두덩이에 입을 맞췄다. 깊은 사랑이 절절이 묻어나는 동작이어서 그는 까맣게 젖어드는 눈빛으로 그녀를 응시했다.

"사랑해……."

잎새가 그의 코에 자신의 코끝을 문질거리며 나직하게 말했다.

"그 마음, 변치 말아야 돼요."

"책임질 각오가 서지 않았다면 꺼내지도 않을 말이야. 내겐 그 말이 그렇게 무거운 말이야."

잎새가 쪽 하고 입을 맞췄다. 이찬은 다시 곤두서는 아랫도리의 신호에 다시 그녀의 입술을 깊게 빨아당기며 거칠어진 숨결을 그녀의 입술 속으로 퍼부었다.

내 몸에 쌓인 너

잎새의 수술 성공에 대한 기사가 인터넷에 떴다. 잎새의 이름이 공개되진 않고 이니셜만 공개되었다. 그리고 상희는 파형과 완벽한 이혼이 성립되었다. 파형은 현재 교도소 수감 중이었다. 자신의 죄를 인정하고 순순히 죗값을 치르겠다며 몸을 낮췄다. 3년형을 받았지만, 그보다 짧게 형을 마치고 나올지도 모른다고 변호사가 귀띔을 했다.

파형이 가장 두려워하는 부분은 자신이 진 사채 빚 때문에 깡패들이 자신을 가만두지 않을 것이라는 것이었다. 잎새와 상희는 부러 그 빚을 탕감했다는 사실에 대해서는 말하지 않았다. 알면 죽어라 교도소에서 나올 궁리를 할 게 뻔했으니까. 그로 인해 이혼도 하지 않겠다고 마음을 바꾸면 곤란하기 때문에 필요에 의해 함구했다. 비겁한 방법이었지만 이렇게 해서라도 일시적인 해방감을 맛보겠다는 게 둘의 생각이었다.

그리고 오늘 신문에 보도가 올라왔다. '한호준, 시각장애인 여친과 결국 결별'이라는 기사가 떴다. 인터넷이 시끄러워졌다. 한호준에 대한 일방적인 욕부터 시작해 옹호글이 팽팽하게 맞섰지만 잎새와 호준에게는 큰 관심거리가 아니었다. 잠시 양은냄비처럼 들끓다가 잠잠해지려니 믿고 잎새는 인터넷을 닫았다. 눈이 보이니 이젠 보지 말아야 할 덧글들도 읽게 되어 마음이 착잡해졌다. 굳이 보지 않아도 될 걸 봐서 스스로 상처를 받는 한심한 상황이 우스웠다.

똑똑.

"잎새야, 손님 오셨다."

잎새가 고개를 돌리자 문이 열리더니 호준이 나타났고, 뒤이어 표희연이 모습을 드러냈다. 배가 조금 불룩 나와 있었다. 희연이 놀란 눈으로 잎새를 바라봤다. 호준과는 전화 통화로 시력이 돌아왔음을 알렸지만 희연은 처음 보는 모양이었다.

"안녕하세요."

잎새가 일어나 희연에게 손을 내밀었다. 희연이 괴물이라도 본 사람처럼 굳은 얼굴로 잎새를 바라보며 더듬더듬 손을 내놓았다. 잎새는 희연의 손을 쥐고 살짝 흔들어 인사했다. 예전 일은 이미 끝난 일이기 때문에 굳이 왈가왈부하며 따지고 싶지 않았다.

"눈이…… 보이는 거예요?"

희연이 잎새 앞에서 손을 좌우로 흔들어대며 물었.

"네, 수술했어요. 두 달하고도 3주차인가요? 그 정도 됐어요."

"말도 안 돼! 맙소사. 이런 기적 같은 일이 어떻게 가능해요?"

잎새가 입가를 휘어올리며 웃었다. 독기가 빠져나간 표희연은 보통 여자들과 크게 달라 보이지 않았다.

"이쪽으로 앉으세요."

잎새가 테이블 쪽을 가리키자 호준이 희연을 위해 의자를 뒤로 빼내며 앉으라 권했다. 희연이 앉자 호준도 곁에 앉았다. 둘의 분위기가 예전보다는 조금 원만해진 느낌이었다. 잎새가 한쪽에 있는 커피머신에서 아메리카노 한 잔을 뽑아 호준에게 건넸다. 임산부에게는 차 대신 물을 건넸다.

"보도 봤어?"

"네, 봤어요. 잘 마무리된 것 같아요."

"미안하다. 나 때문에 언론의 관심이 모두 잎새 씨한테 간 것 같아 마음이 무거워."

희연이 고개를 푹 숙이더니 딴청을 했다. 잎새가 희연을 흘끗 보다가 호준을 바라보며 고개를 저었다.

"괜찮아요. 이미 벌어진 일인데다 이젠 수습도 적당히 잘되었구요. 즐거운 이슈였다고 생각해요."

호준이 지그시 잎새를 응시했다. 늘 텅 빈 공동 같던 눈동자에 생기가 돌면서 윤기가 감돌고 생명력이 넘쳐흘렀다. 잎새의 모든 감정이 눈동자 속에서 일렁여 충만했다. 생동하는 잎새의 모습에 눈동자의 활기 어린 움직임은 방점을 찍었다. 아름다웠다. 똑바로 그를 바라보는 잎새의 눈동자엔 머뭇거림도 가식도 느껴지지 않았다. 순수의 결정체, 그것은 진실 그 자체였다. 이렇게 아름다운 여자가 이젠 성이찬의 사람이 되었다. 그리고 그에겐 서로를 천천히 알아 나가기로 약속한 표희연이 있었다.

온몸에 가시를 돋우고 싸우기 위해 맹렬히 달리기만 하던 희연은 임신과 함께 무언가를 덜어내면서 독기가 걷히고 하나의 온전한 여자가 되었다. 그리고 예전에 그를 대했던 것과는 완전히 다른 모습으로 그를 대하고 있었다.

존중, 예의가 밴 그녀의 말투나 행동에 서서히 그도 그녀를 하나의 여성으로 대해주기 시작했다. 관계의 성립과 감정은 서로를 인정하고 이해하면서 비롯되는 것이라는 걸 잎새와 희연을 통해 배웠다.

"이젠 미국으로 가나요?"

"응, 희연이 먼저 나가 있다가 모친의 생신 때문에 엊그제 잠시 들어와 있었던 거야. 오늘 따로따로 나갈 예정이야. 나는 미국 쪽에 일정이 잡혀 있기도 하고……."

"결혼 발표는 하지 않는 건가요?"

"애가 태어나고 난 뒤에 하는 게 좋을 것 같아. 아무래도 대중들에게 너를 잊을 시간을 줘야 할 것 같아서. 여기서 공개하면 나만 파렴치한으로 몰리는 거거든. 지금 이런 상황에서도 이미지 관리를 해야 하는 게 씁쓸하지만, 잘 살려면 별수 없잖아."

가만히 듣고 있던 희연이 물잔에 맺힌 물방울들을 손으로 주르륵 닦아내더니 물잔을 바라보며 물었다.

"이찬 씨는…… 어떻게 지내요?"

"힘들게 지내고 있어요, 저 때문에……."

"왜?"

호준이 호기심 어린 눈빛으로 물었다.

"회장님이 제 뒷조사를 하시고 이찬 씨와 갈등 중이에요. 이찬 씨가 절 부친에게 소개하려 했는데, 회장님의 반대에 부딪쳐 소개도 성사되지 못했구요. 회장님께서 마음에 들어 하는 혼처가 있는데, 이찬 씨가 끝끝내 저항하니까 요즘 신경전이 격렬해져 가고 있더라고요. 제가 죄인이에요."

"그래도 포기하지 말아요."

다른 사람도 아닌 희연의 입에서 이런 말을 듣게 될 줄은 몰랐다. 잎새가 놀란 눈으로 희연을 응시하자 그녀가 계면쩍어하는 얼굴로 자신의 뺨을 훑으며 말했다.

"제가 이런 말 할 자격은 없지만, 전 이찬 씨를 정말 잘 알아요. 알다시피 태어나 지금까지 내내 봐왔던 동경의 대상이었거든요. 그에 대해 모르는 게 없다고 말할 수는 없지만 적어도 그가 누군가를 단 한 번이라도 사랑했었느냐 묻는다면 전 단호히 말할 수 있어요. 그는 태어나 지금껏 한 번도 누굴 사랑한 적이 없는 남자예요. 그런데 정잎새 씬 달라요. 이찬 씨가 원하는 사람이잖아요. 그렇다면 이찬 씨를 위해 곁에서 같이 싸우세요. 그의 선택을 받았다는 사실만으로도 그럴 가치는 충분하다고 생각해요."

잎새가 오렌지빛 햇살 같은 보드라운 미소를 머금고 희연을 바라보며 대답했다.

"네, 그럴게요."

지키지 못했던 자신의 사랑에 오래도록 심장이 아팠을 희연이 하는 충고였다. 누군가에게는 평생 이룰 수 없는 가슴 아픈 사랑이겠지만 누군가에겐 영원한 사랑이기도 하다. 잎새는 희연과 호준에게 최근 근황에 대해 이런저런 것들을 묻고 임신에 대한 정보도 몇 가지 얻었다. 그리고 호준에게 충격적인 얘기를 들었다.

　"정관수술을 했다고 하더군."

　희연이 놀라 휘둥그레진 눈으로 호준을 바라보더니 경악해서 입을 막는 동안 잎새도 희연만큼이나 아연한 얼굴로 호준을 바라봤다. 보통 피임 목적으로 유부남들이 하는 수술을 왜 이찬이 강행했던 것일까?

　"왜요?"

　"결혼을 안 할 생각이었다고 하더군. 다 사치 같았던 모양이야."

　"맙소사!"

　희연이 입을 막고 경악의 신음성을 내뱉었다. 희연이 커다래진 눈을 좌우로 굴리며 신음처럼 내뱉었다.

　"누나 때문이군요. 열 살 때 일어난 사고에 대한 죄책감으로 이찬 씨는 늘 괴로워하고 있었어요. 성장할수록 그런 감정들을 감추고 어른답게 마음을 잘 추스르고 사는 줄 알았는데……. 결국 그런 식으로 자신에게 가해를 할 줄이야."

　"스스로 불행 속으로 들어가는 게 누나를 위한 속죄라고 생각한 모양이지. 난 자세한 내막은 몰라도 하여튼 그가 어떤 사정 때문에 결혼도, 연애도 자신에게는 과분하다고 생각한 것처럼 보였어."

잎새는 아무런 말도 할 수가 없었다. 깊은 슬픔과 고통을 심장에 새긴 남자는 오랫동안 서서히 자신의 피를 말려 사랑의 감정을 지웠고, 당연히 누나만을 위해 평생을 살아야 한다고 최면을 걸어왔던 것이리라. 그리고 결혼을 하지 않으려고 정관수술까지 했다. 희망을 스스로 놓았다. 대신 누나의 삶에 평생 동반자가 되기로 마음먹은 남자. 갑자기 잎새는 심장이 저며오며 그가 너무도 애잔했다. 단 한순간이라도 행복을 느끼기는 했을까? 지구만큼이나 무거운 죄를 짊어지고 누나를 대할 때마다 매 순간 심장을 향해 총을 당기는 느낌이었을 텐데……. 눈물이 비집고 나올 것 같은 걸 겨우 억누르며 허탈한 미소를 지어 보였다.

이찬이 부친에게 불려 가 무릎 꿇고 앉았다. 성 회장은 눈을 희번덕거리며 이찬을 무섭게 노려봤다. 기껏 찾아내 결혼까지 하고 싶다는 여자가 고작 시각장애인이었다가 이제 막 눈을 뜨게 된 푼돈 좀 가진 집안의 여식이란 말인가? 성 회장의 혹독한 눈빛이 이찬의 몸을 베고 있었다. 일부러 매일 불러 자신 앞에 무릎을 꿇렸다. 저놈이 혼자 잘나서 저리 큰 게 아니라는 걸 알려줄 참이었다. 안 그래도 이혼이라는 걸 해서 그의 체면이 말이 아니었다. 이런 와중에 애비를 무시하는 것도 아니고 그런 돼먹지 않은 집안의 여식과 사귀겠다고 선언한 이찬이 마뜩찮았다.

잎새는 무시무시한 비행기 사고에서 살아남은 몇 사람 중 하나이긴 했지만 당시 사고로 부모를 잃었다. 자기 눈앞에서 부모가 참담하게 죽어가는 걸 봤을 사람이라고 생각하면 섬뜩했다. 더 모골이 송연해지는 건 그 사고로 몸이 많이 부서졌고, 그로 인해 실명까지 했다는 것이었다.

그런 몸으로 아이는 낳을 수 있을지 장담하기 어려운데다, 또다시 실명하지 말라는 법 또한 없지 않던가. 잎새가 한 수술에 대해 알아보니, 아직 후유증의 문제가 남아 있다는 전문가의 견해를 들었다. 후유증의 최악은 재실명이었다. 그런 여자를 며느리로 들일 마음은 추호도 없었다. 그뿐 아니라 얼마 전까지는 한호준하고 스캔들까지 뿌리지 않았던가. 그래 놓고 그새 이찬을 홀렸다면 보통 여자가 아님은 확실하리라.

이쯤 되면 그 애를 한 번 불러 만나보는 것도 좋겠지만, 지금 당장 이찬이 원하는 대로 해주고픈 마음은 추호도 없었다. 그는 분노로 벌게진 눈빛으로 이찬을 노려봤다. 하루도 거르지 않고 꼬박꼬박 기어들어 와 한쪽 구석도 아니고 꼭 그가 보는 앞에서 저렇게 무릎 꿇고 앉아 한 시간씩 채우고 비틀거리며 일어나 아무런 말도 하지 않고 사라지기를 반복하고 있었다. 이찬이 무슨 말을 해도 들어줄 그가 아니긴 했지만, 지금 당장은 놈을 옆에 두고 정 잎새 곁에 가지 못하게 차단하겠다는 마음 외에는 없어서 부러 본가로 불러들이는 중이었다.

"결혼은 안 돼!"

한 시간을 채운 이찬이 서서히 몸을 세우다 말고 성 회장을 지그시 응시하더니 말했다.

"제가 지금 왜 이러고 있다고 생각하십니까?"

성 회장의 미간이 확 구겨지면서 얼굴 곳곳에 팬 주름들의 깊이가 더욱 깊어졌다.

"그 여잘 가지려고 이러는 겁니다. 아버지께 할 수 있는 최소한의 성의 표시는 하자, 그게 제 생각입니다. 제가 아들이기 때문에 해야만 하는 최소한의 예의를 지키는 자립니다. 아버지의 반대는 제게 큰 걸림돌이 되지 않아요. 그냥 이대로 혼인신고해 버리고 둘이 잘 먹고 잘살았다로 마무리 지어도 그만입니다. 그런데 누나 때문이에요. 제가 신중한 건……."

이찬이 허리를 꼿꼿이 세우고 성 회장을 바라봤다. 메마르고 건조한 눈빛은 예나 지금이나 하나 다를 게 없는데 사랑이라고? 그깟 사랑이 지금 성 회장에겐 어떤 결과를 초래했는지 보지 않아서 저러나? 지 애비가 15년간의 진짜 사랑이라 믿었던 사람에게 배신당하고 이혼하는 꼴을 보고도 사랑 타령이란 말인가? 그깟 게 얼마나 하찮고 빨리 퇴색하는지 봐놓고도?

"네놈, 미친놈이야. 네 아비가 이혼한 지 몇 달이나 됐다고 이래? 너의 그 사랑은 나랑 좀 다를 것 같으냐? 지금은 죽고 못 사는 것 같아도 세월 지나면 별것도 아니라며 콧방귀 뀌는 게 바로 그 사랑 나부랭이다. 나 역시 그놈의 사랑에 가장 치명적인 상처를 받은 한 사람이고. 네놈은 곁에서 이 모든 걸 목도하고도 그런 고집을 피우는 게냐? 멍청한 놈!"

"저…… 누나 눈이 그렇게 된 이후로는 평생을 누나만을 위해 살겠다고 다짐했습니다. 행복할 자격 없는 놈이니까, 혼자 사는 게 당연한 거라고……. 그래서 심장 빼놓고 살았습니다. 기계처럼 일만 하고 한곳만 보면서 달렸습니다. 그런데요, 아버지. 그 사랑이 삶에 여러 길을 열어주었습니다. 예전의 저와는 분명 달라요. 그 사람 때문에 하고 싶은 게 수두룩해졌습니다. 누나에게 미안할 만큼 너무도 많은 길이 보여요. 제가 행복해지고 싶어졌어요. 그래서 꼭 그 여자여야만 합니다."

"난 절대 허락 못한다. 큰 사고로 부모를 비명횡사로 보냈고, 자신 또한 중한 수술을 받아 가까스로 목숨을 건졌다고 들었다. 애를 낳을 수 있기는 한 거냐? 그리고 최근엔 영화배우 놈이랑 스캔들까지 있었더구나. 눈도 뵈지 않는 상황에서 영화배우와 스캔들이라니. 기함할 노릇이다. 그런 애를 좋다는 네가 이해가 안 된다. 나가봐라. 너랑은 더 할 얘기가 없다. 좀 더 멀쩡하고 건강한 애를 데리고 와서 인사를 시키던지. 이건 뭐, 최악의 조건을 가진 애를 데리고 와서 결혼을 하겠다고 하니……. 어휴, 쯧쯧!"

이찬이 묵묵히 부친을 바라보다가 인사를 하고 밖으로 나왔다. 어릴 때부터 일상이다 싶을 만치 반복되는 독설이었다. 그에게 수천 개의 칼을 등에 꽂아대던 부친이었다. 마치 이나의 눈을 그렇게 만든 것도 고의적이었다는 듯이 말하는 부친에게 무언가를 기대한다는 건 무리였다. 이찬은 바로 잎새에게 전화를 걸었다.

"어디야?"

[이찬 씨 집에 왔어요. 할 얘기도 있고…….]

"그리 갈게. 오늘은 도저히 이 집에서 못 자겠다."

통화를 끝내는데 이나가 벽을 더듬으며 다가오고 있었다. 이찬의 눈동자가 서서히 차갑게 식어갔다. 이나는 그에게 심장을 얼리는 존재였다. 깊이 사랑하지만, 그에겐 가슴에 통증을 일으키는 도화선이었다.

"이찬이니?"

이나의 다정한 물음에 이찬은 슬프고 아린 얼굴로 대답했다.

"응, 누나."

이젠 행복해지고 싶어졌다고 차마 이나에게는 말하지 못할 것 같았다. 잎새의 수술 성공으로 이나에게도 수술에 대한 가능성을 피력했지만, 부친의 노파심이 새로운 가능성에 대한 발목을 잡고 있었다.

"어디 가니?"

"잎새 보러."

"아아, 좋아 보이는구나."

"누나, ……누나 볼 면목이 없어."

"이찬아, 그런 말 마. 난 네가 그런 말 할 때마다 몸에 창이 파고 들어 오는 기분이야. 어떤 누나가 동생 못 되라고 빌겠니? 내 최대의 행복은 너의 행복이 우선되어져야만 완성돼. 네가 행복해야만 한다고. 알겠니?"

그건 잘 알고 있지만, 원래 죄지은 놈은 발 뻗고 못 자는 법이었다. 이찬은 이나의 손을 부드럽게 감아쥐고 그녀의 초점 없는 눈동자를 가만히 바라봤다. 가슴을 베어버리는 눈이었다.

"아버지 계셔?"

"응, 들어가 봐."

"얼른 가봐. 난 정말 괜찮아. 즐겁게 연애해. 알겠니?"

"어. 얼른 들어가. 난 오늘 빌라로 간다."

"여기서 안 자고?"

"응, 아버지 때문에 속상해서."

이나가 가만히 고개를 끄덕거렸다. 이찬이 인사를 건네고 사라지는 소리를 문고리를 쥔 채 가만히 듣고 있던 이나가 방문을 열고 안으로 들어갔다.

"이나냐?"

성 회장의 목소리에 이나가 웃으며 화답했다.

"아버지, 오늘 기분 어떠세요?"

"왜 묻니?"

이나가 지팡이로 바닥을 더듬거려 테이블 앞에 앉았다. 부친이 곁으로 다가오는 발자국 소리가 들렸다. 부친이 맞은편에 앉자마자 이나가 손을 뻗었다. 성 회장도 손을 뻗어 딸의 손을 다정스레 움켜쥐었다.

"아버지, 이찬이 그냥 허락해 주면 안 될까요?"

"안 된다. 몸도 부실한데다, 언제 눈이 잘못될지 모를 위험성을 안은 애를 뭐가 부족해서?"

"저…… 결혼하지 말까 봐요."

"뭐?"

"분명 저와 결혼하게 될 집안의 어른들도 이 부분을 책잡아 절반대할 거예요. 그렇게 나올 게 뻔한데 뭐 하러 맞선은 보고 결혼은 하려고 해요? 상처받을 게 무서우니 하지 말아야겠어요. 아버지부터도 이렇게 경색된 사고방식으로 저와 같은 시각장애인인 잎새를 반대하는데, 전 오죽하겠어요? 상대방 집안에서 어떻게 나오겠어요? 덕은 하나를 잃음으로써 쌓이는 거래요. 아버지가 좋은 것만 다 손에 쥐려고 욕심을 부리는 이상, 저에게도 좋은 배우자가 나타날 것 같지는 않아요."

"이나야! 그건 궤변이야. 그리 말해도 아버지는 절대로 용납 못한다."

성 회장은 가슴 아픈 눈빛으로 딸을 바라봤다. 어릴 때부터 천재 소리를 들으며 자란 아이였다. 신동이었다. 못하는 게 없는, 그에겐 자랑이고 빛이던 딸이었다. 그래서 공공연하게 딸에게 모든 사업을 물려주겠노라 공언하고 다녔다. 그랬던 딸을 이 지경으로 만든 건 아들놈이었다.

가뜩이나 에미를 죽이고 태어난 놈이라 미워죽을 참인데, 이젠 딸까지 이 지경으로 만들어 그의 가슴을 숯덩이로 만들어놓았다. 하지만 아무리 원수 같은 자식놈이라 해도 가족이었다. 이찬이 좋은 배우자와 만나 많은 이들에게 존경과 경외를 받으며 살기를 바랐다. 그렇기에 잎새는 더더욱 안 되었다.

이찬이 잎새를 품 안에 안고 소파에 나란히 앉았다. 이찬은 잎새의 정수리에 뺨을 기대고 창밖을 응시했다. 바깥 풍경이 보기 좋다며 잎새가 소파를 창 쪽으로 돌려달라고 했다. 그녀를 위해서라면 하지 못할 일이 없었다. 바로 소파를 끙끙대며 돌려놓았다. 그렇게 둘은 와인잔을 손에 쥐고 늘 밤하늘을 올려다봤다. 잎새는 하늘을 동경하고 사랑했다. 하늘을 올려다보며 꿈에 젖은 듯한 음성으로 나른하게 이런저런 대화를 나누는 게 즐거웠다.

"호준 씨가 찾아왔었어요."

"그 사람이 왜?"

"마지막 인사였나 봐요. 미국으로 간다고 찾아왔더라고요. 아마 지금은 미국으로 가는 비행기에 몸을 싣고 있을지도 모르겠어요."

이찬은 손끝으로 그녀의 어깨를 느리게 어루만지며 와인잔을 입가에 기울였다.

"희연 씨도 왔었어요."

이찬이 와인을 한 모금 마시고 잎새를 쳐다봤다.

"희연은 왜?"

"뭔가가 마음에 걸렸던 것 같아요. 이참에 씻어놓고 가고 싶었던 모양이에요."

"참, 자기 편한 대로만 하네."

이찬이 이죽거리며 말하자 잎새가 픗 웃더니 이찬의 허벅지에 빙글빙글 원을 그리며 물었다.

"정관수술이 뭐예요?"

흠칫, 놀란 이찬이 잎새를 다시 바라보더니 입가를 휘었다.

"호준 씨가 뭐라고 해?"

"정관수술한 것에 대해 말하더라고요. 희연 씨가 자신이 임신이라는 발언을 했을 때, 당신이 너무도 당당히 자기 애는 아니라고 하던 게 의아했는데, 그 말을 들으니 납득이 가더라고요. 희연 씨도 오늘 그 소리를 들었나 봐요. 굉장히 놀라는 눈치던데요?"

이찬의 눈매가 가늘어졌다. 아마도 희연은 은연중에 뱃속 아이가 이찬의 아이이기를 고대했는지도 모른다. 마지막 결별 선물 또는 어떤 의미를 갖고 아이가 나와주기를 바랐는지도. 하지만 그일말의 기대마저 꺾어버린 정확한 증거 때문에 이젠 그 희망마저 버려야 하니 놀랐을지 모른다.

"왜 했어요, 수술?"

"난 행복하면 안 되는 사람이라서 희망을 스스로 제단한 거지."

"잔인하다."

"그래, 그런데 그렇게 할 수밖에 없었어. 누나를 볼 때마다 난 꿈을 꾸면 안 되는 사람 같았거든."

"저 때문에 다시 꿈을 꾸게 되었고, 그걸로 인해 누나를 볼 면목이 없는 거예요?"

"조금은."

"그런 생각을 왜 해요. 미안함이라는 건 진심으로 한 번 미안함을 드러내고 그걸 상대가 받아들였다면 한 번으로 끝을 내야만 하는 거예요. 당신의 끊임없는 미안함으로 누나가 얼마나 깊은 상처를 받았을지 상상이나 해봤어요?"

"누나가 받을 상처를 염려할 만큼 내 마음 안에 여유가 없었던 것도 사실이야. 누나의 상처도 알지. 우린 서로를 너무 신경 쓰느라 끊임없이 고통 속을 걸어온 것 같다. 하지만 이젠 그만하려고. 지쳐 간다. 누나에게 일일이 반응하는 나도 지겹고, 그런 나를 신경 쓰느라 촉각을 곤두세우는 누나를 보는 것도 힘들고……."

잎새가 이찬의 어깨에 기대고 있던 몸을 꼿꼿이 세우더니 고개를 돌려 그를 똑바로 바라봤다.

"아버님은 어떠세요? 완강하세요?"

"응, 아직은 어림도 없다고 하셔."

잎새가 어깨를 축 늘어트렸다. 이제나저제나 언제쯤 뵐 수 있을까 기다리고 있지만 성 회장은 허락할 기미가 없었다.

"아버지 신경 쓰지 말고 지금은 즐기자. 허락은 내가 천천히 얻어낼게. 그동안 우리는 불타는 연애를 하면 되는 거야. 하루하루가 너무 소중한데, 그 시간들을 아버지 때문에 망치고 싶지는 않아. 아버지는 내게 맡겨두고 넌 늘 웃으면서 내 근심을 날려줬으면 좋겠어."

"무리한 요구인 건 알고 하는 말이죠?"

"가끔은 알면서도 모르는 척할 때가 좋을 때도 있는 거야."

잎새는 두 팔을 활짝 벌려 이찬을 꽉 끌어안아 주더니 머리카락 속으로 손가락을 밀어 넣어 강아지 머리 만지듯 콱콱 어루만졌다.

"힘내라, 성이찬!"

"이러면서 말 놓네?"

"자기도 말 놓으면서?"

"자기? 하핫, 앞으로도 자기라고 불러라. 듣기 좋다."

"진짜 그러라고요?"

"응, 자기라고 해. 이름 부르는 거 이젠 듣기 싫다. 다시 해봐, 자기!"

잎새가 피식 웃더니 이찬의 귓가에 입술을 대고 나직하게 속삭였다.

"자기야, 나…… 이모랑 며칠 동안 미국 가야 할 것 같아."

화들짝 놀란 이찬이 잎새의 양어깨를 세게 쥐고 확 밀쳤다.

"왜 또!"

"아버지 소장품 얼마 전에 기증했잖아요. 그거 때문에. 문화재 청에서 한 번만 미국 측에 가서 전시회를 주관하자고 해요."

"굳이 갈 필요 없잖아."

"그게…… 사실 그쪽에서 제 작품에 관심을 보이는 갤러리 관 장을 만났어요."

"일이 그렇게 되는 건가? 그래서 얼마나 있다 오려고?"

"일주일……."

"길다!"

이찬이 하이톤으로 한마디 내뱉더니 굳은 표정으로 정색하고 물었다.

"며칠에 가는데?"

"말일이에요. 아직 일주일 정도 여유가 있어요."

"그냥 보낼 수는 없지. 조건부야!"

이찬이 턱을 거만하게 치켜 올리고 그녀의 소유주라도 되는 양 기고만장하게 말했다.

"일주일간 나랑 살아. 너, 내가 같이 살자고 누차 말했는데 계속 무시하더니, 나중엔 아예 없었던 일인 양 하더라? 나, 무시하는 거 야?"

"쿡쿡, 전 한 번 더 물어볼 줄 알았죠. 자기가 다시 안 물어보길 래 자존심이 상해서 입 다문 거예요."

잎새의 '자기야' 때문에 이찬이 불쾌했던 기분이 슬쩍 날아가고 절로 기쁨으로 입꼬리가 씰룩거리는 걸 억누르며 엄정히 말했다.

"일주일간 동거. 그래야 보내."

"성이찬 뱃속엔 아무래도 초딩 성이찬이 살고 있나 봐요. 다른 땐 완전히 어른스럽게 굴더니 연애 시작하고 나서부터는 애가 따로 없어. 쓸데없는 똥고집에 밑도 끝도 없는 요구만 하고."

"그래서 안 해?"

이찬이 한쪽 눈썹을 치켜 올리고 그녀를 가늠하듯 눈을 가늘게 좁혔다 키웠다.

"해요, 해. 하지만 일주일이에요. 이모가 요새 불안해한단 말이에요."

"왜?"

"제가 영영 떠날까 봐. 그동안 키워준 공이 있는데, 저도 결혼 전까진 이모를 열심히 보살펴 드리고 싶어서요."

이찬은 손을 뻗어 잎새의 볼을 살짝 쥐고 좌우로 흔들었다.

"남자친구는 홀로 두고 이모만 그렇게 애지중지 챙겨라. 그러다 확 까인다!"

"에계, 쪼잔하게! 그런 걸로 까면 남자도 아니죠."

이찬이 잎새의 양 뺨을 손으로 쥐고 입술에 쪽 키스를 하더니, 나직하게 가라앉은 음성으로 말했다.

"어디, 오늘 정잎새 맛은 어떤가 맛 좀 볼까?"

이찬이 잎새의 티셔츠 안쪽으로 손을 밀어 넣더니 브래지어 속

으로 파고들어 갔다. 그의 손에 말캉한 잎새의 젖가슴이 닿자 아
랫도리가 버튼처럼 발딱 반응했다.

"잎새야…… 우리 씻자."

"이게 씻자는 사람의 행동이에요? 왜 눕히는 건데!"

잎새가 이찬의 어깻죽지를 주먹으로 살며시 툭 치며 웃었다. 그
리고 어느새 그녀의 입술 새로 밭은 숨이 터져 나왔다. 이찬의 입
에 젖가슴을 한가득 물렸기 때문이다.

잎새가 이찬과 일주일을 보내겠다며 연락을 해온 뒤로 신 비서
편에 잎새의 옷가지를 챙겨 보낸 상희는 적막한 집 안에 혼자 있
으려니 괜히 눈물이 치솟았다. 아무래도 폐경 때문에 심리가 영
불안한 모양이었다. 임신 한 번 못해본 몸이 일찌감치 폐경을 맞
을 모양이었다.

딩동딩동, 벨소리에 도우미 박씨가 달려 나가는 소리가 잠시 들
리더니 호들갑스러운 소란이 일었다.

"사모님! 사모님!"

놀란 상희가 안방 테라스에서 고개를 내밀자, 박 씨가 유난스럽
게 난리를 쳤다.

"테, 텔레비전에 나오던…… 회, 회장님!"

"무슨 소리예요, 그게?"

"어, 얼른 나가보세요. 용건건설 성진배 회장님이래요. 비서라

는 남자가······."

심장이 철렁 내려앉다 못해 오금이 저려왔다. 이찬이 잎새의 존재를 성 회장에게 알렸다면 부모가 없는 잎새에게 든든한 후원군은 이모인 상희뿐이었다. 그 말인즉, 잎새의 완벽한 보호자라는 소리일 테고, 성 회장은 그런 상희에게 뭔가를 요구하기 위해 찾아왔음이 뻔했다. 상희가 마른침을 삼키며 박씨에게 말했다.

"손님 접객실로 안내해 드리고 차 좀 준비해 내놓으세요. 전 옷 갈아입고 갈 테니, 조금만 기다려 달라 해주시고요."

"네, 사모님."

박씨가 하얗게 질린 낯빛으로 문을 닫고 나가기 무섭게 상희는 맨 얼굴에 엷게 메이크업을 하고 옷장을 뒤적거렸다. 단아하고 우아해 보여야 했기 때문에 잎새가 얼마 전에 사준 원피스에 손을 뻗었다. 크림빛 원피스인데 단정해 보이는데다 신부에게나 볼 법한 색상이라 경건하게까지 느껴졌다. 차려입은 그녀는 언니가 죽기 전에 생일선물이라면서 사줬던 보석 세트를 꺼내 목에 네크리스를 걸고 이어링을 했다.

하얀 맨손엔 사파이어 반지까지 끼워 넣고 보니 있는 집안 사모님 분위기가 확 났다. 머리카락을 손가락으로 빗어 한데 그러모아 뒤쪽으로 단정하게 묶어 고정시켰다. 잔 머리카락은 헤어제품을 발라 단정하게 정리했다. 립글로스를 발라 혈색이 돌게 하곤, 거울 앞에서 다시 한 번 매무새를 정돈했다. 그녀에게 있어서 단장은 전쟁에서 패배하지 않을 수 있는 비장의 자신감을 채우는 일이었다. 마음을 다잡고 접객실로 이동했다. 박씨가 안절부절못하며 기다리고 있다가 그녀가 오자 종종걸음으로 다가와 말했다.

"커피 들여놓았구요, 쿠키와 떡을 조금씩 잘라 넣었어요."

"잘하셨어요. 저, 괜찮은가요?"

박씨가 긴장된 표정으로 그녀의 차림을 쭉 훑더니 고개를 끄덕였다. 문고리를 쥐고 안으로 들어선 상희는 창가에서 들어오는 햇살을 받은 채로 앉아 있는 성 회장을 향해 인사를 건넸다.

"안녕하세요."

성 회장이 고개를 돌려 잎새의 이모라는 상희를 지그시 바라봤다. 잎새가 상당한 미모를 지니고 있다는 건 알고 있었지만, 이모 또한 미모가 특출날 거라고는 예상치 못했기에 그는 잠시 멍해진 얼굴로 상희를 바라봤다. 상당히 곱게 나이 든 여자였다. 아마 이런 일로 만나지 않았더라면 호감을 갖고 지켜봤을지도 모를 외모를 지니고 있었다. 상희가 소리 없이 조용히 다가와 의자를 꺼내 맞은편에 앉았다. 크림빛 원피스가 단아하고 청렴해 보였다. 성 회장은 뒤에 선 공 비서에게 잠시 나가 있으라 말하고는 상희에게 되도록 차분한 어조로 운을 뗐다.

"처음 뵙겠습니다. 전 성이찬의 아비 성진배라고 합니다."

"네, 전 오상희라고 합니다. 잎새의 이모이구요."

"알고 있습니다. 언니를 대신해 조카를 돌본 이모라는 걸. 제가 여기 이렇게 찾아온 이유는 정잎새 씨의 입장에 대해 듣기 위해섭니다."

"입장이라니요?"

"전 이찬이가 잎새 씨와 결혼까지 가는 건 반대합니다. 지들이 좋아서 연애하는 것까지야 어떻게 막겠냐마는 그 결론이 결혼이어서는 안 된다고 경고하기 위해 왔습니다. 이모님께서도 이 부분에 대해서 확실히 알고 잎새 씨에게 주지시켜 주었으면 합니다."

"반대하시는 이유가 뭔지 궁금합니다."

"첫째, 불운의 사고로 인해 장시간의 수술을 받은 걸로 알고 있고 그 수술에 대한 후유증이 완전히 검증되지 않았다는 것. 둘째, 실명하고 8년을 살다 최근 수술로 정안인이 되었지만 그 수술 역시 후유증을 장담할 수 없다는 것. 재실명에 대한 우려를 말함입니다. 셋째, 양가의 격이 어느 정도 맞아야 한다고 생각하는 제 사고방식으로는 받아들이고 싶지 않은 혼사입니다. 이미 영화배우와 스캔들까지 뿌렸을 정도라면 관계가 깊었을 것으로 생각되는데요."

"자세한 내막까지 말씀드릴 수는 없지만, 한호준 씨와의 스캔들은 진짜가 아니었습니다. 한호준 씨의 악의에 잎새가 이용당했던 것뿐이고 둘 사이엔 어떤 일도 없었다고 자신할 수 있어요. 그리고 재실명에 대해서는 저도 뭐라 드릴 말씀이 없습니다. 그건 세월이 흘러봐야 알 수 있는 일이니까요. 우리가 한참 처지는 집안이라는 말씀도 회장님 안목으로 봤을 땐 그럴 수 있겠지만, 한 기업의 회장님께서 이렇게 스스로 빈부 차에 선을 긋는다는 것이 매우 충격적입니다. 아이가 겪은 불운이 스스로 원해 벌어진 일 아님에도 그 아이 탓이라 말씀하시는 것 또한 매우 유감일 따름이구요."

"아시다시피 저는 거대한 기업을 굴리는 사업가입니다. 사람들의 입에 언제든 오르내릴 수 있는 사람이지요. 그런 면에서 잎새 씨는 너무도 소스가 많습니다. 한호준 씨와의 건도 그렇고, 비행기 사고와 부모의 죽음, 실명된 채 조각가로서 남다른 이력을 쌓은 것, 눈이 보이게 된 이후 한호준과 결별하고 용건건설 사장과의 열애. 하나같이 물어뜯고도 남을 만한 얘기들이 널려 있는 여자예요. 이럼 곤란합니다. 저는 사람들에게 안주거리가 되는 며느리는 사양하고 싶습니다. 제 뜻은 명확히 전달했고, 이모님께서 잎새 씨의 마음을 정리시켜 줬으면 합니다. 그게 아니라면 제가 직접 움직일 수밖에요."

상희의 안색이 서서히 백지장처럼 하얗게 질려가기 시작했다. 더는 들을 필요도 없다는 강력한 경고였다. 이 싸움에서 이기고 싶었지만 표희연과 얽힌 내막까지 까발리는 건 사람이 너무 추해 보였다. 그건 이찬이 꺼내야 할 얘기였다. 그녀가 할 얘기는 분명 아니었다. 성 회장이 자리에서 일어나더니 걸음을 옮겼다. 그녀는 이를 악물고 한마디 내뱉었다.

"제가 어쩔 수 있는 문제는 아닌 것 같습니다, 회장님. 혈연이라고는 해도 그 애의 심장까지 제가 쥐락펴락할 수는 없는 노릇이니까요. 잎새는 강한 아이예요. 실명을 하고 부모를 잃었음에도 자신을 잘 컨트롤해서 조각가라는 타이틀까지 손에 거머쥔 아이예요. 부수고 짓밟는다고 해도 그 앤 영리하고 지혜롭게 다음 할 일을 생각해 낼 거라 믿어요."

"제가 자식에 대해 불신하고 있는 것과는 완벽히 다른 입장을 갖고 계시군요. 좋습니다. 그럼 제가 직접 잎새 씨를 만나 합의를 보도록 하죠."

상희가 뒤돌아 성 회장에게 마지막까지 예의를 차려 인사를 했다. 성 회장은 뒤도 돌아보지 않고 집을 빠져나갔다. 상희는 비틀거리며 이미 식어버린 차를 물처럼 벌컥벌컥 마셨다. 지금 그녀가 할 수 있는 일이라고는 잎새에게 조심하라는, 상처를 받지 말라는 말밖엔 해줄 말이 없었다.

"이모."

[성 회장님이 집에 들렀다 가셨어. 널 찾아갈 거야.]

"……드디어 올 게 오는군요."

[잎새야, 넌 강하고 특별한 아이야. 네가 이겨낸 모든 시련들은 일반인이라면 절대 버티지 못했을 만큼 거대한 일들이었어. 그런 사건들을 이겨낸 게 너야. 나는 네가 잘 이겨낼 거라 믿어. 그런데도 상처를 받아서 견디지 못하겠거든 이모한테 와. 이모는 다른 건 다 못해도 널 보듬어줄 두 팔은 있어. 너를 성 회장의 압박에서 구원하지 못해 미안하구나.]

"아니에요. 그분이 듣고 싶은 대답은 하나일 거예요. 하지만 이모는 그런 대답을 해줄 수 없는 입장이었을 테고요. 이모가 절 그렇게 특별하게 봐준다니까 괜히 어깨가 으쓱해지는데요? 해볼게요. 너무 걱정하지 말아요. 절 위로해 줄 사람은 이모도 있지만 이찬 씨도 있잖아요. 깨지고 부서지는 건 걱정하지 않아요. 전 이찬 씨가 이 모든 걸 견디지 못하고 떠나게 될까 봐 그게 세상에서 제일 두려운 사람이에요. 그래서 버틸 거예요."

[휴우, 네 말을 들으니 마음이 놓인다.]

전화가 들어왔다. 통화 중 대기 신호음이 울렸다. 잎새는 전화가 오는 것 같다며 통화를 끝내고 곧장 번호를 확인했다. 낯선 번호였다. 잎새는 마음을 다잡고 바로 통화버튼을 눌렀다.

[정잎새 씨?]

"네, 접니다."

[전 성 회장님의 비서입니다. 한 시간 뒤쯤 본가로 와주실 수 있겠습니까? 차를 보내도록 하겠습니다.]

"네, 그러겠습니다."

통화를 끝내자마자 잎새는 샤워를 하고 옷을 차려입었다. 곧장 인근 헤어샵으로 가 원장에게 메이크업과 헤어 스타일링을 받았다. 그리곤 곧장 택시에 올라 집 앞에 당도하자 10분 정도 여유가 남았는데 벌써 검은 세단이 대기 중이었다. 잎새는 블랙 블라우스에 블랙 팬츠를 입고 7cm 굽의 단정한 구두를 신었다. 머리카락은 최대한 단아해 보이기 위해 하나로 묶어 둘둘 말아 뒤쪽에 고정시켰다. 검은 세단으로 다가가자 차에서 초로의 남자가 내려섰다.

"안녕하세요. 공 비섭니다. 회장님 직속비섭니다."

"네, 안녕하세요. 정잎새입니다."

"자, 이쪽으로."

공 비서가 차 문을 열고 대기했다. 잎새가 뒷좌석에 앉자마자 문이 닫히고, 공 비서가 운전사 옆에 오르기 무섭게 차가 움직이기 시작했다.

"이런 분위기에서 드릴 말씀은 아니지만, 축하드립니다. 눈이 보이신다구요."

"아, 감사합니다."

공 비서는 사이드 미러로 간간이 비춰 보이는 잎새의 표정을 살폈다. 미모는 예나 지금이나 여전했다. 눈을 감은 채로도 얼굴에서 뿜어져 나오는 품위와 우아함이 예사롭지 않았는데, 눈을 똑바로 뜨고 있는 잎새는 지니고 있는 존재감이 상당한 사람이었다. 상대를 주눅 들게 만드는 아름다운 사람이었다. 맑고 건강한 기운이 눈동자에서 고스란히 읽혔다.

"사장님께서는 회장님의 호출에 대해 알고 계십니까?"

"아뇨. 아직 알리지 않았지만 곧 알게 되겠지요."

"전화를 자주 하십니까?"

"네, 전화 통화가 안 되면 불안해서 바로 위치 추적을 할 거예요."

그만큼 잎새가 이찬에게 강한 영향력을 끼치는 존재라는 말이기도 했다. 공 비서는 걱정스러운 얼굴로 잎새를 바라봤다. 성 회장은 그녀의 이모와 어떤 타협도 되지 않는다는 사실에 분개하면서도 잎새에게 어떤 식으로 모욕감을 줘야 이찬으로부터 떨어져 나갈지를 연구했다. 상희에게 하듯이 했다가는 이찬을 뺏기고 말거라 생각하는 눈치였다. 부모이니 적어도 자식이 집안의 품격에 어울리는 여식과 혼사가 진행되기를 바라는 게 인지상정이겠지만, 어째 잎새에게는 조금 가혹했다. 잎새는 명망 있는 집안까지는 아니더라도 대대로 사업가 집안에서 부유하게 자랐다. 부모가 사망하면서 상당한 유산도 상속받았음에도 성 회장은 같잖게 여겼다.

한참의 적막이 이어졌다. 잎새는 말없이 차창 밖만 응시할 뿐이었다. 요즘 아가씨들처럼 휴대폰을 손에 쥐고 목이 꺾어져라 바라보기만 하지는 않았다. 하긴 시력을 찾은 지 얼마 되지 않아 세상 모든 것이 얼마나 낯설고 신기할까?

"비서님, 다 왔습니다."

대문 앞에 서자마자 그는 감시카메라를 향해 손을 흔들어 자신의 신분을 드러내 보였다. 대문이 자동으로 열리자 안쪽으로 차가 들어가기 시작했다. 이미 잎새는 몇 번 와본 곳이긴 했지만 눈을 뜨고는 처음이었다.

"괜찮으세요?"

공 비서의 다정한 물음에 잎새가 가만히 고개를 끄덕거렸다. 공 비서가 더 긴장한 기색이었다. 잎새는 새순처럼 곱게 웃으며 그에게 말했다.

"이렇게 신경 써주셔서 감사해요. 회장님 곁에 마음결이 고운 분이 계시니, 회장님도 아주 가혹한 분은 아니실 거라고 생각해요. 그렇게 자꾸 스스로에게 최면을 걸고 있는 중이에요."

잎새의 얼굴을 본 공 비서가 멋쩍게 웃으며 괜히 넥타이를 매만졌다. 차가 본가 입구에 멈춰 섰다. 공 비서와 잎새가 나란히 차에서 내렸다.

"이쪽으로 오시죠."

잎새는 공 비서의 뒤를 따라 성 회장의 서재로 향했다. 음각과 양각의 절묘한 조화로 외곽이 둘러진 나무 문 앞에 섰다. 양문형

문은 새카만 빛깔로 칠해져 있어서 공포감을 조성했다. 잎새가 마른침을 삼키며 눈을 휘둥그렇게 뜨고 어서 문이 열리기를 기다렸다. 공 비서가 먼저 들어가 성 회장과 몇 마디 말을 나누고 밖으로 나오더니 웃으며 들어가라 했다.

잎새가 발을 들여놓고 뒤를 돌아보자 공 비서가 파이팅하라며 주먹을 한 번 쥐었다 풀며 문을 닫았다. 공포가 가득한 푸른 성에 당도한 기분이었다. 잎새가 침을 소리나도록 꿀꺽 삼키고 천천히 너른 서재 방 안쪽으로 이동했다. 방 안에서는 조지아산 나무 냄새가 났다. 남성적이면서도 은은한 냄새에 수만 권의 책 냄새까지 섞여 묘한 안정감을 주었다. 멀리 진갈색 가죽 소파에 앉은 성 회장의 모습이 눈에 들어왔다.

"발레를 했다고?"

뜬금없는 질문에 당혹감을 느낀 잎새가 한 템포 늦게 입을 열었다.

"……네, 회장님."

"어머니는 어떤 사람이셨나?"

"따스하고 온화한 분이셨어요. 야단치는 일 없이 인내심을 가지고 제가 하는 모든 걸 지켜보다가 뒤에서 조용히 뒷바라지를 해 주셨죠. 처음엔 그런 분인지 몰랐는데 돌이켜보니 그런 분이셨더라고요."

"아버지는?"

"과묵하시지만 잔정이 깊은 분이셨어요. 집에서 일하시는 분들이 10년 이상 바뀌지 않고 계속 있었던 걸 떠올려 보면 그래요. 그

분들이 저를 데려다 아버지나 어머니에 대한 험담을 늘어놓는 것 또한 본 적이 없고, 부모님께 받은 은혜를 저에게 갚는다는 느낌이 강했어요. 전 부족함 같은 건 모르고 큰 것 같아요."

"그런 부모님이 돌아가셨을 땐 어떤 기분이었지?"

"……회장님, 대체 무슨 말을 듣고 싶으신 겁니까?"

이번엔 잎새가 받은 부메랑을 집어 던지듯 회장을 향해 물었다. 잎새의 표정은 굳어 있었고, 눈빛은 한없이 낮게 가라앉아 밤바다 같았다. 성 회장이 햇살을 등지고 있다가 서서히 몸을 일으켜 잎새에게 다가왔다. 비로소 성 회장의 얼굴이 눈에 보였다. 무표정하고 북풍한설이 몰아치는 냉한 눈빛을 가진 사람이었다. 입가엔 고집스럽게 주름이 팽팽하게 잡혀 있고, 눈매는 날카롭고 경직되어 있었다.

"잎새 씨에 대해 아는 게 없어서 정보 수집 차원으로 묻는 거네."

잎새는 입을 꽉 다물었다.

"이찬이는 태어남과 동시에 제 어미를 죽였네."

잎새의 심장이 쩡 하고 얼어붙었다. 목이 졸린 듯 답답해져 현기증이 몰려왔다. 검은 물결이 시야를 덮치고 눈앞의 모든 것들이 너울쳤다.

"나는 이찬이를 태어남과 동시에 저주했지. 내가 사랑하던 영혼의 반려를 죽인 놈이니까. 내가 내 아내에게 품은 정과 사랑이 이제 막 태어난 애에 대한 애정보다 깊겠나? 난 아내를 빼앗은 이찬이 싫었네. 하지만 키운 정이라고 하잖던가? 내 딴엔 정을 주려고 나름 애를 썼지만, 잘 되지 않았지. 그런데 열 살 때 지 누나를 부숴놓았지. 세상에서 가장 지혜롭고 영특하던 아이의 몸에서 가장 아름다운 걸 깨부쉈지. 잎새 씨라면 어쩌겠는가? 내가 사랑하는 것 두 가지를 망가트려 버린 아들놈을 어찌하면 좋겠나?"

"부정으로 극복하셨어야 하는 것 아닌가요? 적어도 열 살밖에 되지 않았던 이찬 씬 태어난 순간 엄마를 잃었고, 자신 때문에 누난 눈을 다쳤어요. 얼마나 공포스럽고 두렵고 자신이 용서되지 않았을까요? 하물며 어른인 부친의 냉대와 적대감은 이찬 씨에게 독이 되었을 겁니다. 어른께 할 말이 아니라는 건 알지만, 이찬 씨도 매우 힘들었을 겁니다. 가뜩이나 힘든 상황에 대고 굳이 쐐기를 박아야 할 필요가 있었을까요? 잘 알지 못하면서 이런 말씀 드려 죄송하지만, 그 모든 책임을 이찬 씨에게 전가하는 듯한 뉘앙스를 받아 이리 말씀드립니다."

잎새는 느긋하고 나른한 어투로 말하는 듯 보이지만 그녀를 바라보는 성 회장의 눈빛에 속마음까지 다 꿰뚫어 보고 있다는 경고를 읽었다. 가식적으로 적당히 안전한 대답을 할 수도 있었지만, 그 눈빛에 압도당해 결국 속내를 드러내 놓고 말았다. 그러자 성 회장이 무시무시한 눈빛으로 그녀를 짓눌렀다. 그 눈빛엔 무지비함과 잔혹성이 고스란히 담겨 묵직했다. 왜 성이찬의 아버지인지 알 수 있는 눈빛이었다. 다른 듯했지만 부자는 무척이나 닮아 있었다. 이찬도 그녀를 제외한 일에 대해서는 늘 저런 눈빛이니까.

"맹랑하고 용감한 사람이로구나. 하긴 그 가혹한 시련도 한 방에 떨치고 일어서 보란 듯이 남들이 기대하는 것 이상을 해낸 사람이니 오죽하겠냐마는. 그런 면모는 분명 높은 점수를 받아 마땅하다만, 나는 잎새 씨가 이찬을 떠났으면 좋겠다."

"이미 그 연유에 대해 깨닫는 바가 있습니다. 구차한 변명은 하지 않겠습니다. 결혼은 하지 않겠습니다. 사귀는 단계까지만 허용해 주십시오."

"이찬은 너와 결혼하고 싶어 할 게 뻔한데?"

"그림자가 될 겁니다."

"누구 인생을 망치려고? 그 앤 결혼해서 남들이 보란 듯이 번듯한 가장이 되어야 하네. 그런 건 해결 방법이 되지 않아. 사귀는 것까진 내가 간섭할 문제가 아니지. 하지만 결국엔 '떠남'을 전제로 해야만 한다는 말이야."

잎새는 입술을 꽉 다물고 성 회장을 응시했다. 단조로운 어투였지만 말속엔 비정함과 싸늘함이 녹아들어 있었다. 잎새는 지금으로서는 성 회장의 불가항력의 명령에 무조건 복종해야 한다 결론짓고 말했다.

"제가 그래야 한다면 그리 하겠습니다."

잎새는 고통에 찬 눈으로 성 회장을 응시하며 다른 말이 떨어지기를 기다렸다.

"정잎새 씨의 미래는 너무도 불안해. 언제 다시 잃게 될 눈도 그렇고 가임인지 아닌지도 모를 몸도 그렇고…… 난 건강한 며느리를 원하네. 잎새 씨처럼 파란만장한 삶을 산 며느리가 아니라, 정상적이고 아주 편한 삶을 산 며느리를 원한단 말이네. 잘 알아들었다면 적당히 즐기다 이찬일 놓아주길 바라네. 이만 할 얘기는

다 했으니 가보게."

성 회장이 지친 표정으로 소파에 다시 앉았다. 잎새가 꾸벅 인사를 하고 몸을 돌렸다. 여기까지만 해야 했다. 잠시나마 성 회장의 시선에서 벗어날 필요가 있었다. 시간이 필요했다. 스캔들이 가라앉고, 한호준이 다른 여자의 남자가 되었다는 보도가 나와야 했다. 그리고 잎새는 그동안 자신의 몸이 가임이 되는지를 검사를 통해 알아봐야 했다. 뭐 하나라도 정확한 게 있어야 성 회장 앞에서 당당할 수 있었다.

이런 상태로는 아무것도 내놓을 게 없었다. 성 회장의 말마따나 떠나는 것 외에는. 아무 노력도 하지 않고 이찬을 갖고 싶다고만 하는 건 어린애 땡깡이고 투정이었다. 하지만 기분은 좋지 않았다.

만약 임신이 되지 않는다면? 사고 여파로 몸에 이상이 생겨 임신이 안 된다면 어쩌지? 만약 다시 실명하게 된다면? 그래도 그녀는 어떻게든 살아가겠지만, 이찬과는 더 이상 만나서는 안 되는 거였다.

"후우……."

한숨을 뱉었는데도 목 아래로부터 발끝까지 단박에 마비되는 느낌이었다. 심장에 거대한 짐승의 발톱이 박혀 들어간 듯 얼얼했다. 눈물이 말릴 새도 없이 후드득 떨어져 내렸지만, 잎새는 이를 악물고 물기를 빠르게 닦아냈다.

온화한 투쟁

늦은 밤 10시나 돼서야 퇴근이 가능했다. 일주일간의 동거 기간이나마 열심히 잎새에게 마음을 드러내 보이겠노라 맹세했건만 시간이 없었다. 이렇게 일에 치어 죽을 상황이었지만, 그 와중에도 그는 잎새에게 줄 선물을 하나 구입했다. 그는 신명나는 발걸음으로 현관을 열고 방 안으로 들어갔다. 노랫소리가 들렸다. 잎새가 가요를 틀어놓고 노래를 따라 부르는 중이었다.

"사랑하면, 다 되는 게 아니지요. ……나나나나……."

석석, 연필이 스케치북의 거친 면을 따라 움직이는 소리도 났다. 서재 방에서 불빛이 희미하게 새어 나오고 있었다. 이찬이 문을 살짝 열고 잎새의 등을 바라봤다. 기분이 좋아 보였다. 그가 슬금슬금 다가가 잎새가 스케치북 위에 그리는 걸 가만히 바라봤다.

이찬의 얼굴이었다. 아주 환하게 웃고 있는 이찬의 얼굴. 갑자기 불안해졌다. 잎새가 왜 이렇게 콧노래를 부르며 자신의 얼굴을 그리는 걸까? 웃는 그의 얼굴을 통해 뭘 얻으려고. 화가는 자신에게 결핍된 부분을 채우기 위해 보고 싶은 그림을 그린다.

"정잎새."

이찬이 잎새의 볼에 키스를 하자 놀란 잎새가 몸을 흠칫 떨었다. 이런 때 보면 한없이 나약했다. 겁도 많아서 살짝만 건드려도 경기하듯 크게 반응했다.

"뭐 해?"

"이찬 씨 웃는 모습을 그려봤어요. 보지 않고도 얼마나 비슷하게 잘 그리나 궁금해서요."

잎새가 억지로 환한 웃음을 지으며 말했다. 사실 잎새도 언젠가 다시 시력을 잃게 될지 모른다는 불안감을 마음에 품고 있기는 했다. 그렇지만 티를 내고 싶지 않았다. 그런 불안감으로 인해 불행이 도리어 찾아들까 봐 두려웠다. 그래서 티를 내지 않기 위해 안간힘을 썼던 건데 오늘 성 회장이 그녀의 견고한 담을 무너트리고 말았다.

누군가 의혹을 노골적으로 제시하지만 않는다면 그런 일은 없는 '척' 하며 살 수 있었다. 그런데 이젠 그럴 수가 없게 되었다. 스스로도 돌아볼 수밖에 없는 현실이었다. 그래서 보이지 않게 되더라도 이찬만은 눈을 감고서라도 제대로 그릴 수 있게 되기를 바라는 마음으로 연습을 해봤다. 미쳐 돌아버리기 직전까지 멈춰서는 안 될 연습이었다. 영원한 사랑, 그녀의 심장이 된 남자였다. 잎새는 올라가지 않는 입꼬리를 기어이 휘어올리며 그린 그림을 그의 곁에 대고 확인까지 했다. 그런 잎새를 이찬이 뚫어지게 바라보더니 물었다.

"입은 웃는데 눈이 굳어 있어. 너, 무슨 일 있니?"

잎새가 애써 웃으며 고개를 저었다.

"없다잖아요. 없어요."

구구절절 그의 부친과 얽혔던 일화를 말하고 싶지는 않았다. 적어도 성 회장은 이찬이 결혼을 공식화하지 않는 이상 문제 삼지 않을 것이다. 잎새가 스스로 떠나겠다고까지 말했기에.

"이리 나와 봐."

이찬은 잎새의 손을 잡아끌고 소파로 데리고 가서 앉혔다. 이찬은 웃옷 안주머니에서 둥근 케이스를 하나 꺼내더니 그녀 앞에 내밀었다.

"이게 뭐예요?"

"열어봐."

잎새가 하얀 바탕에 은은한 펄이 깔린 진주알 모양의 케이스를 열었다. 안에는 두 개의 반지가 나란히 꽂혀 있었다. 가느다란 반지엔 보라색 보석과 초록색 보석이 박혀 있었다. 2월 탄생석 자수정과 5월 탄생석 에메랄드가 박힌 반지였다. 정가운데엔 다이아몬드가 영롱한 빛을 피워 올리고 있었다. 조명을 받아 다채로운 빛깔을 내는 모습이 아름다웠다.

"이건 무슨……?"

"커플링. 정가운덴 다이아몬드로 너와 나의 영원한 사랑을, 양

옆엔 서로의 탄생석을 끼워 넣었어. 그렇게 비싼 건 아닌데, 영원토록 마음 변치 말자는 의미에서 주문했다. 손 이리 내봐."

잎새가 서글픈 눈빛으로 이찬을 바라봤다. 갖지 말아야 할 사람인지도 모르는데, 이렇게 자꾸만 덤덤히 그가 주는 걸 말없이 용인해도 되는 것인지. 잎새의 새하얀 손가락에 그가 반지를 끼워 넣었다.

"자, 너도 날 끼워줘야지."

이찬이 손을 내밀자 잎새도 그가 내민 반지를 그의 손가락에 끼워 넣었다. 이찬이 둘의 손을 붙이고 마주 대보더니 아이처럼 순진하게 미소를 지었다.

"이제야 운명의 끈이 묶인 기분이군."

"이찬 씨, 심각하게 할 말이 있어요."

잎새가 이찬의 뺨을 부드럽게 훑어 내리며 슬피 말했다.

"무슨?"

"저, 다시 실명할 수도 있다고 해요, 병원에서……."

"음, 알아."

"저, 비행기 사고 수술 여파로 임신이 불가능할 수도 있어요."

"각오해 두지."

"전…… 이찬 씨와 결혼 못해요."

"뭐?"

잎새가 그의 입술을 손끝으로 정성껏 어루만지며 애써 담담해지려 안간힘을 썼다. 자꾸만 눈꺼풀이 경련하고 입술이 파르르 떨렸다. 그녀는 정성스럽게 그의 뺨을 감싸 쥐고 몇 번이나 같은 동작으로 그의 뺨을 쓸어내렸다. 그는 말없이 그녀를 정시했다. 깊고 검은 늪 같은 이찬의 눈동자를 오래도록 바라봤다. 가슴에 싸늘한 냉기가 휘돌았다. 언젠가 그에게 이런 작별의 인사를 건네게 될 날이 올 것을 예감하자 견딜 수 없이 적막했다. 성분을 알 수 없는 물기가 차오르려 해서 잎새는 얼른 시선을 다른 데로 돌렸다.

"이런 몸으로 결혼까지 바라는 건 과욕이죠. ……지금처럼 사랑만 주세요. 그거면 돼요, 전……."

잎새가 처절하게 몸을 떨며 그를 부른다는 걸 모르지 않았다. 눈빛에 격랑이 몰아치고 상처받은 그녀의 자아가 그의 눈에는 보였다. 아닌 척 담담하게 보이려 애를 쓰지만, 잎새는 솔직한 사람이라 자신의 내면까지 숨기는 영악한 짓은 하지 못했다. 결국 그에게는 다 보이는 마음이었다. 무슨 일이 있긴 했다.

그게 뭔지 정확한 건 아니지만 어렴풋이 알 것도 같았다. 부친에게 어떤 통고를 받은 것이리라. 그래서 이렇게 선을 긋고 말하는 것이겠지. 그는 잎새의 곁에 앉아 그녀를 꼭 끌어안았다. 지금 그가 할 수 있는 건 결혼을 완강하게 밀어붙이는 게 아니라 이렇게 그의 체온으로 얼어붙은 강바닥에 갇힌 심정으로 고독할 그녀를 녹여주는 것이었다.

"그래, 그러자. 이렇게 같이 있기만 하자. 지금은 그러자. 네가 싫다면 나도 강요하진 않을게. 부담감 때문에 나를 떠나게 할 수는 없는 거니까."

지금은 잎새의 불안감을 지워주는 게 우선이었다. 다른 대답 같은 건 하지 말아달라는 기대 가득한 눈빛으로 그를 보던 잎새가 미어지게 아팠다. 그는 고통스럽게 일그러진 얼굴로 한참 동안 가여운 그녀를 품 안에 안고 놓아주지 않았다. 그녀의 시린 서러움이 물결처럼 그의 피부 속으로 밀려들어 와 그의 체온까지 낮췄다. 그는 더더욱 완강하게 그녀를 품었다. 둘의 손가락에 끼워진 반지에 반짝 빛이 차올랐다.

이찬에게는 시간이 일주일밖에 없었다. 잎새가 미국에 나간 사이 부친을 완벽하게 설득해 놔야만 했다. 그래서 이나와 공 비서를 긴급 소집했다.

"이건 어때? 아버지가 노래방 가는 걸 좋아하셔. 그런데 요즘 갈 일이 통 없으시다고 불평하는 소리를 들었어. 네가 노래방에 모시고 가는 건 어때? 하루 스케줄을 짜서 같이 있는 거야."

"그보단 요즘 힐링여행이다 뭐다 유행인데, 두 분이서 인적 없는 산으로 캠핑이라도 다녀오시는 게 어떨까요?"

공 비서의 말에 이찬은 뭔가를 얻은 기분이었다.

"누나 생각은 어때? 하루 종일 아버지와 같이 지내보는 거야. 물론 아버지나 나나 불편하긴 마찬가지겠지만, 하룻밤이라도 함께 보내보면 서로를 알 수 있는 부분도 있지 않을까?"

"……괜찮겠어? 너, 정말 힘들지도 몰라. 하루 종일 아버지 독설을 들어야 할지도 모르고."

"견뎌야지. 내가 원하는 걸 얻기 위해서 그런 것쯤 얼마든지 이겨낼 수 있어."

이나가 입가에 보드레한 미소를 머금고 그의 손등을 부드럽게 쓸어내렸다. 그토록 잎새가 갖고 싶은 것일까? 무얼 하기 위해 직접 나서서 부친을 설득하려고 하던 사람이 아니었다. 늘 부친에게 삐딱하게 대들기만 하던 그가 잎새를 위해 움직이고 있었다. 부친의 허락이 없다면 잎새도 쉽게 이찬을 받아들이지 않을 것이기에.

"공 비서님, 텐트 장비 일체 좀 구해주십시오."

"바로 알아보겠습니다. 1박할 정도의 양만 준비하면 되겠습니까?"

"네, 고기와 먹을 건 제가 준비할게요."

공 비서가 텐트용품을 알아보겠다고 나간 뒤, 이나가 웃으며 물었다.

"즐거워 보인다."

"내가? 설마."

"아버지한테 화내지 말고 되도록 단조로운 어투를 유지하면서 잎새에 대한 네 마음을 어필하는 게 중요해."

"응, 그래. 누난 잎새가 괜찮아?"

이나가 복잡한 감정이 서린 얼굴로 허공을 바라보며 고개를 저었다.

"미안한데, 나도 잎새 씨 걱정돼. 아버지와 비슷한 마음이면서 동시에 네 마음도 이해가 돼서 마음이 아플 뿐이야. 여러 불안 요소들을 안고 있으니까, 그 모든 고통을 네가 견뎌내야 한다는 게 마음에 걸려. 사랑하는 사람은 한 덩어리의 공동체이고, 고통이 찾아들면 둘은 그것을 같이 나누고 교감해야 하잖아. 그럴 때 넌 잎새 씨보다 더 고통스러울 게 뻔하고. 그런 일련의 과정들이 너무 보이는 것 같으니까, 선뜻 좋다는 말은 못하겠다."

"아버지도 같은 마음인 걸까? 난 아버지가 막연히 나를 싫어한다고만 생각했어."

"싫든 좋든 가족이잖아. 적어도 남보단 내가 지켜야 하는 테두리에 있는 가족. 그런 개념으로 접근하면 아버지가 이해될 거야."

"선뜻 이해하긴 어려운 개념이군. 잎새 오기 전까지는 꼭 해결해야 되는데, 만약 안 된다면 여기서 아버지와 날 잇는 선은 끊어지고 말 거야."

"최악의 상황은 상상하지 말자. 미리 거기까지 가버리면 아버지를 설득하는 과정에서 넌 또 쉽게 체념하고 말지도 몰라."

이찬은 경이롭게 이나를 바라봤다. 눈을 다친 이후 여러 선생들의 도움을 받아 세상 모든 책을 점자책으로 읽어 내려갔다. 주로 보는 텔레비전 프로그램도 하나같이 다큐 아니면 시사였다. 신문도 도우미를 통해 읽게 했고, 하루도 빼놓지 않고 들었다. 평소엔 라디오를 틀어놓고 세상 돌아가는 얘기를 듣고 읽고 싶은 게 생기면 꼭 바로 점자화해서 보던지, 그게 여의치 않으면 누군가의 입을 빌려 읽게 해서라도 제 것으로 만들었다. 쉬지 않고 세상과 소통하려 애를 썼다. 그러면서 틈틈이 피아노를 쳤다. 노력하는 사람이었다. 그렇기에 이찬에게도 가장 현명하고 지혜로운 방안을 내놓을 수 있는 것이었다.

잠시 뒤, 공 비서가 돌아와 성 회장의 스케줄을 살피기 시작했다. 성 회장의 스케줄은 의외로 살인적이었다. 이찬 이상으로 바쁜 삶을 살고 있었다. 이젠 일선에서 물러날 때도 됐건만 성 회장이 자리를 지키는 이유는 하나였다. 이찬에 대한 불신 때문이었다. 그는 늘 이찬이 언제든 떠날 구실만 생기면 자리를 털고 사라져 버릴지도 모른다 판단하고 있었다. 이찬 역시 부친과의 반목이 절정에 달하면 언제든 사직서를 던지고 한국에서 사라져 버리겠다 마음먹기도 했었다. 하지만 한 해 한 해 지날수록 부친의 얼굴에 깊어져 가는 주름이나 가끔씩 몸져누울 때를 보면 성 회장도 예전처럼 강한 저력의 카리스마를 뿜어내던 과거의 부친이 아님을 깨닫고 안타까웠다. 그런 감정 때문에 울컥 치미는 마음을 한 번 누르고, 두 번 누르다 보니 지금에 이르게 된 것이었다.

"이날은 괜찮을 것 같습니다. 목요일 오후부터 금요일 오전 중에는 시간이 괜찮습니다. 그리고 금요일 오후 스케줄은 다음 주로 빼도 그만일 것 같습니다."

"그렇다면 일단 스케줄 조정 먼저 해주세요."

"네, 바로 조치하겠습니다. 그리고 텐트용품 일체는 백화점 측에서 바로 발송해 주겠다는 연락을 받았습니다. 두어 시간 뒤에 도착할 겁니다."

텐트는 대학 때 동기간들과 캠핑을 갈 때마다 폈다 접었다 해서 능숙하게 다룰 수 있었고, 음식도 그런대로 할 줄 알았다. 그는 이나에게 먼저 가보겠다 인사를 하고 곧장 부친과 함께 갈 여행에 대한 스케줄을 짜기 시작했다. 장볼 목록도 정리를 해야 했다. 갑자기 마음이 분주해졌다.

호텔로 돌아온 잎새는 침대 위에 벌렁 누워버렸다. 상희가 초주검이 된 잎새를 바라보며 웃었다.

"힘드니?"

"타국에서 전시회를 열기 위해 스케줄을 잡는다는 게 이렇게나 어려운 일인지 몰랐는데요."

"그래도 긴장되지 않니? 뉴욕 전시장에서 네 작품을 아주 긍정적으로 보고 있잖니. 하나같이 실명 시에 만들어놓은 작품들이라는 말에 관장이 경악하던 얼굴이 잊혀지질 않는구나."

"그 작품들을 지금 꺼내놓고 보면, 되게 많이 부족한 것 같은데요. 그보다 더 잘 만들어낼 수 있을 것 같은데…… 저들 눈에는 거친 느낌이 달리 다가오는 모양이에요."

"다들 보는 눈은 다르니까. 여기서 네 작품을 아주 우수하게 쳐줄 줄은 몰랐다. 이게 무슨 횡재니? 네 아버지가 고미술품 전시회를 핑계로 널 여기까지 끌고 와줬고, 마침 조각전 전시회를 기획하던 큐레이터와 인사를 하게 되면서 네 작품들을 그 사람이 찾아보고 이렇게 연락까지 해서 만나고 계약까지 체결하다니. 이건 하나의 영화 같은 일 아니니?"

잎새가 환하게 웃으며 그 말에 동조했다. 하나부터 열까지 인연이라고밖에는 할 수 없는 일들이었다.

"이모, 엄마가 준 유산 중 일부를 이모에게 주고 싶은데……."

"야! 그런 말 꺼내지도 마. 난 너한테 단 한 푼도 안 받을 거야. 그냥 그 집에서 살게만 해줘, 너랑 같이……."

잎새가 쓸쓸한 눈빛으로 천장을 올려다보며 다시 입을 열었다.

"이모부, 아니…… 이젠 아니구나. 전 이모부가 돌아와서 이모한테 행패 부리면 어떻게 하지?"

"……가만히 당하고 있진 않을 거야. 걱정하지 마. 난 강해질 거야. 그래서 요즘 특공무술도 배우고 있잖니."

상희의 자신감 넘치는 발언에 잎새가 킥킥 웃었다. 상희가 옷을 다 갈아입고 티테이블 앞에 앉았다.

"잎새야……."

"네."

"이찬 씨랑 혹시라도 좋지 않게 되더라도 절대 힘들어하지 말아야 해."

"그래야지. 힘들어하지 말아야지. 그런데 이모…… 잊지는 못할 것 같아. 내 심장 같은 사람이어서 난 영원히 그 사람 못 잊을 거야. 아마 오래도록 깊은 슬픔에 잠겨 살겠지. 헤어나오지 못할지도 몰라. 부모님을 잃은 슬픔은 실명 때문에 어떻게 정신없이 지나가 어영부영 잊었지만, 그 사람은 힘들 것 같아. 노력은 해야겠지. 살기 위해 아등바등……."

깊은 상실감에 빠져 살지 모른다. 처음으로 마음에 들인 사람이었다. 그런 눈을 하고도 욕심냈던 사람, 그 사람 때문에 무리해서 눈수술까지 했다. 정답이 아닐지도 모른다는 공포감을 숙명처럼 끌어안고도 단지 그가 보고 싶다는 간절한 하나의 마음 때문에 수술을 강행했다. 그를 보면 갈증이 사라질 줄 알았는데, 또 다른 욕심이 세균처럼 번져 나갔다.

갖고 싶은 강한 소유욕. 그런 것이 자신의 내부에 있을 줄은 몰랐다. 오로지 야망에 대한 열정만 갖고 사는 사람인 줄 알았다. 다들 입을 모아 그녀에게 발레밖에 모르는 독한 것이라고 말했다. 남자를 이성으로 보질 않았고, 고백을 해와도 하나같이 묵살했다.

지금 당장 중요한 건 발레였기에 다른 것에 열정을 나눠줄 여유가 없었던 것이다. 그런데 지금은 온통 그에게 몰두하게 되었다. 뭘 하고 있을까? 하루에도 수십 번씩 휴대폰을 만지고, 그를 기다렸다. 연락이 없으면 하루 종일 마음이 심연 밑바닥 깊이 가라앉고 말았다. 그러지 말아야지 해도 되지 않는 마음의 요란한 변덕.

"이찬 씨랑 잘 되기를 마음속으로 계속 빌게."

"고마워요, 이모."

그때 휴대폰이 울어대는 소리에 잎새가 몸을 벌떡 일으켰다. 이찬은 되도록 미국 시간에 맞춰 전화를 하려고 했지만 잎새가 아무 때나 전화해도 좋으니 바쁘지 않은 시간엔 언제든 전화를 해달라 했다. 시간 구애받지 않고 통화가 가능한 건 출퇴근을 칼같이 해야하는 이찬보단 잎새였으니까.

"여보세요?"

[뭐 해?]

"저녁 먹고 들어와서 잠깐 쉬는 중이에요."

[계약은 어떻게 됐어?]

"잘됐어요. 전시회 한 달간 개최하는 걸로 최종 확정됐어요."

[나한테 한턱 쏴야겠는데? 내가 가르친 학생이 미국에서까지 전시회를 열 만큼 유명해지는 거잖아. 나보다 낫네?]

잎새가 까르르 기분 좋은 웃음소리를 냈다. 이찬이 웃으며 물었다.

[돌아오는 날짜는 그대로?]

"네, 그럴 거예요. 무슨 일 없죠?"

[없어. 나야 열심히 일하고 있지, 별다른 일 없이.]

"돌아가면 같이 영화 보러 갈래요? 콘서트도 가고 싶고…… 너무 하고 싶은 게 많아요."

[그래, 그러자.]

잎새는 엎드리기도 하고 뒤집어지기도 하고 앉기도 하면서 이찬과 두어 시간 동안 쉼 없이 수다를 떨었다. 할 얘기가 없으면 마음에 들었던 노래를 들려주기도 하고 뉴스를 보다 미리 적어둔 메모를 읽어주기도 했다. 되도록 그와 통화를 하는 동안에는 즐거운 해피 바이러스만 퍼트리기로 했다. 굳이 헤어지게 될 언젠가를 떠올리며 우울한 하소연이나 하고 싶지는 않았다. 기분 좋았던 연인으로 기억되고 싶었으니까.

이찬이 아침 시간엔 회의가 없는 경우 이렇게 한 번씩 오랫동안 통화가 가능했다. 한국은 지금 9시 전후이려나? 여긴 저녁 8시를 넘기는 중이었다. 지치지도 않고 서로의 목소리를 확인했다. 불뚝대기도 하고 토라지기도 하고 화도 냈다가 웃기도 하면서 서로의 기분을 계속 확인하며 즐거운 수다를 이어나갔다. 휴대폰이 터지도록 뜨거워졌지만 아랑곳하지 않았다. 위험을 알면서도 무식한 척 대담해지는 것이 사랑인 모양이었다.

❖

성 회장이 안 간다고 무소 고집을 부릴 게 뻔해서 공 비서가 얕은꾀를 썼다. 이찬이 먼저 강원도 계곡 근처 캠핑장에 자리를 잡아두고 있으면 공 비서가 그쪽으로 성 회장을 데리고 가겠다는 계획이었다. 이찬은 일찌감치 자리를 잡고 텐트를 치기 시작했다. 계곡 인근에 편평한 공터에 자리를 펼치고 텐트를 착착 만들어 나갔다. 바로 앞에서는 계곡물 흐르는 소리가 시원하게 들려왔다. 혹시 몰라 낚싯대도 준비해 둔 터였다.

텐트를 한 시간여 만에 다 친 이찬은 텐트 내에 푹신한 매트까지 깔아두고 랜턴도 준비해 뒀다. 밖으로 나온 그는 테이블도 펼쳐 두고 고기를 구워 먹을 수 있도록 화로대와 간이 의자까지 준비를 마쳤다. 아이스박스에는 그가 미리 사둔 고기와 상추 등이 대기 중이었다. 전부 집에서 일찌감치 씻어서 가지고 나온 차였다. 버너를 꺼내두고 쌀을 씻어 생수를 부어 물을 맞췄다. 그러다 슬슬 불안해지기 시작했다. 부친이 오지 않겠다고 고집이라도 부리는 날에는 그 혼자 여기서 쓸쓸한 밤을 보내야 할지도 모를 일이었다. 하지만 모처럼 이렇게 휴식을 취하는 것도 또 다른 식의 치유가 될 것 같아 마음을 비우기로 했다. 휴대폰 소리가 들렸다. 그가 얼른 손을 뻗어 받자 공 비서의 목소리가 흘러나왔다.

[어디십니까?]

"도착하셨어요?"

[네, 근처입니다. 회장님께서는 주무십니다.]

이찬이 위치를 간단하게 설명하고 도로가 인접한 부근까지 마중을 나갔다. 멀리 새카만 세단이 들어서는 모습이 눈에 들어왔다. 이찬이 손을 흔들어 차를 세우자, 바로 공 비서가 내리더니 트렁크에서 준비한 캐리어를 꺼내 내밀었다.

"옷입니다. 정장 차림으로 오셔서 많이 불편하실 겁니다."

"감사합니다, 여러모로."

이찬이 웃으며 말을 건네자 공 비서가 사람 좋은 미소를 지어 보였다. 이찬은 창가로 가서 잠든 부친을 깨우기 위해 노크를 했다. 놀란 부친이 졸음이 가득 밴 눈으로 창가를 보더니 헛것을 본 사람처럼 무섭게 이찬을 쳐다봤다. 꿈에서조차 환영받지 못하는 인사인 모양이었다.

"아버지."

길게 하품을 한 성 회장이 왜 차 앞에 등산복 패션으로 이찬이 서 있나 의구심이 들었다. 성 회장이 차에서 내려서자 생생한 숲 냄새가 왈칵 끼쳐왔다. 산이었다. 놀란 성 회장이 주위를 두리번거리며 살폈다.

"공 비서!"

"죄송합니다, 회장님. 오늘 오후부터 내일 오후까지의 스케줄은 모조리 조절했습니다. 부디 부자간에 돈독한 시간이 되시길 바라면서 저는 내려갑니다."

공 비서가 쏜살같이 보조석에 오르더니 곧장 차를 출발시켰다. 놀란 성 회장이 꽥 하고 소리를 내질렀다.

"공 비서!"

하지만 이미 공 비서는 세단의 새빨간 후미등만 요란하게 보여주며 멀찍이 도망가 버린 뒤였다. 당황스러운 성 회장이 잔뜩 일그러진 얼굴로 고개를 돌리자 이찬은 이미 캐리어를 질질 끌며 산으로 난 소로를 따라 오르는 중이었다. 성 회장이 인상을 확 구기고 걷기 시작했다.

"이게 대체 무슨 짓이냐!"

"아버지와 1박 2일 캠핑 좀 해보려고요."

"네놈이랑 나랑 무슨 할 얘기가 있다고."

"없어도 한 번쯤은 해보고 싶었습니다."

이찬은 뒤도 돌아보지 않고 큰 소리로 말하더니 곧장 숲길로 따라 들어가더니 편평한 공터로 그를 끌고 갔다. 거기엔 이미 7인용쯤 되어 보이는 커다란 텐트가 펼쳐져 있었다. 혼자 와서 이런 준비를 다 마친 모양이었다. 어쩐지 조금 마음이 설레기도 했다. 실로 오랜만에 느껴보는 소박한 즐거움이었다.

그의 나이쯤 되면 대부분 골프 아니면 해외여행을 가서 휴양지만 찾아다니는 게 고작이었다. 그런데 이런 야생에서 직접 숨을 쉬고 무언가를 해 먹는 일을 한다니. 마치 초등학교 때 소풍 가는 날을 들떠서 기다리는 사람의 심정이 된 것 같아 뻘쭘했다. 이찬에게 노골적으로 즐거워하는 표정을 보이고 싶지는 않았기에 짐짓 노여운 표정을 일관되게 유지했다.

"여기 앉으세요. 옷, 갈아입으실래요?"

이찬이 캐리어를 툭툭 치며 말하자 그는 공 비서가 싸보낸 캐리어를 열어보았다. 안엔 이찬이 입은 것과 비슷한 디자인이지만 색감만 조금 다른 등산복이 들어 있었다. 그는 얼른 불편한 정장을 벗어 던지고 싶어서 텐트 안으로 옷을 들고 들어가 재빨리 갈아입었다. 밖으로 나오자 이찬이 낚싯대를 계곡 쪽에 드리우고 있었다. 낚시도 대체 얼마 만인지. 젊을 때는 가끔씩 나와 즐겼던 레저였지만, 일이 바빠지면서 점차 멀리하게 되었다. 그는 슬금슬금 다가가 이찬이 드리워 놓은 낚싯대를 이리저리 살펴보더니 한쪽에 턱하니 앉았다.

"낚시 좋아하세요?"

"뭐, 그냥 하지."

좋아한다고는 말 못했다. 운동치고 그가 싫어하는 일이 있던가! 그는 낚싯대 끝을 유심히 바라보며 찌가 움직이기를 기다렸다. 물살도 적당하고 기온도 좋은 편이었다. 공기도 좋고 하늘도 맑아 이런 캠핑을 즐기기에는 더없이 황홀한 날이었다. 일에 치여 살 땐 한 번씩 이런 일탈을 꿈꾸기도 했다. 하지만 혼자 벌이기에는 체력적인 한계도 있고, 고독이 끔찍하게 싫어서 하지 않았다. 누군가 같이 해준다면 할 만한 일이었지만, 혼자 하는 건 어려움이 따랐다. 그는 극단적으로 외로움을 못 참는 성격이었다. 이찬도 낚싯대 앞에 앉더니 먼 곳을 바라봤다. 대체 이찬은 무슨 의도로 자신을 여기까지 끌고 온 것일까?

"어머니, 어떤 분이셨습니까?"

"네 엄마?"

지금까지 한 번도 묻지 않았던 질문이었다. 이찬은 그가 어미를 죽인 대역죄인이라는 죄목으로 자신을 원망한다는 사실을 어릴 때부터 눈치를 챘던지 엄마에 대한 어떤 질문도 하지 않았다. 물론 이나에게 물어보는 방법으로 호기심을 해소했을지도 모른다. 어쨌건 그에게는 질문하지 않았다. 그랬던 그가 엄마를 거론한다는 건, 오늘 아주 작정을 하고 왔다는 소리였다. 그렇다면 여기서 노발대발할 게 아니라, 그도 이찬의 작정에 조금은 동조해 줄 필요성을 느꼈다. 기회가 온 것이다. 아비 대 아들로 소통하고 화해할 수 있는 순간이.

"지적이고 아름다운 사람이었지. 잘 웃고 잘 삐치고……. 작고 아담한 체구였지만 에너지가 넘치던 사람이었다. 아이들을 무척 좋아했고, 노래 부르는 걸 즐거워하던……. 어떻게 보면 상당히 평범할 수 있었던 사람이었지만, 난 네 엄마랑 사는 동안 너무도 즐거웠다. 고작 5년밖에 안 되는 시간이었지만 말이다."

"제가 어머니를 좀 닮았나요?"

"성격은 전혀. 닮은 사람은 오히려 이나가 아닐까 싶다. 그래서 이나를 볼 때마다 많이 괴로웠다. 한 번씩 움찔거리고 놀랄 때도 있었다. 이나가 나이 들수록 네 엄마와 너무도 흡사해져서 네 엄마가 살아 돌아온 건 아닐까, 착각하는 순간도 있었거든."

이찬은 부친의 말을 하나하나 놓치지 않고 귀 기울였다. 모친에 대한 기억을 유일하게 다 갖고 있는 분이 부친이었다. 그의 모든 말은 하나의 추억처럼 그의 뇌리와 마음에 새겨졌다. 부친은 모친에 대한 얘기를 묻자 수다쟁이가 되었다. 그 많은 말들을 들으며 느낀 것은 부친이 모친을 얼마나 사랑했고, 여전히 그리워하고 있다는 사실이었다. 그러고도 용케 어린 여자와 재혼을 했다. 너무 사랑했던 상대를 잃어서 상실감이 컸던 탓일까?

낚싯대를 드리워 놓고 이런저런 대화를 나누면서 한 번씩 낚싯대에 걸린 물고기를 잡아 환호를 터트리기도 하고 치어여서 놓아 주기도 하는 새 어느덧 해가 졌다. 이찬은 밥을 준비하고 고기를 구웠다. 부친에겐 맥주를 한 캔 건네고, 익은 고기를 접시에 올려 놓아 드렸다. 맛난 저녁 식사가 무르익어 가고, 고기가 몇 점 남지 않았을 때 취기가 기분 좋게 오른 부친이 노래를 했다. '눈물 젖은 두만강'도 부르고 '당신만을 사랑해'를 부르더니 마지막엔 '비 내리는 고모령'을 부르더니 탄식 같은 깊은 한숨을 내뱉었다. 한참 동안 고요한 적막이 흘렀다. 계곡물이 산자락을 쓸고 내려가는 소리만 요란했다.

"나를 데리고 여기까지 온 게 다 그 애 때문이냐?"

당장 뭘 어떻게 해보겠다는 생각은 아니었다. 마음만이라도 봐 달라고, 시간을 두고 설득할 참이었다. 이찬이 깊어진 눈빛으로 맥주 캔을 만지작거리며 대답했다.

"……네."

"그 애가 뭔데?"

이찬이 입술 끝을 천천히 휘어올리더니 대답했다.

"제 정체성이요. 제 안을 들여다보면 온통 그 애뿐입니다."

부친은 깊게 한숨을 내쉬더니 맥주 캔을 들어 벌컥거리며 마셨다.

"뭐가 그리 좋은데?"

"제가 갖지 못한 걸 갖고 있어요. 용기와 끈기, 무한한 노력, 열정은 제가 곁에 두고 배우고 싶을 정돕니다. 삶을 원망하며 목적 없이 달리기만 하던 저보다 더 인간적이에요."

"사랑하냐?"

"……많아요. 처음입니다, 누굴 곁에 두고 싶은 마음이 생긴 건……. 그래서 절박해요. 그 앨 붙들고 싶은데, 그 앤 지레 겁먹고 도망갈 궁리만 하거든요. 아버지가 그 앨 제게서 억지로 떼어 놓으려 하시면…… 저도 같이 찢어발겨질 겁니다."

"얼마나 알았기에?"

"8년이요. 그 애가 다친 그 순간부터 쭉이요. 처음 봤을 때부터 끌렸습니다. 그 애가 혼수상태 같은 깊은 절망의 늪에 빠져 허우적대는 순간에도 옆에 있었어요. ……건강하고 올곧은 사고를 해요. 그렇기에 그 깊은 실의에서도 빠져나와 많은 이들에게 귀감이 된 거겠죠."

빠각! 캔이 발에 짓밟히는 소리가 들렸다. 부친은 맥주를 한 캔 더 따서 벌컥거리더니 명령했다.

"노래나 뽑아봐라."

이찬은 여기서 쓸데없이 반박하거나 신경전으로 시간 낭비를 할 필요가 없다 판단하고 잠시 망설이다가 김광석의 노래를 불렀다. '부치지 않은 편지'와 '서른 즈음에'를 열창했다. 대학 시절부터 애창하던 곡들이었고, 어딜 가서 노래 잘 부른다는 소리를 듣던 그였다. 노래를 다 부르자 부친이 물었다.

"그거 제목이 뭐냐?"

이찬이 제목을 말해주자, 가만히 듣고 있던 부친이 소리 없이 고개를 끄덕거렸다. 이찬은 잎새에 대해 더 말을 하려다 상념에 젖은 부친의 옆얼굴을 가만히 바라봤다. 부친의 얼굴을 본 적이 언제던가. 얼굴도 생각나질 않아서일까?

바로 앞에 앉은 사람의 얼굴이 낯설게 느껴졌다. 그토록 외면했던 얼굴인데, 오래 들여다보고 있으려니 어디서 많이 본 듯한 기시감이 들었다. 자신, 자신과 꼭 닮은 부친의 모습이 희한했다. 그렇게 미워했고 원망했고 아파했던 부친인데 자신과 닮은 꼴로 앉아 있었다. 이찬은 회한에 젖은 눈빛으로 부친을 바라보며 피식 웃었다.

왜 그토록 쳐다보지 않고 부친을 외면했던 것일까? 아마도 닮은 꼴처럼 비슷한 성격 때문인지도 모른다. 상처 주는 말을 아무렇지 않게 내뱉고 미안함을 갖고는 있지만 그걸 풀어낼 줄 모르는 성격. 부친의 아픔에 대해 조금이라도 이해해 보려 했더라면 지금이렇게 먼 거리를 좁히기 위해 안달하지 않아도 됐을지 모르겠다.

부친을 굳이 설득하지 않아도 되었다. 원래 그가 하고 싶은 대로 굴러먹다가 수틀리면 팽 돌아서면 그뿐이었다. 하지만 늘 이나가 둘 사이의 가교 역할을 하며 관계를 묶어놓았다. 그러는 사이 그는 나름 열심히 부친의 테두리 밖으로 나가려 저항했다 여겼는데 돌이켜 보면 다 부친의 뜻대로 살아가고 있음을 깨달았다. 소름 끼치는 일이었다. 저항이 아무런 결과도 내지 못했다는 사실이. 결국 부친에게 복종하며 살아왔던 삶이 되었다. 그러니 이번한 번은 정말 그의 뜻대로 해볼 요량이었다.

"하암!"

부친이 길게 하품을 했다.

"자리 봐드릴게요."

이찬이 텐트 안으로 들어가 이부자리를 폈다. 성 회장은 군말없이 안으로 들어가 침낭 안으로 쏙 들어갔다. 이찬이 지퍼를 쭉 올려 바람이 들어가지 못하도록 꼼꼼하게 자리를 봐줬다.

"나 먼저 잔다."

"네, 주무세요."

"넌 안 자?"

"조금 더 있다 잘게요."

이찬이 나가자 성 회장은 가만히 텐트 위에 비친 이찬의 그림자를 살폈다. 이찬이 누군가에게 전화를 걸었다.

"지금? 글쎄, 어딜까? 넌 뭐 해?"

이찬이 녹을 듯한 다정한 어투로 통화를 하고 있었다. 누군지 빤했다. 잎새라는 여자일 것이다. 성 회장은 입매를 단단히 굳히고 몸을 뒤척거렸다. 차라리 이찬이 왁왁거리며 대들고 눈알을 부라리며 달려들었더라면 노골적으로 멸시하고 대놓고 무시하며 잎새를 깔아뭉개 놓기 좋을 텐데……. 이런 건 그의 예상안 어디에도 없었다. 그를 데리고 산중에 들어와 난데없는 캠핑이라니. 밥도 얻어먹어 보고, 아들놈 노래 솜씨도 확인하게 되었다. 이런 식이면 매우 곤란했다. 이런 평화는 너무도 달콤해서 조금 더 누리고 맛보고 싶어질 게 뻔하니까. 위험해지기 싫어서 우야무야 잎새를 받아들여야 할지도 모른다. 이 관계를 오래도록 유지해 보고 싶어서. 이런 건 반칙이다.

이른 아침에 맛난 밥 냄새가 온 사방에 퍼지고 있었다. 성 회장
은 온몸이 찌뿌드드해서 앓는 소리를 내며 몸을 일으켰다. 보글보
글 끓는 소리와 된장찌개 냄새가 퍼져왔다. 성 회장이 밖으로 나
가자 이찬이 반갑게 인사를 건넸다.

"일어나셨어요?"

이놈 정말 나한테 왜 이러지?

그런 생각에 그의 미간이 슬쩍 좁혀 들어갔다. 그는 이미 차려
놓은 밥상 앞에 앉았다. 이찬이 생수병을 하나 건네서 물 먼저 빈
위장에 채워 넣었다. 성 회장은 시린 눈빛으로 맑은 햇살이 내리쬐
는 산세를 휘둘러봤다. 가을이 내려앉고 있는 산은 절경이었다. 계
곡물 소리는 어제보다 조금 더 정겹게 들렸다. 마음의 피로가 단박
에 풀리는 시원한 소음이었다. 이찬이 고슬고슬한 쌀밥을 성 회장
앞에 놓았다. 된장찌개도 놓이고 몇 가지 밑반찬들도 놓였다.

"드세요, 아버지."

사실 돌아보면 죽은 처에게도 이런 상은 받아본 일이 없었다.
집 안에 도우미만 수십여 명이니 굳이 안사람이 손에 물을 묻힐
필요는 없었다. 그런데 아들이 직접 요리를 해서 바친다는 건 그
에게 꽤나 깊은 의의가 있는 일이었다. 그는 숟가락으로 찌개를
한 번 떠서 입안에 넣었다. 눈이 휘둥그레지도록 맛이 괜찮았다.

이놈 봐라? 요리가 제법이었다. 그는 말없이 밥과 찌개, 밑반찬
들을 먹어치웠다. 계곡물 소리를 배경음 삼아 먹는 밥맛은 그야말

로 꿀맛이었다. 이찬도 곁에 다가와 밥을 먹으며 물었다.

"입맛에 맞으세요?"

성 회장은 말없이 고개를 끄덕거리다가 배추김치를 바라보며 단조롭게 말했다.

"1년만 사귀어봐라."

이찬이 고개를 들어 환청을 들은 사람처럼 굳어서 성 회장을 응시했다. 성 회장은 밥을 크게 한 숟가락 떠서 입안에 넣었다.

"네놈 하기에 달렸다. 네놈이 그 앨 갖고 싶은 만큼 나한테 정성을 쏟아부어 봐라. 그리만 하면 그새 내 마음도 어떻게 달라질지 모르지."

"아버지!"

감격에 겨운 이찬의 부름에 그는 흠흠 헛기침을 하며 외면했다. 아직 이런 건 손발이 곱아 들어가는 기분이라 적응하기 어려웠다.

"분명히 말하지만, 네놈 하는 거에 달렸다. 네 여자 귀하듯, 네 애비 귀한 줄만 알면 된다. 네놈 하는 양이 마음에 들어서 아주 조금 변심을 한 거니까. 조금 더 노력해 봐라."

잎새를 잘만 이용하면 이찬에게 왕 대접을 받을지 모른다는 결론에 도달하자 성 회장은 명쾌한 사업가답게 가장 효과 좋은 대안을 내놓았다. 모두가 행복해지는 길을 모색하는 것이다.

"네, 이제부터는 아버지께 무조건 따르는 순한 양이 되겠습니다."

킥킥, 성 회장이 기가 차서 웃음을 터트렸다. 그깟 사랑이 뭔데, 성난 늑대처럼 말도 안 듣던 놈을 이토록 순한 똥개로 만들고 마나 싶어 자꾸 배가 꿀럭거렸다.

"흐흐흐흐……. 좋아할 것 없다. 이제부터는 네놈, 본격적으로 회장 후계자로 지목해서 특훈에 들어가게 할 테니까 각오하는 게 좋을 거야."

이찬의 눈이 다시 커졌다. 후계자는 전문경영인에게 맡길지도 모른다는 임원들 사이의 소문을 듣고 회장이 되겠다는 생각은 이미 접은 지 오래였다. 그런데 처음으로 부친이 자신의 진짜 속내를 드러냈다.

"하지만 아버진 절 불신하시잖아요."

"네놈이 이렇게 만든 거지. 미워 죽겠고 원망스러워도 내 자식인 건 별수 없어. 내가 널 이나 때문에 원망하며 살았어도 내 눈은 한 번도 너를 놓친 적이 없다. 네가 하는 건 하나도 놓치지 않고 지켜봤고, 네가 그만한 역량이 된다고 믿기 때문에 적당한 시기를 보던 차였다. 내가 회장 직을 네게 준다 해도 너 역시 나에게 반발심을 갖고 있기 때문에 오히려 튕겨 나갈 줄 알았다. 기억해 둬. 잎새를 얻는 대신 너는 나의 충복이 되어야 한다. 나로서는 정잎새 씨한테 어떤 애정도 없어. 물론 관심도 없지. 하지만 넌 달라. 네가 내게 충성한다는 믿음이 쌓일 때 나도 그 애를 가족으로 받아들일 준비를 하겠다."

상관없었다. 잎새만 곁에 둘 수 있다면 뭐든 괜찮았다. 부친이 싫었지만 이렇게나마 잎새를 받아들일 각오 정도는 해주겠다고 하니 이젠 감사했다.

"아, 그리고 이나에게 듣기로 네가 조각 작업을 간간이 하고 있다고 들었다. 아직도 미련이 남은 게냐?"

"아무래도요. 적성에 가장 맞는 일이었으니까요."

"뭐, 그렇다면 그건 네놈이 시간 되는대로 짬짬이만 하고, 그 외엔 사업을 위해 매달리겠다고 약조만 한다면 나도 긍정적으로 검토해 보마."

"아버지!"

이찬이 벌떡 일어나더니 부친을 와락 끌어안았다. 놀란 부친의 몸이 딱딱하게 경직되어 가는 걸 느꼈지만 상관없었다. 자신이 어떻게 하느냐에 따라 잎새만 편하다면 그걸로 흡족했다. 부친을 위해서라면 이젠 뭐든 다 할 수 있을 것 같았다.

"비켜라! 무안하게 이게 무슨 짓이냐!"

괜히 성 회장은 볼멘소리를 하며 이찬을 밀어냈다. 가슴이 두근거리고 얼굴 근육이 살짝 경련했다. 싫지는 않았지만, 한 번도 해보지 않았던 아들과의 포옹이라 어색하고 남우세스러웠다. 이찬이 웃으며 몸을 떼어내더니 아주 맛있게 밥을 먹기 시작했다. 성회장의 입가에 피식피식 자꾸 웃음이 터져 나왔다. 어떻게 보면이찬에게 그리 유리할 것 없는 약속을 했는데도 저리 좋아 어쩔줄 몰라 할 줄이야. 그런데 아들이 좋아하는 모습을 보는 건 아들이 태어난 이래 처음이었다. 아들이 기뻐하는 모습이 그에겐 수십배로 큰 기쁨이 되어 돌아왔다. 이 야릇한 기분의 정체는 뭘까? 저앨 그리 좋아해 본 적 없었는데……

에필로그 – 두 번째 문이 열리고

미국에서 전시회 일정을 짜놓고 돌아온 잎새는 이후에도 눈코
뜰 새 없이 바쁜 나날을 보내야 했다. 일전에 완성했던 작품을 어
느 대회에 보내야 했고, 새 작품을 위한 스케치 작업에 들어가야
했다. 기존에 늘 해오던 스타일은 버리고 다른 작업을 해보고 싶
어서 차를 한 대 구입했다. 벤츠를 몰고 시도 때도 없이 서울 근교
외곽 마을로 나갔다. 그나마 아직도 논농사를 하는 농사꾼들이 살
고 있는 곳으로 다니면서 그들의 모습을 일일이 카메라에 찍기도
하고 스케치를 하기도 했다. 눈이 보이자 작품을 할 수 있는 폭도
훨씬 넓어졌다. 그래서 미국 전시회에서는 되도록 다양한 인간군
상에 대해 표현한 작품들을 소개하고 싶었다. 누군가 그녀에게 물
었다.

'다시 발레를 하실 생각은 없으신가요?'

참 이상도 하다. 그게 고작 8년밖에 안 됐는데, 왜 잎새는 그 곳이 영원히 닿지 않을 남의 인생처럼 느껴질까? 아마 그럴 일은 없을 것 같았다. 마치 천직인 양 조각가라는 말이 귀에 딱딱 달라붙었다. 잎새는 벤츠를 몰고 남양주 어느 마을에 들어갔다가 스케치를 마치고 서울로 진입하던 중 전화벨 소리에 블루투스를 귀에 꽂았다.

"여보세요?"

[어디야?]

"남양주에서 서울로 들어가는 중이에요."

이찬이 피곤한 음성으로 물었다. 잎새가 웃음기 스민 목소리로 아이 어르듯 달랬다.

"무슨 일 있었어요? 우리 자기가 오늘 왜 이렇게 힘이 없으실까?"

[놀리지 마. 힘들어서 그래. 아버지 비위 맞추는 게 하늘의 별을 따는 일만큼이나 버겁다고.]

잎새가 킥킥 웃었다. 이찬은 부친을 설득했고, 1년이라는 유예기간을 얻었다. 단, 1년간 신데렐라가 계모 모시듯 어떤 명령이 떨어져도 군말없이 수행하겠다는 약속을 했다고 한다. 덕분에 요즘 이찬은 눈코 뜰 새 없이 바쁜 나날을 보내고 있었다. 부친의 골프 모임을 비롯해 온갖 석찬 회동에는 무조건 참여해 술상무 노릇은 물론이거니와 운전수, 혹은 비서 노릇까지 해야 했다.

[요즘 공 비서가 월급을 왜 받아가는지 의아할 지경이야. 어젠

아버지 발까지 닦아드리고 옷도 갈아입혀 드렸다.]

"효자네요."

[놀리지 말라니까. 난 정말 점점 지쳐 가고 있어. 신데렐라의 삶이 이해될 지경이야.]

"조만간 아버지께서 유리구두를 내어주시겠죠. 오래도록 행복하게 잘살라고. 그 노력이 헛되지 않기를 바랄게요."

[그런데 어쩌지?]

"왜요?"

[널 보고 싶다신다. 이번 주말에 다 같이 세부에 가자셔. 물론 전용기로 이동하겠지만. 이모님도 모시고 가자시는데, 어때?]

"세부요?"

[가족들하고 같이 여행 가본 게 언제냐고, 나한테 고등학생 코스프레라도 하고 따라오라신다.]

"아하하하, 고등학생으로 변신이라도 하래요? 아버님이 그간 못해본 거 다 푸실 모양인데요? 알겠어요. 같이 가요. 일정은요?"

[토요일 오전에 출발해서 화요일 밤에 도착할 거야. 짐은 그 정도만 싸면 될 거고.]

"킵했어요. 그런데 오늘 볼 수 있어요?"

[10시쯤엔 퇴근할 수 있을 거야. 집에 가 있어.]

"네, 이따 봐요."

잎새가 생긋 웃으며 전화를 끊었다. 가족적인 건 좋은데, 요즘 이찬의 모든 시간이 성 회장을 중심으로 돌고 있어서 얼굴 보기도 빠듯한 게 사실이었다. 하지만 1년간은 이런 비위를 다 맞춰야 이찬과 영원한 행복을 얘기할 수 있다. 지금은 참을 수밖에. 이찬의 희생으로 그녀가 성씨 일가의 일원으로 받아들여지기만 한다면 이런 소소한 괴로움쯤이야 잘 이겨낼 수 있다.

잎새는 이찬의 집에 당도하자마자 상희에게 전화를 걸었다.

"여행 가자시는데요."

[나도? 나는 왜?]

"집안이 다 같이 가는 건데, 저 혼자만 가는 건 좀 눈치 보일 것 같아 그러시는지 이모도 같이 가자 하세요. 어때요?"

[부담스러운데……. 그렇지만 굳이 나를 거론하면서 같이 가고 하신 건데, 거절하면 좀 그렇겠지?]

"그것도 그러네요. 그냥 가요, 이모."

[……알았어. 언제 가는 건데?]

잎새가 이번 주말 끼고 화요일까지라고 말하자 얼른 갈 채비나 해야겠다면서 전화를 끊었다.

"아차, 여기서 자고 간다는 걸 말하지 않았네."

잎새가 다시 상희에게 문자를 보내자, 상희가 웃는 모습의 이모 티콘을 보내왔다. 알아서 하라는 뜻이었다. 잎새는 이찬의 집안을 휘둘러보다가 미국에서 사온 선물이 떠올라서 다시 차로 내려갔다. 트렁크에 넣고 이찬을 만나면 주겠다고 하다가 번번이 까먹어서 이번에야 내놓게 되었다. 선물 박스를 들고 다시 집으로 올라온 잎새는 와인 저장고에서 와인 한 병을 꺼내 잔에 따르고 오디오 재생 버튼을 눌렀다.

그와 자주 듣던 재즈곡이 흘러나왔다. 'Misty'가 먼저 시작되었다. 'Sarah Vaughan'의 목소리가 흘러나오자 하루 종일 쌓아 두었던 고단함이 씻겨 내려가고, 몸이 가벼워졌다. 잎새는 잔을 입술에 대고 한 모금을 입안에 머금었다. 이찬이 워낙 와인 마니아라 괜찮은 것들만 집 안에 가득했다. 대충 골라 마셔도 상당한 맛을 느낄 수 있었다.

"맛있네."

잎새는 카메라와 스케치북을 꺼내놓고 사진들을 살피기 시작했다. 스케치한 목록도 뒤적거리면서 작품화할 만한 것으로 뭐가 좋을지도 한참 동안 고민했다. 보다가 슥슥 대충 그려놓은 러프 위에 조금 더 선명한 선을 넣기 시작했다.

집으로 오는 도중 이찬은 오랜만에 손창 회장에게서 전화를 받았다.

[아주 외골수야. 설득이 안 돼. 자네가 찾아가야 할 것 같은데, 어떤가? 해보겠나?]

"진태연 작가라고 하셨습니까?"

[응, 모친의 증조할머니 유품으로 갖고 있었던 모양이야. 우연히 지인들 몇 명에게 공개가 되었다고 해. 하수미 작가는 1900년대 최고의 여성 작가야. 작품이 많지 않아서 하나만 나오면 금세 가격이 천정부지로 치솟지.]

"진태연 작가 주소와 연락처 보내주십시오. 한 번 찾아가 보겠습니다."

[부탁하네. 자네가 워낙 마당발이라 뭘 부탁하기가 수월해. 매

번 아쉬운 부탁만 해서 미안하네.]

"아닙니다. 큰 의의가 있는 일이니까요. 아무렇게나 관리될 바에는 나라에 돌려주는 편이 좋기도 하고……. 잎새 씨의 부친 유산들은 보셨습니까?"

[아, 봤지! 하나같이 가격을 책정할 수 없는 명품들이더구만. 유명한 작가들의 작품들이 많아서 특히 의의가 있었어. 하나같이 미공개된 작품들이라 더 좋았지. 잎새 씨가 그 작품들을 국가에 기증해 줘서 얼마나 감사한지 몰라. 그걸 돈으로 받겠다고 덤볐다면 백억대에 육박했을지도 모르는데, 잎새 씨가 대인배인 것 같아. 그만한 재산을 포기하겠다고 한 건…….]

손창의 말도 일리는 있었다. 국가에 환수하는 작업 중에 이렇게 70여 종이나 되는 작품들을 돈 한 푼 안 받고 내놓겠다는 사람은 본 적이 없었다. 하나같이 대가를 원했다. 그런 면에선 잎새가 트인 사고를 한다고밖에는 생각할 수 없었다. 그가 문화재 환수에 관한 얘기를 하자 그녀는 그와 관련된 기사를 찾아 읽고 서적도 직접 구입해 보면서 왜 그렇게 해야 하는지를 스스로 찾아냈고 답을 얻었다. 그리고 그가 이 일에 왜 공을 들이는지도 이해하게 되었다.

[조만간 한 번 보자고. 잎새 씨에게 거하게 밥 한 번 쏠 테니까. 그리고 언제 홍콩에도 와. 내가 최고로 대접할 테니까.]

"감사합니다. 곧 연락드리겠습니다."

통화를 끝낸 이찬은 뿌듯한 마음으로 빌라 단지 입구로 들어섰다. 누군가 자신의 연인을 칭찬해 주니 괜히 어깨가 으쓱하고 세상을 다 가진 기분이었다. 주차장으로 들어가 주차를 끝낸 그는 차 문을 잠그고 곧장 엘리베이터에 올랐다. 현관을 열고 들어가자 재즈곡이 흘러나왔다. 잎새가 흥얼거리며 허밍으로 재즈곡을 따라 부르고 있었다.

"정잎새!"

"아, 왔어요?"

잎새가 통통통 달려오더니 고개를 빼꼼 내밀었다. 그 모습이 너무도 사랑스러워서 그가 입가를 휘어올리며 얼른 달려가 그녀를 꽉 끌어안았다.

"보고 싶어 죽는 줄 알았다."

"정말요?"

"당연하지."

꽉 끌어안았던 잎새의 몸을 풀어주자, 그녀가 이찬의 뺨에 쪽 하고 입을 맞추더니 손에 들고 있던 뭔가를 꺼내 그 앞에 내밀었다.

"뭐야?"

"미국 방문 기념 선물이에요."

"요새 선물이 봇물 터지는데? 이거 이렇게 받은 뒤에 더 큰 걸 내놓으라는 무언의 압박인가?"

"설마요."

잎새가 반달처럼 호를 그리며 미소를 짓자, 그는 그녀의 뺨을 부드럽게 훑어내리고는 선물 박스를 열어보았다. 시계인데, 시곗바늘 아래 둥근 원형판에 사인처럼 글자가 새겨져 있었다.

"뭐라고 써 있는데, ……사인?"

"사랑은 용기 있는 자의 특권, it is the prerogative of the brave……. 간디가 남긴 말이에요. 우리가 처음으로 하나 된 날을 기념일로 적었어요. 여기요."

그녀와 처음 섹스를 했던 날이 표시되어 있었다.

"한글로 적고 싶었는데, 미국에서 나온 시계인데다 이런 주문은 처음 받아본다고 하더라고요. 주로 연인의 이름을 새기는데 이렇게 글귀를 새기는 건 없다고……. 그래서 영어로 남겼어요. 그게 좀 아쉽네요. 이 시계를 차고 다니면서 우리가 얼마나 이 사랑을 위해 용기를 냈는지 잊지 말았으면 해서요."

이찬이 시계를 팔목에 두르고 잎새를 품 안에 꼭 끌어안았다.

"평생 차고 다닐게. 내 아이들이 태어나면 물려줄 거야."

"내일 산부인과에 다녀와요."

"뭐?"

"임신 여부를 알아봐야 할 것 같아서요. 골반 주변 뼈가 부러져 수술을 받았던 게 혹시라도 몸에 문제를 일으킨 건 아닌지 염려되기도 하고요."

이찬은 잎새의 허리를 부드럽게 쓸어내리며 다른 손으로는 그녀의 등을 다독거렸다. 함께라는 것만으로도 벅차고 가슴이 늘 뜨겁게 요동쳤다. 살아 있음을 느끼게 해주는 유일한 사람이었다. 세상을 온통 무지갯빛으로 생생하게 만들어주는 연인. 그렇기에 더없이 소중했다. 아이가 생기지 않는데도 두려움은 없었다. 잎새의 눈동자를 들여다볼 수 있게 된 것 하나만으로도 이미 큰 행복을 얻었다고 느끼니까. 더 이상의 행복을 누려선 안 된다면 그걸로 됐다. 더는 욕심부리지 않는다. 이렇게 건강한 잎새가 곁에서 함께 해준다는 사실만으로도 충분히 기쁘니까.

"보란 듯이 행복해질 거야. 꼭 널 옆에 두고서⋯⋯."

잎새는 지그시 눈을 감고 그의 격렬한 심장 소리를 마음에 담았다.

세부로 가는 비행기 안에서 상희의 시선은 연신 잎새와 이찬에게 머물러 있었다. 티격태격 아웅다웅거리는 두 사람의 모습을 보고 있으면, 자신에게도 저런 사랑이 있기는 했었나 의구심이 들 정도로 부러워졌다. 이찬은 입가에 부드러운 미소를 연신 머금은 채로 한시도 잎새에게서 눈을 떼지 않았다. 툴툴대던, 웃던, 노엽던 어떤 순간에도 그는 잎새와 눈을 맞추고 교감하며 대화를 진행해 나갔다. 이찬에 대해 잘 모르던 그녀는 공항으로 이동하는 동안 공 비서에게 이찬에 대한 얘기를 전해 들었다.

일을 하는 데 있어서는 더없이 꽉 막힌데다 고지식하고, 직원들을 대할 때는 탱크같이 저돌적이며 냉철한데다 야멸찬 구석도 많다고 했다. 잎새한테만 저리 대하는 것이라면서 그나마 최근에 조금 변한 건 얼굴에 표정이 생겼다는 것이랬다. 예전엔 무표정한 얼굴로 싸늘하게 상대를 쏘아보면서 독설을 퍼부었다면, 지금은 싱긋 웃으며 냉혹한 말을 툭 던진다는 건데 이거나 저거나 무섭기는 매한가지란다. 일밖에 모르고 여자 보기를 벽 보듯 하던 사람이 잎새에게만은 극성스럽다 싶을 만치 예민하게 반응하니 그게 어디냐고. 진짜 제 짝을 찾은 것 같다고 했다.

"저기……."

사선으로 앞좌석에 앉은 잎새를 바라보던 상희가 고개를 들자 성 회장이 서서 그녀에게 물었다.

"옆에 앉아도 되겠습니까?"

자리가 있는데 왜 굳이 옆으로 오려 하나 싶었지만 거절은 사람이 인색해 보이므로 그러라고 했다. 성 회장이 상희의 옆자리를 차지하더니 피식 웃으며 말을 건넸다.

"우리 이찬이가 어때 보입니까?"

"성실하고 근면해 보여서 좋아요."

"그래 보입니까? 다행이에요. 다른 사람 눈에 비친 이찬인 어떤 사람인지 아주 궁금했거든요."

"좋은 사람이에요. 자기 할 일 열심히 해서 인정받고, 자기 짝 애중하는 남자가 최고의 남자 아니던가요? 이찬 씨는 그런 부분에서는 전혀 부족함이 없는 사람이에요. 어른들에게는 예의도 바르고 나서지도 않는 편인데다 겸손하고요."

"좋게 봐주셔서 감사합니다."

의례적인 얘기를 주고받는데, 그가 물었다.

"얼마 전에 애들이 산전검사를 받았다고 하던데요."

"아, 네…… 다행히 문제없을 거라는 결과가 나왔어요. 다행이지 뭐예요."

잎새의 자궁은 건강했고 난자에도 전혀 문제가 없다는 진단을 받았고 그날 잎새는 펑펑 울었다. 이찬은 그런 잎새를 가여운 표정으로 바라보며 사람들이 보든 말든 잎새를 오래도록 안아줬다.

참으로 보기 좋은 커플이었다. 서로 아픈 데를 위로해 가며 자신들의 허망한 곳을 채워 나가는 모습이 한없이 보기 좋았다.

"다행입니다. 이젠 눈만 주시하면 되겠군요."

"네, 눈이 문제예요. 이런 잎새를 받아들여 주시려 노력해 주셔서 감사합니다."

성 회장은 상희를 지그시 바라봤다. 볼수록 참 마음에 드는 사람이었다. 과하지도 않고 고요하며 사근사근한 말씨도 그렇고 미모 또한 빼어난데다 몸매도 보기 좋게 잘 관리했다. 자꾸만 상희에게 호감이 생겼다.

"나중에 잎새가 결혼을 하게 되면 사는 곳은 어떻게 됩니까?"

"전 그 집에서 계속 살려구요."

"그러지 마시고 잎새와 함께 본가로 들어오는 건 어떠세요?"

"네?"

"이모님께서 같이 있다면 잎새가 낯선 시댁 문화를 조금 더 쉽게 받아들이지 않을까 해서요."

"하지만 그렇게 민폐를……."

"민폐라니요. 아직 결혼을 시킬 마음까지 먹은 건 아니지만, 이찬이 놈이 저리 눈꼴시럽게 좋아하니 애비로서 몹쓸 짓을 해도 되나 싶기도 하고요."

"물론이에요. 자식 인생은 자식이 알아서 할 수 있도록 부모는 한 걸음 뒤로 물러나서 지켜봐야 한다고 생각해요. 물론 저는 자식을 낳은 적이 없어서 그런 마음까지 다 이해하는 게 어렵긴 하지만요."

상희가 쓸쓸하게 웃는 모습이 애수 짙어 보여서 성 회장은 그녀에게서 눈을 뗄 수가 없었다. 상희가 고개를 돌려 헤드폰을 쓰고 영화를 듣고 있는 이나를 응시했다.

"이나 씨한테도 수술을 권해 보시지 그러세요."

성 회장이 단호하게 고개를 저었다.

"부작용이 두려워서 못 시키겠어요."

"하지만 잠깐이나마 시력이 회복된다면, 그 사람에게는 또 다른 의미 있는 일들이 일어나지 않을까요? 잎새처럼 또 다른 인생을 시작할 수도 있잖아요."

성 회장이 고개를 돌려 비스크 인형처럼 예쁜 이나를 아프게 바라봤다. 어쩐지 이나의 옆자리가 비어 있는 것이 마음 아팠다. 이나에게도 자신을 완전히 이해해 주고 완벽한 편이 되어줄 수 있는 짝이 있다면 얼마나 좋을까?

"생각은 해보겠습니다, 긍정적으로. 하지만 누구보다 이나의 의사가 중요하겠지요."

"물론이죠."

상희의 시선이 연신 웃으며 대화를 나누고 있는 잎새와 이찬에게 닿았다. 뭐가 그리 재밌는지 두 사람은 서로 머리를 맞대고 낄낄거리고 웃기도 하다가 지그시 눈을 맞추고 입가를 휘어올리고 있었다.

세부 도착 첫날부터 성 회장의 명령은 기함할 만한 것이었다. 도착하기 무섭게 스노클링을 하자는 것인데, 문제는 잎새가 성 회장에게 아직 데면데면한 상황에서 수영복을 입어야 한다는 사실이었다. 그것도 비키니!

"괜찮다니까. 나와."

잎새는 죽어도 비키니를 입고 성 회장 앞에 나갈 자신이 없어서 욕실에 처박혀 전전긍긍했다. 무난하게 진갈색 비키니 수영복을 입고, 위에 망사 카디건을 걸치긴 했는데 드러난 허벅지는 어쩔 것이며…….

"다른 사람들은 그렇다 쳐도 회장님은 정말 어려운데…… 이렇게 허벅지 다 드러내고 만나도 되는 걸까요?"

"아버지가 바라는 바니까 그냥 가자. 게다가 아버진 60대셔. 네 몸매를 품평하자고 부른 건 아닐 거라는 거야."

"그렇긴 하지만……."

"얼른 나와. 이모님도 수영복 입으셨던데?"

뜨아, 잎새가 입을 딱 벌리고 욕실 문을 확 열어젖히더니 눈을 동그랗게 키웠다.

"이모가요?"

"그것도 비키니!"

"대박!"

잎새가 호기심을 이기지 못해 후다닥 문을 열고 밖으로 나가자 상희가 성 회장과 화기애애한 분위기를 만들며 대화를 나누고 있었다. 뭔가 꺼림칙한 기운이 전신을 휘감았다. 상희와 성 회장이 저렇게 친해지는 게 잎새와 이찬의 결혼 문제에 직면했을 시 돌파구가 될 수도 있겠지만, 성 회장은 대체 왜 상희를 저리 편애한단 말인가!

"아버님이 우리 이모를 너무 이뻐라 하시는데요? 아까부터 느낀 건데요."

"그렇지? 아버지 이상형에 가까워서 더 그럴 거야."

"이상형이요?"

"음, 옛날부터 오드리 헵번 같은 여자를 만나고 싶다고 노래노래 하셨거든. 얼마 전에 이혼하신 분도 그런 분위기가 많이 나서 한 눈에 반하신 점도 그렇고……. 네 이모도 완전히 오드리 헵번 같다고 할 수는 없지만 분위기 자체가 비슷해. 눈도 크고 동그랗고 곱게 나이 드셨잖아. 너희 집안 여자들이 대체적으로 이목구비가 또렷한 편인가 봐."

이찬이 잎새를 뒤에서 꽉 끌어안은 채로 귓가에 대고 속삭이는 바람에 잎새의 귓불이 발갛게 달아올랐다. 잎새는 어깨를 움츠리면서 상희의 차림을 유심히 살폈다. 대체로 수수한 비키니였고, 민소매 타입의 티를 위에 한 겹 더 걸쳤다. 그리고 엉덩이 정도는 가려주는 치마도 허리에 둘러진 채였다. 속이 비치는 게 문제라면 문제지만, 나이대에 잘 맞으면서도 캐주얼해 보이는 수영복이었다.

"잎새야! 얼른 와!"

잎새와 눈이 마주친 상희가 잎새를 향해 손을 흔들었다. 성 회장의 시선이 잎새와 꽉 달라붙어 있는 이찬에게 닿더니 금세 못마땅한 표정으로 변했다.

"너희는 덥지도 않냐! 뭘 그렇게 붙어 있어!"

무안해진 잎새가 얼른 이찬을 떼어내고 성 회장에게 다가가자 상희가 잎새를 바라보며 미소를 지었다.

"수영복 잘 어울린다."

"작년에 이모가 사준 거잖아요. 그런데 이나 언니는요?"

"쉬고 싶대. 낮잠 좀 자고 나중에 오겠대."

"제가 가볼까요?"

잎새가 이찬을 바라보며 묻자 그가 고개를 저었다.

"놔둬. 누난 여기 자주 와서 길도 잘 알고, 호기심도 없을 거야."

이찬이 부친의 비위를 적당히 맞춰주다가 이나에게 가보자고 했다. 그나마 다행인 건 성 회장이 상희에게 호감을 갖고 있기 때문에 둘이 붙여놓으면 시간 가는 줄 모를 것 같다는 것이었다.

성 회장의 제안으로 부자간의 수영배틀이 시작되었고, 이찬이 이기는 바람에 성 회장은 벌칙으로 저녁을 준비하기로 했다. 상희가 성 회장을 설득해 잎새와 이찬에게 따로 시간을 주자고 말해준 덕분에 모처럼 둘만의 시간이 생겼다. 상희가 성 회장이 친절하게 잘 대해주니 개의치 말고 신나게 놀라고 했다. 이찬이 이나에게 가는 동안 안도의 한숨을 내쉬었다.

"이모님 아니었으면 어쩔 뻔했어? 아버지가 나를 가만두지 않았을 거야. 이모님 덕분에 해방이다."

"아버님, 정말 우리 이모를 예쁘게 보신 모양이에요. 이모만 보면 이를 드러내 보이시며 웃던데요?"

"그렇지? 내 말이 맞을 거야. 아버지가 꿈꾸던 이상형에 많이 가까워. 잘됐지. 덕분에 우린 이렇게 따로 시간을 보낼 수 있게 되었으니까."

이찬이 잎새의 손을 꽉 쥐고 앞뒤로 흔들면서 걸었다. 적당히 그을려 보기 좋은 피부에 잘 빠진 몸매, 그리고 떡 벌어진 어깨와 흐뭇하게 잘생긴 얼굴인 그와 함께 걷는 건 색다른 경험이었다. 여기에 온 신혼부부부터 시작해 피부색 다른 외국 여자들까지 이찬을 한 번씩 흘끗거렸다. 분명 서로 추구하는 이상형이 다를 텐데도 그들 보기에도 이찬이 매력적으로 보이는 모양이었다. 눈이 보이지 않았을 땐 몰랐을 부분이었다. 다른 이들 눈에도 이찬이 이토록 매혹적인 대상일 수 있다는 것이 은근 어깨를 으쓱하게 만들면서도 동시에 불안감을 조성했다. 세상엔 잎새보다 빼어난 미모를 가진 여자들이 수두룩하니까. 잎새는 그의 손을 꽉 쥐고 바싹 달라붙었다. 제 것이라는 주장이라도 하듯이. 그러자 이찬이 잎새의 볼에 쪽 하고 입을 맞추더니 여봐란 듯이 그녀의 입술에도 키스를 했다. 당혹감에 잎새가 볼을 확 붉히자, 그가 웃으며 잎새의 볼을 살짝 쥐더니 말했다.

"한국이 아니니까 괜찮아. 지금 아니면 언제 해?"

이찬이 멋들어진 미소를 입가에 지어 보이더니 다시 그녀의 입술에 쪽 하고 입을 맞췄다. 잎새가 무안해진 얼굴로 그의 가슴팍을 살짝 툭 쳤다.

"저도 고지식한 데가 있나 봐요. 이런 건 아직 적응 안 되니까

하지 말아줘요."

이찬이 귀여워 죽겠다는 듯이 잎새를 바라봤다. 장난치는 족족 백 프로 먹히는 여자였다. 찌르면 찌르는 대로 반응을 보여서 상대를 즐겁게 한다. 이찬이 홀린 듯한 눈빛으로 잎새를 바라보며 연신 미소를 지어 보이자, 잎새가 그만 좀 보라며 웃음을 터트렸다. 그 바람에 이찬도 덩달아 웃음이 났다. 가랑잎만 봐도 웃음이 나는 소년 소녀처럼 그렇게 둘은 별것도 아닌 일에 점점 소리 높여 웃어젖히기 시작했다.

"가라고요!"

그때 들려온 앙칼진 여자 목소리에 놀란 잎새와 이찬이 얼굴을 굳히더니 한국어가 들리는 방향으로 뛰기 시작했다. 도착하니 하얀 모래사장에 지팡이를 짚고 홀로 선 이나와 백인 남성이 마주 보고 서 있었다. 놀란 이찬이 잰동작으로 달려가 이나 곁에 바싹 붙어서서 백인을 노려봤다.

"뭡니까?"

"이찬이니?"

이나의 물음에 이찬이 190센티미터의 훤칠한 키에 날렵한 몸매, 그리고 보랏빛 눈동자가 빛을 발하는 잘생긴 백인을 올려다봤다. 머리카락이 새카만 검은색인데, 염색을 한 것인지 본래 그런 색인지 헷갈렸다.

"뭐야? 이 사람?"

"자다 나와서 산책을 하는데 다짜고짜 쫓아오더니 같이 놀자고 하잖아."

이찬이 남자를 노려보자, 남자도 의아한 눈빛으로 이찬을 보다가 물었다.

"이 여자와 아는 사입니까?"

"네, 동생입니다."

그러자 남자가 예의 바른 미소를 짓더니 갑자기 이찬에게 손을 내밀고 악수를 신청했다.

"전 맥 테일러라고 합니다. 다름이 아니라 이분이 너무 아름다워서 저도 모르게 계속 뒤를 쫓아왔습니다. 혹시 이분의 이름을 좀 알 수 있을까요?"

이찬이 이게 지금 무슨 상황인가 싶다가 맥의 진중한 눈빛과 물음에 머뭇거림 없이 대답했다.

"제 누나이고, 이름은 성이나입니다."

"성이라고 부르면 됩니까?"

"아니오, 이나라고 하면 됩니다."

이름을 알려주는 바람에 이나가 이찬의 등짝을 툭툭 치며 말했다.

"내 이름을 왜 말해줘!"

"잠깐만, 누나. 내가 좀 더 알아볼게."

이찬이 맥을 잡아당겨 한쪽으로 끌고 가서 나이와 직업을 물었다.

"제 나이는 서른이고, 직업은 모델입니다."

그러고 보니 어디서 많이 본 듯한 얼굴이었다.

"얼마 전에는 영화도 한 편 찍었구요."

"보시다시피 우리 누난 시각장애인입니다. 그래서 겁이 많고 낯선 이를 보면 거리감을 둡니다. 혹시 누나에게 관심이 있는 겁니까?"

"네, 알아가 보고 싶어서 쫓아왔어요. 한두 시간 정도 시간을 내줄 수는 없을까요? 대화를 해보고 싶은데요."

"그럼 저와 같이 가시죠. 누나가 겁이 많으니, 제가 곁에 있으면 안심하고 얘기할 수 있을 겁니다."

"고맙습니다."

맥은 아주 예의가 바른데다 웃을 때는 너무 잘생겨서 사내가 봐도 입이 딱 벌어질 지경이었다. 이찬이 이나에게 다가가 상황 설명을 하고 같이 한 시간만 얘기를 해보라 권했다. 이나는 머뭇거렸지만 맥이 친절하게 다가와 인사를 건네고 가만히 이나에게 손을 내밀자, 머뭇거리던 이나가 맥의 손을 주저하며 만져 보기 시작했다.

잎새와 이찬은 맥과 이나의 모습을 바라보며 간절한 희망 하나를 품었다. 저렇게 하늘에서 뚝 떨어진 남자가 제발 이나와 영원한 사랑을 맹세하게 되기를 고대했다. 3개 국어가 가능한 이나는 맥과 대화를 하는 데 전혀 어려움이 없었다. 게다가 둘의 대화는 은근 오래 이어지고 있었다. 한 시간이 훌쩍 넘도록 이야기를 이어나가던 이나가 이찬을 불렀다.

"이찬아, 맥이 이따 우리 저녁 먹는 데 같이 가도 되느냐고 하는데 어때? 아버지가 노여워하실까?"

"아니야. 오라고 해. 누나 방 앞으로 오라고 해서 같이 움직이면 되겠다."

"그럴까? 그리고 넌 이만 가도 될 것 같아. 저 사람, 예의 바르고 정중해. 나쁜 짓은 하지 않을 것 같아."

"정말 그래도 되겠어?"

"응, 휴대폰 갖고 있으니까 급한 일 생기면 연락할게. 됐지?"

이찬은 맥에게도 이나를 잘 부탁한다는 인사를 남기고 잎새와 룸으로 돌아왔다. 여긴 룸 전체가 독채식으로 지어져 있기 때문에 개인적인 사생활이 잘 보호될 수 있었다. 이찬의 방을 중심으로 좌측은 성 회장과 상희, 우측은 이나의 룸이었다. 잎새가 테라스에 나가서 모래사장 쪽을 바라보며 걱정스럽게 말했다.

"언니, 정말 괜찮을까요?"

"두고 봐야겠지만, 누나가 괜찮다고 판단했다면 나쁜 사람은 아닐 거야. 한 시간이나 넘게 대화를 나눴는데 누나의 반응이 저렇다면 대화가 되는 사람이라는 뜻이거든."

이나가 맥을 마주 보며 까르르 웃는지 머리를 뒤로 젖히며 몸을 크게 움직이고 있었다. 유머도 상당한 모양이었다. 이찬이 수영복 차림으로 잎새의 뒤로 다가와 백허그를 하더니 어깨에 입술을 내렸다.

"오늘 재미있었어?"

"후훗. 네, 아버님이 이모까지 불러 주시는 바람에 더 마음 편히 즐길 수 있었어요. 이모 혼자 떼놓고 나만 재밌게 노는 것 같아서 어떤 땐 가책도 느껴지고 그랬거든요."

"그런 면에선 아버지께 감사 인사라도 해야겠는데?"

이찬이 등 뒤에서 수영복 브래지어의 끈을 풀더니 스르륵 벗겼다. 놀란 잎새가 좌우를 살폈다. 누가 보면 어쩌려고 이러나 싶어서 심장이 두근거렸다. 그러자 이찬이 그녀의 젖가슴을 양손으로 감싸 쥐면서 목덜미에 자잘한 키스를 퍼부었다.

"들어가자. 널 안고 싶어서 아까부터 제정신이 아니었어. 얼른……."

이찬은 잎새의 몸을 돌려 격렬한 입맞춤을 쏟아부으며 그녀를 룸 안으로 밀면서 들어가더니 테라스 문을 닫고 버튼을 눌러 블라인드를 내렸다.

"잎새야…… 내년 5월에 나랑 결혼하자."

"하지만 아버님이……."

이찬이 젖가슴을 빨다가 고개를 들더니 잎새와 눈을 맞추며 입술에 자잘한 키스를 정성껏 했다.

"허락받을 수 있을 거야. 그럼 5월에 결혼하자. 한국 들어가면 바로 복원수술을 받으려고 해. 수술은 당일 세 시간 정도 소요되고 하루 입원했다 퇴원하면 된대. 걱정할 정도의 수술은 아니라고 했어. 성관계는 1개월 후에 가능하다니까, 그동안은 참고 견뎌야 하는 내가 미칠 일이겠지."

잎새는 자신의 욕망을 누르고 속죄하는 심정으로 살기 위해 정관수술을 했다던 그의 말이 떠올라 가슴이 아파졌다. 시각장애인이 된 누나 때문에 자신의 욕망을 잠가 버리고 평생을 죄책감 속에 살던 남자. 한 가지 결핍된 부분을 가진 그였지만, 상관없었다. 그녀 또한 가슴 아픈 사고로 부모를 잃고 그를 만나 비로소 오롯한 하나가 된 기분이니까. 그녀가 애잔한 눈빛으로 그를 올려다봤다.

"할게요, 결혼……."

"너한테 무슨 일이 벌어져도 나는 기필코 너를 지킬 거야. 어떤 일이 벌어져도 내 곁에서 떠나지 않겠다고 약속해."

"……약속해요. 어떤 힘든 일이 벌어진다고 해도 당신 곁에서 위로받으며 살 거예요."

이찬이 흐뭇한 미소를 머금고 온화한 눈빛으로 그녀를 바라보며 입술에 낙인을 찍었다.

"사랑해……."

"고마워요, 날 원해줘서……."

둘은 다정하게 눈을 맞추고 웃으며 천천히 서로의 입술을 머금었다.

⟨the end…⟩

작가 후기

　꽁장히 큰 의의를 가지고 쓴 글은 아니에요. 시각장애인에 대한 세상 편견을 다루고 그것들을 비평하겠다? 아닙니다. 제가 그런 걸 쓸만큼의 필력도 안 되는데다, 그런 건 다른 여러 방면에서 충분히 잘해주고 있다고 생각하니, 전 그럼에도 불구하고 '사랑'이라는 데 주목했습니다. 잎새라는 인물이 그런 고통 속에서도 자신을 제대로 다지고 살려고 아등바등하는 모습을 그리고 싶었습니다. 좀 더 치밀하게 적지 못한 게 아쉬워요.

　정잎새라는 이름 설정은 '마지막 잎새'라는 문학소설에서 꺼내왔습니다. 비행기 사고로 모든 걸 잃은 아이라는 의미에서 '잎새'는 살아가기 위한 강한 희망을 의미하는 뜻으로 압축되어 있구요. 눈도, 부모도, 천직인 발레도 잃었지만 살아가야 하기 때문에 꾸역꾸역 어둠

속을 더듬는 아이이기에 이름에 희망을 넣어 '잎새'로 지었습니다.

그리고 그녀를 일으켜 주는 이는 다름 아닌 성이찬. 이찬은 누나 때문에 극심한 트라우마를 가진 남자로 나옵니다. 어떻게 보면 극단적인 캐릭터일 수도 있죠. 누나 때문에 결혼마저 포기하겠다는 극단성은 비약적일 수 있지만, 소설이기 때문에 가능한 설정 아닌가 생각해 봅니다.

이찬에게 문화재 반환의 또 다른 일을 부여한 건 오블리스 노블리주를 실현하는 지식층이기를 바라는 마음에서였는데, 분량 때문에 많은 묘사를 세부적으로 할 수 없음이 안타까웠습니다. 로맨스만 넣기에도 허덕거리는 분량이었거든요. 쓰다 보면 3권까지도 늘어질 형국이어서 많은 부분을 스스로 잘라내기에 이른 글입니다.

아마 보시면서 호준이나 희연을 이상한 인간들이라 생각하실 수도 있지만, 인간처럼 욕망을 위해 잔혹한 현실과 쉽게 타협하는 종도 없지 않을까요? 원하는 바를 위해서라면 뭐든 못할 게 없는 인간들. 조연이었기 때문에 그 이상의 상세한 인물 묘사는 하지 않았습니다. 굳이 이들의 행동에 타당성을 줄 필요성은 없지 않나 해서요. 악조는 그저 악조일 뿐이니까요. 미움받으면 그걸로 역할은 제대로 해낸 거라 생각됩니다.

나름 고민을 거듭하며 각 에피소드들을 구성하고 이어나갔지만, 보시는 분들은 늘 미진함을 느낄지도 모르겠다 생각합니다. 여태 출간한 글이 100여 권에 이릅니다. 아마도 제 글이 너무 많이 노출되어 기대치도 커지고 동시에 식상해진 걸지도 모르겠다는 고민 아닌 고민에 사로잡혔어요. 좀 더 새로운 글을 쓰도록 늘 정진하겠습니다.

응원해 주시는 '시크릿가든' 카페 가족 여러분 감사합니다. 그리고 웹툰 준비하는 남편, 초등5학년 장남, 초등2학년 막내, 마감 중엔 험악한 말발로 가슴에 쐐기를 박아 넣는 나 때문에 많이 힘들지? 그래도 사랑하니까, 참아줘. 쐐기 박는 것 이상으로 기쁨도 주잖니. ^^

모두에게 좋은 일 있기를 바라면서 이만 줄입니다. 늘 애중합니다.

호수공원 어느 자락에서 서향 올림.

예원북스에서는
로맨스 작가님의 소중한 원고를 기다립니다.

투고해 주실 메일 주소는
yewonbooks@naver.com 입니다.
많은 관심 부탁드립니다.